KB107655

기 도 의 막 이 내 릴 때

── 祈りの幕が下りる時

INORI NO MAKU GA ORIRU TOKI

ⓒ Keigo Higashino 2013

All rights reserved.

Original Japanese edition published by KODANSHA LTD.

Korean translation rights arranged with KODANSHA LTD.

through EntersKorea Co., Ltd..

이 책의 한국어판 저작권은 (주)엔터스코리아를 통해 저작권자와 독점 계약한
도서출판 재인에 있습니다.
저작권법에 의하여 한국 내에서 보호를 받는 저작물이므로 무단 전재와 무단 복제를 금합니다.

기도의 막이 내릴 때

초판 1쇄 펴낸 날 2019년 8월 6일 5쇄 펴낸 날 2023년 7월 20일

지은이 히가시노 게이고 **옮긴이** 김난주 **펴낸이** 박설림 **펴낸곳** 도서출판 재인 **디자인** 오필민디자인
등록 2003. 7. 2. 제300-2003-119 **주소** 서울시 강남구 언주로 30길 13 대림아크로텔 1812호
전화 02-571-6858 **팩스** 02-571-6857

ISBN 978-89-90982-78-0 03830 Copyright ⓒ 재인, 2019 Printed in Korea.

책값은 뒤표지에 표시되어 있습니다. 잘못된 책은 바꿔 드립니다.

기도의 막이 내릴 때

히가시노 게이고

김난주 옮김

재인

1

미야모토 야스요는 그날의 일을 몇십 년이 지난 지금도 또렷이 기억한다. 9월에 들어선 지 얼마 되지 않았을 때였다. 센다이의 아키우 온천지에서 여관을 운영하는 친구에게서 전화가 걸려 왔다.

여자를 하나 고용할 수 있겠느냐는 것이었다.

친구는 그 여자가 여관의 종업원 모집 광고를 보고 찾아왔다고 했다. 그러나 여관에서 일해 본 경험이 없는 데다 젊은 나이도 아니어서 고용하기는 곤란하고, 그렇다고 그냥 돌려보내자니 그 여자의 처지가 딱했던 모양이다.

"남편과 헤어진 지 얼마 안 됐고 의지할 곳도 없대. 센다이로 온 이유는 전에 여행 왔을 때 너무나 아름다워서 이런 데서 살면 좋겠다고 생각했다는 거야. 얘기를 좀 나눠 보니 사람이 차분하고 괜찮더라. 게다가 미인이야. 들어 보니 술집에서 잠깐 일한 경험도 있는 것 같고 말이지. 그래서 너희 가게에서 일하면 어떨까 싶더라."

나이는 서른여섯 살이지만 그보다 훨씬 젊어 보인다고 했다.

야스요는 한번 만나 볼까 생각했다. 그녀는 조그만 음식점과 술집을 운영하고 있었는데, 술집에서 일하던 여종업원이 며칠 전 결혼해서 일을 그만두는 바람에 지금은 머리가 희끗희끗한 바텐더 혼자 가게를 지키고 있어 뭔가 대책을 세우려던 참이었다. 덧붙이자면 여관을 운영하는 친구는 안목이 탁월했다.

"알았어. 일단 보내 봐."

그로부터 약 한 시간 후, 아직 영업 전인 술집에서 그 여자를 만났다. 친구 말대로 코가 오뚝하고 얼굴이 갸름한 미인이었다. 서른여섯이라니 야스요보다 꼭 열 살 아래인데, 나이보다 훨씬 젊어 보이는 것도 사실이었다. 화장을 하면 더 빛날 얼굴이라고 야스요는 생각했다.

여자의 이름은 다지마 유리코. 도쿄에 살아서인지 사투리를 쓰지 않았다.

술집에서 일한 경험이 있다는 것은 스무 살 즈음의 일로, 신주쿠에 있는 클럽에서 2년 동안 일했다고 한다. 아버지가 사고로 돌아가시고, 병약한 어머니의 부업만으로는 먹고살기 힘들어 그 일에 뛰어들었다는 것이다. 결혼하면서 술집을 그만뒀고, 어머니는 그로부터 몇 년 후 병으로 돌아가셨다고 했다.

말수는 많지 않지만 질문에는 명확하게 대답했고, 말투도 공손하며 머리도 나쁘지 않은 것 같았다. 상대방의 눈을 똑바로 보며 얘기하는 점도 야스요의 마음에 들었다. 표정에 변화가 별로 없긴 하지만 음침하다고 할 정도는 아니었고, 오히려 남자 손님의 눈에는 우수 어린 표정으로 비칠지도 몰랐다.

야스요는 우선 일주일 동안 일을 시켜 보고, 아니다 싶으면 그때 가서 내보내기로 마음먹었다. 하지만 어쩐지 일이 잘 풀릴 것 같은 기분이 들었다.

문제는 유리코가 지낼 곳이 없다는 것이었다. 짐은 큼직한 가방 두 개가 전부였다.

"남편과 헤어지고 대체 어떻게 살아갈 작정이었어?"

야스요의 입에서 저도 모르게 그만 그런 질문이 나왔다. 유리코는 침통한 표정으로 고개를 수그리며, 죄송합니다, 라고 조그맣게 중얼거리더니 "무조건 집을 나와야겠다는 생각밖에 없었어요."라고 했다.

어지간히 딱한 사연이 있나 보다 싶었지만 더 캐묻지는 않았다.

야스요는 구니미가오카에 있는 단독 주택에서 혼자 살았다. 일찍 저세상으로 간 남편이 가게와 함께 남겨 준 집이었다. 아이를 가질 계획이었던 터라 빈방이 두 개나 남아 있었다. 그중 하나에 다지마 유리코를 임시로 들이기로 했다.

"정식으로 일하게 되면 지낼 곳을 다시 찾아보기로 하고 일단은 우리 집에서 지내. 부동산 중개업소에 아는 사람도 있으니까 걱정 말고."

야스요의 말에 다지마 유리코는 눈물이 그렁거리는 눈으로 "고맙습니다. 열심히 할게요."라며 몇 번이나 고개를 숙였다.

그렇게 해서 다지마 유리코는 야스요의 가게 '세븐'에서 일하게 되었다. 그리고 '잘 풀릴 것 같다'던 야스요의 예감은 정확히 맞아떨어졌다. 손님들의 반응이 더할 나위 없이 좋았던 것이다.

야스요가 가게 상황을 살피러 가자 머리가 희끗희끗한 베테랑 바텐더가 귀띔했다.

"호박이 넝쿨째로 굴러떨어졌어. 유리코 짱이 온 뒤로 가게 분위기가 확 달라졌다니까. 딱히 재치 있는 말을 하는 것도 아닌데 테이블 분위기가 이내 달아오르거든. 왠지 모르게 수수께끼에 싸여 있는 것 같기도 하고 사연이 있어 보이기도 하고 말이야. 너무 쉬워 보이지 않으면서도 한편으로는 적당히 틈이 있어 보이는 게, 아주 그만이야. 계속 있으라고 합시다."

그의 말이 아니더라도 가게 분위기가 좋아졌다는 건 야스요도 느낄 수 있었다. 정식으로 고용하자고 결심하기까지 시간이 많이 걸리지 않았다.

약속대로 둘이서 방을 구하러 다녔다. 몇 군데를 돌아본 끝에 유리코가 선택한 곳은 미야기노구 하기노마치에 있는 조그만 아파트였다. 다다미가 깔려 있는 점이 마음에 든다고 했다. 야스요가 보증인으로 나섰다.

그 후로도 유리코는 변함없이 착실히 일했다. 그 덕분에 단골이 늘고 가게는 늘 활기에 넘쳤다. 그녀를 보러 오는 손님이 많았지만 유리코는 그들에게 휘둘리거나 문제를 일으키지 않았다. 젊은 시절 술집에서 일한 경험이 도움이 되는지도 몰랐다.

경기가 워낙 좋던 시절이기도 해서 가게 경영이 안정된 채 세월이 흘렀다. 그러는 동안 다지마 유리코는 센다이의 작은 동네에 완전히 적응한 듯 보였다.

하지만 야스요는 마음에 걸리는 점이 있었다. 알고 지낸 시간이 꽤 되고 둘이서 나눈 얘기도 많았지만 다지마 유리코가 마음을 열지 않는다는 것이었다. 야스요에게만 그런 것이 아니라 유리코는 그 누구에게도 속내를 온전히 드러내지 않았다. 바로 그 점이 유리코의 매력이자 가게가 잘되는 이유이기도 해서 야스요는 심경이 복잡했다.

유리코는 이혼한 원인에 대해서도 이렇다 할 말을 하지 않았다. 야스요는 유리코의 남편이 바람을 피운 것 아닐까 추측해 보기도 했지만 유리코는 그렇지 않다고 딱 잘라 말했다.

"제 잘못이에요. 자격이 없었어요. 아내로서도, 엄마로서도요."

그리고 처음으로 자식 얘기를 입에 올렸다. 사내아이였는데, 헤어진 시점에 열두 살이었다고 했다.

"아유, 힘들었겠네. 보고 싶지 않아?"

야스요의 물음에 유리코는 쓸쓸하게 미소 지으며 말했다.

"보고 싶어 할 자격조차 없어요. 그래서 아예 그런 생각, 안 하기로 했어요. 그 아이와는 인연이 없었던 거예요."

아이 사진을 보여 달라고 해 봤지만 유리코는 고개를 저었다. 한 장도 없다는 것이었다.

"사진 같은 걸 갖고 있으면 영영 잊을 수 없잖아요."

그러는 유리코의 눈에는 섬뜩할 정도로 결연한 빛이 어려 있었다.

그녀는 굉장히 성실하고 자신에게 엄격했다. 부부 생활이 파경에 이른 이유도 어쩌면 그런 성격 탓인지 모르겠다고 야스요는 생각했다.

세월이 더 흘러 다지마 유리코가 '세븐'에서 일한 지 10년가량 지났을 무렵, 그녀에게 큰 변화가 일어났다. 손님과 특별한 사이가 된 것이다.

유리코는 그 손님을 '와타베 씨'라고 불렀다. 야스요도 가게에서 몇 번 그 남자를 본 적이 있었다. 늘 카운터 구석 자리에 앉아 물을 탄 위스키를 홀짝홀짝 마시면서 주간지를 읽거나 이어폰으로 라디오를 듣거나 했다. 나이는 오십 대 중반쯤,

중키에 보통 체격이었지만 육체노동이라도 하는지 팔 근육은 탱탱했다.

두 사람의 모습에서 예사롭지 않은 분위기를 느낀 야스요가 넌지시 묻자 유리코는 약간 미안한 듯한 기색을 보이며 와타베 씨와의 관계를 인정했다. 가게에 오면 문을 닫을 때까지 앉아 있는 그의 속마음을 일찍이 눈치챘고, 마침내 그녀도 그가 오기를 기다리게 되었다는 것이었다.

"미안할 게 뭐 있어, 잘된 일이지. 나는 유리코 짱에게 그런 남자가 있는 게 좋다고 생각해. 그쪽은 가정이 있나? 아니지? 그럼 아무 문제도 없잖아. 이왕 그렇게 된 거, 결혼하지 그래?"

도발적인 발언이었지만 유리코는 동요하지 않았다. 그럴 일은 없다며 고개를 살살 저을 뿐이었다.

그 후로도 두 사람의 관계는 계속되는 듯했다. 하지만 유리코가 그 얘기를 별로 하고 싶어 하지 않는 것 같아 야스요도 더는 파고들지 않았다. 그저 와타베라는 남자에게도 복잡한 사정이 있나 보다고만 생각했다.

그런데 언제부터인가 와타베 씨의 모습이 보이지 않았다. 유리코 말로는 일 때문에 멀리 가 있다고 했다. 그가 이곳저곳 옮겨 다니면서 전기 관계의 일을 한다는 것이었다.

다지마 유리코가 몸이 안 좋다며 일을 쉬는 날이 많아진 것

은 그즈음이었다. 증상은 다양했다. 열이 있다는 날도 있고 몸
이 나른하다는 날도 있었다.

"어디 안 좋은 데가 있는 거 아니야? 진찰은 제대로 받아 봤
어?"

아무리 물어도 그녀는 괜찮다고만 대답했다. 실제로도 며칠
지나면 다시 가게에 나왔고, 가게에 나오면 언제나 그렇듯 성
실히 일했다.

얼마 후 와타베 씨가 센다이로 돌아오자 야스요는 비로소
안심했다. 혼자 있으니 외로웠던 모양이라고 생각했다.

그렇게 또 몇 년이 흘렀다. 거품 경제가 막을 내린 지 오래
였고, 야스요의 가게도 순탄하게 굴러간다고만은 할 수 없는
상황이었다. 그때까지 싸고 맛있다는 장점으로 승부해 온 그
녀의 음식점이, 똑같은 방식으로 경쟁하는 가게가 늘어나는
바람에 빛을 잃은 데다 바로 옆에 우설(소의 혀) 구이를 전문으
로 하는 집도 두 군데나 생겼다. 안 그래도 많지 않은 손님을
두고 서로 쟁탈전을 벌여서야 되겠느냐고 항의하고 싶은 심
정이었다.

'세븐' 쪽도 안심할 수 없는 상황이었다. 유리코가 또다시
몸이 좋지 않다며 걸핏하면 가게를 쉬더니 끝내는 일을 그만
두고 싶다고 한 것이다.

"이런 상태로는 가게에 누를 끼칠 뿐이에요. 이제 나이도 있

고 하니 다른 분을 고용하셨으면 해요."

그러면서 다지마 유리코는 고개를 숙였다.

"그게 무슨 말이야. 지금까지 '세븐'은 유리코 짱이 있어서
버텨 온걸. 몸이 좋지 않으면 당분간 쉬어도 돼. 괜찮아질 때
까지 기다릴 테니까. 다른 사람을 고용하더라도 그건 어디까
지나 유리코 짱 대신이야. 아니 그보다, 제대로 챙겨 먹기는
하는 거야? 이렇게 말라 가지고서야……."

실제로 유리코는 애처로울 정도로 야위어 있었다. 뺨이 움
푹 패고 턱은 뾰족했다. 갸름한 미인형 얼굴이 홀쭉하게 변해
버린 것이다.

"아니에요. 괜히 걱정만 끼치고……, 죄송해요."

그녀가 어두운 목소리로 대답했다. 이전에도 감정을 쉽게
드러내는 편은 아니었지만 더욱더 표정이 사라진 것처럼 보
였다.

와타베 씨는 어떻게 되었냐고 묻자 또다시 일 때문에 멀리
가 있다고 했다. 그래서 한층 기운이 없나 보다고 야스요는
짐작했다.

그리고 결국 유리코는 장기간 일을 쉬게 되었다. 야스요는
두 가게를 꾸리느라 분주한 가운데서도 틈틈이 전화를 걸어
안부를 확인했고 때로는 유리코의 아파트까지 그녀를 보러
가기도 했다.

다지마 유리코는 상태가 그리 좋아 보이지 않았다. 이부자리에 누워 있을 때가 대부분이고 식사도 제대로 하지 못하는 듯했다. 병원에 다녀왔느냐고 물으니, 다녀왔지만 딱히 어디가 안 좋다는 말은 없었다고 했다.

야스요는 정밀 검진을 받도록 해야겠다고 생각했지만 일에 쫓겨 좀처럼 시간을 내기 어려웠다. 정신을 차려 보니 어느새 연말이 코앞이었다. 밖에 나가면 추워서 저도 모르게 목이 움츠러졌다. 그렇게 또 1년이 지나가고 있었다.

그날은 낮부터 눈발이 날렸다. 눈이 쌓이면 멀쩡한 사람들도 나다니기 힘든데, 하며 야스요는 유리코가 걱정스러워 전화를 해 보았다. 그런데 벨이 아무리 울려도 그녀는 전화를 받지 않았다. 순간 불안감이 밀려왔다. 야스요는 모자 달린 다운재킷을 입고 부츠를 신은 다음 집을 나섰다. 그때까지 유리코는 하기노마치의 아파트에 그대로 살고 있었다. 2층 건물에 여덟 세대가 들어 있는 아파트였다.

유리코가 사는 2층 맨 안쪽 집 문 앞에 서서 벨을 눌렀지만 역시 반응이 없었다.

우편함에 광고 우편물과 전단지가 가득 들어차 있는 걸 본 순간 야스요의 가슴이 쿵쾅거리기 시작했다. 다시 한번 유리코에게 전화를 했을 때 그녀는 놀라서 숨을 삼켜야 했다.

문 안쪽에서 휴대 전화 벨소리가 들렸다.

야스요는 문을 두드렸다.

"유리코 짱! 유리코 짱! 안에 있어? 있으면 대답 좀 해 봐."

그래도 인기척이 들리지 않았다. 손잡이를 비틀어 봤지만 문은 잠겨 있었다.

계단을 뛰어 내려가 주위를 두리번거렸다. 아파트 벽에 걸려 있는 부동산 중개업소 간판을 보고 전화를 걸었다.

그로부터 약 30분 후, 야스요는 부동산 중개업소 직원과 함께 다지마 유리코의 집으로 들어갔다. 문을 열자 맨 먼저 눈에 들어온 것은 부엌에 쓰러져 있는 다지마 유리코의 모습이었다. 야스요는 부츠를 벗어 던지고 그녀의 이름을 부르며 집 안으로 뛰어 들어가 그녀를 안아 일으켰다. 유리코의 몸은 차갑고 딱딱했으며 놀랍도록 가벼웠다. 납덩이처럼 새하얀 얼굴이 희미하게 미소 짓고 있는 것처럼 보였다.

야스요는 울음을 터뜨렸다.

잠시 후 경찰이 도착해 다지마 유리코의 시신을 운반해 갔다. 경찰은 유리코의 죽음을 일단 변사로 처리할 것이며 부검할 가능성도 있다고 했다. '부검'이라는 말에 야스요가 저도 모르게 얼굴을 찡그리자 양복 차림의 형사는 "걱정 마십시오. 원래 모습대로 되돌려 드릴 겁니다."라고 말했다.

"그리고 어쩌면 부검을 하지 않을지도 모릅니다. 실내가 어지럽혀지지 않아 형사 사건으로 보기 어렵고 자살도 아닌 것 같으니까요."

야스요도 경찰서 접견실에서 참고인 조사를 받았다. 그녀는 다지마 유리코와의 관계, 시신 발견 경위 등에 대해 설명해야 했다.

형사는 "그럼 다지마 유리코 씨는 가족이 없습니까?"라고 물었다.

"그렇다고 들었어요. 헤어진 남편과의 사이에 아들이 있긴 하지만 연락은 없는 것 같았어요."

"그 아들의 연락처는 아십니까?"

"몰라요. 유리코 씨 본인도 아마 몰랐을 거예요."

"그래요?"

이거 곤란한데, 라고 형사는 조그만 소리로 중얼거렸다.

다지마 유리코의 시신은 다음 날 집으로 돌아왔다. 역시 부검은 하지 않은 듯했다.

"사후 이틀이 경과된 것으로 추정됩니다. 혈액 검사를 했지만 의심스러운 점은 없고 심부전으로 보인다는 것이 의사의 소견입니다. 오래전부터 심장 기능에 문제가 있지 않았나 싶답니다."

형사의 얘기를 들은 야스요는 한없이 후회가 밀려왔다. 그리고 좀 더 빨리 정밀 검진을 받도록 했어야 했다고 자책했다.

간소하게나마 장례를 치르기로 한 야스요는 맨 먼저 와타베에게 알리기로 했다. 경찰에게 돌려받은 다지마 유리코의 휴대 전화를 켜고 전화번호 목록을 살펴봤다. 생각했던 것 이상으로 저장된 번호가 적었다. 야스요의 집 전화와 휴대 전화, 음식점과 '세븐', 단골 미용실, 그리고 단골손님 10여 명 정도가 목록의 전부였다. 발신 기록에 따르면 지난 2주 동안 유리코는 야스요 외의 누구에게도 전화를 건 적이 없었다. 착신 기록도 마찬가지였다.

다지마 유리코가 얼마나 깊은 고독감에 휩싸인 채 숨을 거두었을지 야스요는 상상만으로도 몸서리가 쳐졌다. 누구를 만나거나 얘기를 나누지도 못한 채 홀로 차가운 부엌 바닥에 쓰러졌을 때 그녀 뇌리에는 무엇이 스쳤을까. 사랑하는 남자일까, 아니면 외아들일까.

연락처 목록에 '와타베(綿部)'라는 이름이 있었다. 한자로 그렇게 쓴다는 사실을 야스요는 그때 처음 알았다. 그동안 내내 '와타베(渡部)'로 알고 있었던 것이다.

다지마 유리코의 휴대 전화로 와타베에게 전화를 걸었다. 모르는 번호로 전화가 걸려 오면 혹시 받지 않을 수도 있다고 생각해서였다.

전화는 금방 연결되었다. 네, 하는 낮은 음성이 수화기에서 흘러나왔다.

"저…… 와타베 씨인가요?"

"……그런데요."

다지마 유리코의 목소리가 아니어선지 경계하는 기색이 느껴졌다.

"죄송합니다. 저는 센다이의 '세븐'이라는 술집을 운영하는 미야모토입니다. 기억하시나요?"

짧은 침묵이 있은 후 그가 "아아!" 하고 반응했다.

"유리코 씨에게 무슨 일이라도 있습니까?"

"네, 저, 마음을 가라앉히고 들으세요."

야스요는 혀로 입술을 한 번 축인 다음 천천히 숨을 내쉬고 말했다.

"유리코 짱이 세상을 떠났어요."

숨을 헉 들이쉬는 소리가 들렸다. 와타베도 다지마 유리코만큼이나 표정에 변화가 없는 사람이었지만 이번만큼은 놀란 표정이 역력할지 모른다고 야스요는 생각했다. 아니, 어쩌면 충격이 너무 큰 나머지 오히려 더 무표정할지도 몰랐다.

잠시 후 헛기침 소리가 들리더니 와타베가 감정을 억누른 듯한 목소리로 "언제 그렇게 됐습니까?"라고 물었다.

"시신은 어제 발견됐어요. 하지만 경찰의 사망 추정 시각은 이틀 전이에요. 심부전이라던가……?"

"그렇군요. 이거 심려를 끼치게 되었습니다."

와타베의 담담한 말투에서는 놀라움도 슬픔도 느껴지지 않았다. 어쩌면 이렇게 될 것을 어렴풋이나마 짐작하고 있었을지 모르겠다는 생각마저 들 정도였다.

장례 준비를 하고 있으니 가능하면 와타베 씨도 참석해 주었으면 한다고 말하자 그가 전화기 저편에서 신음하듯 웅얼거렸다.

"죄송하지만 그건 어려울 것 같습니다."

"왜죠? 결혼은 안 했어도 몇 년이나 사귄 사이잖아요. 바쁘신 건 알지만 참석해 주시면 안 될까요?"

"죄송합니다. 이쪽도 말 못 할 사정이 있습니다. 모쪼록 유리코 씨를 잘 부탁드립니다."

그리고 와타베가 그대로 전화를 끊으려고 하자 야스요는 당황했다.

"잠깐만요. 이대로 보내면 유리코 짱이 너무 불쌍하지 않나요? 유골을 어떻게 처리해야 할지도 모르겠고……."

"그건 제게 생각이 있습니다. 며칠 후에 꼭 연락드릴게요. 미야모토 씨의 전화번호를 제게 가르쳐 주시죠."

"그럼 그렇게 하세요."

야스요가 전화번호를 알려 주자 와타베는 반드시 연락하겠다며 전화를 끊었다. 야스요는 통화가 끊긴 휴대 전화를 한참이나 망연히 바라보았다.

그다음 날, 조촐하게 유리코의 장례식이 치러졌다. '세븐'의 단골손님들에게 알린 덕분에 조문객이 전혀 없지는 않았지만 아무래도 쓸쓸한 의식일 수밖에 없었다.

화장까지 마친 후 야스요는 유리코의 유골을 자신의 집으로 가져왔다. 그러나 언제까지나 그곳에 둘 수는 없는 노릇이었다. 유리코가 살던 하기노마치의 아파트를 처리해야 하는 문제도 있었다. 보증인이 야스요 자신인 만큼 퇴거도 자신이 책임져야 했다. 그건 그렇다 쳐도 유리코의 짐을 어떻게 처리할지, 전부 처분해 버려도 문제가 없을지, 고민이 한두 가지가 아니었다.

그런 상태로 하루 이틀 지나갔다. 와타베에게 몇 번 전화를 걸어 봤지만 그는 받지 않았다.

급기야 야스요는 와타베가 발뺌을 하려는 건지도 모른다고 생각하게 되었다. 정식으로 결혼한 사이도 아닌데 성가신 일을 떠맡으면 골치 아프다고 생각해 그대로 연락을 끊을 작정인지도 몰랐다.

부동산 중개업소에서 방을 비워 달라는 연락이 온 것은 장례를 치른 지 일주일이 지났을 때였다. 다른 방법을 찾지 못한 야스요는 방을 정리하고, 불필요하다고 판단되는 것은 없애기로 마음먹었다. 아마도 대부분의 물건을 처분하게 될 터였다.

그런데 집을 나서려는 참에 휴대 전화가 울렸다. 발신 번호를 보니 누군가 공중전화에서 거는 듯했다.

전화를 받자 "미야모토 씨인가요?" 하는 차분한 남자 목소리가 들렸다.

"전화가 늦어서 죄송합니다. 와타베입니다."

"아아……."

야스요는 숨을 크게 내쉬었다.

"다행이에요. 연락을 끊으신 게 아닐까 걱정했어요. 전화를 통 받지 않으셔서요."

그 말에 와타베가 나지막이 웃었다.

"그 휴대 전화는 처분했습니다. 유리코 씨와 연락할 때만 사용하던 거라서요."

"그랬군요. 그런 줄도 모르고……."

"죄송합니다. 사정을 미리 알렸어야 했는데 말이죠. 하지만 이제 마음 놓으셔도 됩니다. 유리코 씨의 유골과 유품을 인수할 사람을 찾았거든요."

"정말요? 누구죠, 그 사람이?"

"유리코 씨의 외아들입니다. 도쿄에 살고 있었어요. 어디서 사는지 확인하느라고 시간이 좀 걸렸습니다. 하지만 다행히 주소를 알아냈습니다. 말씀드릴 테니 메모하세요."

와타베가 불러 준 지명은 스기나미구 오기쿠보였다. 다지마 유리코의 외아들이 그곳 원룸 아파트에 산다고 했다.

"아쉽게도 전화번호는 알아내지 못했습니다. 그래서 일단은 편지를 보내야 할 것 같습니다."

"그렇게 하겠습니다. 그런데 그 아들의 이름이 뭐죠? 성은 역시 다지마인가요?"

"아닙니다. 다지마는 유리코 씨의 친정 쪽 성입니다. 이혼 후 원래 성으로 돌아간 거죠. 아들의 성은 가가입니다."

여배우 가가 마리코와 성이 똑같군, 생각하면서 야스요는 한자를 떠올렸다.

와타베에 따르면 유리코의 아들 이름은 '교이치로'로 현재 경시청에 근무한다는 것이다.

"경찰관인가요?"

"그렇습니다. 그러니까……라고 하기는 좀 뭐하지만, 아무튼 미야모토 씨의 연락을 무시하거나 하는 일은 없을 겁니다. 정중하게 대해 줄 것이 분명합니다."

"알겠습니다. 저, 그런데 와타베 씨는 앞으로 어떻게 하실 건가요? 유리코 쨩의 유골이 저희 집에 있는 동안에 향이라도 한번 올려 주지 않으시겠어요?"

야스요의 물음에 와타베는 잠시 침묵했다.

"여보세요?"

"아니요……, 그건 사양하겠습니다. 저라는 사람을 잊어 주세요. 앞으로는 연락하는 일도 없을 겁니다."

"하지만……."

"아무쪼록 잘 부탁드리겠습니다."

"아니, 저……."

잠깐만요, 라고 말하려는데 전화가 끊겼다.

야스요는 메모지에 적은 주소와 이름을 내려다보았다. 가가
교이치로. 이제는 이 사람에게 연락하는 수밖에 없었다.

곧장 편지를 썼다. 야스요는 고민 끝에 다음과 같이 적었다.

불쑥 이런 편지를 보내게 되어 죄송합니다. 저는 센다이에서 음식점
을 운영하는 미야모토 야스요라고 합니다. 이렇게 펜을 들게 된 이유
는 다름 아니라 다지마 유리코 씨와 관련해 매우 중요한 일을 알려 드
리고 싶어서입니다.

유리코 씨는 얼마 전까지 제가 운영하는 술집에서 일했습니다. 그런
데 몇 년 전부터 몸이 좋지 않아 힘들어하더니 결국 며칠 전에 자택에
서 숨을 거뒀습니다. 의사 말로는 심부전인 것 같다고 하더군요.

유리코 씨에게 일가친척이 아무도 없어 고용주이자 임대 보증인인
제가 장례를 치른 후 유골을 인수했습니다. 하지만 유골을 저희 집에
마냥 둘 수도 없고 해서 이렇게 편지를 쓰기로 결심했습니다.

혹시 유리코 씨의 유골과 유품을 인수해 주실 수 있을까요? 만일 그
렇게 해 주시겠다면 만사를 제치고 기다리겠습니다. 제 전화번호와

주소를 아래에 적어 둘 테니 연락 주시면 고맙겠습니다. 염치없는 부탁을 드려 죄송합니다.

답신이 온 것은 편지를 보낸 지 사흘째 되는 날 오후였다. 마침 가게가 쉬는 날이라 집에서 장부를 정리하고 있는데 휴대 전화가 울렸다. 화면에 낯선 번호가 표시되어 있는 것을 보고 야스요는 어렴풋이 예감을 했다.

전화를 받으니 "미야모토 야스요 씨인가요?" 하는 낮지만 또렷한 음성이 수화기를 타고 들려왔다.

"네, 그런데요."

그러자 상대가 잠시 틈을 두었다가 말했다.

"며칠 전에 편지를 받은 가가라고 합니다. 다지마 유리코 씨의 아들입니다."

아아, 하고 야스요의 입에서 안도의 소리가 흘러나왔다. 편지를 보내긴 했지만, 제대로 배달되었는지, 애초에 그 주소에 정말로 가가라는 인물이 살고 있는지, 그 사람이 다지마 유리코의 아들이 맞는지, 이래저래 걱정스러웠던 것이다.

어머니가, 하고 가가가 말을 이었다.

"미야모토 씨께 신세를 많이 진 것 같더군요. 감사드립니다."

야스요는 전화기를 꼭 쥔 채 고개를 저었다.

"아닙니다. 저야말로 유리코 씨에게 도움을 많이 받았어요.

저, 그보다……, 제가 편지에 쓴 내용에 대해 생각해 보셨나
요?"

"유골 말씀이십니까?"

"네. 제 생각에는 아드님이 받아 주시면 더없이 좋을 것 같
아서요."

"당연히 그래야죠. 뒷일은 제가 책임지고 처리하겠습니다.
누를 끼쳐서 정말 죄송합니다."

"그렇게 말씀하시니 안심이 되네요. 아마 유리코 씨도 저세
상에서 기뻐할 거예요."

"그랬으면 좋겠습니다. 언제가 좋을까요? 가게를 운영한다
고 하셨죠? 쉬는 날이 언제인가요?"

"오늘이에요."

"마침 잘되었군요. 저도 오늘이 쉬는 날이거든요. 그럼 이따
가 찾아뵈어도 괜찮겠습니까? 서두르면 저녁 무렵에는 그쪽
에 도착할 수 있을 것 같은데요."

의외의 말에 야스요는 살짝 놀랐다. 저쪽도 여러 가지 사정
이 있을 테니 유골과 유품을 인수하려면 시간이 꽤 걸릴 거라
고 예상했기 때문이었다. 하지만 조금이라도 빨리 인수하겠
다는 데는 토를 달 이유가 없었다.

찾아와도 좋다고 대답하자 가가는 대강의 도착 시각을 알려
준 뒤 전화를 끊었다.

야스요는 불단으로 눈길을 돌렸다. 그곳에 다지마 유리코의 유골과 영정 액자가 놓여 있었다. 영정은 '세븐'에서 찍은 것으로, 다지마 유리코로서는 드물게 환하게 웃는 얼굴이었다. 장례를 치르기 전에 어느 단골손님이 그 사진을 야스요에게 가져다주었다.

그녀는 영정을 바라보면서 '잘됐어, 유리코 짱. 아들이 데리러 온대.'라고 마음속으로 중얼거렸다.

그로부터 약 세 시간 후, 가가에게서 다시 전화가 왔다. 센다이역에 도착했다는 것이었다. 택시를 타겠다고 해서 야스요는 길을 가르쳐 주었다.

차를 끓이려는 참에 인터폰이 울렸다.

가가는 체격이 좋고 생김새가 반듯한 남자였다. 나이는 서른쯤 됐을까. 얼굴 윤곽이 뚜렷하고 눈매가 예리했다. 야스요는 그에게서 정의감이 강할 듯한 인상을 받았다. 그가 내민 명함에는 경시청 수사 1과라고 소속이 적혀 있었다.

가가가 야스요에게 다시 한번 감사와 사과의 말을 했다.

"그런 말은 하지 않아도 돼요. 그보다, 유리코 씨에게 인사부터 하세요."

야스요의 말에 키 큰 젊은이는 네, 하고 차분한 표정으로 고개를 끄덕였다.

불단 앞에서 향을 피우고 합장한 후 가가는 야스요를 향해 감사합니다, 라며 고개를 깊이 숙였다.

"다행이에요. 이걸로 저도 무거운 짐을 내려놓게 되었어요."

"어머니는 언제부터 미야모토 씨 가게에서 일하셨습니까?"

야스요는 손가락을 꼽아 확인한 후 "올해로 16년 됐어요. 9월에 들어섰을 무렵이었죠."

가가는 미간에 주름을 세우고 잠시 뭔가 생각하더니 고개를 끄덕거렸다.

"집을 나가고 얼마 안 있어서군요."

"유리코 씨도 그렇게 말했어요. 그전에 이 동네로 여행을 왔었는데, 무척 마음에 들었대요. 그래서 이혼하고 혼자가 되자 이 동네에서 일해야겠다는 생각이 들었다고 하더군요."

"그렇군요. 어머니가 살던 집은 지금 어떻게 됐습니까?"

"아직 그대로 있어요. 안 그래도 안내해 드릴 작정이었어요."

"고맙습니다. 그럼 부탁드리겠습니다."

가가가 또 머리를 숙였다.

야스요가 운전하는 차를 타고 두 사람은 하기노마치에 있는 아파트로 향했다. 차 안에서 야스요는 다지마 유리코를 처음 만나게 된 경위 등을 간단히 설명했다. 다만 와타베와의 일은 어쩐지 말하기가 껄끄러워 입에 올리지 않았다.

다지마 유리코의 집에 도착하자 가가는 곧장 집 안으로 발을 들이지 않고 현관에 선 채 실내를 찬찬히 둘러보았다. 방

하나에 부엌이 딸린 집으로, 원래 베이지색이었을 듯한 벽은 완전히 퇴색했고, 다다미도 햇빛에 바래 불그죽죽하게 변해 있었다. 방 한가운데에 낮은 탁자가 놓여 있고, 조그만 찬장과 컬러 박스가 나란히 벽에 붙어 있었다.

"이렇게 좁은 집에서 16년이나 사셨군요."

가가가 중얼거렸다. 자신도 모르게 한 말일 거라고 야스요는 생각했다.

"제가 왔을 때 유리코 씨는 부엌에 쓰러져 있었어요. 그때 이미⋯⋯."

손을 쓸 수 없는 상태였다는 말은 안으로 삼켰다.

"그랬군요."

가가가 좁디좁은 부엌으로 시선을 돌렸다.

"자, 안으로 들어가죠."

야스요가 말했다.

"청소는 했어도 유리코 씨의 물건은 하나도 버리지 않았어요. 한번 보세요."

그제야 가가는 "그럼 실례하겠습니다."라며 구두를 벗고 마루로 올라섰다.

집 안에 들어선 가가는 다짜고짜 찬장 서랍을 열고 안을 들여다보았다. 뭘 어떻게 해야 할지 갈피를 못 잡는 모습이었다. 유리코가 집을 나왔을 때 그는 초등학생이었을 것이다.

엄마에 대한 기억이 전혀 없지는 않겠지만 상당 부분 희미해 졌다고 해도 이상할 것이 없었다.

야스요가 핸드백에서 유리코의 집 열쇠를 꺼내며 말했다.

"유품을 천천히 확인하고 싶으시면 이걸 드릴게요. 부동산 중개업소에 잘 설명하면 일주일 정도는 사용해도 될 거예요. 그 사이에 짐을 정리해서 운반하든지 처분하든지 했으면 해요."

가가는 열쇠를 물끄러미 바라보다가 "알겠습니다. 그럼 일단 제가 맡아 두기로 하죠." 하고 손을 내밀었다. 열쇠를 받아 쥔 그는 "한 가지 여쭤보고 싶은 게 있는데요."라며 다소 조심스럽게 말을 꺼냈다.

"어머니가 가출과 관련해서 다른 말씀은 안 하셨나요? 결혼 생활에 불만이 있었다든지, 그게 아니면 집을 나온 이유가 따로 있다든지……."

야스요는 천천히 고개를 저었다.

"자세한 얘기는 한 적이 없어요. 그저 자신의 잘못이 크다고 만 했죠. 아내로서도 엄마로서도 자격이 없었다고요."

"자격이 없었다고 하셨단 말이죠……."

가가가 한스럽다는 듯이 고개를 떨어뜨렸다.

"혹시 짚이는 일이라도 있나요?"

야스요의 물음에 가가가 희미하게 미소를 지었다.

"검도 여름 캠프에 갔다 왔더니 어머니가 편지를 남겨 놓았더군요. 대체 무슨 일이 일어났는지 알 수 없었습니다. 하지만 어른이 되면서 납득이 가는 부분도 있었죠."

"무엇에 대해서요?"

"아버지가."

그렇게 말을 꺼내 놓고 가가는 얼굴을 살짝 찡그렸다.

"일에만 빠져 사는 사람이었어요. 가정은 전혀 돌보지 않았죠. 집에도 잘 들어오지 않고 집안 문제를 전부 어머니에게 떠넘겼습니다. 친척들과도 사이가 좋지 않아서 어머니가 늘 중간에서 애를 먹었어요. 그런 생활에 완전히 지쳐 버린 것이 아닌가 싶습니다. 하지만 집에서 도망쳐 나왔다는 사실에 대해서는 스스로를 자책했을지도 모릅니다."

아아, 하고 야스요는 고개를 끄덕거렸다. 워낙 책임감이 강한 사람이니 충분히 그럴 수 있겠다 싶었다.

그때 가가가 갑자기 뭔가 떠오른 듯한 눈으로 야스요를 바라보았다.

"꼭 여쭤보고 싶은 게 있었는데 깜빡했습니다."

"뭐죠?"

"제게 편지를 보내셨잖아요. 주소를 어떻게 알아내셨죠? 어머니는 모르셨을 텐데요."

그 질문에 야스요는 긴장으로 뺨이 살짝 굳어지는 것을 느꼈다. 얼버무려 넘길 수는 없을까 생각했지만 예리한 눈초리로 자신을 주시하는 가가를 보며 다 소용없는 짓이라는 사실을 깨달았다. 상대는 경찰이다.

"그 사람이…… 가르쳐 줬어요."

"그 사람이라니요?"

"유리코 씨가 사귀던 남자요."

순간 가가의 얼굴이 굳어졌지만 이내 그는 눈 녹듯이 온화한 표정으로 돌아왔다.

"조금 더 자세히 말씀해 주시겠습니까?"

네, 하고 대답했지만 야스요도 자세히 아는 것은 아니어서 와타베에 대해 아는 범위에서만 얘기해 주었다.

"미안해요. 숨길 작정은 아니었는데 왠지 말하기가 껄끄러웠어요."

그러자 가가가 쓸쓸하게 웃으며 고개를 저었다.

"걱정하지 마세요, 이해합니다. 그리고 어머니에게 그런 사람이 있어서 다행이었다고 생각해요. 오히려 그분을 한번 만나 뵙고 싶은걸요. 만나서 어머니 얘기를 듣고 싶습니다."

"그럴 수도 있겠네요. 하지만 말씀드렸다시피 지금은 그분이 어디 있는지조차 몰라요."

"미야모토 씨 가게 말고도 자주 다니던 곳이 있지 않을까요?"

글쎄요, 라며 야스요는 고개를 갸우뚱했다.

"없었을 거라고 봐요. 유리코 씨에게도 그런 말은 들은 적이 없고요."

"그럼 그분에 관해 기억나시는 건 또 없습니까? 출신 지역이라든가 졸업한 학교라든가…… 아니면 자주 가는 장소 같은 것들 말이죠."

"장소요……."

야스요의 머릿속에 어렴풋이 떠오르는 것이 있었다. 다지마 유리코가 무언가 인상적인 지명을 말했던 것 같았다. 그리고 마침내 그 이름이 떠올랐다.

"맞아요, 니혼바시!"

"니혼바시라고요? 도쿄에 있는 니혼바시 말입니까?"

"네. 언젠가 유리코 씨가 말한 적이 있어요. 와타베 씨가 가끔 니혼바시에 간다고요. 그래서 유명한 가게를 비롯한 명소 얘기를 많이 들려준다고 했어요. 유리코 씨도 전에 도쿄에 살긴 했지만 니혼바시에는 별로 가 본 적이 없다고 하더군요."

"와타베 씨가 니혼바시에 가는 이유에 대해서는 들은 바가 없습니까?"

"미안해요. 거기까지는……."

"아닙니다. 말씀하신 것만으로도 충분히 참고가 되었습니다."

그리고 가가는 다시 찬장으로 시선을 돌렸다. 그 옆얼굴은 더없이 진지하고 눈은 날카롭게 빛났다. 그야말로 경찰의 표정 그 자체였다.

그로부터 사흘 후, 가가가 열쇠를 돌려주러 다시 야스요의 집을 찾았다. 그는 다지마 유리코의 유품을 모두 처리했다고 말했다. 가구와 가전제품, 침구 등은 재활용품 센터에 넘긴 듯했다.

"의외로 옷이 많지 않아서 놀랐습니다. 살아 계셨으면 쉰둘인데 원래 그 연세에는 다들 그런 건지……."

가가가 안타까운 표정으로 말했다.

"유리코 씨는 근검절약이 몸에 밴 사람이었어요. 뭘 쉽게 사는 법이 없었죠. 게다가 멋을 부리고 갈 만한 곳도 별로 없지 않았을까요?"

"그랬겠군요."

고개를 끄덕이는 가가의 눈에 슬픔이 차올랐다.

"유리코 씨의 옷은 어떻게 했어요?"

야스요의 물음에 가가는 "버렸습니다."라고 단박에 대답했다.

"제가 간직하고 있어 봐야 뭘 어떻게 할 수 있는 것도 아니니까요."

그건 그렇겠다 싶으면서도 돌아가신 어머니의 옷가지를 쓰레기봉투에 담는 가가의 심정을 상상하자 야스요는 가슴이 아팠다.

두 사람은 다지마 유리코가 살던 아파트로 가서 물건이 말끔히 치워진 빈집을 확인했다. 찬장이 놓여 있던 부분만 다다미의 색이 달랐다.

"다른 짐은 모두 가가 씨 집에 옮겨 놓았나요?"

야스요가 물었다.

"네. 상자에 담아서 보냈습니다. 하나하나 살펴보면서 어머니가 지난 16년을 어떻게 지내셨는지 차분히 헤아려 보고 싶어요."

그렇게 말해 놓고 가가는 얼굴을 찡그렸다.

"그런다고 달라지는 것은 아무것도 없겠지만요."

"아니에요. 꼭 한번 어머니의 생각을 헤아려 보세요. 16년간 무슨 생각을 해 왔는지 말이죠. 저도 부탁드릴게요."

야스요의 말에 가가가 희미하게 웃으면서 고개를 끄덕였다.

"저, 그런데 그 와타베라는 분 말인데요, 그분에 대해 뭔가 알게 되면 제게 연락을 주셨으면 합니다. 아무리 사소한 일이라도 괜찮습니다."

"알겠어요. 꼭 그렇게 할게요."

"감사합니다."

도쿄로 돌아가는 가가를 야스요는 차로 센다이역까지 바래다주었다.

야스요와 인사를 나눈 후 가가는 돌아서서 성큼성큼 개찰구

안으로 걸어갔다. 야스요는 그제야 그의 얼굴이 다지마 유리코와 많이 닮았다는 것을 깨달았다.

　그런 일이 있고 나서 또 10년 이상 세월이 흘렀다. 그사이에 야스요 자신과 그녀의 주변에도 갖가지 변화가 있었고, 무엇보다 큰 사건이라면 역시 동일본 대지진과 원전 사고를 들 수 있었다.

　지진이 일어났을 당시의 일을 떠올리면 야스요는 지금도 몸이 떨린다. 파괴된 마을을 보았을 때는 지옥 같다는 생각이 들었지만 자신이 운이 좋았다는 사실을 깨닫기까지는 시간이 그래 오래 걸리지 않았다. 그녀의 친척 중 다수가 기젠누마에 살았는데 그들 대부분이 쓰나미에 휩쓸려 죽었다. 후일 헌화를 하려고 그곳을 찾았을 때는 그 무참한 광경에 할 말을 잃고 말았다. 산처럼 쌓인 회색 쓰레기 더미가 끝도 없이 펼쳐져 있었다. 어선과 자동차, 무너진 가옥이 진흙과 뒤범벅이 되어 있었다. 그 속에는 아직 발견되지 않은 시신도 상당수 묻혀 있을 터였다. 바람이 불면 숨이 막힐 정도의 악취가 코를 찔렀다.

　야스요가 경영하던 두 가게는 지진 후 모두 문을 닫았다. 다들 생명줄이 끊긴 마당에 장사가 될 리 없었고, 복구된다 해도 당분간은 손님이 없을 거라고 예상했기 때문이다. 야스요 자신도 이미 일흔을 넘어서 있었다. 슬슬 물러날 때라고 생각했다.

경기가 좋았던 시절에 모아 둔 돈과 연금 덕분에 야스요는 그럭저럭 생활을 꾸려 나갈 수 있었다. 한 달에 몇 번은 예전부터 알고 지내던 사람들과 술을 마시고, 가끔은 여행도 했다. 그토록 엄청난 지진을 겪은 처지로서는 더할 나위 없는 인생 아닌가 하는 것이 야스요 자신의 평가였다.

신문을 읽다가 문득 가가 교이치로라는 인물이 머릿속에 떠오른 것은 그렇게 하루하루 지내던 어느 날의 일이었다. 사회면에 도쿄에서 발생한 살인 사건에 관한 기사가 실려 있었다. 경시청 수사 1과라는 글자를 보고 그를 연상했다. 물론 그가 아직 그곳에 근무하는지 어떤지는 알 수 없었다. 그는 잊지 않고 해마다 연하장을 보내 주었지만 야스요 자신은 연하장을 쓴 적이 거의 없다. 가가가 아직도 야스요와의 끈을 놓지 않으려 하는 이유는 와타베에 관한 정보를 얻고 싶어서일 것이다. 그러나 그날 이후 와타베에게서는 아무런 연락이 없었다.

기사에 따르면 도쿄 변두리의 한 아파트에서 타살로 추정되는 여성의 시신이 발견되었다고 한다. 그 기사를 본 순간 야스요는 자신이 다지마 유리코의 시신을 발견했을 때의 일이 떠올랐다. 그리고 가가라는 형사도 이번 사건의 수사에 가담했을지 궁금했다.

2

쉰 살 전후로 보이는 양복 차림의 키 작은 남자와 그보다 더 작은 여자가 내빈실 문을 열었다. 그들은 머리를 수그리며 조심스럽게 들어와 다소 기가 죽은 듯한 눈길로 마쓰미야 등이 있는 쪽을 바라보았다. 수사 관계자가 다섯 명이나 늘어서 있었으니 그럴 만도 했다. 게다가 마쓰미야는 몰라도 나머지 넷은 하나같이 인상이 험악했다.

"오시타니 후미히코 씨와 부인이신 마사코 씨, 맞으시죠?"

수사관 중 리더 격인 고바야시가 서류를 보면서 물었다.

"네, 오시타니입니다."

남자가 대답했다.

"이렇게 먼 곳까지 와 주셔서 감사합니다. 저는 이번 사건을 맡은 고바야시라고 합니다. 우선 앉으시죠."

두 사람이 의자에 앉는 것을 보고 그때까지 서 있던 마쓰미야 등도 나란히 자리에 앉았다.

"유품은 확인하셨습니까?"

고바야시가 물었다.

"조금 전에 봤습니다."

오시타니가 천천히 고개를 주억거렸다. 말투에 간사이 사투리가 묻어 있다.

"아내 말로는 틀림없다고 합니다. 시계와 핸드백, 여행 가방까지 전부 동생 것이랍니다."

고바야시가 눈을 가늘게 뜨고 오시타니 마사코를 바라봤다.

"남편 분 말이 맞습니까?"

네, 하고 그녀가 꺼질 듯한 목소리로 대답했다. 그녀의 두 눈은 벌겋게 충혈되어 있었다.

"확실히 기억해요. 여행 가방은 미치코가 마음에 들어 하는 거라서 작년에 함께 온천에 갔을 때도 들고 있었어요."

고바야시가 숨을 길게 내쉬고 나서 옆에 있는 계장 이시가키를 바라보며 고개를 살짝 끄덕인 후 다시 오시타니 부부를 바라보았다.

"이미 연락을 받으셨을 줄 압니다만, 지문 조회와 DNA 감식 결과가 나왔습니다. 유감입니다만, 시신은 오시타니 미치코 씨가 틀림없다는군요. 진심으로 애도를 표합니다."

고바야시의 말이 끝나는 것과 동시에 마쓰미야 일행이 고개를 숙였다.

오시타니가 후, 숨을 내뱉었다.

"대체 어떻게 된 일입니까? 어딘가의 아파트에서 발견되었다면서요?"

"그렇긴 합니다만, 자세한 설명을 해 드리기 전에 우선 몇 가지 여쭤보고 싶습니다. 시간이 괜찮으시겠습니까?"

"네, 시간은 괜찮습니다. 뭐든 물어보세요. 다만, 함께 살지 않아서 질문에 전부 대답해 드릴 수 있을지 어떨지는 모르겠습니다."

"그런 건 걱정하지 않으셔도 됩니다. 우선, 여동생과 마지막으로 얘기를 나눈 게 언제입니까?"

오시타니 부부가 서로 얼굴을 마주 봤다. 입을 먼저 연 사람은 아내 마사코였다.

"지난달 초쯤에 통화했어요. 꽃 구경하러 교토에 가기로 되어 있어서 그 일을 의논하려고요. 작년에도 둘이서 갔거든요."

"동생은 저보다 제 아내와 더 사이가 좋았습니다."

오시타니가 옆에서 덧붙였다.

"통화할 때 미치코 씨가 도쿄에 간다는 얘기를 하던가요?"

고바야시가 물었다.

아니요, 하며 마사코가 고개를 저었다.

"그런 얘기는 전혀 없었어요. 그래서 경찰이 사진을 보여 줬을 때도 저는 설마 했어요. 도쿄의 아파트에서 시신으로 발견되다니, 그럴 리 없다고 생각했거든요. 그런데 물건들이 하나같이 어찌나 미치코의 것과 비슷한지……."

얘기하는 동안 감정이 북받쳤는지 오시타니 마사코는 고개를 숙이며 손을 입에 댔다. 하지만 눈물을 간신히 참고 심호흡을 한 번 한 후 다시 얼굴을 들었다.

"죄송합니다……."

"실종 신고를 한 날이 3월 20일 화요일이었다고 들었는데, 맞습니까?"

"네, 맞아요."

이번에는 오시타니 후미히코가 대답했다.

"그날 미치코의 직장 사람이 전화를 했어요. 그 전날인 월요일부터 연락도 없이 결근인 데다 휴대 전화도 연결되지 않는다면서, 집에도 없는 것 같은데 무슨 일이 있냐고 하더군요. 미치코는 혼자 살기 때문에 비상 연락처가 저희 집으로 되어 있었습니다. 그 전화를 받고 저희도 여기저기 연락해 봤지만, 도무지 찾을 수 없어서 경찰에 신고하게 된 겁니다."

"오시타니 미치코 씨의 직장이 어디였습니까?"

"집 청소를 하는 업체였습니다."

그러고서 오시타니는 아내에게 눈짓을 했다. 마사코가 핸드백에서 명함을 꺼내 탁자 위에 올려놓았다.

"미치코의 상사에게 받은 명함이에요."

고바야시가 명함으로 손을 뻗었다.

"저희가 가지고 있어도 되겠습니까?"

"네, 그럼요. 드리려고 가져온 겁니다."

오시타니 후미히코가 대답했다.

"그 상사 말이, 그 전주 금요일까지는 평소와 다름없이 근무

했대요. 다만, 주말에는 사치를 좀 부려 볼까, 그런 말을 미치코가 직장 동료에게 하더랍니다."

"사치라니, 무슨 말입니까?"

"모르겠어요. 그렇게만 말했다고 합니다."

마쓰미야는 수첩에 '사치?'라고 메모하고서 생각에 잠겼다. 오시타니 미치코는 사는 곳이 시가현이었으니 도쿄에 가는 것 자체가 사치에 속할 수도 있었다. 그렇다면 도쿄에 올라온 목적이 무엇이었을까. 단순히 도쿄 구경? 나이로 봐서 디즈니랜드는 아닐 것이다. 스카이트리? 했다가 설마, 하고 제쳐 놓는다. 혼자 상경해서까지 볼만한 것은 아니었다.

고바야시는 명함을 내려놓고 대신 종이 한 장을 집어 들었다. 거기에는 '고시카와 무쓰오'라는 이름이 적혀 있었다. 그 종이를 부부에게 보이며 물었다.

"혹시 이런 이름을 들은 적이 있으십니까?"

"고시카와 무쓰오라……, 글쎄요, 저는 모르겠습니다만."

오시타니 후미히코가 난처한 표정으로 아내를 바라보았다. 그녀 역시 모른다고 대답했다.

"그렇다면,"

고바야시가 종이를 내려놓고 다시 물었다.

"고스게, 또는 가쓰시카라는 지명을 듣고 생각나는 점은요? 아는 사람이 산다거나 과거에 간 적이 있다거나 말입니다. 아주 사소한 일이라도 괜찮습니다."

그러나 이번 질문에도 부부는 난감한 표정으로 서로 얼굴을 마주 보았다.

"없습니다. 가쓰시카, 하면 '남자는 괴로워'라는 드라마의 도라 상이 떠오르는 정도랄까요."

오시타니 후미히코가 어두운 표정으로 대답했다. 동생이 죽은 마당에 농담을 하려는 의도는 아닐 듯했다.

"그렇군요."

고바야시가 묵직한 음성으로 대답했다.

"저, 그건 왜 물으시는 겁니까? 그 이름이나 지명이 미치코와 무슨 관계라도 있습니까?"

오시타니 후미히코가 테이블 위로 몸을 약간 내밀고 물었다.

고바야시는 옆에 앉은 이시가키와 또다시 눈짓을 주고받은 후 마치 무언가를 선고하듯 강한 어조로 말했다.

"여동생 분의 시신이 발견된 곳이 가쓰시카구 고스게에 있는 아파트였습니다. 그리고 그 집의 주인이 고시카와 무쓰오라는 사람입니다."

시신은 지금으로부터 정확히 일주일 전인 3월 30일에 발견되었다.

고스게에 있는 한 아파트 1층에 사는 주민이 천장에서 이상한 냄새가 나는 액체가 떨어진다고 관리인에게 하소연했다. 관리인이 그 윗집을 찾아갔지만 아무런 기척이 없어 하는 수 없이 마스터키로 문을 열고 안으로 들어가 보니 벽장 쪽에서 심한 악취가 풍겼다. 벽장문을 열자 부패가 상당히 진행된 여자의 시신이 바닥에 누워 있었다.

부검 결과 사인은 경부 압박에 의한 질식사로 밝혀졌다. 시신의 목 주위에 끈 같은 것으로 조른 흔적도 있었다. 사후 2주일 이상 경과한 것으로 보인다고 감식반은 추정했다. 타살 가능성이 짙다고 판단한 경찰은 관할 경찰서에 특별 수사본부를 설치하고 마쓰미야를 비롯한 경시청 수사 1과 형사 네 명을 파견했다.

이런 경우 집주인의 진술을 듣는 것이 우선이겠으나, 집주인 고시카와 무쓰오는 행방이 묘연했다. 동네 주민들 말로는 적어도 최근 일주일간 그를 본 사람이 없다고 했다.

경찰은 집 내부를 철저히 수색했지만 고시카와의 행방을 추정할 만한 그 어떤 단서도 찾지 못했다. 뿐만 아니라 고시카와가 어떤 사람이었는지 짐작할 만한 실마리조차 전혀 없었다. 휴대 전화는 물론이고 사진이나 증명서, 카드, 편지 등도 발견되지 않았다. 고시카와 자신이나 사건에 관련된 인물이 의도적으로 없앤 것처럼 보였다.

고시카와가 그 아파트에 들어온 것은 9년 전이었다. 전입신고는 되어 있지 않았고, 입주 당시 제출한 서류에는 전 주소가 군마현 마에바시시로 적혀 있었다. 경찰은 그곳으로 수사원 몇을 급파했지만 고시카와에 관한 정보는 얻을 수 없었다. 서류에 기재된 내용이 허위일 가능성이 높았다. 사건이 벌어진 아파트는 관리가 허술한 데다 입주 조건도 까다롭지 않았다.

고시카와가 사망했을 가능성도 있다고 보고 지난 한 달간 전국에서 발견된 신원 불명의 사체와 DNA를 대조하기로 했다. 그러기 위해 아파트에 있던 칫솔과 면도기, 낡은 수건 등을 수거해 시료를 채취했다.

경찰은 고시카와의 행방을 좇는 한편 시신의 신원을 밝히는 작업도 병행했다. 시신과 함께 발견된 핸드백과 여행 가방에서는 명함이나 면허증, 휴대 전화, 카드 등 신원을 알 수 있는 물건이 일절 없었으므로 경찰은 시신의 소지품과 입었던 옷을 사진 찍어 신체적 특징에 대한 설명과 함께 전국 경찰서에 배포했다. 가족이 있다면 최근에 실종 신고를 했을 가능성이 높았다.

곧 몇 군데 경찰에서 반응이 있었지만, 정보를 대조한 결과 모두 다른 사람인 것으로 판명되었다. 전국적으로 하루에도 몇 건씩 실종 신고가 들어오는 만큼, 시신과 인상착의가 비슷한 실종자도 심심치 않게 있었다.

그러던 중 시가 현경으로부터 솔깃한 정보가 들어왔다. 히코네 경찰서에 실종 신고를 한 부부가 유품 사진을 보고 실종된 여동생 소지품과 매우 흡사하다고 주장했다는 것이었다. 정보를 좀 더 주고받아 본 결과 신체 특징이나 헤어스타일, 혈액형, 추정 연령 등이 모두 시신과 일치했다.

경시청은 그 부부에게 실종자의 지문이나 머리카락 등이 묻어 있는 물건을 도쿄로 가져올 수 있는지 물었고, 부부는 곧장 올라오겠다고 회답했다.

그렇게 해서 어제 찾아온 사람들이 오시타니 부부였다. 마쓰미야가 도쿄역까지 그들을 마중 나갔다. 부부는 남자의 여동생인 오시타니 미치코의 헤어브러시와 화장품, 액세서리 등을 가져왔다. 헤어브러시에는 머리카락이 뒤엉켜 있었다.

부부 중 남편인 오시타니 후미히코가 시신을 보고 싶어 했지만 마쓰미야는 보지 않는 게 나을 거라며 만류했다.

"부패가 많이 진행되어 얼굴을 확인할 수 있는 상태가 아닙니다. 그리고 아직은 시신이 여동생 분이라고 판명된 것도 아니니까요."

수사 회의에서는 지문 조회와 DNA 감식으로 신원을 확인하기로 결정했다. 결과가 나오기까지는 하루가 꼬박 걸렸다. 부부에게는 도쿄에서 1박을 해 주십사 사전에 양해를 구해 놓은 상태였다.

그리하여 오시타니 부부는 어젯밤, 도쿄에 있는 시티 호텔에서 하루를 머물렀다. 야경으로 유명한 호텔이었지만 그런 걸 즐길 기분이 아니었을 것이다. 그리고 오늘, 마쓰미야로부터 중대한 결과가 나왔으니 경찰서까지 와 달라는 얘기를 들었을 때는 모든 걸 각오했을 것이다.

오시타니 부부를 배웅한 후 마쓰미야는 고바야시 등과 함께 다시 회의실로 들어갔다. 이시가키와 앉아서 몇 마디 얘기를 주고받은 고바야시는 그 자리에서 수사관 몇 명을 불러 뭔가 지시를 내렸다. 히코네와 시가라는 지명이 마쓰미야의 귀에 언뜻 들렸다.

잠시 후 마쓰미야도 수사 1과 선배인 사카가미와 함께 호명되었다.

두 사람은 고바야시 앞에 섰다.

"내일 시가현에 다녀와."

그리고 고바야시는 명함 한 장을 내밀었다. 아까 오시타니 후미히코에게 받은 명함이었다.

"오시타니 미치코의 직장에 가서 그녀의 교우 관계와 도쿄와의 연결 고리 등을 조사해 봐. 나오는 게 있으면 즉시 보고하고. 필요하다면 지원 인력을 파견할 테니까."

"알겠습니다."

사카가미가 명함을 받아 쥐었다.

"직장만 조사해도 되겠습니까? 피해자의 자택은요?"

마쓰미야가 물었다.

"그건 자네가 신경 쓰지 않아도 돼. 자택 쪽은 다른 서에서 맡기로 했어."

고바야시가 언짢은 투로 대답했다.

"오늘 중으로 사전 준비를 마치도록."

"철저히 알아보기 바라네. 그쪽 경찰에는 미리 전화를 해 놓을 테니까."

이시가키가 덧붙였다.

마쓰미야와 사카가미는 알겠다고 대답하고 두 사람에게 인사를 한 뒤 돌아섰다. 그런데 마쓰미야가 걸음을 내딛다 말고 다시 돌아섰다.

고바야시가 영문을 모르겠다는 듯이 고개를 들고 그를 쳐다봤다.

"왜 그래?"

마쓰미야는 주머니에서 수첩을 꺼내 펼쳤다.

"오시타니 부부에 따르면 피해자는 3월 8일 금요일까지 정상적으로 출근하고 11일부터 결근했습니다. 요컨대 9일이나 10일에 살해되었을 가능성이 높다는 얘긴데요."

이시가키가 팔짱을 끼고 멀뚱히 마쓰미야를 올려다보았다. 그게 어쨌다는 거냐고 묻는 표정이었다.

"12일에 발생한 신코이와 사건 있잖습니까, 목 졸라 죽였다는 점에서 살해 방법이 이번 사건과 일치합니다. 혹시 둘 사이에 연관성이 있지 않나 싶어서요."

"신코이와 사건? 아아!"

고바야시가 고개를 끄덕였다.

"하천 둔치에서 노숙자가 살해된 사건 말이야?"

"그렇습니다."

예의 사건은 3월 12일 심야에 발생했다. 하천 둔치에 비닐로 지어진 오두막에 화재가 발생했고 그 안에서 불에 탄 남자의 시신이 나온 사건이다. 당초에는 단순 사고로 여기고 도쿄 감찰 의무원에서 부검을 실시했다. 그런데 부검 결과 사체가 연기를 흡입하지 않았다는 사실이 드러난 데다 경부를 압박한 흔적까지 발견되어 타살 가능성이 있다고 보고 수사에 들어갔다. 시신은 그 오두막에 예전부터 살고 있던 노숙자로 추정될 뿐 신원을 알 수 없었다. 그래서 이번 사건과의 연관성을 알아보려고 DNA 감정을 실시했지만 고시카와 무쓰오가 아닌 것으로 판명되었다.

"그쪽 사체도 질식사인 건 맞지만, 목을 끈으로 조른 것이 아니라 손으로 졸랐을 가능성이 높다고 들었어."

고바야시가 말했다.

"그러니까 사건 발생 일자가 비슷하다는 사실만으로 연관성을 점치는 건 성급하지 않을까?"

"발생 일자만 비슷한 게 아닙니다."

마쓰미야가 그렇게 대답하고 수첩으로 눈길을 향했다.

"이번 사건은 현장이 아라강 인근이고, 신코이와 사건도 아라강 변에서 발생했습니다. 두 현장 사이의 거리가 약 5킬로미터입니다. 이 정도면 가깝다고 할 수 있지 않을까요?"

"멀다 가깝다 하는 건 개인의 감각에 달렸어."

이시가키가 팔짱을 끼면서 말했다.

"자네 감각만 믿고 다른 팀의 사건에 개입할 수는 없네. 그쪽은 그쪽대로 수사본부가 있으니까 말이야. 단, 그런 의견이 있었다는 것만은 염두에 두지. 아무튼 자네 둘은 내일 빈틈없이 수사에 임하도록 해."

"알겠습니다."

마쓰미야는 두 상관에게 고개를 숙인 후 그 자리를 떴다.

윗사람들에게는 말하지 않았지만, 두 사건 사이에 연관성이 있다고 느끼는 이유가 발생 일자와 사건 현장 간의 거리 때문만은 아니었다. 또 한 가지, '인상'이라는 중요한 요소가 있었다.

고시카와의 방을 수색하는 데는 마쓰미야도 참여했었다. 벽장 속과 장롱 서랍 등을 빠짐없이 뒤졌지만 고시카와의 신분을 짐작할 만한 실마리는 찾지 못했다. 그러나 그의 생활상만은 충분히 알 수 있었다.

한마디로 전형적인 '하루살이'였다.

앞날에 대한 꿈이나 희망이 전혀 느껴지지 않았고, 언제라도 죽음을 맞이할 각오가 되어 있는 듯했다. 식료품도 잡화도 비축된 것이라고는 없었다. 심지어 냉장고조차 없었다.

마쓰미야는 실내를 둘러보면서 '이곳은 방이면서도 방이 아니다.'라고 생각했다. 그리고 노숙자들이 사는 파란 비닐 오두막을 떠올렸다. 흡사 그것과 똑같다는 생각이 들었다. 고시카와 무쓰오는 이 방에서 죽은 듯이 살아오지 않았을까.

그래서 신코이와 사건과 공통점이 있다고 느낀 것이다.

그러나 이시가키 말에도 일리가 있었다. 감각만으로 움직이다가는 형사로서의 임무를 다하기 어려웠다. 우선은 자신이 해야 할 일에 집중하자고 마쓰미야는 다짐했다.

3

다음 날 아침 일찍 마쓰미야는 사카가미와 함께 신칸센을 타고 시가현으로 향했다. 오늘 일정에 대해서는 어제 미리 협의해 두었지만, 확인도 할 겸 두 사람은 자세한 계획을 다시 한번 상의했다.

오시타니 미치코가 근무하던 곳은 '멜로디 에어'라는 회사의 히코네 지사로, 홈페이지에 따르면 하우스 클리닝과 가사

대행, 환경 위생 서비스 등이 주요 업무인 듯했다. 주소는 시가현 히코네시 후루사와초. 지도상으로는 히코네역에서 가까워 보였다. 어제 미리 그 회사에 연락해 모리타라는 이름의 지사장이 직접 두 사람을 응대하겠다는 대답을 들어 두었다.

"피해자는 주로 외근을 했다고 합니다. 병원이나 노인 요양원 같은 시설을 돌면서 청소 등의 일을 주문받았대요. 따라서 회사뿐만 아니라 고객들도 찾아가 볼 필요가 있지 않을까 싶습니다."

마쓰미야의 말에 사카가미가 입술을 일그러뜨렸다. 안 그래도 험상궂게 생긴 얼굴이 한층 험악해 보였다.

"고객이 한둘이 아닐 텐데, 우리 두 사람이 그 고객들을 전부 만나야 한단 말이야? 쳇, 자택 수색을 맡는 편이 나을 뻔했네!"

"하지만 자택 수색을 맡으면 그 주변 탐문 수사도 해야 하는데다, 그쪽은 신칸센이 아니라 자동차를 타고 가야 한다는데요. 피해자 집에 있는 물건 중에서 가구와 가전제품, 의류만 빼고 거의 전부를 도쿄로 운반해 와야 해서요."

"여자 혼자 살았는데 뭐 그리 큰 짐이 있겠어? 아무래도 그쪽이 나았을 텐데 그랬어. 아아, 운도 없지."

사카가미는 좌석 등받이를 휙 젖혔다.

마쓰미야는 투덜거리는 선배를 보면서 쓴웃음을 지었다. 그는 불평을 입에 달고 살다시피 하면서도 막상 수사에 들어가면 무엇 하나 대충 넘어가는 법이 없었고, 조사해야 할 것은 빈틈없이 알아냈다. 이시가키를 비롯한 상관들도 그런 점을 알기 때문에 사카가미를 선택했을 것이다.

"그런데 마쓰미야 자네, 신코이와 사건이 마음에 걸리는 모양이지?"

사카가미가 조금 차분한 음성으로 물었다.

"마음에 걸린다기보다, 신경이 좀 쓰인다고 할까요."

"그게 그거지. 혹시 두 사건을 동일범의 소행으로 여기는 거야?"

"아직 거기까지는……. 하지만 가능성은 있지 않을까요?"

사카가미가 고개를 갸웃했다.

"내 생각은 조금 다른데."

"그래요?"

"아니, 다르다기보다 다르길 바란다고 할까. 혹시라도 동일범이라고 해 봐. 어느 쪽 수사본부가 먼저 범인을 검거하느냐를 놓고 높은 양반들이 쓸데없이 경쟁의식을 발동시킬 거 아니야."

"그것도 괜찮지 않나요? 경쟁하게 되면 결과적으로 사건이 빨리 해결될 수도 있으니까요."

그러자 사카가미가 흥, 코웃음을 쳤다.

"젊어서 좋군. 나는 말이지, 다른 놈한테 공로를 빼앗기느니 차라리 사건이 미궁에 빠지는 편이 낫다고 생각하거든. 정의감이란 놈은 어디다 팽개쳤는지 모르겠지만 말이야."

그는 어깨를 으쓱해 보였다.

두 사람은 신칸센 '노조미호'를 타고 가다 나고야역에서 내려 '고다마호'로 갈아탄 다음 마이바라역에서 다시 도카이도 본선 신쾌속으로 바꾸어 탔다. 히코네역에 도착한 시각은 오전 10시 반경이었다.

일단 히코네 경찰서를 찾아 인사를 나눈 다음 '멜로디 에어'로 향했다. 경찰서에서 도보로 10분 정도 거리였다. 하우스 클리닝이라는 어휘에서 풍기는 느낌 때문에 하얗고 세련된 오피스 빌딩을 연상했지만 막상 눈앞에 나타난 것은 시골의 영세한 공장답게 나지막한 건물이었다. 그러나 주차장에 나란히 주차되어 있는 영업용 차량들은 흰색을 기본으로 디자인되어 있었고, 단 한 대도 지저분한 차가 없었다.

정면 현관을 통해 건물 안으로 들어서니 조그만 동 주민 센터를 연상시키는 사무실이 있고, 그곳에 열 명 정도의 직원이 책상에 앉아 일하고 있었다. 안내 책상 비슷한 것이 보여 그쪽으로 다가가는데 누군가 다가와 "경시청에서 나오셨습니까?"라고 말을 걸었다. 네모난 얼굴에 안경을 낀 남자였다.

그렇다고 하자 남자가 명함을 내밀었다. 그가 바로 모리타였다. 지사장이라고 들었던 터라 좀 더 위풍당당한 인물을 상상했는데 의외로 소탈해서 마쓰미야는 살짝 놀랐다.

그가 두 형사를 응접실로 안내한 후 오시타니 미치코의 상사였던 오쿠무라라는 남자를 불러 두 사람에게 인사시켰다. 오쿠무라의 직함은 영업과장이었다.

"역시 그렇게 되었군요. 2주 동안…… 아니지, 그럭저럭 3주네요. 어쨌든 오랫동안 아무 연락이 없어서 안 그래도 걱정하던 참이었습니다. 무슨 일이 생긴 거 아닌가 걱정은 했지만 설마 진짜로 그런 일이 일어났을 줄이야……."

오쿠무라는 눈썹을 여덟팔자로 늘어뜨리고 그렇게 중얼거리면서 머리카락이 듬성듬성한 머리를 긁적거렸다.

"혹시 짚이는 일이라도 있습니까?"

사카가미가 물었다.

"아니요, 없습니다. 마지막으로 본 날이 지난 8일 금요일이었는데, 평소와 다른 점은 없었어요. 오히려 즐거워 보였다고 할까요."

"즐거워 보였다고요?"

사카가미가 의아하다는 듯이 반문하자 옆에서 마쓰미야가 "오시타니 씨가 동료에게 주말에는 사치를 좀 부려 볼까 한다는 말을 했답니다."라고 설명했다.

"아아, 맞아요. 저도 그 자리에 있어서 잘 압니다. 분명히 그렇게 말했어요."

"사치를 부린다는 말이 뭘 의미하는지 혹시 아십니까? 식사나 여행, 또는 쇼핑 같은 걸까요?"

사카가미의 질문에 글쎄요, 하고 오쿠무라가 고개를 갸웃거렸다.

"무심히 잡담을 나누던 중이어서 캐묻지는 않았습니다."

형사들은 그 자리에 함께 있었던 동료를 불러 달라고 부탁했다. 그 동료는 오시타니 미치코와 나이가 엇비슷해 보이는 여성이었다. 그녀에게도 같은 질문을 해 보았지만 역시 도움이 될 만한 말을 들을 수 없었다. 사건에 대해서도 짐작 가는 바가 전혀 없고 사치라는 말이 뭘 의미하는지도 모르겠다고 했다.

"딱히 무슨 의미가 있는 게 아니라, 이번 주도 열심히 일했으니까 자신에게 상을 주겠다는 뜻으로 해석했어요."

동료는 변명하듯 말했지만, 그런 뜻으로 받아들였다고 해도 이상할 것은 없었다. 어쩌면 실제로 그 정도 의미였을지도 몰랐다.

형사들은 질문의 방향을 바꾸기로 하고 오시타니 미치코의 업무 내용에 관해 물어보았다.

"시설을 상대로 영업과 오퍼레이션을 하는 것이 오시타니 씨의 주 업무였습니다."

오쿠무라가 말했다.

"청소 용역을 세악하고, 계약을 맺은 고객들을 주기적으로 방문해 문제가 있는지 확인하는 일이죠. 신규 고객이라면 현장을 시찰하고 인력과 장비가 어느 정도 필요한가를 계산하고요. 그걸 저희는 오퍼레이션이라고 부릅니다."

"오시타니 씨가 이 회사에서 얼마 동안 근무했습니까?"

사카가미가 물었다.

"그러니까 그게……, 졸업하자마자 입사했으니 20년 정도 될 겁니다."

"최근 들어 업무상 문제를 일으켰다든가 다른 사람과 다투었던 적은 없습니까?"

오쿠무라가 고개를 가로저었다.

"그런 얘기는 듣지 못했습니다. 오시타니 씨는 우리 직원들 중에서도 최고로 우수했습니다. 물론 고객들의 클레임이 없었던 건 아닙니다. 청소도 사람이 하는 일이니 실수가 전혀 없을 수는 없겠죠. 그런 일이 생기면 오시타니 씨는 즉시 고객에게 달려가 발 빠르게 대처했습니다. 그녀가 담당이라서 계약을 연장하는 고객도 많았죠."

영업과장의 말에 거짓은 없어 보였다. 이런 자리에서 부하 직원을 필요 이상으로 칭찬할 이유가 없었다.

계속해서 마쓰미야와 사카가미는 오시타니 미치코와 친하게 지냈던 직원을 몇 사람 더 만났다. 하지만 그들의 얘기 역시 별다를 것이 없었다. 사람이 좋아서 남의 일을 내 일처럼 돌보았다. 다소 수다스럽기는 했지만 남을 험담하지는 않았다. 성격이 밝고 겉과 속이 똑같았다……. 그들의 얘기에서 유추되는 피해자의 이미지는 그 정도였다.

회사에서 단체로 여행을 갔을 때 찍은 사진이 있다고 하기에 보여 달라고 했다. 형사들이 지금까지 본 사진은 오시타니 부부가 들고 온 것이 유일했다. 친척 결혼식 피로연에서 찍었다는 사진 속 그녀는 세련된 투피스 차림에 표정이 다소 의기소침해 보였다. 그러나 회사 단체 여행에서의 오시타니 미치코는 한결 생기발랄했다. 몸집이 통통한 데다 결코 미인이라고 할 수는 없었지만, 보는 사람에게까지 밝은 기운이 전해지는 환한 표정이었다.

"오시타니 씨가 맡았던 거래처가 몇 군데나 되나요?"

마쓰미야가 물었다.

"아, 그러니까……."

오쿠무라가 이마를 긁적였다.

"법인과 개인을 통틀어 백 군데에서 2백 군데는 될 겁니다."

예상을 훌쩍 뛰어넘는 수치였다. 마쓰미야는 사카가미의 표정을 살폈다. 볼의 살이 미세하게 실룩거렸다.

"그 많은 거래처를 한꺼번에 관리한다는 말씀입니까?"

"그건 아닙니다. 그때그때 달라요. 일회성 고객도 있으니까요. 요즘 같으면 기껏해야 이삼십 군데 정도 될까요."

"오시타니 씨가 마지막으로 출근한 날이 3월 8일 금요일이라던데, 그 주에는 어디를 방문했습니까?"

"기록을 보면 알 수 있을 겁니다."

잠깐 실례하겠습니다, 라며 오쿠무라가 자리에서 일어났다. 그 틈에 마쓰미야는 찻잔으로 손을 뻗었다. 차가 미지근해져 있었다.

"참고가 좀 되셨습니까?"

옆에서 내내 수사원과 직원들의 대화를 듣고 있던 지사장 모리타가 물었다.

"물론입니다."

사카가미가 시원스레 대답했다.

"크게 도움이 되었습니다. 협조해 주셔서 감사합니다."

"오시타니 씨는 정말 좋은 사람이었습니다. 좀 과하다 싶을 때도 있긴 했지만 곤경에 빠진 사람을 보면 가만 내버려 두지 못하는 성격이었죠. 그런 사람이 어쩌다가……."

"정말 유감입니다. 총력을 기울여 범인을 체포하겠습니다."

그런 말을 주고받는데 오쿠무라가 돌아왔다. 그는 A4 용지를 손에 들고 있었다.

"그 주에는 전부 합해 열세 군데 거래처를 다녔더군요. 주로 병원과 요양 시설입니다."

오쿠무라는 그렇게 말하고 A4 용지를 테이블에 내려놓았다.

거기에는 거래처 이름과 주소, 전화번호, 담당자 이름 등이 기재되어 있었다. 방금 출력해 온 것 같았다.

"오시타니 씨는 늘 혼자서 외근을 다녔습니까?"

사카가미가 물었다.

"네, 혼자 차를 운전해서 다녔습니다."

"흠, 그렇군요."

사카가미가 마쓰미야에게 시선을 주었다. 어떻게 이 많은 곳을 다 찾아가지, 라고 묻는 듯한 표정이었다.

그때 모리타가 "저……," 하고 말을 꺼냈다.

"혹시 오시타니 씨가 방문했던 거래처를 돌아볼 생각이라면 안내할 직원을 한 명 붙여 드릴까요? 필요하시다면 저희 회사 차를 이용하셔도 됩니다."

"네?"

사카가미가 눈을 껌벅거렸다.

"그래도 괜찮겠습니까?"

"물론입니다. 저희처럼 규모가 작은 지사에서는 직원이 가족이나 다름없거든요. 한시라도 빨리 범인이 체포되었으면 하는 심정입니다. 도움이 된다면 협조를 아끼지 않겠습니다. 그리고 본사 사장님도 수사에 최대한 협조하라는 지시를 내렸습니다."

"아, 정말 고맙습니다. 그럼 부탁드리겠습니다."

사카가미가 고개를 숙이자 마쓰미야도 덩달아 고개를 숙였다. 낯선 고장에서 열세 군데 시설을 돌아본다는 것은 생각만 해도 골치 아픈 일이었다.

잠시 후 안내 역할을 할 직원 두 사람이 응접실로 들어왔다. 둘 다 남자로, 청소 스태프라고 했다.

형사들은 양쪽으로 나뉘어 차 두 대로 돌아다니기로 했다. 마쓰미야를 안내할 사람은 곤도라는 젊은 직원이었다. 짧은 머리에 얼굴이 볕에 멋지게 그을려 고교 야구 선수를 연상시켰다.

"바쁘실 텐데 죄송합니다."

조수석에서 마쓰미야가 말했다.

"아, 아닙니다."

곤도는 운전대를 잡은 채 어색하게 미소 지었다. 다소 긴장한 표정이었다.

가까운 곳부터 순서대로 방문하기로 한 두 사람은 맨 먼저 시내에 있는 병원으로 향했다. 병원 시설 과장이 사무국 응접실에서 마쓰미야 일행을 맞았다.

"우리 병원에서는 수술실이나 집중 치료실 등의 특수 구역을 제외한 장소의 일상적인 청소를 '멜로디 에어'에 맡기고 있습니다. 오시타니 씨가 마지막으로 방문한 날도 그런 일에 관해 협의했죠. 평소와 딱히 다른 점은 없었습니다. 그분이 그런 식으로 유명을 달리하리라고는……."

시설 과장이 침통한 표정을 지었다. 도쿄에서는 오늘 조간에 시신의 신원이 판명되었다는 소식이 실렸지만 이 지방 신문에는 아직 보도되지 않았는지도 몰랐다.

"오시타니 씨가 최근에 도쿄에 간다든가 하는 말을 하지 않던가요?"

마쓰미야의 질문에 시설 과장은 고개를 저었다.

"아니요. 오시타니 씨는 유쾌한 분이어서 대화가 엉뚱한 길로 빠지는 일이 종종 있었지만 그런 말을 한 기억은 없습니다."

아무래도 이 병원에서는 별다른 정보를 얻지 못할 것 같았다. 마쓰미야는 얘기를 적당히 끝내고 자리에서 일어섰다.

다음으로 찾아간 곳은 사설 어린이집이었다. 그곳에서도 역시 아무런 수확이 없었다. 사람 좋은 오시타니 씨가 어떻게든 청소 요금을 낮춰 주려고 애썼다는 일화를 들은 게 전부였다.

그런 식으로 여섯 군데를 돌았지만 도움이 될 만한 정보는 없었다. 마쓰미야는 그동안 들은 내용을 일단 수첩에 기록했다. 출장을 나왔으니 보고서를 올려야 했다.

"형사라는 직업이 이만저만 힘든 게 아니군요."

지금껏 별말이 없이 운전만 하던 곤도가 입을 열었다. 일곱 번째 목적지로 향하는 길이었다.

"오늘은 그나마 나은 겁니다. 이렇게 운전해 주는 분도 계시고 말이죠."

"그래도 여기저기 찾아다니면서 모르는 사람들의 얘기를 듣는 건 정말 피곤한 일인 것 같아요. 저 같으면 절대 못할 겁니다. 그래서 청소 일을 하나 봐요. 청소 일은 그다지 말을 많이 안 해도 되니까요."

"아, 듣고 보니 그렇군요."

곤도는 잠시 침묵하다가 다시 입을 열었다.

"실은 이렇게 안내하는 일도 그다지 자신이 있지는 않습니다. 하지만 오시타니 씨가 그런 일을 당했다는 얘기를 듣고 조금이라도 도움이 될까 싶어서요."

"오시타니 씨와 잘 아는 사이였습니까?"

"잘 안다고 할 정도는 아니지만 간혹 오시타니 씨 쪽에서 제게 말을 걸곤 했어요. 한번은 저희 할머니가 입원해 계신다는 말을 얼핏 했더니 그걸 기억하고서 얼마 후에 '요즘 할머니는 어떠시냐, 잘 지내시느냐' 하고 묻더군요. 정말 좋은 사람이었어요."

"그렇군요."

"형사님, 저도 부탁드리겠습니다. 반드시 범인을 체포해 주세요. 체포해서 사형해 주세요."

곤도가 시선을 앞으로 향한 채 살짝 고개를 숙였다.

마쓰미야도 "반드시 그렇게 하겠습니다."라고 말한 후 고개를 끄덕였다.

일곱 번째로 찾아간 곳은 '유락원'이라는 이름의 노인 요양 시설이었다. 벽에 균열이 여러 가닥 나 있어 세월을 느끼게 해 주는 4층짜리 건물이었다.

조그만 로비 한구석에서 쓰카다라는 여자가 마쓰미야를 응대했다. 마흔 살 전후로 보이는 그녀는 요양원에 있는 각종 설비의 유지 관리 책임자였다.

그녀 역시 오시타니 미치코가 사망한 사실을 모르는 듯했다. 마쓰미야의 얘기를 듣고 뛰는 심장을 진정시키려는 듯이 자신의 가슴께를 눌렀다.

"오시타니 씨에게 어쩌다 그런 일이……. 그저 놀랐다는 말밖에 할 말이 없군요. 도무지 믿기지 않아요. 강도라도 당한 건가요?"

마쓰미야는 고개를 저었다.

"아직 아무것도 밝혀지지 않았습니다. 겨우 시신의 신원이 판명된 단계예요. 그래서 말인데, 무엇이든 떠오르는 일이 있으면 말씀해 주세요. 아무리 사소한 일이라도 괜찮습니다."

"글쎄요, 딱히……."

쓰카다는 미간을 찡그리며 당혹스러운 듯 고개를 갸웃했다.

"마지막으로 오시타니 씨를 만난 날 무슨 얘기를 나눴습니까? 혹시 도쿄에 간다는 말을 하지 않던가요?"

"도쿄……?"

나지막이 중얼거리던 쓰카다가 뭔가 떠올랐는지 "아아!" 하고 외쳤다.

"왜 그러시죠?"

마쓰미야가 묻자 그녀는 눈을 깜박이며 말했다.

"어쩌면 그 사람 때문에……."

"그 사람이라니요?"

쓰카다는 주위를 한 번 둘러본 후 마쓰미야에게 가까이 다가갔다.

"지금 우리 요양원에 약간 문제가 있는 분이 계세요."

"어떤 문제죠?"

마쓰미야가 소리를 낮춰 물었다.

잠시 생각을 더듬는 듯하던 쓰카다는 다음과 같은 얘기를 들려주었다.

2월 중순이니까 지금으로부터 한 달 보름 전쯤의 일이다. 히코네 시내에 있는 패밀리 레스토랑에 여자 손님 하나가 들어왔다. 육십 대 후반으로 보이는 그 여성은 행색이 초라하고 머리도 지저분했다. 그렇다고는 해도 레스토랑으로서는 손님을 내쫓을 수 없어 그녀를 테이블로 안내했다. 여자는 몇 가지 음식을 주문했다. 하지만 식사를 끝낸 그녀는 멍하니 창밖을 바라보거나 들고 온 낡은 주간지를 읽을 뿐 좀처럼 자리에서 일어나지 않았다. 그런 식으로 세 시간 넘게 보낸 후 여자는 다시 종업원을 불러 음식을 주문했다. 그쯤 되자 레스토랑 측에서도 여자를 수상하게 여길 수밖에 없었다. 무전취식하려는 게 아닌지 의심이 든 것이다.

매니저가 근처 파출소에 전화를 해서 평소 친분이 있는 순경에게 사정을 설명했다. 곧바로 순경이 달려오자 여자는 자리를 박차고 일어나더니 레스토랑을 뛰쳐나갔다.

순경은 급히 그녀를 뒤쫓아가 허둥지둥 달아나는 여자의 어깨를 뒤에서 잡았다. 사고가 생긴 것은 그 순간이었다. 여자가 입구 바깥에 있는 계단에서 아래로 구른 것이다. 그것도 순경이 여자를 덮친 형국이 되고 말았다. 여자가 얼굴을 찡그리며 아프다고 비명을 질렀다.

병원으로 옮겨진 여자는 진찰 결과 오른쪽 다리에 복합 골절상을 입은 것으로 진단이 내려졌다.

순경은 업무상 과실 상해죄로 입건되었다. 하지만 그보다 곤란한 것은 여자의 신변을 처리하는 일이었다. 당연히 여자는 무전취식을 인정하지 않았다. 식사 도중 기분이 좋지 않아 잠시 바람을 쐬려고 나갔던 것뿐이라고 주장했다. 수중에 식비를 지불할 만한 돈이 없었는데도 깜빡하고 안 가져왔다고 둘러댔다.

여자는 이름도 주소도 대지 않은 채, 자신을 이런 꼴로 만들어 놨으니 배상금을 내놓으라고 경찰을 협박했다.

한편 병원에서는 여자를 퇴원시키라고 경찰에 재촉했다. 치료를 마쳤고, 남은 일은 안정을 취하는 것뿐이니 병원에 더 있을 필요가 없다는 것이었다. 하지만 경찰로서는 그녀를 집에 데려다주고 싶어도 주소를 모르니 어찌할 수 없었다. 여자는 자신이 완치될 때까지 경찰에서 자신을 돌봐야 한다고 생떼를 썼다.

난감해진 경찰은 서장과 잘 아는 사이인 '유락원'에 도움을 청했다. 마침 빈방이 있던 유락원에서는 여자를 보내도 좋다고 했다.

"지난번에 오시타니 씨가 왔을 때 그 여자 분이 목발을 짚은 채 오시타니 씨 곁으로 지나갔어요. 오시타니 씨가 저 사람은 누구냐고 묻기에 그간의 사정을 설명했죠. 그랬더니 어쩌면 자기가 아는 사람일지도 모르겠다는 거예요."

마쓰미야가 메모하다 말고 고개를 들었다.

"정말 오시타니 씨가 아는 사람이었습니까?"

"중학교 때 친하게 지내던 친구의 어머니인 것 같다고 하기에 제가 오시타니 씨에게 그 여자 분한테 말을 걸어 보라고 부탁했어요. 오시타니 씨가 그러마고 해서 그 여자 분 방으로 안내했죠."

"결과는요?"

"방에 들어서는 순간 오시타니 씨가 '역시 맞네', 그러더군요. 그리고 '아사이 씨 맞죠?'라고 그 여자 분에게 물었어요."

"여자가 뭐라고 대답하던가요?"

그러자 쓰카다는 천천히 고개를 저었다.

"아니라고 했어요."

"그랬더니 오시타니 씨는요?"

"납득이 안 간다는 표정이었어요. 그리고 정말 아사이 히로미의 어머니가 아니냐고 재차 물었죠. 그 여자 분은 아니라고, 사람을 잘못 봤다고 했어요."

"그래서요?"

"하는 수 없이 그 방을 나왔어요. 하지만 오시타니 씨는 고개를 갸웃거리면서 석연찮다는 표정을 지었어요. 틀림없다면서 말이에요."

"아사이 히로미 씨……라고 하셨죠? 한자로는 어떻게 쓰지요?"

"잘은 모르겠지만 아마도……."

아사이는 '淺居'가 아니겠느냐고 쓰카다가 말했다. 시가현에서 흔한 성이라고 했다.

"그래서 그 일로 오시타니 씨가 도쿄에 간다고 하던가요?"

마쓰미야가 물었다.

"오시타니 씨 말이, 그 아사이 히로미라는 사람이 도쿄에서 연극 연출을 한다는 거예요. 텔레비전을 보고 알았다던가? 어쨌든 오시타니 씨도 연극을 좋아해서 언젠가는 만나 보고 싶었는데, 이렇다 할 이유도 없이 옛날에 알았던 사람이라는 이유만으로 찾아가면 저쪽에 폐가 될지도 몰라서 여태까지 참았다고 했어요."

"그러니까, 만나러 갈 좋은 구실이 생겼다, 그런 뜻이군요."

"맞아요."

"이 얘기를 경찰에게도 했습니까?"

아니요, 하면서 쓰카다는 고개를 저었다.

"원장님께는 말씀을 드렸어요. 그런데 원장님이 일단 오시타니 씨의 연락을 기다려 보자고 했어요. 본인이 부인하는 마당에 섣불리 들쑤셨다가 만약 사람을 잘못 본 것으로 드러나면 또 무슨 소동을 피울지 모르잖아요. 그럴 경우 골탕을 먹는 건 경찰이 아니라 우리니까요."

요양원에서는 문제의 여자를 상당히 신중하게 다루는 듯했다.

"그 여자가 지금도 여기 있습니까?"

마쓰미야의 물음에 쓰카다는 얼굴을 찡그리며 고개를 끄덕였다.

"이제 자유롭게 움직일 수 있을 만큼 나았는데도 일어나 있기가 힘들다느니 어쩌느니 하면서 하루 종일 침대에 붙어 있어요. 여기 있으면 식사와 목욕도 해결되고 빨래까지 해 주니까요. 깨끗이 나은 후에도 여기가 아프다 저기가 아프다 하면서 눌러앉을 속셈이 아닌지 걱정하고 있던 참이에요."

"빨래라면…… 갈아입을 옷을 갖고 왔다는 뜻입니까?"

"그럴 리가요. 우리가 새로 사 줬죠. 더러운 옷을 입은 채 돌아다니면 다른 분들에게 폐가 되니까요."

"옷값은요?"

"경찰에 청구했어요."

마쓰미야는 자신도 모르게 하늘을 올려다봤다. 그리고 '엄청난 골칫덩어리를 떠안았군.' 하고 생각하며 이 지역 경찰서를 동정했다.

"그 여자를 만나 볼 수 있을까요?"

"형사님이 직접 만나시게요? 뭐, 안 될 건 없지요."

그 말에 마쓰미야는 곧바로 수첩을 덮고 엉덩이를 들었다.

"그럼 부탁드리겠습니다."

쓰카다가 안내한 곳은 어두컴컴한 2층 복도 맨 안쪽 방이었다. 그곳으로 가는 도중에 노인 몇 명과 마주쳤는데 쓰카다는 그들 하나하나에게 친절하게 말을 건넸다. 노인들도 그녀를 신뢰하는 느낌이었다.

방문 앞에 서서 쓰카다가 문을 노크했다. 들어와요, 하는 통

명스러운 목소리가 들렸다.

쓰카다가 문을 열고 "201씨를 만나고 싶다는 분이 오셨는데요."라고 말했다.

문 옆에 '201'이라고 적힌 팻말이 붙어 있었다. 그래서 201씨로군, 하고 마쓰미야는 납득했다.

"나를, 누가? 만나고 싶지 않아. 돌아가라고 해!"

여자는 말투가 거칠었다.

마쓰미야는 쓰카다의 어깨를 가볍게 두드리며 뒤로 물러나 있으라고 한 뒤 자신이 먼저 문안으로 발을 들였다.

방 안에 파스 냄새가 감돌았다. 방은 세 평 정도 넓이인데 창가에 침대가 놓여 있고 선반과 조그만 테이블, 의자도 있었다. 선반 위에 놓인 텔레비전에서는 역사 드라마가 방영되고 있었다.

여자는 침대에 앉아 있었다. 마른 체형에 회색 머리를 뒤로 묶은 그녀는 화장기가 전혀 없는 얼굴로 마쓰미야를 바라보았다.

"누구야, 당신?"

미간을 잔뜩 찡그린 채 여자가 물었다.

마쓰미야는 경찰 배지를 보여 주었다.

"경시청에서 나온 마쓰미야라고 합니다. 몇 가지 여쭤보고 싶은 게 있습니다."

여자의 얼굴에 당혹감이 어렸다.

"경시청이라고? 뭐야, 시가 현경 대신 경시청이 배상을 하겠다는 건가?"

그녀의 말을 무시하고 마쓰미야는 안주머니에서 사진 한 장을 꺼냈다. '멜로디 에어'에서 받아 온 직원 단체 여행 사진이었다. 사진을 그녀에게 내밀었다.

"이 여자 분 아시죠? 오른쪽에서 세 번째, 오시타니 미치코 씨 말입니다. 지난달 초에 만나셨다던데요."

사진을 본 순간 여자의 눈동자가 살짝 흔들렸다. 그러나 여자는 이내 흥, 콧방귀를 뀌었다.

"몰라. 만났을지는 모르겠지만 생각이 안 나."

"그렇군요."

마쓰미야는 사진을 주머니에 도로 넣은 후 "아사이 씨." 하고 그녀를 불렀다. 여자의 몸이 움찔하는 것을 마쓰미야는 놓치지 않았다.

"맞으시죠? 오시타니 씨가 그렇게 물었다더군요. 정말 아사이 씨가 아닌가요?"

"거참, 시끄럽네. 아니야. 잘못 봤다고 몇 번이나 말했잖아."

"몇 번이나 말했다, 그 말은 오시타니 씨에게 그러셨다는 뜻이죠? 생각이 안 나신다면서 오시타니 씨에게 말씀하신 건 기억하시는군요."

"그야…… 당신이 그렇게 말하니까 기억이 났지."

여자가 마쓰미야를 외면한 채 중얼거리듯 말했다.

"그 오시타니 미치코 씨 말인데요."

마쓰미야가 여자의 옆얼굴을 똑바로 바라보면서 계속했다.

"도쿄에서 사망했습니다. 그것도 타살 가능성이 짙습니다."

여자의 눈꺼풀이 꿈틀했다. 그녀는 마쓰미야 쪽을 힐끔 보더니 다시 눈길을 돌렸다.

"그, 그게 나랑 무슨 상관이 있다는 거야?"

"짚이는 일이 있지 않을까 싶어서요."

여자가 어색하게 미소를 지었다.

"말이 되는 소리를 해. 알지도 못하는 사람이 도쿄에서 죽었는데 짚이는 게 있을 리 없잖아."

"오시타니 씨가 도쿄에 간 이유가 201씨 때문일 가능성이 있다고 합니다. 따님이 도쿄에 산다던데, 알고 계십니까?"

"몰라. 난 모르는 일이야."

"모르신다고요? 딸이 없는 게 아니라 모르신다는 말씀입니까? 그럼 딸이 있다는 건 인정하시는군요."

"시끄러워! 모른다면 모르는 줄 알아. 이제 그만 나가. 나가란 말이야!"

여자가 텔레비전 리모컨을 집어 들더니 마쓰미야를 향해 던졌다. 리모컨이 마쓰미야의 허벅지에 맞고 바닥에 떨어졌다.

마쓰미야는 천천히 리모컨을 주워 침대 가장자리에 올려놓았다. 여자의 안색이 창백했다.

그때 마쓰미야의 등 뒤에서 소리가 났다. 돌아보니 쓰카다가 놀란 표정으로 서 있었다.

"괜찮으세요?"

"네, 괜찮습니다."

마쓰미야는 웃는 얼굴로 대답하고 나서 다시 여자에게 고개를 돌렸다.

"협조해 주셔서 감사합니다. 그럼 이만 실례하겠습니다."

방에서 나온 마쓰미야는 서둘러 휴대 전화를 꺼냈다. 물론 고바야시에게 보고하려는 것이었다.

"이거, 보기 좋게 당했군그래. 당첨 제비가 그쪽에 들어 있을 줄이야. 덕분에 난 헛걸음을 했어. 시설을 여섯 군데나 돌았는데 말이지."

먹다 만 튀김 메밀 우동을 앞에 둔 채 태블릿 PC 화면을 손가락으로 밀어 넘기면서 사카가미는 콧잔등을 찡그렸다.

저녁 7시를 갓 넘긴 시각, 마쓰미야와 사카가미는 히코네역 근처에 있는 메밀국수 집에 있었다. 도쿄로 돌아오라는 지시를 받았지만, 사카가미가 기차를 타기 전에 조사하고 싶은 것이 있다고 했기 때문이었다.

경찰은 오시타니 미치코가 아사이 히로미라는 동창생을 만나러 도쿄에 갔을 가능성이 매우 높다고 판단했다. 그래서 오시타니 미치코의 자택을 조사하던 수사관들이 우선 아사이 히로미의 존재부터 확인하기로 했다. 그런데 사카가미가 더 좋은 방법이 있다고 한 것이다. 아사이 히로미가 만일 유명한 연극인이라면 그녀를 인터넷으로 검색해서 찾을 수 있을 거라는 주장이었다. 오시타니 미치코가 아사이 히로미를 텔레비전에서 봤다고 했다니 웬만큼 잘나가는 연극인일 가능성이 높았다.

드디어 사카가미가 손뼉을 짝 쳤다.

"찾았다! 이 사람 아니겠어?"

그는 태블릿 PC 화면을 마쓰미야 쪽으로 돌려 주었다.

화면에 나온 것은 인물 백과사전 중 '가도쿠라 히로미'라는 인물의 상세 페이지였다. 연출가이며 각본가이자 여배우라고 적혀 있었다. 본명은 아사이 히로미, 출신지는 시가현이었다.

마쓰미야는 수사본부로 전화를 걸어 인터넷으로 검색한 결과를 고바야시에게 보고했다.

"그래? 수고 많았어. 하지만 이쪽에서도 그 정도는 하고 있어. 지금은 연락처를 확인 중이야. 늙다리라고 너무 우습게 보지 마. 더 시간 끌지 말고 냉큼 올라오라고 사카가미에게 전해."

"알겠습니다."

전화를 끊은 후 고바야시의 말을 그대로 사카가미에게 전했다.

"아니, 그랬단 말이야? 하긴 본부 놈들이 그 생각을 못했을 리 없지."

사카가미가 입을 비죽거리며 분하다는 듯이 말했다. 하지만 그는 태블릿 PC를 조작하던 손을 멈추지 않았다. 그리고 잠시 후 "하지만 그놈들도 이건 모를걸?" 하고 말했다.

"뭘 말이에요?"

사카가미는 히죽 웃으면서 태블릿 PC 화면을 가리켰다.

"지금 메이지 극장에서 가도쿠라 히로미 연출로 연극이 상연되고 있어. 제목이 '이설 소네자키 동반 자살'이야. 거물급 배우들이 줄줄이 나오는 걸 보면 상당한 대작인가 봐."

"와, 정말 출연진이 호화롭네요."

배우들이 갖가지 의상을 걸치고 죽 늘어선 사진을 보며 마쓰미야가 말했다.

"하지만 그게 어쨌다는 거죠?"

"문제는 이거야."

사카가미가 손가락으로 화면 아래쪽에 있는 글자를 가리켰다.

"공연 기간 말이야. 3월 10일부터 4월 30일까지라고 쓰여 있지? 초연이 3월 10일이라 이 말이야. 생각나는 거 없어?"

"3월 10일이라면……."

마쓰미야는 수첩을 꺼내려고 주머니에 손을 넣었다. 그런데 바로 그 순간 퍼뜩 머리를 스치는 것이 있었다.

"맞아요, 피해자가……."

"그래, 그거야. 오시타니 씨가 결근하기 시작한 날짜가 3월 11일 월요일. 3월 10일은 그 전날이잖아."

4

무대는 클라이맥스를 향해 가고 있었다. 두 남녀, 색주가 여자 하쓰와 간장 가게 점원 도쿠베가 동반 자살하는 장면이었다. 다만 이번 연극에서는 이 장면이 한 인물의 상상으로 표현되었다. 원작과 달리 이번 연극은 두 사람의 시신이 발견되는 장면에서 스토리가 시작된다. 사랑하는 사이였던 두 사람에게 대체 무슨 일이 있었던 것인지, 도쿠베의 친구였던 남자가 그 자취를 더듬어 간다는 것이 대략의 줄거리다. 이른바 미스터리물이라고 할 수 있었다. 동반 자살 사건에 관련된 사람이 좀처럼 입을 열려고 하지 않아서 사건의 진상이 드러나지 않다가, 마침내 탐정 역의 남자가 사건의 이면에 돈 문제가 얽혀 있다는 사실을 밝혀내고, 도쿠베가 자신의 결백을 증명하려고 하쓰를 길동무 삼아 자결한 것이 아닐까 하는 결론에 도달한다. 그런데 모든 것이 해결되었다고 여긴 순간 하쓰와 친했던 색주가 여인의 증언으로 놀랄 만한 사실이 드러난다. 방금 무대 위에서 펼쳐진 장면이 바로 그 의외의 진상에 관한 내용이다.

박수 소리와 함께 막이 내렸다. 어둠 속에서 히로미는 손에 꼭 쥐고 있던 손수건으로 눈가를 살짝 훔쳤다. 눈물 자국을 누가 보기라도 하면 본인이 연출한 연극을 보면서 눈물을 흘리다니 주책이라며 흉볼지도 몰랐다.

그녀는 심호흡을 한 번 한 후 자리에서 일어났다. 오늘도 별다른 문제 없이 막을 내릴 수 있어서 다행이었다.

메이지 극장의 객석 뒤쪽에 감사실이 있었다. 전면이 유리로 되어 있어 무대 전체를 바라볼 수 있는 곳이다. 거기서 연극의 완성도를 확인하는 것이 히로미의 요즘 일과였다.

감사실을 나와 분장실로 향하는데 휴대 전화가 울렸다. 받아 보니 사무실에서 아르바이트하는 아가씨였다.

"저, 선생님."

그녀는 소곤거리듯이 말을 이었다.

"경찰에서 누가 선생님을 찾아왔어요. 긴히 드릴 말씀이 있다고 하는데요."

"용건이 뭐래?"

"그건 선생님을 직접 뵙고 얘기하겠대요. 오늘 공연이 있다고 했더니 선생님이 돌아오실 때까지 기다리겠다고 하네요. 어떻게 할까요?"

"알았어. 30분 정도면 갈 수 있을 거야."

히로미는 전화를 끊고 다시 심호흡을 했다.

보나 마나 오시타니 미치코 때문일 것이다. 고스게의 아파트에서 발견된 부패한 사체의 신원이 밝혀졌다는 기사를 얼마 전 인터넷에서 읽었다.

도망치거나 숨을 필요는 없어. 그녀는 스스로에게 말했다.

분장실로 가서 배우들과 인사하고 제작진과 잠시 이야기를 나눈 후 메이지 극장을 나왔다. 택시를 잡아탄 그녀는 뒷자리에 앉아 멍하니 창밖을 바라보았다. 택시는 니혼바시를 지나 황거 쪽을 향해 가고 있었다. 조금 있으면 밤 9시다.

오시타니 미치코의 얼굴이 떠올랐다. 처음에는 중학 시절 얼굴이었지만 금세 얼마 전에 본 얼굴로 바뀌었다. 살이 올라 얼굴 윤곽이 둥그스름하고 피부가 처져 있었다. 늙었구나. 재회했을 때의 첫인상은 그랬다. 물론 저쪽도 마찬가지였을 것이다. 무려 30년 만이다.

3월 9일의 일이었다. 공연 시작을 하루 앞두고 히로미는 신경이 곤두서 있었다. 연출가로서는 메이지 극장 첫 무대였다.

무슨 일이 있어도 성공해야 한다고 생각했다. 더운 날도 아닌데 이마에서 땀이 뚝뚝 떨어졌다. 게다가 무대 연습을 하느라 목이 다 쉬어 있었다.

그래서 쉬는 시간에 극장 여직원이 다가와 "선생님을 뵙고 싶다는 분이 있는데요."라고 말했을 때, 솔직히 말하자면 성가신 마음뿐이었다. 그럴 여유가 없다며 여직원의 얼굴에 눈길도 주지 않은 채 손을 휘휘 내저었다.

"선생님 어릴 적 친구라는데요. 5분이라도 좋으니 만나서 얘기를 나누고 싶대요."

"어릴 적 친구, 이름이 뭐래?"

오시타니 미치코라는 이름을 듣고 더는 무시할 수 없었다. 한창 흥분이 고조되어 있었음에도 마음이 의외로 차분해졌다.

메이지 극장의 방 하나를 빌려 만나기로 했다. 히로미의 얼굴을 마주한 오시타니 미치코는 눈을 반짝였다.

"아주 예뻐졌네. 텔레비전에서 보긴 했지만 실제로 보니까 그보다 더 예쁘다."

그러더니 그녀는 양손으로 본인의 뺨을 감싸며 눈썹을 여덟 팔자로 늘어뜨렸다.

"나는 이렇게 볼이 축 늘어진 아줌마가 되었는데 말이야."

오시타니 미치코는 하나도 변한 게 없었다. 예컨대 명랑하고 말이 많으며 잘 웃는 여자였다. 히로미에게는 말할 틈도

주지 않았다. 그래서 그녀가 찾아온 목적을 도무지 짐작할 수
없었다.

"……그래서 깜짝 놀랐지 뭐니. 참 대단하다. 하는 일마다
화제에 오르다니 말이야. 히로미 너는 우리 고향의 자랑이야.
아아, 하지만 걱정할 필요는 없어. 히로미 네 얘기를 아무한
테나 나불거리지는 않았으니까."

그러더니 그녀는 팔락거리던 손을 갑자기 입에 갖다 댔다.

"어머, 히로미 히로미 하고 부르면서 내가 너무 허물없이 굴
었나?"

"아니야, 괜찮아. 그런데 겨우 인사나 하려고 여기까지 찾아
온 건 아니지?"

히로미가 에둘러 용건을 재촉했다.

"아, 미안, 미안. 바쁠 텐데 내가 쓸데없는 말만 잔뜩 늘어놓
았구나."

오시타니 미치코가 갑자기 차분한 표정을 지으며 등을 쭉
폈다.

"실은 중요한 얘기가 있어."

그렇게 서두를 꺼낸 뒤 그녀가 들려준 이야기에 히로미는
마음이 몹시 어두워졌다.

히로미의 엄마로 보이는 여자를 봤다는 것이었다. 어느 시
설에선가 그녀를 보호하고 있다고 했다. 다만 그 여자 본인은

자신이 히로미의 엄마임을 인정하지 않는다고 한다.

"하지만 히로미 너희 엄마가 틀림없었어. 아사이 씨 맞죠, 하고 물었을 때 움찔하더란 말이지."

히로미는 표정이 변하지 않도록 신경 쓰면서 "그래서?"라고 애써 담담한 목소리로 물었다.

"네가 가서 확인해 봤으면 해."

"내가 왜?"

"왜는, 너희 엄마잖아. 네가 가서 확인해 주면 시설 사람들도 부담을 덜 수 있고 경찰에서도……."

빠르게 말을 늘어놓는 오시타니 미치코의 얼굴 앞에 히로미는 손을 내밀었다.

"거절할래."

"……아니, 왜?"

"몰라서 물어? 내가 그 사람 때문에 어떤 꼴을 당했는지는 너도 잘 알잖아."

"우여곡절이 많았다는 얘기는 나도 들었어. 빚을 잔뜩 지고 남자와 도망갔다느니, 그 일 때문에 히로미 네가 전학을 가게 되었다느니 하고 말이지."

"그뿐만이 아니야."

히로미가 고개를 저었다.

"내가 왜 전학을 갔는지 넌 자세히 모르지?"

"거기까지는 못 들었어."

히로미는 침을 한 번 삼키고 말을 계속했다.

"아버지가 죽었어. 엄마가 없어지고 얼마 지나지 않아 아버지가 투신자살했단 말이야."

오시타니 미치코가 눈을 휘둥그렇게 뜨고 깜빡거렸다.

"나는 전혀 몰랐어. 그게 사실이니?"

"내가 왜 그런 거짓말을 하겠어."

"그야 그렇지만……, 당시에는 아무도 그런 말을 안 했어."

"장례식조차 못 치렀으니까. 나는 곧장 보호 시설로 들어갔고, 친구들에게 작별 인사도 할 수 없었어."

"아, 맞다. 나중에 담임이 네가 전학을 갔다고 알려 줬어. 기억나니, 나에무라 선생님?"

"중학교 2학년 때 담임이었잖아. 기억하지 그럼."

"참 좋은 선생님이었는데. 히로미 네가 전학 간 후, 다 같이 격려의 편지를 쓰자고 제안한 사람도 그 선생님이었어. 하지만 너희 아버지 일에 대해서는 말해 주지 않았는데……."

"내가 부탁했어, 얘기하지 말라고. 사람들에게 알려지는 게 싫었거든."

"아아, 그랬구나."

"그러니까 이제 그 여자랑 나는 아무런 관계도 없어. 만일 있다면 아버지를 죽게 만든 여자라는 것 정도일까. 그런 여자가 어떻게 되든 내가 알 바 아니야."

아사이 히로미는 오시타니 미치코에게 나쁜 감정이 있는 것
은 아니었지만 그녀를 똑바로 노려보며 단호하게 말했다.

"관계를 회복할 가능성은 없는 거야?"

"없어, 절대로."

"그렇구나. 그럼 어쩔 수 없네."

그 말 많은 오시타니 미치코가 마침내 입을 다물었다.

"미안하다. 일부러 여기까지 찾아왔는데."

"아니야, 괜찮아. 오랜만에 도쿄에 와서 얼마나 좋은데 그
래. 그리고 널 만난 것만으로도 감격스러워."

"그래, 나도 만나서 반가웠어."

인사치레이기는 했지만 절반쯤은 진심이었다. 그 힘겨웠던
소녀 시절에도 즐거운 일이 아예 없었던 것은 아니다.

"오늘 밤은 도쿄에서 묵을 거니?"

오시타니 미치코는 잠시 망설이는 표정을 보이다가 고개를
저었다.

"너한테 긍정적인 대답을 들으면 묵고 갈까 했지만……. 연
극도 보고 싶었고."

"그렇게 하지 그래? 표는 내가 구해 볼게."

그저 인사치레로 한 말이었다. 당일에 현장에서 살 수 있는
표를 제외한 첫날 티켓은 이미 매진되어 제아무리 연출가라

도 구하기 어려웠다. 무엇보다 티켓이나 구하고 있을 여유가 없었다.

"아니야, 됐어. 이래 봬도 나, 바쁜 몸이야. 어쨌든 고마워."

그리고 오시타니 미치코는 손목시계를 보더니 입을 크게 벌렸다.

"어머나, 시간이 벌써 이렇게 됐네. 너야말로 바쁠 텐데, 미안해."

그녀는 허둥지둥 자리에서 일어났다.

오시타니 미치코를 붙잡을 이유가 없었던 히로미는 그녀를 관계자용 출입구까지 배웅하기로 했다. 오시타니 미치코는 히로미 엄마에 대해서는 그 이상 얘기하지 않았지만 걸어가는 내내 이런저런 학창 시절 이야기를 계속했다. 그런 시시콜콜한 일까지 잘도 기억한다 싶을 만큼 내용이 세세했다.

"아까 말했던 나에무라 선생님 말인데, 너는 혹시 연하장이라도 주고받고 그러니?"

오시타니 미치코가 물었다.

"아니. 그런데 왜?"

"아아, 몇 년 전에 반창회를 하자는 얘기가 나왔을 때 나에무라 선생님에게 연락을 하려다 못한 일이 있었거든. 아무도 연락처를 몰라서 말이지."

"그래? 내가 마지막으로 선생님과 연락한 게 아마 고등학교에 입학했을 때일 거야."

"그렇구나. 그 선생님을 다시 한번 뵈었으면 좋겠는데. 만약 나에무라 선생님과 연락이 닿아서 반창회를 한다고 하면 히로미 너도 올래?"

히로미는 자연스럽게 미소를 지었다. 이런 일쯤이야 식은 죽 먹기다.

"그러지, 뭐. 시간만 맞으면."

와, 신난다, 하고 오시타니 미치코가 좋아했다. 그녀의 미소는 진심에서 우러나온 것이 틀림없었다.

그렇게 30년 만의 만남이 끝났다. 그걸로 모든 게 마무리됐어야 했다. 그런데…….

히로미가 롯폰기 사무실에 도착해 보니 경시청 수사 1과 소속 형사 둘이 그녀를 기다리고 있었다. 젊은 쪽은 이름이 마쓰미야라고 했고, 나이가 좀 더 들어 보이는 쪽은 사카가미라고 했다. 마쓰미야는 고상한 생김새인 데 반해 사카가미는 눈매가 날카롭고 성깔 있게 생긴 얼굴이었다.

한 분야에서 오래 일하다 보면 그 일에 적합한 인상으로 변하는지도 모르겠다고 히로미는 생각했다.

아르바이트하는 아가씨를 돌려보낸 후 히로미는 형사들과 소파에 마주 앉았다.

사카가미가 사진을 한 장 꺼냈다. 관광지에서 찍은 듯한 그 사진에는 나이가 제각기인 남녀 몇 명이 찍혀 있었다.

"혹시 이 여자 분을 아십니까?"

사카가미가 여자 하나를 가리켰다.

동그랗고 포동포동한 얼굴에 늘어진 눈꼬리. 표정이 무척 즐거워 보인다.

"오시타니네요."

히로미가 대답했다.

"중학교 동창이에요. 오시타니 미치코."

"금방 알아보시는군요. 저 같으면 중학교 동창은 길거리에서 마주쳐도 못 알아볼 것 같은데 말이죠."

"알아보는 게 당연하죠. 얼마 전에 만났으니까요."

"그게 언제죠?"

사카가미가 질문하자 마쓰미야가 메모할 준비를 했다.

"3월 9일이었을 거예요. 첫 공연 바로 전날이었으니까요."

사카가미가 예리한 눈초리로 히로미를 바라보았다.

"잘 기억하시는군요. 대답도 거침이 없고요. 대개 달력 정도는 들여다보는데 말입니다."

히로미는 등을 곧게 펴고 앉아 형사를 똑바로 보며 고개를 끄덕였다.

"그 질문을 하실 줄 알고 택시에서 확인했어요."

"그 말은······."

사카가미가 다시 사진의 여자를 가리켰다.

"우리가 오시타니 씨 일로 왔다는 걸 짐작하셨다는 뜻입니까?"

"아니면 뭐겠어요."

히로미는 두 형사를 번갈아 바라보고 나서 다시 사카가미에게 시선을 고정했다.

"며칠 전에 기사를 봤어요. 어느 아파트에서 발견된 시신의 신원이 밝혀졌다는 기사 말이에요."

"그랬군요. 놀라셨겠습니다."

"물론이죠. 믿기지 않았어요. 믿고 싶지도 않았고요. 기사에 시가현에 사는 사람이라고까지 나와 있었지만, 동명이인이라고 여기고 싶었어요. 사무실로 경찰이 찾아왔다는 말을 듣기 전까지는요."

두 형사가 서로 얼굴을 마주 보았다. 교차하는 그 시선의 의미를 히로미는 이내 간파했다. 이 여자의 말을 믿어도 좋을까, 그런 의미일 것이다.

"오시타니 씨를 중학교 졸업 이후 처음 만났습니까?"

사카가미가 테이블 끄트머리에 눈길을 주며 물었다. 그곳에 재떨이가 놓여 있었다. 히로미 자신은 담배를 피우지 않았지만 이곳에서 만나는 상대 중에는 흡연자가 몇 있었다.

네, 하고 내답하면서 히로미는 재떨이를 사카가미 앞으로 옮겨 놓았다.

사카가미가 눈썹을 치켜세웠다.

"담배를 피워도 됩니까?"

"네, 피우세요."

그럼, 하면서 사카가미가 안주머니에서 담뱃갑과 일회용 라이터를 꺼냈다. 그는 담뱃갑에서 담배 한 개비를 꺼내 손가락 사이에 끼우고 다른 손으로 라이터를 쥐었다.

"그렇다면 거의 30년 만이었겠군요. 찾아온 용건이 무엇이었습니까?"

"그건……."

히로미는 라이터에서 사카가미의 얼굴로 시선을 옮겼다.

"이미 조사하셨으니 여기까지 오신 것 아닌가요?"

"뭐, 그렇기는 합니다만,"

사카가미가 쓴웃음을 지었다.

"일단 확인하고 싶어서요."

"그렇군요."

히로미는 고개를 끄덕이고 나서 오시타니 미치코가 그녀에게 부탁한 내용과 그 부탁을 거절한 일을 간략하게 설명했다.

"그런 일이 있었군요."

히로미가 얘기하는 동안 불을 붙이지 않은 담배를 손가락 사이에 끼운 채 들고 있던 사카가미가 고개를 천천히 끄덕였다.

그때 지금까지 잠자코 있던 마쓰미야가 불쑥 끼어들었다.

"제가 문제의 여성을 만나고 왔습니다. 아사이 히로미 씨의 어머니로 추정되는 여성 분 말입니다."

히로미는 "그러세요?" 하고 감정을 억누른 말투로 대꾸했다.

"그 여성 분의 모습이 어땠는지 알고 싶으시다면 가능한 범위 내에서 말씀드릴 수도 있습니다."

"아니요, 됐어요."

"어머니가 어떻게 지내는지 알고 싶지 않으세요?"

"네, 알고 싶지 않아요."

젊은 형사를 바라보며 히로미가 단호하게 대답했다.

"방금도 말씀드렸다시피 저희를 버리고 간 사람이에요. 제 인생과는 무관한 존재입니다."

그렇습니까, 하고서 마쓰미야는 메모하는 자세로 돌아갔다.

"오시타니 씨와 헤어진 시각이 3월 9일 몇 시쯤이었습니까?"

"무대 연습 도중에 쉴 때였으니까 아마 오후 5시쯤이었을 거예요."

"그 후에 오시타니 씨는 뭘 한다고 하던가요?"

"제게는 그날로 내려간다고 했어요. 바쁜 일이 있다면서요."

"오시타니 씨와 얘기를 나눈 건 그때가 마지막이었습니까?

그 이후에 전화가 걸려 왔다든가……."

네, 그때가 마지막이었어요, 라고 히로미는 대답했다.

"그럼 마지막으로,"

사카가미가 새삼 정색하며 입을 열었다.

"이 사건과 관련해서 뭔가 떠오르는 것이 혹시 있으십니까? 아주 사소한 일이라도 괜찮습니다. 그날 대화 중에 오시타니 씨가 마음에 걸리는 말을 했다거나……."

잠시 틈을 두었다가 히로미가 고개를 저었다.

"죄송합니다. 도움이 되어 드렸으면 좋겠는데……."

"그래요. 혹시라도 생각나는 일이 있으시면 연락해 주세요. 협조, 감사드립니다. 그럼 저희는 이만."

사카가미는 결국 불을 붙이지 않은 담배를 라이터와 함께 주머니에 집어넣었다.

두 형사가 자리에서 일어나 출구로 향했다. 그런데 마쓰미야가 문에 다다르기 직전에 걸음을 멈췄다. 그는 벽에 걸린 코르크 보드에 시선을 주었다. 너비 1미터 정도의 코르크 보드에 여러 장의 사진이 압정으로 고정되어 있었다. 족히 2백 장은 넘어 보였다. 배우나 제작진과 함께 찍은 기념사진 같은 것이 있는가 하면 취재차 방문한 곳에서 찍은 것으로 보이는 사진도 있었다.

"왜 그러시죠?"

히로미가 물었다.

"아, 네…… 사진을 좋아하시나 봅니다."

"사진을 좋아한다기보다 사람과의 만남을 소중하게 여기는 거죠. 이런저런 사람들 덕분에 지금의 제가 있다고 생각하니까요."

마쓰미야는 히로미의 대답에 수긍이 간다는 듯 "훌륭하십니다."라며 미소 지었다.

"그럼 사진에 있는 사람들은 모두 아사이 히로미 씨의 인생과 관련이 있는 사람들이겠네요?"

마쓰미야의 질문은 어쩌면 조금 전 그녀가 어머니를 두고 했던 말을 비꼬는 것인지도 몰랐다.

네, 그래요, 라고 히로미는 대답했다.

형사들이 돌아간 후 히로미는 소파에 털썩 주저앉았다. 집이 있는 아오야마까지 갈 기운조차 없었다.

어머니가 어떻게 지내는지 알고 싶지 않으세요. 마쓰미야의 말이 귓속을 맴돌았다.

솔직히 그녀 자신도 혼란스러웠다. 얼마 전까지는 떠올리기조차 싫은 일이었다. 봉인해 버리고 싶은 과거였다. 그러나 지금은 당사자에게 물어보고 싶은 마음도 있다. 당신은 어떻게 그럴 수 있었나요. 그렇게 몹쓸 짓을 해 놓고 딸이 불행해지지 않을 거라고 생각했나요. 도대체 당신에게 가족이란 무엇이 있나요.

중매쟁이에게 속았다, 아쓰코는 입버릇처럼 그랬다.

히로미의 부모는 중매결혼을 했다고 하는데, 아쓰코는 무슨 일이 생길 때마다 자기 딸에게 결혼을 후회한다고 푸념을 늘어놓았다. 특히 그녀는 다다오의 경제력에 불만이 많았다.

"화장품이랑 액세서리를 파는 가게가 잘된다고 하니까 돈깨나 버는 줄 알았지 뭐야. 그런데 막상 뚜껑을 열어 보니 완전 꽝이더라고. 가게에는 온통 싸구려 물건만 널려 있고, 찾아오는 손님이라고는 근처 가난뱅이들뿐이고 말이지. 그래도 집이 있는 건 그나마 다행이라고 생각했는데 세상에, 땅을 남에게 빌린 거라고 하잖아. 완전 사기야, 사기. 그 중매쟁이는 내가 결혼 후에 원망한다는 걸 알고서 코빼기도 안 비치더라."

엄마가 화장대 앞에 앉아 상품 진열대에서 멋대로 꺼내 온 화장품을 얼굴에 덕지덕지 바르면서 표독스럽게 말하는 광경도 히로미의 뇌리에 각인된 기억의 하나였다. 새빨갛게 립스틱을 칠한 입술이 움직거리면 그곳만 마치 다른 생물인 것처럼 느껴졌다.

결혼할 당시 아쓰코는 스물한 살이었다고 하니 친구들은 한창 청춘을 누리던 시기였을 것이다. 그 또한 그녀를 짜증스럽게 했을지 모른다.

그래도 히로미가 초등학생 때까지는 아쓰코도 그럭저럭 아내와 엄마 노릇을 했고 가게에 나가 일을 거들기도 했다. 또한 히로미를 예뻐했고 히로미도 그런 엄마가 좋았다.

상황이 안 좋아지기 시작한 건 히로미가 중학교에 입학했을 무렵이었다. 아쓰코의 외출이 잦아지고 때로는 밤늦게 들어오기도 했다. 늦게 들어오는 엄마는 대개 술에 취해 있었다.

히로미의 아버지 다다오는 조용하고 성격이 온화한 사람이었다. 그는 전쟁으로 아버지를 잃은 후 엄마가 근근이 꾸려온 가게에서 일을 돕다가 마침내 그 가게를 물려받았다고 한다. 딸의 눈에 아버지는 매사에 진지하고 성실하며 사람이 좋아 보였다. 손님이 물건 값을 깎으려 들면 안 된다는 말을 하지 못하니 그러잖아도 시원찮은 벌이가 더 줄어들곤 했다.

워낙 그런 성격이라 젊은 아내가 밤늦도록 돌아다녀도 좀처럼 잔소리를 하는 법이 없었다. 아쓰코의 무질서한 생활이 석 달 넘게 계속된 다음에야 겨우 주의를 주게 되었다. 엄마가 히로미의 교복을 전혀 빨아 주지 않는다는 사실을 눈치챈 것이 그 계기였다.

아, 짜증 나, 하고 아쓰코는 혀 꼬부라진 소리로 대꾸했다.

"교복이 좀 더러우면 어때서. 그렇게 마음에 안 들면 당신이 빨면 되잖아. 세탁기만 돌리면 되는데 그까짓 게 뭐 그리 대단한 일이라고."

"그런 말이 아니잖아. 노는 것도 정도껏 해야지. 엄마면 엄마답게 행동하란 말이야."

다다오로서는 흔치 않게 거친 말투였는데, 그 말이 아쓰코의 심기를 건드린 모양이었다. 그녀가 눈을 치뜨고 악을 썼다.

"뭐라는 거야. 그런 소리를 하려거든 당신부터 좀 더 남편답게 굴란 말이야! 젊은 여자를 데려다 놓고 제대로 하지도 못하는 주제에 뭐가 잘났다고!"

그 말의 의미를 당시의 히로미는 이해하지 못했지만, 지금 생각해 보면 알 것 같다. 말할 것도 없이 성생활을 의미했을 것이다. 대꾸도 못한 채 어색한 표정으로 입을 다물던 다다오의 얼굴이 히로미의 눈에 아로새겨져 있다. 흥, 하고 남편을 깔보듯이 코웃음 치던 엄마의 얼굴도.

좁은 동네에서 가게 안주인이 밤이면 밤마다 나다니는데 소문이 안 날 리 없었다. 히로미는 어느 모임에선가 어른들이 아쓰코에 대해 쑤군거리는 소리를 듣게 되었다.

"행실이 나쁘기로 유명했던 모양이더라고."

누군가가 속삭이자 또 다른 사람이 대꾸했다.

"중학교 때부터 못된 짓만 해서 부모가 애를 먹었다나 봐. 아이를 지운 적도 있다는데? 그래서 부모가 서둘러 혼처를 알아봤대. 그때 걸려든 사람이 하필이면 아사이 씨였던 거지. 삼십 대 중반이 넘도록 장가를 못 가고 있어서 상대를 애타게 찾고 있던 참이었으니까. 여자 쪽 신상명세서에 줄줄이 거짓말만 쓰여 있는데도 사람 좋은 아사이 씨가 자세히 알아보지도 않고 곧이곧대로 믿은 거야. 결국 형편없는 여자를 마누라로 들인 거지."

"하지만 그렇게 형편없는 여자였다면 만나는 동안 알아챘을 만도 한데……."

"처음부터 본색을 드러냈다면야 알아챘겠지. 하지만 그 여자도 바보는 아닐 거 아니야. 그쯤에서 시집을 가는 게 뒷일을 생각할 때 이득이라는 계산이 섰던 거지. 그래서 결혼 전은 물론이고 결혼 후에도 몇 년 동안은 양의 탈을 쓰고 지냈나 봐. 하지만 그런 연기가 얼마나 가겠어. 요즘 들어 본색을 드러낸 거야. 듣자 하니 옛날에 같이 놀던 친구들과 다시 어울려 다니는 모양이더라고."

"그래? 아사이 씨도 참 딱하게 됐군."

"그러게 말일세. 딸이 있으니 헤어질 수도 없고……."

어른들이 주고받는 말을 들은 히로미는 몹시 우울했다. 지금은 비록 티격태격하지만 언젠가는 엄마와 아버지의 사이가 다시 좋아질 거라고 믿었는데, 어른들 말이 사실이라면 그럴 가능성이 전혀 없었다. 좋았던 시절의 엄마는 아내와 엄마를 연기했을 뿐인 것이다.

그리고 얼마 안 가서 아쓰코가 돌연 가출했다. 여느 때처럼 차려입고 나간 그녀는 밤이 늦도록 돌아오지 않았다. 며칠 후 그녀에게서 걸려 온 전화를 받던 다다오의 낭패한 목소리는 지금도 히로미의 귓가에 쟁쟁하다.

"돌아오지 않겠다니, 그게 대체 무슨 소리야. 지금 어디 있어? ……어떻게 상관하지 않을 수 있겠어? ……뭐라고, 위자료? 왜 내가 그런 걸 줘야 하지? 일단 들어와 봐. ……여보, 잠깐만!"

전화가 일방적으로 끊긴 모양이었다. 수화기를 손에 든 채 한동안 멍하니 서 있던 다다오는 정신을 차리자 장롱 서랍과 아쓰코의 화장대를 뒤지기 시작했다. 그리고 보석과 귀금속이 전부 없어졌다는 사실을 알게 됐다. 뿐만 아니라 다다오 명의의 통장에 있던 돈이 몽땅 인출되고 정기 예금마저 해지되어 있었다. 아쓰코가 통화에서 언급한 위자료라는 것이 바로 그 돈들을 두고 했던 말이라는 사실을 다다오는 깨달았다.

그 즉시 아쓰코의 친정에 연락하니 아쓰코의 부모는 이미 그런 사정을 알고 있었다. 아쓰코가 전화를 했다는 것이다.

그녀는 친정어머니에게 '결혼 생활이 지겹다, 그런 남자와는 헤어질 거다.'라고 말했다고 한다. 어디 있느냐는 물음에는 대답하지 않은 채, 친정으로 갈 마음도 없다, 앞으로는 내가 하고 싶은 대로 하며 살 거다, 라는 말만 하고 전화를 끊었다고 한다.

그 후로도 한동안 다다오는 아쓰코가 돌아오기를 기다렸던 것 같다. 아내의 행동반경이나 교우 관계를 전혀 파악하지 못했던 그로서는 달리 찾을 방도를 알 수 없었을 것이다.

어느 날, 아쓰코가 어딘가에 전입신고를 했을 수도 있겠다는 데 생각이 미친 다다오는 부랴부랴 동 주민 센터를 찾아갔고 그곳에서 황당한 얘기를 들었다. 아쓰코가 제멋대로 이혼 수속을 밟았다는 것이다. 물론 그것은 범죄 행위이므로 이혼을 무효로 만들 방법이 없는 것은 아니었지만, 그 시점에서 다다오는 모든 것을 단념했다.

그날 밤 그는 히로미에게 말했다.

"어쩔 도리가 없구나. 그런 엄마는 잊어라. 애당초 없었다고 생각해."

히로미도 동의하며 고개를 끄덕였다. 아쓰코가 가출하기 전에도 고민에 빠진 아버지를 옆에서 지켜봐 왔던 터라, 어쩌면 차라리 잘된 건지도 모른다, 이제 아버지 마음이 편해질 수도 있겠다고 생각했다.

소문은 금세 퍼졌다. 학교에 가면 동급생들이 조롱했고, 누가 그런 말을 퍼뜨렸는지는 몰라도 매춘부의 딸이라는 말까지 나돌았다.

그럼에도 히로미를 지켜 주는 친구가 있었다. 가령 오시타니 미치코가 그랬다. 초등학교 때부터 친하게 지냈던 그녀는 변함없이 집에 놀러 왔고, 히로미를 자기 집에 부르기도 했다. 그 탓에 주위로부터 따돌림을 당한다는 사실을 모를 리 없을 텐데도 오시타니 미치코는 전혀 내색하지 않았다.

담임인 나에무라 세이조 역시 든든한 아군 중 하나였다. 그는 늘 히로미에게 마음을 써 주었다. 실은 히로미가 며칠씩 빨지 않은 교복을 입고 다닌다는 사실을 다다오에게 귀띔해 준 사람도 그였다. 아쓰코가 집을 나갔다는 사실을 안 후에는 때때로 집에 찾아와 히로미가 사는 모습을 살피기도 했다. 나이는 마흔이 넘었지만 얼굴이나 몸에서 중년의 티가 나지 않았고 말이나 행동도 젊은이처럼 하는 그를 히로미는 내심 사모했다. 대학을 도쿄에서 다닌 그가 표준어를 사용하는 것도 매력적이었다.

그러나 오시타니와 나에무라의 보호 아래 평온하게 지내던 시간은 그리 오래 지속되지 않았다. 더 큰 재앙이 히로미 부녀에게 닥친 것이다.

어느 날 도매상에 간 다다오를 대신해 히로미가 가게를 지키고 있는데 양복 차림의 남자 둘이 들어왔다. 가게에 남자 손님이 오는 일이 흔치 않은 데다 두 사람 모두 인상이 좋지 않았다.

그들 중 하나가 "아버지 계시나?"라고 물었다. 외출하셨다고 대답하자 "그럼 여기서 기다리지, 뭐."라며 손님용 의자에 앉더니 담배를 피워 물었다. 둘은 히로미의 얼굴과 몸을 핥듯이 훑어보며 뭐라고 쑥덕거리고 의미심장하게 웃었다.

이윽고 다다오가 돌아왔다. 그는 두 남자를 보고 심상치 않은 기색을 느꼈는지 심각한 표정을 지으며 히로미더러 안에 들어가 있으라고 했다.

히로미는 아버지가 시키는 대로 방으로 들어왔지만 무슨 일인지 걱정이 되어 그들이 나누는 대화에 귀를 쫑긋 기울였다.

들려오는 내용은 아찔할 정도로 충격적이었다. 남자들은 빚쟁이였다. 물론 돈을 빌려 쓴 사람은 아쓰코였다. 아쓰코가 집을 나가기 며칠 전에 다다오의 도장을 몰래 꺼내서 큰돈을 빌렸다는 것이다. 자신은 돈을 빌리지 않았다고 다다오가 아무리 주장해 봐야 상대가 납득할 리 없었다.

그날 밤 히로미는 오랜만에 술에 취한 아버지 모습을 보았다. 술이 센 편이 아닌 아버지는 싸구려 위스키를 스트레이트로 몇 잔 마시더니 고함을 질러 댔다. 그리고 화장실 앞에서 한참 토하는가 싶더니 토사물에 범벅이 된 채 잠들었다. 잠든 아버지 눈가에 눈물 자국이 있었다.

빚쟁이들은 하루가 멀다 하고 찾아왔다. 그들은 히로미를 노렸다. 당장 돈을 갚지 않을 거면 딸을 넘기라고, 올 때마다 다다오를 협박했다.

하루는 학교에서 돌아오는 히로미 곁으로 차 한 대가 다가

왔다. 그 차가 히로미의 걸음걸이에 맞춰 속도를 늦추는가 싶
더니 조수석에 탄 남자가 차창을 내리고 말을 걸었다. 집까지
데려다줄 테니 타라는 것이었다.

신변에 위험을 느낀 히로미는 그대로 쏜살같이 내뺐다. 차
는 그 이상 히로미를 쫓아오지 않았지만 그녀는 말할 수 없는
공포에 휩싸였다.

집에 돌아온 히로미는 다다오에게 조금 전에 있었던 일을
털어놓았다. 다다오는 별말 하지 않았지만, 그 후로 내내 어
두운 표정을 지은 채 깊은 생각에 빠진 듯했다. 히로미는 아
버지가 어떻게든 이 고난을 극복하고 살아갈 방도를 모색하
는 거라고 생각했다.

그런데 그게 아니었다. 그때 이미 아버지의 눈에는 죽음의
그림자가 어른거리고 있었다는 것을 그녀는 얼마 지나지 않
아 깨달았다.

5

손목시계를 보고 시간을 확인한 마쓰미야는 메이지 극장을
나왔다. 물론 연극을 보려고 메이지 극장을 찾은 것은 아니
다. 그의 목적은 극장 옆 사무실에 있었다. 오시타니 미치코

가 이곳에 왔을 때의 상황을 당시 그녀를 응대한 직원들에게 물어보려는 것이었다. 한마디로 아사이 히로미의 얘기를 뒷받침할 만한 증거를 확보하는 것이 오늘 그가 여기 온 목적이었다.

그러나 오시타니 미치코와 아사이 히로미는 둘이서만 얘기를 나누었다는 것이 직원들의 증언이었다. 따라서 둘 사이에 어떤 대화가 오갔는지는 전혀 알 수 없었다. 다만 몇 사람이 오시타니 미치코를 배웅하는 아사이 히로미의 모습을 목격했는데, 두 사람이 아주 다정해 보였다고 말했다.

아사이 히로미의 경력은 대부분 파악되었다. 시가현에서 초등학교와 중학교를 다녔고, 중학교 2학년 가을에 부모가 이혼한 뒤로는 아버지와 둘이 살았다. 그러다 그 얼마 후 아버지까지 사망하는 바람에 부득이 보호 시설에 맡겨졌다. 빚에 내몰린 그녀의 아버지는 집 근처 건물에서 뛰어내려 자살했다. 시설에 맡겨진 그녀는 중학교를 전학했고, 졸업한 후 현립 고등학교로 진학했다. 고등학교를 졸업한 후에는 도쿄로 상경해 극단 '발랄라이카'에 입단했다. 거기까지는 보호 시설에 기록이 남아 있었다. 그리고 그 후의 경력은 인터넷에서도 쉽게 검색할 수 있다. 20대에는 배우로서 무대에 섰지만 서른이 넘은 후로는 각본가와 연출가로 주목을 받게 되었으며 몇 편의 대표작을 남기면서 현재에 이르렀다. 한 번의 결혼 경력이 있으며 상대는 '발랄라이카'의 대표였던 스와 다케오로, 스물여덟에 결혼해 3년 후 협의 이혼했다. 자녀는 없었다.

오시타니 미치코가 도쿄에 올라온 목적이 아사이 히로미를 만나려는 것이었음은 분명했다. 그러나 아무리 생각해도 아사이 히로미에게는 오시타니 미치코를 살해할 만한 동기가 없어 보였다. 살해 현장인 고스게의 아파트와도 아무런 연관성을 찾을 수 없었다.

오시타니 미치코가 도쿄를 방문한 데에는 또 다른 목적이 있었을지 모른다는 것이 특별 수사본부의 의견이었다. 그래서 도쿄에 아사이 히로미 이외의 지인이 있는지 수사에 들어갔다. 그러나 오시타니 미치코의 휴대 전화에 등록된 이름 중에는 도쿄에 사는 인물이 없었다.

시신이 발견된 아파트의 주인인 고시카와 무쓰오의 행방은 여전히 오리무중이었는데, 개중에는 고시카와가 오시타니 미치코를 강간 또는 금품 탈취의 목적으로 집으로 끌고 가지 않았을까 하는 의견도 있었다. 그러나 고시카와가 그 정도로 흉포한 사람이라면 이미 뭔가 문제를 일으켰을 가능성이 높은데, 그런 정보는 어디에서도 찾을 수 없었다. 또 만에 하나 강제로 끌어들였더라도 그것은 오시타니 미치코가 아파트 근처에 있지 않았다면 불가능했을 일인데 그렇다면 오시타니 미치코가 왜 그런 곳에 갔을까 하는 것도 수수께끼였다.

시신이 발견된 지 열흘이 지났지만 수사는 여전히 어려움을 겪고 있었다.

걸으면서 마쓰미야는 또 손목시계를 봤다. 약속 시각인 저녁 7시가 조금 넘어 있었다. 다행히 상대는 이쪽 사정을 아는 사람이고, 더구나 마쓰미야가 조금 늦는다고 해서 기분 나빠하지는 않을 터였다.

약속 장소는 아마자케요코초의 대로변에 있는 음식점으로, 가게 이름이 적힌 포렴 안쪽으로 유리 미닫이문이 있었다. 마쓰미야는 그 문을 연 뒤 가게 안을 죽 둘러봤다. 한가운데 통로가 있고 그 양쪽으로 4인용 테이블이 두 개씩, 6인용 테이블이 네 개씩 놓여 있었다. 테이블의 절반가량에 손님이 앉아 있다.

만나기로 한 상대는 4인용 테이블에 앉아 물수건과 찻잔을 앞에 둔 채 신문을 읽고 있었다. 그는 입고 온 겉저고리를 의자 등받이에 걸쳐 놓았고, 넥타이를 매지 않은 와이셔츠 차림이었다.

기다리게 해서 죄송해요, 라고 말을 건네며 마쓰미야는 그의 맞은편 의자를 끌어당겼다.

가가는 고개를 들어 상대를 확인하더니 신문을 접었다.

"일은 끝났어?"

"일단은요."

마쓰미야도 겉옷을 벗어 옆 의자에 놓고 자리에 앉았다.

종업원 아주머니가 주문을 받으러 오자 가가는 우선 맥주를 시켰다.

"이 근방은 오랜만이라 반갑더군. 별로 변하지 않았어."

"변하지 않는 게 이 동네의 장점이죠."

"맞아."

아주머니가 맥주와 유리잔 두 개, 그리고 식전 안줏거리로 삶은 콩을 가져왔다. 가가가 맥주를 따라 주자 마쓰미야는 고맙다면서 고개를 까딱했다.

가가는 마쓰미야의 사촌 형이자 경시청 수사 1과 선배이기도 했다. 다만 현재는 니혼바시 경찰서 형사과에 파견 나가 있다. 몇 년 전 니혼바시 경찰서에 살인 사건의 특별 수사본부가 설치되었을 때는 한 팀에 배정되기도 했었다.

오늘은 마쓰미야가 먼저 그에게 만나자고 했다. 확인하고 싶은 것이 있어서였다.

"뭐야, 이 근방에 볼일이 있다는 게? 어디에 다녀왔어?"

"메이지 극장에요."

주위에 사람들이 있어서 '수사'라는 단어는 입 밖에 낼 수 없었다.

"메이지 극장? 저것 때문인가?"

가가가 손가락으로 한쪽 벽을 가리켰다.

마쓰미야가 고개를 돌려 보니 큼지막한 포스터가 붙어 있었다. '이설 소네자키 동반 자살'이라고 제목이 적혀 있는 그 포스터 사진은 메이지 극장 홈페이지에 소개되어 있는 장면과 똑같았다.

"아, 맞아요. 흐음, 이런 데도 포스터가 붙어 있군요. 과연 닌교초에 있는 가게라 다르네요."

"볼일이라는 게 연극 관람이었어? 무슨 일인지는 몰라도 부럽네."

"그럴 리 있겠어요. 극장 사무실에 다녀오는 길이에요."

가가는 흥, 하며 관심 없다는 듯이 콧소리를 내더니 다시 아주머니를 불러 요리 몇 가지를 주문했다. 이 가게에 익숙한지 메뉴는 보지도 않았다. 그 모습을 바라보며 마쓰미야는 삶은 콩을 입에 넣고 맥주를 꿀꺽 마셨다.

"그래서, 내게 보자고 한 이유는?"

가가가 물었다.

"음, 실은 저 연극과 관련이 있어요."

"그래?"

가가가 다시 포스터 쪽으로 시선을 돌렸다.

"저 연극과 무슨 관련이 있지? 요즘 꽤 화제인 모양이던데. ……어!"

가가가 포스터에서 뭔가를 본 듯 눈을 크게 떴다.

"왜 그래요?"

"내가 아는 이름이 있어."

"역시 그렇군요."

마쓰미야의 말에 가가는 의아하다는 듯이 마쓰미야를 바라보았다.

"역시, 라니 무슨 뜻이지?"

"가도쿠라 히로미 씨죠? 안다는 분 말이에요. 저 연극의 연출자잖아요."

그러자 가가가 몸을 살짝 뒤로 젖히며 놀라는 시늉을 했다.

"어떻게 알았지?"

"가도쿠라 씨 사무실에서 사진을 봤어요. 어느 도장에서 찍은 사진 같은데, 선배가 가도쿠라 씨와 함께 있더군요. 주위에는 아이들이 있었고요."

아아, 하면서 가가가 고개를 끄덕였다.

"일이 그렇게 된 거로군."

"아사이 씨…… 아니, 가도쿠라 씨와는 전부터 알던 사이인가요?"

"아니야, 그때 처음 만났어. 그 검도 교실에서."

"검도 교실이라고요?"

"니혼바시 서에서 주최한 소년 검도 교실이었어."

가가가 니혼바시 서에 부임한 지 얼마 안 됐을 때의 일이었다. 니혼바시 서에서는 소년들을 위한 검도 교실을 정기적으로 열었는데, 그의 검도 경력을 알고 있던 서장이 가가에게 강사를 맡아 달라고 부탁했다. 신참인 처지라 거절하기 어려웠던 가가는 검도 교실이 열리는 하마초 공원 내 중앙 구립 종합 스포츠 센터 지하 1층의 도장으로 갔다.

서른 명 정도의 아이들이 모여 있었다. 검도를 배운 경험이 있는 아이도 있었지만 난생처음인 아이도 적지 않았다. 그리고 그중 세 명은 아역 배우로, 출연하는 극 중에 검도하는 장면이 있어 급히 배우러 왔다고 했다. 그 아이들을 인솔해 온 사람이 바로 연출가인 가도쿠라 히로미였다.

"연극에 꼭 필요하면 검도를 할 줄 아는 아역 배우를 캐스팅하면 되지 않겠느냐고 물었더니 그게 그리 간단한 일이 아니라고 하더군. 연기력이나 이미지 같은 것이 고려돼야 한다면서 말이지."

"그야 그렇겠죠. 그래서, 결국 가르쳤어요?"

가가는 머위조림을 젓가락으로 집어 입에 넣은 후 고개를 끄덕였다.

"가도쿠라 씨가 일단은 자세라도 잡을 수 있도록 해 달라고 부탁하기에 특별 훈련에 들어갔지. 검도 교실 본래의 취지에는 다소 어긋나는 느낌이었지만 일종의 서비스라고 여기고 말이야."

"그랬군요. 그럼 그때 이후로 서로 알고 지냈겠네요."

"알고 지냈다고 하기는 좀 뭐하고 이따금 메일이 오는 정도였지. 메일을 받으면 회신을 보내기는 했는데 대개는 안부 인사 정도였어. 내가 그 검도 교실에서 아이들을 가르친 기간은 한 달쯤이고 그 후로는 만난 적이 없거든. 그건 그렇고, 그 사람이 저 연극의 연출자일 줄은 몰랐어. 한번 보러 갈까……."

그리고 가가는 다시 포스터에 눈길을 주더니 "이런, 며칠 안 남았잖아. 서둘러야겠는걸."이라며 수첩을 꺼내 뭔가를 메모했다.

그러고서 잠시 두 사람은 말없이 젓가락만 움직였다. 가가는 마쓰미야가 무슨 일로 아사이 히로미를 만나러 갔는지 묻지 않았다. 수사차 갔을 것이 뻔한 이상 궁금하지 않을 리 없었지만 묻기가 조심스러운 듯했다.

한동안 맥주를 마시던 마쓰미야는 문득 주위를 둘러보았다. 손님이 자신이 들어올 때의 절반으로 줄어 있었다. 남아 있는 손님들은 꽤 멀찍이 떨어진 자리에 있었다.

"선배, 나 뭣 좀 물어봐도 돼요?"

마쓰미야가 새삼스럽게 정색을 하자 가가는 "뭔데?"라고 묻고는 생선회로 젓가락을 가져갔다.

"아사이 씨…… 아니, 가도쿠라 씨 말이에요. 에이, 이거 성가시네. 그 사람 본명이 아사이 히로미랍니다. 그렇게 불러도 돼요?"

"나는 아무래도 상관없어."

"그럼 아사이 씨라고 할게요. 그 사람, 어떻게 생각해요?"

가가가 눈썹을 찌푸렸다.

"질문이 너무 추상적이야."

그러자 마쓰미야가 다시 한번 주위를 살핀 뒤 가가 쪽으로 상체를 기울였다.

"만약 살인 사건의 피의자라면 말이에요."

순간 가가의 입매가 굳어지는 것과 동시에 눈빛이 날카로워졌다.

"내가 그녀를 만난 건 불과 몇 번이야. 그것도 개인적인 얘기는 별로 나눈 적도 없고. 그러니 무슨 수로 그 사람을 판단하겠어?"

"그래도 선배는 사람의 본성을 꿰뚫어 보잖아요."

"치켜세우기는."

가가는 병에 남아 있는 맥주를 두 개의 잔에 똑같이 나누어 따랐다.

"인상이 어땠는지만이라도 말해 주세요. 가령 범죄를 저지를 만한 인상이라든가……."

"사람을 겉만 보고 알 수 있겠어? 직업상 겪어 봐서 잘 알 텐데."

빈문하고 나서 가가는 "그녀를 의심하는 거야?"라고 목소리를 낮추어 물었다.

"아직 거기까지는 아니에요. 다만 피해자가 도쿄에 온 이유가 그녀와 연관성이 커서요. 지금까지 드러난 바로는 피해자가 아사이 씨 외에는 도쿄에 아는 사람이 없거든요."

가가는 고개를 천천히 끄덕이더니 잔에 남은 맥주를 단숨에 들이켠 다음 숨을 길게 내쉬었다.

"장소를 옮기지."

그러고서 그는 윗도리를 집어 들었다.

거리는 사람들로 붐볐다. 특히 중년 여성이 많이 보였다. 정말 재미있더라, 참 좋았어, 그런 소리가 마쓰미야의 귀에 들어왔다.

"메이지 극장에서 나온 모양이네. 연극이 끝났나 보군."

가가가 말했다.

"'이설 소네자키 동반 자살'은 평도 꽤 좋던걸. 상당히 기대가 돼."

정말로 보러 갈 생각인 듯했다.

마쓰미야와 가가는 사람들의 흐름을 따라 이동했다. 닌교초 거리가 나오자 두 사람은 패스트푸드점에 들어가 커피를 사 가지고 2층으로 올라갔다. 두 사람 외에는 손님이 없었다.

마쓰미야는 고스게의 아파트에서 벌어진 살인 사건의 개요와 지금까지의 수사 상황을 비교적 자세히 설명했다. 상대가 경찰관이라도 수사 내용을 함부로 발설하지 않는 것이 일반 적이지만 가가에게만은 예외였다.

"역시 포인트는 피해자의 동선이로군."

가가가 커피를 후루룩 한 모금 마시고 나서 말했다.

"내가 보기에도 피해자가 아파트에 억지로 끌려 들어갔을 가능성은 낮을 것 같아. 억지로 끌고 가려면 차도 있어야 하고, 피해자를 재운다든가 해서 저항하지 못하도록 미리 수를 써야 하는데, 그런 흔적은 없었지?"

"부검 소견에 그런 말은 없었어요."

"그렇다면 피해자가 자기 의지로 고스게에 갔다고 볼 수밖에 없군. 가도쿠라…… 아니지, 아사이 히로미 씨의 말로는 피해자가 그날로 내려간다고 했다지?"

"네. 아사이 씨에게 긍정적인 대답을 들으면 묵고 가려고 했다고요."

거기까지 말하고 마쓰미야는 수첩을 펼쳤다.

"하지만 그날 밤 결국 도쿄에서 묵었어요. 가야바초에 있는 비즈니스호텔에서요. 예약은 상경 전날인 금요일에 해 두었더군요. 아쉽게도 오시타니 씨를 기억하는 종업원은 없었지만, 밤 9시 넘어서 체크인한 기록이 남아 있었어요. 호텔 측에 따르면 특별한 일이 없는 한 취소 수수료를 받지 않는다니 돈이 아까워서 묵었다고 보기는 어려워요."

"가야바초란 말이지. 여기서 엎어지면 코 닿을 데군."

"일부러 메이지 극장 근처로 잡았을 거예요. 아사이 씨가 긍정적인 대답을 하면 다음 날 연극을 볼 작정이었을 테니까요. 다만 한 가지, 아사이 씨 말로는 티켓을 사지 않은 것 같다고 하더군요."

"그다음 날인 일요일이 초연일이지? 당연히 아사이 씨도 메이지 극장에 갔겠군."

"네, 그 점도 확인했어요. 아사이 씨는 오전에 메이지 극장에 나와서 무대와 분장실, 진행 요원실을 한 바퀴 둘러보고, 공연이 시작된 후에는 감사실이라는 방에 틀어박혀서 줄곧 무대를 지켜봤대요. 연극이 끝나고 나서도 이런저런 일로 극장에 남아 있다가 밤늦게야 집에 돌아갔고요."

"그렇다면 고스게까지 갈 틈은 없었겠어."

"그렇죠."

"하지만,"

가가가 덧붙였다.

"반드시 그날 가야 했던 건 아니잖아?"

"맞아요."

마쓰미야는 고개를 크게 끄덕거리며 역시, 하는 표정으로 사촌 형의 얼굴을 바라보았다.

"어떤 방법으로든 피해자를 움직이지 못하게 해 놓고, 예를 들어 살해하고 말이야, 시신을 살해 현장 근처에 숨겨 놓은 다음, 나중에 차에 실어 고스게까지 운반한다면 가능하지. 아사이 씨, 운전은 할 줄 알아?"

"네, 프리우스를 몰고 다녀요. 공연 첫날도 그걸 타고 메이지 극장에 갔고요. 차는 극장 관계자 주차장에 주차되어 있었대요."

"수시로 여기저기 돌아다니니까 차가 사람들 눈에 띄지 않는 장소에 있었다고 해도 수상하게 여길 사람은 없겠지. 으슥한 주차장에 피해자를 데리고 가서 살해한 다음 시신을 트렁크에……."

중얼거리듯 말하던 가가가 갑자기 고개를 가로저었다.

"아니야, 그건 아닐 거야."

"왜죠?"

"공연을 앞두고 있었으니까."

사촌 형 말이 무슨 뜻인지 몰라 마쓰미야는 미간을 찌푸렸다.

"아까 내가 검도 교실 얘기를 했지? 그런데 검도를 배우러 온 아역 배우들에게 아사이 씨가 이런 말을 곧잘 했어. 아무리 큰 고민거리가 있어도 공연을 앞두었을 때는 잊어라. 고민을 해결하려고 이리저리 궁리하는 건 무대가 끝난 다음에 해라. 그 말이 마치 그녀의 신념처럼 들리더군. 그런 신념을 쉽게 굽히시는 않았을 거야."

"그럼 끝난 다음에는요? 공연이 끝난 다음에는 그럴 가능성이 있다는 말인가요? 아사이 히로미라는 여자가 그런 범죄를 저지를 수 있는 사람이라는 뜻이에요?"

마쓰미야의 질문에 가가는 대답하지 않고 커피가 든 컵을 물끄러미 바라보았다.

"가가 선배!"

"아이를,"

가가가 천천히 입을 열었다.

"아이를 지운 적이 있다고 했어."

"네?"

마쓰미야가 눈을 껌벅거렸다. 무슨 얘기인지 금세 이해되지 않았다.

"그녀 말이야, 아사이 씨. 아이들에게 검도를 가르칠 때 내가 무심코 물어봤어. 아이는요? 하고. 별 뜻 없이 말이지. 그랬더니 그녀가 없다고 하더군. 그렇군요, 하고 대꾸했는데 그녀가 이렇게 덧붙이는 거야. 임신했지만 지웠어요, 라고. 그것도 웃으면서."

마쓰미야는 마른침을 삼키며 등을 곧게 폈다. 그때 상황을 상상하자 왠지 한기가 느껴졌다.

"나도 놀랐어. 물론 얘기를 할 수는 있지만 왜 몇 번 만나지도 않은 나한테 그런 얘기를 하나 싶어서 말이야. 그래서 이유를 물었더니 바로 그래서 내게 얘기했다는 거야. 앞으로 계속 만나게 될 상대라면 얘기하지 않았을 거래."

마쓰미야는 고개를 갸웃했다. 도무지 이해할 수 없는 일이었다.

"자신은 모성애가 없는 사람이라나."

가가가 말을 계속했다.

"모성애가 없으니 일을 희생할 생각도 없고 아이를 갖고 싶은 마음도 없었다는 거야."

"지웠다는 아이는 누구 아이일까요?"

"그야 당연히 그 당시 남편이었던 사람의 아이지."

"그런데도 지웠단 말이에요? 남편이 용케도 허락을 했군요."

"남편에게는 숨겼다더군. 임신했다는 말조차 안 했나 봐. 결혼할 때 아이를 낳지 않기로 이미 둘이서 합의했다거든."

"아무리 그래도 그렇지……."

마쓰미야의 입에서 자신도 모르게 한탄이 흘러나왔다. 세상에 그런 여자도 있나 싶었다.

"그랬는데 병원 측에서 물어볼 게 있어서 집으로 전화를 한 모양이야. 그 전화를 남편이 받았다는군."

"그래서요?"

"아사이 씨가 임신했다가 낙태한 사실을 남편이 알게 된 거시. 아무리 결혼 전에 합의했더라도 의논 한마디 없이 아이를 지우는 건 너무하지 않느냐고 남편이 따졌고, 결국 그 일이 원인이 되어 이혼에 이르렀다더군."

마쓰미야는 한숨을 내쉬었다. 듣기만 해도 피곤해지는 얘기였다.

"마음에 깊은 어둠을 품은 여자일 거야."

가가가 말했다.

"그 어둠을 만들어 낸 상처가 있었고 그 상처가 아직 치유되지 않은 것 아닐까? 그래서 그 상처를 건드리려는 자가 나타나면……."

"무슨 짓이든 한다는 말인가요, 어쩌면 살인까지도?"

마쓰미야의 말에 가가는 떨떠름한 표정으로 입술을 오므린후 고개를 저었다.

"동기가 없잖아. 나머지 얘기는 혹시라도 동기가 발견되면 계속하도록 하지."

"……그래야겠네요."

마쓰미야 역시 그럴 수밖에 없다고 생각했다.

남은 커피를 마저 마시는데 마쓰미야의 휴대 전화가 울렸다. 발신인은 사카가미였다.

이봐, 셜록 홈스, 라고 선배 형사가 그를 불렀다.

"네? 뭐라시는 겁니까?"

흠, 하고 저쪽에서 잠시 뜸을 들였다.

"좋은 소식 하나 알려 줄까? 어쩌면 자네의 그 명추리가 맞을지도 모르겠어."

"무슨 말씀이에요?"

"자네, 그 사건과의 관련성을 제기했잖아. 신코이와의 하천 둔치에서 노숙자가 불에 탄 시신으로 발견된 사건 말이야."

"아아…… 네. 그사이에 뭔가 진전이 있었습니까?"

"응. 이건 아직 공개되지 않은 사실인데 말이야."

사카가미가 목소리를 한 단계 낮추었다.

"불에 탄 시신이 노숙자가 아닐지도 모른다는 거야."

"네, 어떻게 그걸 알아냈어요?"

"그쪽 수사본부에 누군가 제보를 했나 봐. 불탄 오두막 주인이 다른 곳에 있다고 말이지. 제보한 사람도 노숙자인 모양인데, 그들 사이에도 일종의 네트워크가 있나 봐."

"그래서, 확인해 봤습니까?"

"당연히 했지. 그러니까 이쪽 본부로도 정보가 흘러들었고. 하지만 자세한 건 아직 몰라."

"오두막 주인이 살아 있다면 발견된 시신은 대체 누구일까요?"

"문제는 바로 그거야. 한쪽에서는 남의 아파트에서 죽은 여자의 시신이 발견됐고, 다른 한쪽에서는 남의 오두막에서 남

자가 불에 탄 채 발견됐어. 공통점이 있잖아? 그래서 자네한
테 알려 주는 거야. 자네가 전에 말한 대로 연쇄 살인 가능성
이 있지 않을까 해서."

마쓰미야는 침을 삼켰다.

"이쪽에서는 뭔가 움직임이 있나요?"

"아직은 아무런 지시도 없었어. 일단 자네한테 알려 줘야겠
다 싶어서 전화한 거야."

"알겠습니다. 감사합니다. 곧장 서로 들어가겠습니다."

전화를 끊은 마쓰미야는 숨을 한 번 크게 내쉰 후 휴대 전화
로 신코이와 사건과 관련된 정보를 검색해 봤다.

"무슨 일이 있어? 시신이 누구냐고 묻던데, 새로운 사건이
터진 거야?"

"그런 건 아니고, 이미 일어난 사건 얘기예요."

마쓰미야는 가가에게 신코이와 사건을 간략하게 설명한 후
방금 사카가미에게 들은 얘기를 덧붙였다.

"지금으로서는 연관이 있다고 단언하기 어려워요. 오두막의
원래 주인을 찾은 것만으로 이쪽 사건과 연결시킬 수는 없으
니까요. 하지만 어쩐지 예감이 이상해요. 사건이 발생한 시기
와 장소도 유사하고……."

"시기와 장소가 유사하다……, 이유가 그것뿐이야?"

"아니요……."

마쓰미야는 어째야 하나 망설였다. 그 얘기를 하는 편이 좋을까. 고시카와 무쓰오의 방에 들어갔을 때 받은 인상 말이다. 신출내기 주제에 베테랑 형사 흉내를 낸다고 비웃음을 사지는 않을까.

그러나.

이 사람은 그러지 않을 거야, 하고 생각하며 눈앞에 있는 사촌 형을 바라보았다. 사실 그 말고는 달리 의논할 상대도 없었다.

결국 마쓰미야는 가가에게 고스게에 있는 아파트에 갔던 얘기를 했다. 꿈이나 희망이 전혀 느껴지지 않았고, 언제라도 죽음을 맞이할 각오가 되어 있는 듯했던 방. 방이면서도 방이 아니고, 노숙자들이 사는 파란 비닐 오두막처럼 애잔함을 느끼게 했던 좁은 공간.

"요컨대 '인상'이 비슷하다고 느꼈다는 거죠."

마쓰미야는 얘기하면서도 답답함을 느꼈다. 자신이 생각한 바가 제대로 전달되고 있다는 확신이 들지 않았다.

"이 정도로는 감이 안 잡히시죠?"

마쓰미야가 묻자, 팔짱을 낀 채 마쓰미야의 얘기를 듣고 있던 가가가 생각에 잠긴 얼굴로 양손을 천천히 테이블 가장자리에 올려놓았다.

"불에 탄 시신이 고스게 아파트의 주인이 아니라는 사실은 확인되었다고 했지? 그건 DNA 감정 결과인가?"

"네."

"뭘 가지고 감정했는데?"

"아, 그게……."

마쓰미야는 수첩을 펼쳤다.

"아파트에 있던 칫솔과 면도기, 낡은 수건 등으로요. 그런 물건들에는 다른 사람의 DNA가 섞이기 어렵잖아요."

"그렇긴 한데, 범인이 바꿔치기했을 가능성은 없을까?"

가가의 질문에 마쓰미야는 움찔했다. 지금까지 생각해 본 적도 없는 일이었다.

"그런 짓을 왜 하죠?"

"수사에 혼란을 주기 위해서지. 행방을 알 수 없는 사람이 하나, 신원 불명의 불에 탄 시신이 하나. 게다가 사건 발생 장소와 시기까지 비슷하다면 너처럼 두 사건의 관련성을 의심하는 사람이 나오는 것도 당연해. 동일 인물의 소행이 아닐까 하고 말이야. 그런 의심을 피하고 싶었던 누군가가 DNA 감정에 쓰일 만한 물건을 다른 사람 것으로 바꿔치기했다……, 어때, 있을 수 없는 일은 아니잖아?"

마쓰미야는 머릿속을 정리한 다음 고개를 끄덕였다. 듣고 보니 충분히 가능성이 있는 일이었다.

"맞는 말이에요. 그런데 그걸 무슨 수로 확인하죠? 현재로서는 서로 다른 관할 서 사건이니 섣불리 나설 수도 없고……."

"DNA 감정에 사용된 물건의 진짜 주인을 찾아내면 길이 열리지 않을까?"

"주인을 찾아낸다고요?"

마쓰미야는 어깨를 으쓱하며 양손을 펼쳐 보였다.

"무슨 방법으로요? 만일 범인이 바꿔치기했다면 어디에선가 주워 온 물건일 텐데, 그런 물건의 주인을 어떻게 찾겠어요."

"그래? 내 생각은 다른데."

"어떻게요?"

"주워 온 물건이 아닐 것 같아. 칫솔과 면도기, 낡은 수건. 여기서 검출된 DNA는 반드시 동일해야 해. 따로따로 주워 올 수 없다는 얘기지. 그렇다면 누군가가 사는 곳에서 한꺼번에 가져올 수밖에 없지 않을까?"

"누군가가 사는 곳이라면……."

마쓰미야의 머릿속에 퍼뜩 스치는 것이 있었다.

"불에 탄 오두막!"

가가가 입가에 슬그머니 미소를 머금었다.

"이제야 알겠어?"

"오두막의 원래 주인을 찾았잖아요. 그 남자가 사용하던 물건인지도 모르겠군요."

"나는 그럴 가능성이 크다고 봐."

마쓰미야가 벌떡 일어나더니 일회용 컵과 쟁반을 서둘러 정리했다.

"아, 아, 허둥대지 말고."

가가의 목소리를 뒤로하고 마쓰미야는 계단을 뛰어 내려갔다.

6

분장실에서 배우들과 몇 마디 나눈 후 별실로 가서 메이지 극장 프로듀서를 만났다. 프로듀서는 대학 연극과 출신의 남자로 나이는 히로미보다 열 살 가까이 아래였지만 신뢰할 수 있는 인재였다. '이설 소네자키 동반 자살'은 히로미가 오랫동안 공들여 준비해 온 작품으로 4년 전에 오사카의 조그만 극장에서 처음으로 선보였는데, 그때 그가 눈여겨보았다가 이번 기회를 마련해 주었다. 그래서 히로미는 그에게 감사하는 마음이 컸다.

"이왕 할 바에는 멋지게 해 보죠."

그러면서 호화 출연진을 섭외하는 것은 물론이고 50일이라는 이례적인 장기 공연을 제안했을 때 히로미는 솔직히 말해 두려운 마음도 있었다. 하지만 지금은 그러기를 잘했다고 생각한다. 결과적으로 흥행에 대성공을 거두었기 때문이다.

"신문 보셨어요? 갈수록 반응이 뜨거워지고 있어요."

프로듀서가 흐뭇한 표정을 지었다.

"대표님도 기분이 상당히 좋으신 모양이에요. 벌써부터 재공연 얘기가 나오고 있어요. 선생님은 어떻게 생각하세요?"

"저야 뭐, 감사할 따름이죠."

"그래요? 그럼 윗분들과 상의해 보겠습니다. 일단 티켓은 당일권을 제외하고는 마지막 날 공연까지 대부분 매진이에요. 이거참, 정말 잘됐습니다."

프로듀서가 기세등등하게 말했다.

그와 악수를 나누고 헤어진 히로미는 객석을 들여다보기로 했다. 공연 중에는 거의 매일같이 감사실에서 공연을 보고 있지만, 그러기 전에 미리 관객의 모습을 관찰하는 것이 그녀의 습관처럼 되어 있었다. 관객의 얼굴을 봐 두지 않으면 관객이 좋아하는 작품을 만들 수 없다, 그건 헤어진 남편에게 귀에 못이 박히도록 들은 말이다.

메이지 극장의 맨 아래층 객석은 건물 3층에 있었다. 히로미는 우측 10번 문에 서서 장내를 살폈다. 공연이 시작되려면 아직 30분 가까이 남았는데 객석은 이미 상당수가 차 있었다. 관객 중에는 친구나 지인끼리 함께 온, 나이가 좀 있는 여성이 많았다. 메이지 극장 고객 리스트에는 10만 명의 이름이 등록되어 있는데 그 대부분이 여성이라고 한다. 만일 재공연을 하게 된다면 남성 관객을 어떻게 끌어들이느냐가 과제라고 할 수 있었다. 히로미는 거기서 한 걸음 더 나아가 젊은 관객까지 불러 모으길 원했다. 그렇다고 해서 아이돌 탤런트를 출연시킨다거나 하는 안이한 방법은 사용하고 싶지 않았다.

그런저런 생각을 하며 객석을 둘러보던 히로미가 어느 순간 눈을 화들짝 떴다. 아는 얼굴이 보였기 때문이다. 큰 키에 넓은 어깨, 윤곽이 뚜렷한 얼굴.

히로미는 그에게 다가갔다. 상대는 아직 그녀를 알아보지 못한 듯, 손에 쥔 티켓과 좌석 번호를 번갈아 들여다보고 있었다.

"오랜만이군요."

그녀가 그의 뒤에서 말을 걸었다.

상대방, 즉 가가가 등을 쭉 펴더니 뒤를 돌아봤다. 그리고 아아, 하면서 미소 지었다.

"여기서 만나리라고는 생각도 못했습니다. 오랜만이에요."

가가가 고개를 숙이며 인사했다.

"자리를 못 찾고 계시나요?"

"아닙니다. 좌석의 위치를 대충 기억해 두려는 것뿐입니다."

"그렇군요. 동행은요?"

"저 혼자 왔습니다."

"그럼 저랑 차라도 한잔하시겠어요? 공연 시작까지 시간이

124

좀 있는데……."

"저야 괜찮지만, 연출자는 바쁘실 텐데요."

그 말에 히로미가 피식 웃었다.

"연출자가 이제 와서 허둥거려 봐야 무슨 도움이 되겠어요."

"하긴 그렇군요. 그럼 기꺼이."

가가가 하얀 이를 드러내며 웃었다.

다행히 2층 라운지에 빈자리가 있어서 두 사람은 그곳에 마주 앉았다. 둘 다 커피를 주문했다.

"그때는 정말 신세를 많이 졌어요. 덕분에 공연도 무사히 마치고 반응도 굉장히 좋았어요. 감사드려요."

그때란 벌써 5년 전이었다.

"도움이 되었다니 다행입니다. 그 아이들은 그 후로도 검도를 계속하고 있습니까?"

"여자아이가 하나 있었잖아요, 그 아이가 중학교에 올라가서 검도부에 들어갔대요."

"거참, 기특하군요. 명실상부한 여성의 시대가 왔나 봅니다."

가가가 흐뭇하게 미소 지었다.

눈빛이 예리하고 날카로운 인상임에도 인간적인 따뜻함을 느끼게 하는 것은 5년 전과 변함이 없었다. 무리한 부탁을 들어줬을 뿐 아니라 "일단 가르치기로 한 이상 대충 할 수는 없습니다. 전원이 완벽한 검객처럼 보이도록 최선을 다하겠습니다."라며 정해진 수업 시간을 넘어서까지 지도해 주었다. 매번 "오늘은 이 정도로 하죠."라고 말을 꺼낸 사람은 히로미였다. 가가는 친절할 뿐 아니라 성실하기까지 한 사람이었다.

그건 그렇고, 하며 가가가 주위를 둘러봤다.

"아주 성황이군요. 저도 티켓을 구하느라 애를 먹었습니다."

"저한테 말씀하셨으면 구해 드렸을 텐데……."

아뇨, 아뇨, 하며 가가가 손을 내저었다.

"표를 구하려고 애쓰는 것도 연극 관람에서 느끼는 즐거움 중 하나예요. 그래야 재미없을 때 큰소리칠 수 있잖아요. 돈을 돌려달라면서 말입니다."

"어머, 큰일이네요. 막을 내린 다음이 걱정이에요."

"그런 일은 없을 겁니다. 관객은 정직하거든요. 요즘 같은 시대에 입소문 없는 유행은 있을 수 없습니다. 이렇게 인기가 있다는 건 연극의 완성도가 뛰어나다는 증거죠."

"연극이 끝나고 돌아갈 때도 그 말을 들을 수 있으면 좋겠네요."

"말씀은 그렇게 하시면서도 내심으로는 문제없다고 자신하실 텐데요."

"그야, 뭐……."

"역시."

그런 대화를 나누는데 주문한 커피가 나왔다. 히로미는 아무엇도 넣지 않고 그대로 마셨다.

"그런데 의외네요, 전에 뵈었을 때는 연극에 별 관심이 없는 분처럼 보였는데……, 최근 들어 변화가 생긴 건가요?"

가가가 웃는 얼굴로 고개를 저었다.

"일과 무관하게 연극을 보러 온 건 오랜만입니다."

"그럼 어떻게……."

"자주 가는 음식점에서 우연히 포스터를 봤어요. 히로미 씨 이름이 있어서 반가운 마음이 들었습니다. 메이지 극장에서 공연하시는 일도 있군요."

"메이지 극장은 처음이에요. 제가 연출한 연극을 이 극장 무대에 올리는 게 꿈이었어요."

"그래요, 훌륭한 극장이죠."

"단순히 훌륭해서가 아니라 특별한 추억이 있어요. 제가 신인 배우였을 때 처음으로 큰 무대에 선 곳이 여기였거든요. 그 전까지는 소극장 무대에만 섰었죠. 연출을 하게 되면서 언젠가는 메이지 극장에서 공연하리라고 마음먹었어요. 그런데 좀처럼 기회가 오지 않더군요."

"아하, 그랬군요. 진심으로 축하드립니다."

가가가 진지한 얼굴로 새삼 고개를 꾸벅했다.

네, 감사합니다, 하고 히로미도 답례를 했다.

그 후 두 사람은 메이지 극장의 역사에 관해 잠시 얘기를 나

넜나. 가가는 흥미로운 표정으로 히로미의 얘기를 들었다. 그가 니혼바시라는 동네에 관심이 아주 많다는 사실을 히로미는 전에도 느낀 적이 있었다.

그건 그런데.

가가가 여기 온 것이 과연 단순한 우연일까. 타이밍이 기가 막히게 절묘했다. 하지만 그는 니혼바시 서 소속이니 오시타니 미치코 살해 사건과는 무관할지도 몰랐다.

"무슨 생각을 그렇게 하십니까?"

히로미가 딴생각을 하는 것이 얼굴에 드러났는지 가가가 물었다.

"아니요, 저, 사실은……."

망설이던 히로미는 결국 얘기를 꺼냈다.

"며칠 전에 경찰이 찾아왔어요."

"아, 그래요? 혹시 교통사고?"

"아니, 아니에요."

히로미는 주위를 한 바퀴 둘러보며 엿듣는 사람이 없는지 확인한 후 목소리를 낮추어 말했다.

"살인 사건 수사 때문에요."

"허어."

가가가 당혹스러운 표정을 지었다.

"그런데 왜 히로미 씨를 찾아왔죠?"

"피해자가 제가 예전에 알던 사람이거든요. 고스게에 있는 낡은 아파트에서 부패된 시신으로 발견됐어요. 그 사건, 모르세요? 2주쯤 전에 일어났는데……."

"고스게라…… 아, 그러고 보니 그런 사건이 있었던 것 같군요. 어떻게 되었는지 모르겠네요."

가가가 고개를 갸웃했다.

"신원이 밝혀졌어요. 피해자가 저를 만나려고 시가현에서 올라왔다더군요. 실제로 살해되기 전에 만나기도 했고요. 이 극장에서요."

"그래요? 그것참, 딱하게 됐군요."

가가의 표정은 여전히 차분했다.

"다른 관할 서 사건은 잘 모르시는 모양이죠?"

"모릅니다. 기본적으로 수사 정보가 외부로 새어 나가지 않도록 하는 게 원칙이라서요. 외부뿐 아니라 수사 관계자들끼리도 필요 이상으로 정보를 주고받지 않습니다."

"그렇군요."

"혹시 그 사건의 수사 진행 상황을 알고 싶으신가요?"

가가가 정곡을 찔렀다. 그에게 말을 건넨 것은 단지 반가워서가 아니었다.

"네, 그야, 뭐……."

히로미는 애매하게 얼버무렸다.

"그렇다면 가능한 범위 안에서 알아보겠습니다. 수사 1과에 아는 사람이 몇 있거든요. 어쩌면 가르쳐 줄지도 모릅니다."

"그럼 좀 부탁드려도 될까요?"

"물론입니다. 다만 너무 기대하지는 마세요."

가가는 수첩과 볼펜을 꺼냈다.

"수사 상황에도 여러 가지가 있는데, 어떤 걸 알고 싶으시죠?"

"그건……."

그의 커다란 손을 바라보던 히로미의 머릿속에 갑자기 다른 생각이 스쳤다.

"아니, 저, 가가 씨. 됐어요. 알아봐 주시지 않아도 돼요."

그 말에 가가가 당황스럽다는 듯이 눈을 껌벅거렸다.

"괜찮겠습니까? 알고 싶으신 것 아니었어요?"

"그야 그렇지만 가가 씨께 폐를 끼칠 수는 없어요."

"별일도 아닙니다. 아는 사람에게 물어보는 것뿐인데요, 뭐."

"괜찮습니다. 죄송해요, 연극을 보러 오신 분께 쓸데없는 말을 해서요."

말을 마친 히로미는 입술을 깨물었다.

가가는 고개를 끄덕이고 수첩과 볼펜을 도로 집어넣었다.

"혹시라도 마음이 바뀌면 말씀하세요. 전화번호는 전에 알려 드린 그대로입니다."

"고맙습니다. 하지만 아마도 부탁드리는 일은 없을 거예요. 가가 씨는……."

히로미는 윤곽이 뚜렷한 가가의 얼굴을 바라보며 말을 이었다.

"제게 가가 씨는 검도 선생님이지 형사가 아니에요. 그러니까 이런 말을 해서는 안 되는 거였어요. 정말 죄송해요."

가가는 그녀가 한 말의 뜻을 되새기기라도 하는 표정으로 잠시 침묵하더니 알겠습니다, 하고 얼굴에 미소를 떠올렸다.

히로미가 계산서를 집어 들었다.

"계산은 제가 할게요."

"아니요, 이러시면……."

곤란한 표정을 짓는 가가를 히로미는 손으로 제지했다.

"연극 재미있게 보세요. 언젠가 감상도 들려주시고요."

그녀는 자리에서 일어나 라운지를 걸어 나갔다.

7

저의 장래 희망은 간호사가 되는 것입니다. 맹장염으로 입원했을 때 병원에서 간호사 언니가 참으로 친절하게 대해 주었습니다. 활발하게 일하는 모습도 멋지고 믿음직했습니다. 또 할머니를 돌보던 간호사 언니는 할머니가 돌아가셨을 때 우는 저를 달래 주었습니다. 저도 그렇게 멋진 사람이 되고 싶습니다.

문집에서 얼굴을 든 마쓰미야는 손으로 목덜미를 주물렀다. 그는 오시타니 미치코가 중학교를 졸업할 때 쓴 글을 읽고 있었다. 실제로 그녀는 간호학교에 다녔지만 끝내 간호사가 되지 못하고 '멜로디 에어'에 취직했다. 하지만 남에게 도움을 주고 싶다는 마음은 어린 시절 이후로도 내내 변하지 않았던 것 같다. 그렇게 좋은 사람이 살해당하다니 참으로 불합리한 일이 아닐 수 없었다. 무슨 수를 써서라도 범인을 잡아야 한다는 생각이 들었다.

마쓰미야는 경찰서 소회의실에 있었다. 책상 위에 쌓인 자료와 바닥에 놓여 있는 종이 상자들을 보니 한숨이 절로 나왔다. 조금 떨어진 책상에서는 사카가미가 컴퓨터 모니터를 들여다보고 있었다.

문이 열리더니 고바야시가 들어왔다. 그는 마쓰미야와 사카가미를 번갈아 보며 "어떻게 돼 가고 있어?"라고 물었다.

사카가미가 얼굴을 찡그리며 머리를 긁적거렸다.

"잘 안되고 있어요. 일단 느낌이 비슷한 얼굴을 골라내고는 있는데, 이거다 싶은 게 없네요. 애당초 이 몽타주가 비슷하긴 한 겁니까?"

사카가미가 손으로 들어 보인 것은 한 남자의 몽타주였다. 고시카와 무쓰오의 얼굴을 본 적이 있다는 사람들에게 협조를 구해 경시청에서 만든 것이었다.

"몽타주 팀의 실력은 내가 보증해. 게다가 단서라고는 그것밖에 없으니 구시렁거리지 말고."

"그야 뭐, 저도 모르는 바는 아니지만……."

사카가미가 아랫입술을 내밀었다.

"자네도 아무것도 못 건졌어?"

고바야시가 이번에는 마쓰미야에게 물었다.

"네, 아직은요."

"그래? 하긴 그렇게 쉽지는 않을 거야."

고바야시는 마치 남 얘기를 하듯 가볍게 대꾸하고는 주머니에서 장갑을 꺼내서 손에 끼더니 앞에 있는 종이 상자를 뒤지기 시작했다.

"의외로 귀여운 물건이 있군."

그러면서 그가 꺼낸 것은 달력이었다. 상자 안에는 고시카와 무쓰오가 살던 방에서 압수한 물건들이 들어 있었다. 그의 방은 끔찍하리만치 살풍경하고 장식품이라고 할 만한 것이 아무것도 없었지만 창문 옆 벽에 걸려 있던 강아지 사진 달력만은 예외였다.

"증거 수집반 말로는 전국에 가맹점이 있는 페트 숍에서 판촉물로 제작한 것인데 상당히 많은 부수가 배포되었다고 합니다. 근방을 탐문할 때도 고시카와가 애완동물을 길렀다는 말은 나온 적이 없고 방에도 그런 흔적이 없었으니 어딘가 다른 데서 얻어 온 게 아닐까 싶은데요."

"흠, 달력이 필요한 생활을 한 것 같지는 않던데……"

그리고 달력을 몇 장 넘기던 고바야시가 "이 메모는 뭐지?"라고 물었다.

그가 손가락으로 가리킨 것은 4월 치 달력 오른쪽 구석에 사인펜으로 쓰여 있는 '도키와 다리'라는 글자였다.

"안 그래도 증거 수집반 사람들이 그게 뭘까 궁금해하더군요. 다른 달에도 메모가 있었습니다."

사카가미가 대답했다.

고바야시가 심각한 표정으로 달력을 몇 장 넘겼다.

"정말이군."

그 점은 마쓰미야도 알고 있었다. 달력은 매 장마다 뭔가가 적혀 있었다. 1월 달력 한구석에는 '야나기 다리', 2월에는 '아사쿠사 다리', 3월은 '사에몬 다리', 4월은 '도키와 다리'라고 적혀 있었다. 5월은 '이치코쿠 다리', 6월은 '니시가시 다리', 7월 '니혼 다리', 8월 '에도 다리', 9월 '요로이 다리', 10월 '가야바 다리', 11월 '미나토 다리', 12월은 '도요미 다리'였다.

"전부 니혼바시에 있는 다리랍니다."

사카가미가 말했다.

"그래서 그런 다리에서 무슨 행사가 있을 때마다 고시카와가 그곳에 갔던 게 아닐까 싶어서 증거 수집반에서 조사해 봤지만 결국 아무것도 안 나왔답니다."

"그래서 그렇게 보고가 없었나?"

고바야시는 달력을 내려놓고 팔짱을 끼었다.

"흠, 대체 뭘까."

글쎄요, 하고 마쓰미야도 함께 고개를 갸웃거릴 수밖에 없었다.

"하여튼 알았어. 찾다 보면 뭔가 나올지도 모르지."

고바야시는 손목시계를 내려다보았다.

"어, 시간이 벌써 이렇게 됐어? 이러고 있을 때가 아닌데. 자네들도 시간 낭비하지 말고 계속 열심히 하게. 시간은 돈이다, 도키와 다리('도키와'는 '시간은'이라는 뜻─옮긴이)."

고바야시는 자신의 개그에 흡족한지 큰 소리로 하하하 웃더니 사카가미의 어깨를 툭 치고 회의실을 나갔다.

사카가미가 입술을 비죽거렸다.

"뭐야, 썰렁하게. 시간은 돈이다, 도키와 다리?"

"고바야시 팀장님이 웬일로 기분이 좋은가 본데요?"

"관리관에게 칭찬을 들었다니 그럴 만도 하지. 실은 자네 공인데 말이야."

"아닙니다. 서야 당연히……."

"겸손 떨 거 없어, 다 아는 사실인데."

사카가미는 다시 작업을 시작했다.

마쓰미야도 가까이 있는 자료로 손을 뻗었다. 오시타니 미치코의 집에 있던 컴퓨터의 데이터를 유가족 허락하에 모조리 프린트한 것이었다. 삭제된 데이터까지 복원하다 보니 그 양이 엄청났다.

지금 마쓰미야와 사카가미가 찾고 있는 것은 오시타니 미치코와 고시카와 무쓰오의 연결 고리였다. 사카가미는 오시타니 미치코가 보관하고 있던 사진 중 고시카와로 보이는 남자가 찍힌 것이 있는지 조사하고 있었다. 한편 마쓰미야는 각종 문서들을 살펴보면서 고시카와와 관련성이 있을 만한 기록을 찾고 있다.

양쪽 모두 답답하고 지루한 작업이긴 하지만 괜한 고생이라는 느낌은 없었다. 여태까지의 수사는 마치 어둠 속을 손으로 더듬는 것처럼 막연한 내용뿐이어서 과연 자신들이 올바른 방향으로 나아가고 있는지 자신이 없었다. 하지만 이번에는 달랐다. 이 작업 끝에 반드시 해답이 있을 거라고 확신했다. 오시타니 미치코가 살해된 이유는 돈 때문도 아니고 폭행 때문도 아니다. 그녀와 고시카와 무쓰오 간에 반드시 어떤 공통점이 있을 것이다.

지난 며칠 사이에 수사 상황에 큰 변화가 있었다.

가가의 예상이 맞았다. 불에 탄 오두막에 살던 남자의 DNA를 조사한 결과 고시카와 무쓰오의 방에 있던 칫솔과 면도기, 낡은 수건에서 채취한 DNA와 완전히 일치했다.

남자는 자신의 이름이 다나카라고 했지만, 본명인지 아닌지는 알 수 없었다. 주소도 일정치 않고 현재로서는 본적도 불명이며 나이조차 제대로 기억하지 못한다고 했다. 겉으로는 일흔 정도 되어 보이지만 실제로는 훨씬 젊을지도 몰랐다. 약 10년 전까지는 건축 현장에서 일했는데 일이 끊긴 후로 살 곳을 잃고 여기저기 전전한 듯했다. 현재는 빈 깡통을 모아 푼돈을 벌고 있었다.

오두막에 불이 난 이유도 전혀 모른다고 다나카는 말했다. 먹을 것을 찾아 돌아다니다 저녁 느지막이 가 보니 화재로 소동이 벌어졌길래 책임을 추궁당할까 봐 겁이 나서 당분간 다른 곳에 피해 있기로 했다는 것이다. 칫솔과 면도기, 낡은 수건 등이 언제 없어졌는지도 모른다고 주장했다.

다나카의 말이 어디까지 진실인지는 분명치 않지만, 아마도 대부분 사실에 가까울 것이라는 게 다수의 의견이었다. 적어도 사건에 관여했을 가능성은 극히 낮아 보였다.

경찰은 DNA 감정을 다시 하기 위해 고스게에 있는 아파트를 또 한번 철저히 수색했다. 목적은 그 아파트에서 살았던 고시카와 무쓰오의 DNA를 검출하는 것이었다. 머리카라이나 체모, 혈흔 등이 있으면 더할 나위 없겠지만, 타액이나 땀, 체액이 묻은 침구, 손톱, 비듬이라도 좋았다.

그러나 나중에 마쓰미야가 들은 바에 따르면 실내가 아주 깨끗이 청소되어 있어 고시카와의 DNA가 검출될 만한 재료를 좀처럼 찾을 수 없었다고 한다. 최초의 감정에서 칫솔과 면도기 등이 시료로 채택된 이유도 바로 그 때문이었다. 범인의 냉철함과 용의주도함을 느낄 수 있는 대목이었다. 가가의 조언이 없었다면 자신들은 지금도 헛다리만 짚고 있지 않았을까 하고 마쓰미야는 생각한다.

아파트를 수색한 지 이틀 후, 정식으로 DNA 감정 결과가 나왔다. 이불과 베개 등에서 검출된 DNA가 신코이와의 불에 탄 사체의 것과 일치했다.

이렇게 해서 두 사건은 완벽하게 연결되었다.

"선배, 고마워요. 덕분에 수사에 큰 진전이 있었어요. 누군가 DNA 감정의 시료를 바꿔치기했을지도 모른다고 했을 때 억측이라며 시큰둥해하던 사람들이 지금은 언제 그랬냐는 듯이 태도가 바뀌었어요."

"니혼바시 서 형사가 충고했다는 말은 설마 안 했겠지?"

가가가 커피 잔을 입으로 가져가며 물었다.

"하고 싶었지만 참았어요. 그러는 게 좋을 것 같아서요."

"두말하면 잔소리지. 다른 관할 서 형사가 개입했다는 걸 알면 누가 기분 좋아 하겠어."

"남의 공을 가로챈 것 같아서 나는 영 꺼름칙한데 말이죠."

"그 정도는 참아야지, 형사가."

"알아요. 그래서 입 다물고 있잖아요."

마쓰미야는 커피 잔에 크림을 넣고 스푼으로 휘휘 저었다.

오늘도 두 사람은 닌교초에서 만났다. 전에 가가와 한 팀으로 수사할 때 몇 번 들어온 적이 있는 찻집이다. 1919년에 창업했다는 노포로, 의자 시트가 빨간색이라는 점이 고풍스러운 느낌을 더했다.

"그런 인사치레나 하려고 나를 불러낸 거야? 그런 짓은 피차 시간 낭비야. 이래 봬도 내가 할 일이 많은 사람이라 이 말이지."

"요즘 바빠요?"

"그럼. 붕어빵 가게 매출금 도난 사건이라든가, 술 취한 사람끼리 다투다가 닭 꼬치 가게 간판을 때려 부순 사건 등등 맡은 일이 한두 가지가 아니야. 대낮에 사촌 동생이랑 한가하게 커피나 마실 틈이 없어요."

쉬지 않고 말하는 가가의 얼굴을 마쓰미야는 자기도 모르게 넋을 놓고 바라보았다. 그러자 가가가 "왜, 내 얼굴에 뭐가 묻기라노 했어?"라고 물었다.

"아니요……, 정말 그런 사건을 맡고 있단 말이에요?"

"그럼, 정말이지. 내가 거짓말을 왜 해?"

"선배는 니혼바시 서로 간 이후에 사람이 변했어요. 이 지역에 동화되려고 엄청나게 노력하네요. 거리 구석구석까지 마음을 쓰다니 말이에요. 이 동네 사람을 통째로 파악할 기세예요."

"나를 알면 얼마나 안다고 그래? 나 자신은 딱히 변한 게 없어. 다만 로마에 가면 로마법을 따르라고 했잖아. 형사라는 직업도 상황에 따라 방식을 달리할 필요가 있어."

"그건 저도 알지만, 선배는 경우가 좀 다른 것 같아서 하는 말이에요."

그 말에 가가가 커피 잔을 내려놓더니 손을 휘휘 내저었다.

"그런 얘기는 관심 없어. 쓸데없는 소리 그만하고, 다른 용건이 있는지 없는지 확실히 말해."

그러자 마쓰미야가 엉덩이를 살짝 들며 자세를 고쳐 앉았다.

"그럼 본론으로 들어갈까요. 니혼바시 서의 가가 경부보님께 묻는 겁니다."

가가가 경계의 표정을 지었다.

"요점이 뭐야?"

"며칠 전에 메이지 극장에 가셨죠? 연극 보러요."

예상치 못한 질문이었는지 가가의 얼굴에 당혹감이 어렸다.

그러나 금세 알 만하다는 듯이 고개를 끄덕거렸다.

"그거군. 잠복근무 중이던 형사의 눈에 뜨인 거지?"

"수사관들이 아사이 씨의 동향을 교대로 체크하고 있어요. 조금이라도 수상한 행동을 하면 곧장 본부에 보고하도록 되어 있죠."

"그럼 나를 만났다는 보고도 들어갔겠군."

"잠복근무 중이던 수사관은 지인으로 보이는 사람을 만났다고만 보고했는데, 사진이 찍혔어요. 우리 서에 선배를 모르는 사람이 없잖아요. 계장님도 꽤나 놀랐나 봐요. 제게 가가 경부보와 아사이 히로미가 무슨 사이냐고 묻더군요. 숨길 필요가 없을 것 같아서 사실대로 얘기했어요."

가가는 고개를 끄덕였다.

"그럼 됐어. 문제 될 게 없으니까."

"계장님도 납득하셨어요. 검도 교실 얘기를 듣더니 선배가 고생이 많다며 웃으시더군요."

"그렇다면 다행이야."

"하지만 말이죠, 저는 그냥 넘어갈 수 없어요. 형은 고스게 사건을 잘 아는 사람이잖아요."

그리고 마쓰미야는 목소리를 낮췄다.

"아사이 히로미와 무슨 얘기를 나눴어요?"

가가가 마쓰미야를 지그시 노려봤다.

"피의자도 아닌데 그린 식으로 존칭을 생략하고 마구 부르면 안 되는 거 아니야?"

마쓰미야가 혀로 입술을 축였다.

"네. 그럼 아사이 씨와 무슨 얘기를 나눴어요?"

가가는 커피를 한 모금 마신 후 숨을 크게 내쉬었다.

"별 얘기 없었어. 그저 인사 정도 나눴을 뿐이야."

"정말이에요?"

"내가 너한테 거짓말해서 뭐 하게? 그녀가 메이지 극장 얘기를 하더군. 거기서 공연하는 게 오랜 꿈이었대. 아주 기쁜 표정이었어."

"꿈이었다……."

"그리고,"

그러고서 가가는 물 잔을 집어 물을 한 모금 마셨다.

"사건에 대해서도 잠시 얘기했어. 그녀 쪽에서 먼저 말을 꺼내더군."

마쓰미야가 한쪽 손으로 테이블을 짚더니 몸을 가가 쪽으로 당겨 왔다.

"그래서요?"

"처음에는 사건의 수사 진행 상황에 관해 내게 정보라도 좀 얻을까 하는 것 같았어. 물론 나는 사건에 대해 안다는 말을 한마디도 안 했지만 말이야. 알고 싶은 게 있으면 알아봐 드릴까요, 하고 슬쩍 떠보긴 했지."

가가가 무슨 의도로 그랬는지 마쓰미야는 알 것 같았다. 만약 아사이 히로미가 사건에 연루되어 있다면 수사진이 뭘 어디까지 파악했는지 알고 싶을 것이다.

"그랬더니 뭐래요?"

"잠시 생각하더니 괜찮다고 했어. 쓸데없는 말을 해서 미안하다며 사과까지 하더군."

"그리고요?"

"그리고는 무슨. 그게 끝이야. 연극 재미있게 보라면서 커피값을 내줬어."

"그게 전부예요?"

마쓰미야가 의자 등받이에 털썩 몸을 기댔다. 맥이 풀린 표정이었다.

"기대하게 해서 미안한데, 정말 그뿐이야. 다른 말은 전혀 없었어."

"그렇단 말이죠. 그럼 인상은 어땠어요? 아사이 씨를 오랜만에 만났잖아요. 만나 보니까 뭔가 느껴지는 게 있던가요?"

그 질문에 가가가 얼굴을 찡그렸다.

"또 그 소리야? 그런 식으로 나한테 기대면 곤란해. 아무튼 그래, 5년 전보다 한결 차분해 보였어. 달관한 느낌이랄까."

"범죄를 숨기고 있는 것 같지는 않았어요?"

"글쎄……. 그건 노코멘트."

그리고 가가는 지갑에서 동전을 꺼내 테이블 위에 늘어놓았다. 둘이서 먹거나 마실 때는 늘 각자 계산이었다.

마쓰미야가 그 동전을 물끄러미 바라보다가 "돈이 어디서 났을까. 그것도 수수께끼란 말이야."라고 혼잣말처럼 불쑥 내뱉었다.

"돈이라니?"

"고스게의 아파트에 살았던 고시카와 무쓰오 말이에요. 무슨 수입이 있었는지 전혀 모르겠단 말이에요. 일을 한 것 같지도 않고, 통장도 없고요. 그런 점에서는 노숙자와 매한가지인데 집세나 전기·수도 요금은 꼬박꼬박 냈단 말이죠. 어떻게 생각해요?"

가가가 잠시 생각하더니 "누군가에게 받았겠지. 아니면 목돈을 지니고 있었거나."라고 대답했다.

"그런데 방에서는 현금이 단 한 푼도 발견되지 않았어요."

"한 푼도? 그건 부자연스러운걸. 누군가 가져갔다고 보는 게 타당하지 않겠어?"

"나도 같은 생각이에요. 하지만 짐작만으로 수사를 진행할 수는 없잖아요."

마쓰미야는 고개를 휘휘 저으며 지갑을 열어 커피 값을 꺼냈다.

144

"선배 덕분에 수사에 크게 진전이 있었던 건 사실인데, 아직은 문턱에서 헤매는 느낌이에요. 두 피해자 사이에 공통점을 전혀 찾을 수 없거든요. 오시타니 미치코 씨는 몰라도 고시카와 무쓰오라는 인물에 대해서는 애당초 정보가 너무 없어요. 사진도 없고 주민 등록도 없고요. 당연히 건강 보험에도 가입되어 있지 않아요. 교류가 있었던 사람도 찾을 수 없고요. 대체 어떤 식으로 살아온 걸까요?"

"글쎄. 하지만 뒤집어 생각하면, 그런 것들만 밝혀진다면 사건이 단박에 해결될지도 모르겠군."

가가는 손목시계를 들여다보며 자리에서 일어섰다.

"자, 나는 서로 돌아가야겠어. 아까도 말했지만 할 일이 산더미야."

"나도 본부로 들어갑니다. 시간은 돈이다, 도키와 다리니까요."

가가가 의아한 표정을 지었다.

"그게 무슨 말이야?"

"요즘 우리 사이에서 유행하는 말이에요. 고바야시 씨가 시작한 말장난이죠."

"그 사람이 말장난을? 별일 다 보겠군."

"고시카와의 집에 달력이 걸려 있었는데, 거기서 도키와 다리니 야나기 다리니 하는 메모가 발견됐거든요. 뜻은 아직 모르겠지만요."

마쓰미야도 커피 값을 집어 들고 자리에서 일어나 카운터 쪽으로 걸음을 내디뎠다. 그 순간 가가가 뒤에서 그의 어깨를 강한 힘으로 잡아당겼다.

"아니, 왜 그래요?"

돌아보는 마쓰미야의 눈앞에서 가가가 험악한 표정으로 마쓰미야를 찌를 듯이 쏘아보고 있었다.

"그 얘기, 자세히 해 봐."

가가가 이번에는 마쓰미야의 옷소매를 바짝 당겨 쥐었다.

"그 얘기라니요?"

"달력 말이야. 뭐라고 메모가 적혀 있었지?"

"아, 이거 좀 놓고 말해요."

가가의 손을 뿌리친 후 마쓰미야는 도로 자리에 앉았다. 가가도 마쓰미야 맞은편 자리에 다시 앉았다.

마쓰미야는 예의 강아지 사진 달력에서 발견된 메모에 대해 얘기했다.

"4월이 도키와 다리, 확실해? 1월이 야나기 다리고 2월은, 2월은 어느 다리였지?"

가가가 달려들 듯이 물었다.

"어느 다리였더라……."

마쓰미야가 고개를 갸웃했다. 순서가 가물거렸다.

"아사쿠사 다리 아니었어?"

"아! 그런 것 같아요."

"그럼 3월은 사에몬 다리일 거야. 4월은 도키와 다리, 5월은 이치코쿠 다리."

마쓰미야가 숨을 삼키며 눈앞에 있는 사촌 형의 얼굴을 뚫어져라 바라보았다. 몸에 열이 오르는 느낌이었다.

"그 메모의 의미를 알아요?"

그러나 가가는 대답하지 않았다. 조금 전까지 살기등등했던 얼굴이 어느새 가면처럼 표정 없는 얼굴로 변해 있었다.

"알면 가르쳐 주세요. 그 메모의 의미가 대체 뭐예요? 니혼바시 지역을 잘 아는 사람들에게 물어봤지만 아무도 몰랐어요. 그런데 선배는 그 의미를 알아요?"

가가가 집게손가락을 입술에 댔다.

"목소리 낮춰."

"선배, 그러지 말고,"

마쓰미야가 주위를 살피고 나서 목소리를 낮춰 말했다.

"수사에 협조 좀 해 줘요."

"협조하지 않겠다고 한 적 없어. 아니, 협조할 수 있을지 없을지도 아직은 몰라. 내가 잘못 짚었을 수도 있으니까."

"그게 무슨 말이죠?"

가가는 턱을 깊이 끌어당기고 살짝 치뜬 눈으로 마쓰미야를 바라보았다.

"부탁이 있어. 내 일생일대의 부탁이야."

8

멀리 보이는 산 정상에는 아직 눈이 일부 남아 있었다. 오늘따라 날이 흐렸지만 눈앞에 펼쳐진 초원은 강인함마저 느껴질 정도로 파릇파릇했다.

"이번 사건에서 선배랑 움직이게 될 줄은 꿈에도 몰랐어요."

커피가 든 종이컵을 손에 들고 마쓰미야가 말했다.

"나도 마찬가지야. 묘하게 엮이는 바람에 괜한 참견을 했다가 불똥이 나한테까지 튀고 말았어. 여우에게 홀린 기분이라는 게 이런 경우를 두고 하는 말이겠지."

가가의 손에는 이번 사건의 수사 자료 복사본이 들려 있었다.

"하지만 이렇게 해서 사건 해결에 좀 더 다가갈 수 있을지도 모르죠."

"그렇게 된다면야 다행이겠지만……."

가가의 말투는 어디까지나 신중했다.

두 사람은 도호쿠 신칸센 '하야테' 안에 있었다. 목적지는 센다이. 누군가를 만나러 가는 길이었다.

어제저녁, 마쓰미야와 가가는 경시청 어느 회의실에서 고바야시와 계장 이시가키, 그리고 관리관 도미이와 마주 앉았다. 도미이는 이번 사건의 실질적인 책임자였다. 그는 가가를 보자 "오랜만이군."이라며 반가운 표정을 지었다. 가가도 "그간 격조했습니다."라며 고개를 숙였다. 과거 가가가 수사 1과에 근무하던 시절 도미이가 그의 상사였다는 사실을 마쓰미야는 오늘에야 알았다.

인사는 그 정도로 하고 그들은 곧바로 본론으로 들어갔다. 먼저 고바야시가 사진 열 장을 책상 위에 늘어놓았다. 그 사진들에는 모두 확대된 글자가 찍혀 있었다. '다리', '아사쿠사', '니혼바시' 등의 글자였다.

"결론부터 말하겠네."

고바야시가 가가를 보며 입을 열었다.

"고시카와 무쓰오의 집에 걸려 있던 달력의 메모와 자네가 제출한 메모, 그 두 메모의 필적을 감정한 결과, 동일 인물의 것으로 봐도 좋다는 결론이 나왔어."

그 순간 마쓰미야는 옆에 앉은 가가의 몸이 굳어지는 것을 느꼈다. 마쓰미야 자신도 놀랍기는 마찬가지였다.

"자네가 갖고 있던 메모는 어머님 유품이라고 했지?"

이시가키가 가가에게 물었다.

"그렇습니다. 엄밀히 말하면 어머니 방에 있던 메모입니다.

149

따라서 어머니 것이있는지 어떤지는 확실치 않습니다. 필적
은 어머니 것과 확연히 다릅니다."

가가 어머니의 메모는 A4 용지에 쓰여 있는 것으로 다음과
같았다.

1월 야나기 다리

2월 아사쿠사 다리

3월 사에몬 다리

4월 도키와 다리

5월 이치코쿠 다리

6월 니시가시 다리

7월 니혼 다리

8월 에도 다리

9월 요로이 다리

10월 가야바 다리

11월 미나토 다리

12월 도요미 다리

가가가 이 메모를 보여 줬을 때 마쓰미야는 이만저만 놀라
지 않았다. 고시카와 무쓰오의 달력에 적혀 있는 내용과 완전
히 일치했기 때문이다. 하지만 가가도 마쓰미야 못지않게 놀

랐던 것 같다. 그래서 '일생일대의 부탁'이라면서 수사본부 윗사람에게 두 메모의 필적 감정을 건의해 달라고 했던 것이다.

가가는 자신의 어머니가 와타베 슌이치라는 남자와 연인 사이였던 것 같다고 했다.

"따라서 그 메모는 와타베 씨의 것일 가능성이 높다고 봅니다. 하지만 와타베라는 인물에 대해서는 아는 것이 전혀 없습니다. 이 메모의 의미도 제 나름으로 조사해 봤지만 역시 오리무중입니다."

"어머니 유품 중 와타베라는 인물과 관련이 있을 만한 물건은 없었나?"

이시가키가 물었다.

"모르겠습니다. 있을지도 모르지만 저로서는 구별하기 힘들었습니다. 만약 이번 수사에 도움이 된다면 어머니의 유품 일체를 수사 자료로 제공할 수도 있습니다."

가가의 말에 간부 세 사람은 서로 마주 보며 잘됐다는 듯이 고개를 끄덕였다.

"이미 수사 1과장이나 이사관과도 이 건에 대해 얘기를 나눴네."

도미이가 말했다.

"메모의 수수께끼를 알아낼 필요도 있고 해서 니혼바시 서에 협력을 요청하기로 했어. 지금쯤 서장에게 연락이 갔을 테니 지금부터 자네도 수사에 가담하도록 하지. 그래도 문제없겠나?"

"지시대로 하겠습니다. 잘 부탁드립니다."

가가가 고개를 숙였다.

"자네에게 질문이 하나 있는데,"

고바야시가 입을 열었다.

"자네는 와타베라는 인물에 대해서 전혀 알지 못한다고 했는데, 와타베 씨를 안다거나 만난 적이 있는 사람도 전혀 없었나?"

"딱 한 명 있긴 했습니다."

"생존 인물이야?"

"그럴 겁니다. 센다이에 있는 사람이었습니다."

"좋았어!"

고바야시가 마치 기합을 넣듯 소리를 지르며 종이 한 장을 가가에게 내밀었다. 예의 고시카와 무쓰오 몽타주였다.

"즉시 시작하지. 가서 그 사람을 만나 봐."

마쓰미야가 시계를 봤다. 오전 11시가 되어 가고 있었다.

"거의 다 왔군."

가가도 손목시계로 시간을 확인하고 나서 읽고 있던 자료를 가방에 집어넣었다.

"있잖아요, 선배는 얼마나 알아요?"

"뭘?"

"돌아가신 어머니 말이에요. 내가 아는 사실은 선배가 돌아
가신 어머니 유골과 유품을 가지러 혼자 센다이에 갔었다는
것뿐이거든요."

마쓰미야는 그 얘기를 가가의 아버지 다카마사가 병으로 쓰
러졌을 때 자신의 어머니 가쓰코에게 들었다.

"그게 왜 궁금한데?"

"궁금해하면 안 돼요? 잊으셨나 본데, 우리, 친척이잖아요.
게다가 엄마랑 나는 외삼촌께 큰 신세를 졌어요. 외삼촌이 엄
마와 나의 은인이란 말이죠. 그런 분이 어떤 연유로 부인과
헤어졌는지 알고 싶은 게 당연하지 않나요?"

마쓰미야의 말을 씁쓸한 표정으로 듣고 있던 가가가 잠시
생각에 잠기더니 무언가 결심했다는 듯이 고개를 끄덕였다.

"그래, 이젠 얘기해도 되겠지. 아버지도 돌아가셨으니 말이
야."

"뭔가 특별한 비밀이라도 있나요?"

"그런 건 아니야. 어쩐지 말하기가 껄끄러웠을 뿐이지."

가가는 쓴웃음을 지었다. 그리고 진지한 표정으로 돌아가
이야기를 시작했다.

"유골을 들고 도쿄로 돌아온 나는 오랜만에 아버지를 만났

어. 어머니가 센다이에서 어떻게 지냈는지 알려 드리고 싶어서 말이지. 어머니는 좁디좁은 방에서 매우 검소하게 사셨어. 그런 사정을 아버지에게 얘기한 다음, 오랜만에 물어봤지. 내가 어릴 적에 대체 무슨 일이 있었는지, 무슨 이유로 어머니가 집을 나갔는지 말이야. 그때까지 나는 그렇게 된 원인이 모두 아버지에게 있었을 거라고 믿었거든. 아버지가 가정을 돌보지 않고 집안일이며 불편한 인간관계며를 전부 어머니에게 떠넘기는 바람에 염증을 느낀 어머니가 집을 나갔다고 생각한 거지. 그런데 센다이에 갔다 와서 그런 생각이 바뀌었어. 어머니가 주위 사람들에게 모두 자기 잘못이라고 얘기했다는 거야."

"그랬더니 외삼촌은 뭐라고 하시던가요?"

"처음에는 대답을 안 해 주더군. 다 지난 일을 이제 와서 이러쿵저러쿵해 봐야 무슨 소용이겠느냐면서 말이야. 그래서 나는 아버지에게 소리쳤어. 당신 같은 남자의 아내가 돼 주었는데 왜 행복하게 못해 주었느냐, 최소한 이 유골 앞에서 성의껏 변명이라도 해야 하지 않느냐고 말이야."

"네에? 선배가 그랬단 말이에요?"

가가가 후후, 웃었다.

"어울리지 않게 유치한 짓을 했지. 아버지를 그렇게 몰아세운 건 그때가 마지막이었어."

"그러니까 외삼촌이 어떻게 나오던가요?"

"마침내 그 무거운 입을 열더군. 첫마디가 '유리코의 말은 옳지 않다. 그 사람은 아무 잘못이 없다. 모두 내 잘못이다.' 였어."

마쓰미야가 눈썹을 찡그렸다.

"그게 무슨 뜻이죠?"

"아버지는 옛날 얘기를 꺼냈어. 아버지와 어머니는 신주쿠에 있는 클럽에서 처음 만났대. 어머니는 그 클럽에서 호스티스로 일했고 당시 아버지는 수사관이었는데, 어떤 사건의 용의자가 어머니가 일하는 클럽에 드나드는 것을 알고 아버지가 수사에 협조해 달라고 부탁하러 그 클럽에 갔다는 거야. 그때 만난 것이 인연이 되어 사귀게 되었다고 했어."

"흠, 숙모도 그런 일을 하신 적이 있군요."

가가가 고개를 돌려 마쓰미야를 바라봤다. 그리고 천천히 고개를 끄덕였다.

"그러고 보니 고모도 전에 술집에서 일한 적이 있었군."

"다카사키에 살던 무렵이었죠. 외삼촌이 도와주시기 전 얘기예요. 친척들이 우리 엄마를 싫어해서 달리 의지할 데가 없었어요. 여자 혼자 몸으로 아들을 키우려다 보니 결국 그럴 수밖에 없었던 거죠."

"현실이란 그런 거야. 하지만 친척들이 고모만 싫어한 건 아니있어. 우리 집도 비슷한 상황이었지."

"선배네 집도요? 왜요?"

"그래서 물장사 얘기를 꺼낸 거야. 유서 깊은 가가 집안의
장남이 하필이면 호스티스를 아내로 맞다니 가당키나 하냐고
친척들이 몰아붙였나 봐. 우리 집안이 유서 깊은 가문이란 말
은 금시초문이었지."

"직업에 편견이 심했나 봐요."

"지금과는 시대가 달랐으니까. 게다가 아버지 말로는 우리
친척 중에 고루한 사람이 많았대. 나는 교류가 없었으니 잘
몰랐지만 말이지."

"그러고 보니 외삼촌 3주기 때도 친척이 아무도 안 왔어요."

"나는 별로 기억이 안 나지만, 어머니가 집을 나가기 전에
친척들과 자주 옥신각신했던 모양이야. 아버지가 일이 바빠
서 친척들과의 관계를 어머니에게 다 떠맡겼는데, 친척들은
모이기만 하면 어머니에게 노골적으로 수모를 주곤 했나 봐.
어머니는 한 번도 본인 입으로 그런 사정을 말한 적이 없지만
결국은 아버지 귀에 들어가서 아버지가 친척들과 연을 끊겠
다며 노발대발했는데, 그 바람에 큰 소동이 벌어져서 오히려
어머니를 향한 힐난만 더 거세졌대. 그런데도 아버지는 바람
막이가 되기는커녕 바쁘다는 핑계로 집에 들어오는 날보다
들어오지 않는 날이 많았다는 거야. 게다가 어머니는 당신의

친정어머니, 즉 내 외할머니가 몸져누워서 그 간병도 해야 했고 한창 개구쟁이였을 아들도 키워야 했으니 정신적으로 지칠 대로 지쳤을 거야."

"듣기만 해도 정말 힘드셨을 것 같아요."

마쓰미야의 말에 가가도 동조하듯 얼굴을 찡그리며 한숨을 쉬었다.

"그러다 결국 외할머니가 돌아가셨어. 그래서 어머니가 좀 편해졌냐 하면 그렇지 않았지. 오히려 마음의 버팀목을 잃었을 거라고 아버지는 말하더군. 그 전까지는 힘들고 괴로운 일이 있어도 어머니의 얘기를 마치 당신의 일처럼 귀담아들어 주는 외할머니가 있어서 위로가 되었다는 거지. 그런데 그런 존재가 사라지고 나니 완전히 외톨이가 된 거야. 그렇다고 어린 외아들에게 정신적으로 의지할 수 있는 것도 아니고 말이야. 물론 아버지가 그런 생각을 하게 된 것은 훨씬 훗날의 일이었지. 당시에는 어머니의 변화를 눈치채지 못했나 봐."

"변화라니요?"

"정신적인 변화지. 아버지 눈에는 아무것도 달라 보이지 않았지만, 어머니 내면에서는 큰 변화가 일어나고 있었던 거야. 그걸 아버지가 눈치채게 된 계기가 있었는데, 어느 날, 저녁을 먹던 도중에 어머니가 느닷없이 울면서, 나는 쓸모없는 인간이다, 좋은 아내도 좋은 엄마도 될 수 없다, 이대로 가다가는 두 사람을 불행하게 만들고 말 거다, 그러더래. 그래서 아버지가 당황스러워하고 있는데, 한바탕 울고 난 어머니가 마치 제정신이 돌아온 사람처럼 사과를 했다는 거야. 미안해요, 조금 전에 한 말은 다 잊어버리세요, 라고 말이지. 그때 일은 나도 어렴풋이 기억해. 내 착각일지는 모르겠지만."

"혹시……."

마쓰미야는 머리에 떠오른 생각을 말할까 말까 망설이다가 그런 걸 주저할 상황이 아니라는 판단이 들어서 말하기로 했다.

"그거, 우울증…… 아니었을까요?"

가가는 길게 숨을 뱉어 낸 다음 천천히 고개를 끄덕였다.

"그랬을 가능성이 높아. 자존감이 낮아지고 살아갈 기력을 잃는 것이 우울증의 전형적인 증상이니까. 아버지도 시간이 상당히 흐른 후에는 그 같은 사실을 깨달은 것 같아. 그러나 당시에는 그런 게 우울증이라는 걸 아는 사람이 별로 없었어. 아마 어머니 당신도 병이라고 인식하지 못했을 거야."

"그렇다면 굉장히 고통스러우셨겠네요."

"그랬을 거야. 그런데 어머니는 그 고통을 내색하지 않고 그 후로도 몇 년 동안이나 참고 견뎠어. 그러다가 결국 한계에 부딪혀서 집을 나간 거지. 나는 몰랐지만, 어머니가 집을 나가면서 편지를 남겼다더군. 거기에는 '당신의 아내로서, 또 교이치로의 엄마로서 살아갈 자신이 없어졌어요.'라고 적혀 있었대. 그걸 읽은 아버지는 어머니가 우울증이라는 사실은 몰랐지만 뭔가 정신적인 부담이 있었나 보다고 추측한 것 같아."

"그런데 외삼촌은 왜 숙모를 찾지 않았어요?"

가가는 한쪽 입술을 일그러뜨리며 씁쓸하게 웃었다.

"떠난 자는 뒤쫓지 않는다는 거지. 그편이 서로에게 좋을 거라고 생각했대. 하지만 설사 어머니가 떠난 원인이 우울증 때문이었다 해도 그런 사실을 알아채지 못하고 정신적인 부담을 덜어 주지 못했다는 점에서 모든 잘못은 당신에게 있다고 아버지는 말했어. 그리고 덧붙였지. 유리코는 죽기 전에 꼭 한 번이라도 아들을 만나고 싶어 했을 거다. 그 생각을 하면 가슴이 아프다고."

마쓰미야도 처음 듣는 말은 아니었다. 몇 년 전 일이 떠올랐다.

"외삼촌이 선배한테 그러셨다면서요. 혼자서 죽음을 맞이할 테니 설사 당신이 위독한 상태에 빠지더라도 당신 곁을 지키지 말라고요. 그래서 실제로 외삼촌이 숨을 거둘 때 선배는 병원 밖에 있었고요."

"그럼으로써 어머니에게 최소한의 사죄라도 하려고 했던 거지. 남자의 괜한 고집이라는 생각이 들면서도 왠지 그 심정만은 알 것 같아서 나도 따르긴 했는데……."

가가는 고통스러운 표정을 지었다. 그때 자신의 행동이 옳았는지 어땠는지 가가는 아직도 해답을 못 찾았나 보다고 마쓰미야는 생각했다.

"외삼촌으로서는 그렇게 해서 매듭을 지으려 했던 거겠죠."

"아버지는 그걸로 만족했는지 모르지만 나는 아니야."

가가가 매서운 눈빛으로 마쓰미야를 보았다.

"어머니가 집을 나간 후 어떤 심정으로 남은 인생을 보냈는지 반드시 알고 싶어. 나와 아버지를 잊고 완전히 새로운 인생을 살았다면 차라리 좋겠지만, 만약 우리에게 어떤 마음을 품고 살았다면 그게 무엇인지 헤아리는 게 내가 해야 할 일이야. 그분이 없었다면 나는 이 세상에 태어나지도 않았을 테니까."

그러고서 가가는 너무 심각하게 말한 것이 쑥스러웠는지 계면쩍게 웃었다.

"내가 지나치게 흥분했나 봐."

"아니에요, 기분은 충분히 이해해요. 나 역시 숙모가 어떻게 살아오셨는지 궁금한걸요."

"아무튼 그런 이유로 나는 와타베라는 인물에 관해 알고 싶었어. 가능하다면 찾아내서 만나 봤으면 했지."

"그럴 만도 해요. 저, 그래서 말인데요, 실은 어제 선배가 돌아간 후에 도미이 관리관이 그러던걸요, 벌써 몇 년 전부터

160

수사 1과에서 선배더러 돌아오라고 하고 있다고요."

가가는 얼굴을 찌푸렸다.

"그거였어, 하려던 얘기가?"

"그런데 선배가 무슨 이유인지 몰라도 계속 니혼바시 서에 남겠다고 한다는 거예요. 그거, 와타베라는 사람을 찾으려고 그러는 거죠?"

"그렇다고 할 수 있지. 어머니가 남긴 메모에 적혀 있는 열 두 다리의 의미를 알아내고 싶었어. 그러려면 니혼바시에 눌러앉아야 한다고 생각했지. 하지만 걱정 마. 공과 사를 혼동하는 일은 없을 테니까. 수사를 방해할 마음은 더더욱 없고."

"그런 걱정은 애초에 하지도 않았어요."

마쓰미야가 가가의 얼굴 앞에서 손을 흔들어 보이고 나서 그의 눈을 지그시 바라보았다.

"하기 힘든 얘기를 해 줘서 고마워요."

"너한테만은 언젠가 말해야 한다고 생각했어."

가가는 하얀 이를 드러내며 웃었다.

상사 말이 이번 방문은 센다이 시내에서 탐문 수사를 벌일 예정이 아니니까 지역 경찰에 인사할 필요가 없다기에 두 사람은 센다이역에 도착한 후 JR 센다이선을 타고 곧장 도호쿠 복지대 앞역으로 향했다. 그곳이 목적지에서 가장 가까운 역이었다.

역을 나온 두 사람은 경사가 꽤 있는 오르막길을 걸었다. 직업이 형사이니만큼 걸어 다니는 일에는 이골이 나 있었는데도 걷기에 만만치 않은 길이었다. 그러나 초등학생으로 보이는 무리가 신난다는 듯이 걸어가는 것을 보고 이 정도 언덕은 이 동네 사람들에게 아무것도 아닌 모양이라고 생각했다.

구니미가오카는 조용한 주택가였다. 늘어서 있는 집들이 하나같이 웅장하고 기품 있어 보였다.

가가가 '미야모토'라는 문패가 걸린 집 앞에서 걸음을 멈췄다. 인터폰을 누르자 이내 네, 하는 대답이 들렸다.

"도쿄에서 온 가가라고 합니다."

"어머나, 잠깐만요."

잠시 후 현관문이 열리고 백발의 여자가 얼굴을 내밀었다. 하얀 니트 스웨터에 연보라색 카디건 차림을 한 그녀는 놀란 표정을 짓더니 이내 만면에 미소를 머금고 천천히 계단을 내려왔다.

"아유, 가가 씨! 더 멋있어지셨네요."

"하하, 오랜만입니다. 일전에는 신세가 많았습니다."

가가가 고개를 숙였다.

"갑자기 무리한 부탁을 드려서 죄송합니다."

"아니에요, 아니에요. 저야 어차피 시간이 남아도는 사람인걸요, 뭐. 물론 어제 전화를 받았을 때는 조금 놀랐지만요."

그러면서 그녀는 마쓰미야를 힐끗 봤다.

"아, 소개하겠습니다. 이쪽은 경시청 수사 1과의 마쓰미야 형사입니다."

마쓰미야가 고개를 숙였다.

"마쓰미야라고 합니다."

"가가 씨 사촌 동생이라면서요? 저는 미야모토예요. 이렇게 젊은 남자가 둘이나 찾아와 줘서 기쁘네요."

백발의 노부인이 가슴에 두 손을 모았다. 그녀 이름이 미야모토 야스요라는 것은 여기 오는 길에 가가에게 들어 알고 있었다.

미야모토 야스요는 두 사람을 거실 소파로 안내한 다음 녹차를 끓여 내왔다.

그녀가 이 집에서 40년 이상 혼자 살고 있다는 얘기를 듣고 마쓰미야는 내심 놀랐다.

"바깥양반이 느닷없이 죽었거든요. 그래서 그때 유리코 씨를 고용하겠다는 생각이 들었는지도 몰라요. 혼자서 적적했으니까요."

그녀는 옅은 미소를 띠며 가가를 바라보았다.

"어머니도 미야모토 씨 덕분에 살아갈 힘을 얻었을 겁니다. 만일 그때 어머니를 거둬 주시지 않았다면 어떻게 되었을지 알 수 없습니다."

가가는 유리코에게 우울증이 있었을지 모른다는 얘기를 했다.

"그래요? 하긴 그러고 보니 그랬을 수도 있겠다는 생각이 드네요."

당시 일이 떠오르는지 미야모토 야스요의 음성이 한층 차분해졌다.

"어제 전화로도 여쭤봤지만, 그 후로도 와타베 슌이치 씨 소식은 전혀 모르시는 거죠?"

"네, 아쉽게도요."

가가는 고개를 끄덕이고 나서 마쓰미야에게 눈짓을 했다. 마쓰미야가 자신의 가방에서 종이 몇 장을 꺼냈다.

"혹시 와타베 슌이치 씨의 얼굴을 기억하십니까?"

마쓰미야의 질문에 미야모토 야스요는 등을 곧게 펴더니 고개를 끄덕였다.

"만나면 알아볼 수 있을 것 같아요. 사진으로 봐도 알 듯하고요."

"그럼 이제부터 남성의 몽타주 다섯 장을 보여 드릴 테니 그중에 혹시 와타베 씨와 비슷한 사람이 있으면 말씀해 주세요."

"네, 알았어요."

자세를 고쳐 앉은 미야모토 야스요 앞에 마쓰미야가 몽타주를 한 장씩 늘어놓았다. 그 순서가 어떻게 되어 있는지는 마쓰미야 자신도 몰랐다.

네 번째 몽타주를 본 순간 미야모토 야스요가 눈을 크게 떴다고 마쓰미야는 느꼈다. 그럼에도 그는 모르는 척하고 다섯 번째 몽타주를 마저 놓았다. 그녀는 마지막 몽타주를 힐끔 보더니 이내 네 번째 몽타주로 시선을 되돌렸다.

"어떻습니까?"

대답을 들을 필요조차 없었지만 마쓰미야는 일단 물어보았다.

미야모토 야스요가 주저 없이 네 번째 몽타주를 손가락으로 가리켰다.

"이거요. 이게 와타베 씨와 비슷해요."

"다시 묻겠습니다. 이 다섯 장의 몽타주 가운데 굳이 비슷한 것을 꼽자면 이 몽타주라는 뜻입니까, 아니면 이 몽타주가 와타베 씨와 명백하게 닮았다는 뜻입니까?"

"확실히 닮았어요. 내가 아는 와타베 씨가 그대로 나이가 들었다면 이런 인상이 아닐까 해요. 눈꼬리가 살짝 처진 것하며, 코가 큼직한 것하며, 특징을 아주 잘 잡아냈어요. 생김새도 생김새지만 뭐랄까……, 감정을 겉으로 잘 드러내지 않는 성격 같은 것이 느껴져서 와타베 씨답다는 생각이 들어요."

마쓰미야와 가가는 서로 얼굴을 마주 보고 알 듯 모를 듯 하게 고개를 끄덕였다. 미야모토 야스요의 대답은 그들이 만족할 만했다. 그녀가 집어낸 몽타주가 고시카와 무쓰오의 것이기 때문이었다. 그녀가 밝힌 감상도 기대에 어긋나지 않았다. 그녀는 단순히 생김새뿐 아니라 그림을 본 느낌을 말했다. 과거 경찰이 빈번히 사용하던 몽타주 사진이 요즘 와서 거의 쓰이지 않게 된 이유가 사진은 지나치게 구체적이어서 추상적인 느낌이 전달되지 않기 때문이었다. 그에 반해 그림은 전문가가 목격자의 이야기를 듣고 상상력을 동원해 그리기 때문에 느낌을 우선시하게 되어 범인을 본 적이 있는 사람들의 기억을 자극하기 쉬웠다.

센다이까지 온 보람이 있군, 하고 마쓰미야는 생각했다. 고시카와 무쓰오는 와타베 슌이치와 동일 인물이 틀림없었다.

"이 사람이 나타났나요?"

미야모토 야스요가 물었다.

"네. 지난달에 살해당했습니다."

마쓰미야가 사건을 간략하게 설명하자 미야모토 야스요는 손으로 입을 막으며 가가를 아련하게 바라보았다.

네, 하고 가가가 회한에 찬 미소를 지었다.

"겨우 와타베 씨를 찾았는데 이미 이 세상 사람이 아니었습니다."

"뭐라고 위로의 말을 해야 할지 모르겠네요."

"하지만 형은, ……아니 가가 형사는 여전히 와타베 순이치 씨의 행적을 알고 싶어 합니다. 그리고 무엇보다 저희는 그분을 살해한 범인을 체포해야만 합니다. 그러니 떠오르는 게 있으면 뭐든지 말씀해 주세요."

미야모토 야스요가 괴롭다는 듯이 얼굴을 찡그렸다. 그 얼굴에 잔주름이 무수하게 생겼다.

"저도 어떻게든 협조했으면 좋겠어요. 하지만 와타베 씨에 대해서는 정말 아무것도 몰라요. 그런 곳에 살고 있었다는 사실조차 처음 알았는걸요."

그러자 가가가 윗도리 안주머니에서 접힌 종이 한 장을 꺼냈다.

"이걸 좀 봐 주시겠습니까?"

미야모토 야스요가 종이를 받아 들자 마쓰미야도 옆에서 들여다봤다. 종이에 적힌 것은 예의 '1월 야나기 다리, 2월 아사쿠사 다리' 하는 내용이었다.

"어머니 유품에 들어 있던 메모를 복사한 겁니다."

가가가 말했다.

"이것과 똑같은 내용이 고스게의 아파트에 걸려 있던 달력에도 적혀 있었습니다. 그런데 이게 뭔지 전혀 감이 잡히질 않아요. 어떠세요, 혹시 짐작 가는 게 있으십니까?"

미야모토는 글쎄요, 하고 고개를 갸웃거리다가 "죄송해요."

라고 조그만 소리로 사과했다.

"미야모토 씨께서 사과하실 일은 아닙니다. 아들인 제가 어머니 유품을 보고 아무것도 알 수 없다는 게 잘못이죠."

가가는 종이를 접어 도로 안주머니에 넣었다.

그때 미야모토 야스요가 저, 하더니 머뭇거리며 입을 열었다.

"이제 와서 생각해 보니 유리코 씨와 와타베 씨는 일반적인 남녀 사이가 아니었던 것 같기도 해요. 아니, 어쩌면 연인 관계도 아니었을지 몰라요."

가가가 의아하다는 듯이 눈썹을 찡그렸다.

"그게 무슨 뜻입니까?"

"당시에는 그런 생각을 못했어요. 그런데 돌이켜 보니 두 사람 사이에는 달뜬 분위기라든가 즐거워하는 기색 같은 것이 없었던 것 같아요. 그저 마음에 상처를 품은 사람들끼리 그 상처를 보듬어 주는 듯한 느낌이랄까요."

"마음의 상처라고요……."

"아, 미안해요. 내가 그렇게 느꼈을 뿐인지도 몰라요. 신경 쓰지 마세요."

"아닙니다. 그렇게 느끼셨다면 분명 그럴 만한 이유가 있었을 거라고 봅니다. 참고하겠습니다."

가가가 고개를 꾸벅했다.

몽타주의 주인공을 확인한 것은 큰 수확이지만 그 이상의 정보를 얻을 수는 없을 것 같았다. 두 사람은 미야모토 야스요에게 이제 그만 가 보겠다고 말했다.

"모처럼 만났는데 아쉽네요. 다음에는 일은 놔두고 놀러 와요. 센다이의 명물 음식을 맛보여 드릴게요."

현관 앞까지 배웅을 나온 미야모토 야스요가 말했다.

마쓰미야와 가가는 고맙습니다, 라고 인사한 뒤 미야모토 야스요의 집을 나섰다.

두 사람은 왔던 길을 거슬러 걷기 시작했다. 시계를 보니 아직 오후 2시 전이었다.

"잠깐 어디 좀 들렀다 가도 될까?"

걷는 도중에 가가가 물었다.

"어디 들르시게요?"

"하기노마치라는 동네. 어머니가 살았던 곳이야."

그러자 마쓰미야가 걸음을 멈췄다.

"그건 아니죠."

가가도 걸음을 멈추고 마쓰미야를 바라보았다.

"뭐가 아니라는 거야?"

"잠깐 들를 것이 아니라 반드시 가야 한단 말이죠. 개인적으로나 형사로서나."

가가가 씩 웃더니 고개를 끄덕거렸다.

하기노마치에서 가장 가까운 역은 센세키선 미야기노하라

역인 듯했다. 도호쿠 복지대 앞역에서 가려면 센다이역에서 갈아탄 후 두 번째 정거장이었다.

미야기노하라역에 도착한 가가는 다소 난감한 표정을 짓더니 스마트폰에서 지도를 검색해 들여다보다가 머뭇머뭇 걸음을 옮겼다.

도로 오른쪽에 넓은 공원이 있었다. 그 옆에는 경기장으로 보이는 건물이 있고 그 건너편으로 엄숙한 분위기의 건물이 여러 동 서 있었다. 주차장도 아주 넓었다. 국립 병원 기구 센다이 의료 센터라는 표지판이 보였다.

"전에 왔을 때와 많이 달라졌나 보군요."

마쓰미야가 말했다.

"맞아. 병원이 있었다는 건 기억나는데 이렇게 번듯한 건물은 아니었던 것 같아."

그 길을 조금 더 걷다 보니 앞쪽에 철길이 보였다. 화물 철도인 듯했다. 그 아래로 도로가 나 있었다.

철길 밑을 통과하자 하기노마치가 나왔다. 가가는 주위를 두리번거리고 망설이며 걷다 서다를 반복했다. 길 찾기에 자신이 없어 보였지만 마쓰미야로서는 그저 따라가는 수밖에 없었다.

그 동네는 구니미가오카와는 달리 다양한 종류의 건물이 복잡하게 늘어서 있었다. 울타리를 둘러 친 단독 주택이 있는가 하면 어디선가 굴러온 돌처럼 동그마니 서 있는 조그만 집도 있었다. 또 거대한 맨션 옆에 2층짜리 낡은 아파트가 있기도 했다. 음식점과 작은 상점뿐 아니라 공장이나 창고도 있었다. 미용실 바로 옆에 탁아소가 있는 것은 술집을 하는 여자들을 염두에 둔 것일까.

비슷비슷한 길을 이리저리 돌아다니다가 마침내 가가가 걸음을 멈춘 곳은 옆으로 좁은 수로가 나 있는 주차장 앞이었다. 흙바닥 그대로인 주차장에는 최근에 비가 내렸는지 군데군데 물웅덩이가 있었고, 차를 10여 대 주차할 수 있는 공간에 지금은 넉 대가 서 있었다.

"이 자리야. 틀림없어."

가가가 주차장을 바라보며 중얼거렸다.

"여기에 아파트가 있었단 말인가요? 그럼 철거된 모양이군요."

"아무래도 그런 것 같아."

"역시 지진의 영향일까요?"

"글쎄. 전에 왔을 때 이미 상당히 낡은 건물이었어. 지진이 발생하기 전에 철거되었을 가능성도 있어."

가가의 말을 듣고서 마쓰미야는 주위를 둘러보았다. 이런 곳에서 사촌 형의 어머니가 돌아가셨다고 생각하자 기분이 묘했다. 그녀로서는 아무 연고도 없는 고장이었을 것이다.

'죽기 전에 꼭 한 번이라도 아들을 만나고 싶어 했을 거다. 그 생각을 하면 가슴이 아프다.'

가가의 아버지가 했다는 말이 귓가에 되살아났다.

"그만 갈까?"

가가는 돌아서서 걸음을 옮겼다.

9

남자 배우가 한창 대사를 읊고 있는데 스와 다케오가 옆에 놓인 파이프 의자를 걷어찼다.

"늦었어. 타이밍이 안 맞는단 말이야. 몇 번을 말해야 알겠어? 거기서 머뭇거리면 절대로 안 된다고 했잖아. 관객 입장에서 생각해 봐. 그다음에 뭐가 나올지 조마조마해하고 있다고. 대사가 끝난 후에 조금이라도 틈이 있으면 이 장면은 망치는 거야!"

스와가 질책하는 상대는 대사를 읊던 배우가 아니라 그 옆에 놓인 책상 뒤에 숨어 있는 젊은 남자인 것 같았다. 남자가 고개를 수그리며 죄송하다고 사과했다.

주변에 있는 다른 배우들은 별다른 표정이 없었다. 자신의 연기에만 집중하는 것처럼 보이지만, 괜히 참견했다가 스와의 눈 밖에 나기라도 하면 자신만 손해라고 판단한 건지도 몰랐다.

마쓰미야는 기타구 오지에 있는 극단 '발랄라이카'의 연습실에 와 있었다. 조그만 체육관 같은 공간에 책상과 종이 상자들이 놓여 있고, 그걸 대도구 삼아 단원들이 연습을 하고 있었다. 다음 달에 있을 공연을 앞두고 막바지 연습이 한창이라고 했다.

저, 하고 옆에서 누군가 마쓰미야에게 말을 걸었다. 고개를 돌려 보니 윈드브레이커를 걸치고 손에는 면장갑을 낀, 몸집이 자그마한 젊은 여자가 서 있었다.

"이런 상태라면 언제 휴식에 들어갈지 알 수 없는데, 별실에서 기다리시면 어떨까요?"

"그런 곳이 있습니까?"

"네. 그리 깨끗하지는 않지만요."

"알겠습니다. 그럼 그쪽으로 가죠."

여자가 안내한 방에는 일고여덟 명 정도가 둘러앉을 만한 책상과 의자가 있고, 선반에 소도구와 공구 등이 놓여 있었다. 책상 위에 있는 재떨이에는 시류에 어울리지 않게 담배꽁초가 수북했다.

여자가 "마실 거라도 드릴까요?"라고 물었지만 마쓰미야는 사양했다. 그녀도 나름 바쁠 것 같았다. '발랄라이카'에서는 대도구는 외주를 주지만 소도구나 의상은 배우들 스스로 준비하는 것이 원칙이라고 한다. 그녀도 지금은 무대 뒤에서 뒤치다꺼리를 하고 있지만 배우로 활약할 날을 꿈꾸고 있을 것이다.

마쓰미야는 자신도 모르게 팔짱을 끼고 한숨을 쉬었다.

신코이와에서 불에 탄 시신으로 발견된 사람은 고스게의 아파트 주인인 고시카와 무쓰오로, 그는 과거에 가가의 어머니와 특별한 사이였던 와타베 슌이치와 동일 인물이었다. 물론 거기까지 밝혀진 것만으로도 큰 진전이라고 할 수 있었다. 하지만 그 이후로 수사는 어려움을 겪었다. 오시타니 미치코와 고시카와 무쓰오, 두 피살자 사이에 분명히 연결 고리가 있을 것 같은데 그 접점을 파악할 수 없었다. 미야기 현경에도 협조를 요청해 와타베 슌이치라는 인물의 정보를 얻으려 했지만 단서가 될 만한 것은 아무것도 나오지 않았다.

과거 아사이 히로미와 부부였던 스와 다케오를 만나러 온 것도 딱히 이렇다 할 목적이 있어서가 아니라 그저 소거법의 하나랄까, 즉 혹시 뭐라도 있지 않을까 해서 온 것뿐이었다.

그렇게 멍하니 기다리기를 약 한 시간. 음료수라도 사 올까 하고 엉덩이를 드는데 방문이 열렸다. 그리고 폴로셔츠에 오리털 조끼를 걸친 스와 다케오가 들어왔다.

"오래 기다리시게 해서 죄송합니다. 오늘은 연습 이외의 시간을 따로 잡지 않아서요."

그가 무뚝뚝한 말투로 인사하고 의자에 앉았다. 다시 말해 용건을 빨리 끝내라는 뜻으로 들렸다.

"바쁘실 텐데 죄송합니다. 경시청 수사 1과의 마쓰미야라고 합니다."

"전에도 어떤 형사가 찾아왔었어요. 아사이 히로미의 중학 시절 친구가 살해당했다면서요. 짚이는 점이 있느냐고 묻던 데, 전혀 도움을 주지 못했습니다. 히로미와 결혼 생활을 한 것도 워낙 오래전 일인 데다 그녀가 시가현에 살던 시절의 일 은 거의 아는 바가 없거든요."

스와 다케오가 다리를 꼬면서 말했다. 날카로운 눈매에 우 뚝한 코, 다부진 턱……. 무대에 서면 상당히 돋보일 얼굴이 었다. 그도 예전에는 배우였다고 들었다.

"시간을 많이 빼앗지는 않겠습니다. 한번 봐 주셨으면 하는 게 있습니다."

마쓰미야가 가방에서 종이 한 장을 꺼내 스와 앞에 놓았다. 예의 고시카와 무쓰오, 즉 와타베 슌이치의 몽타주였다.

"누굽니까, 이 사람이?"

스와가 물었다.

"그걸 알 수 없어서 이렇게 여기저기 찾아다니고 있습니다. 아시는 분 중에 혹시 이 그림과 비슷한 사람이 있을까요?"

"세가 일 뿐만 아니라 히로미와도 관련이 있는 사람 중에 그런 사람이 있느냐, 그 뜻이겠죠?"

"일단 그렇게까지는 생각하지 않으셔도 됩니다."

"말씀은 그렇게 하셔도 히로미 때문에 저를 찾아오신 거 아니겠습니까."

그리고 스와는 그림을 슬쩍 보더니 도로 책상에 내려놓았다.

"없습니다. 제가 아는 사람 중에는 이런 인물이 없어요."

"조금만 더 주의 깊게 봐 주세요. 완전히 똑같지 않아도 괜찮습니다. 분위기만이라도 비슷한 사람이 있다면 가르쳐 주세요. 상대에게는 절대 피해가 가지 않도록 하겠습니다."

스와가 다시 그림에 시선을 떨어뜨리며 한숨을 쉬었다.

"직업상 아는 배우가 많습니다. 그중에는 이름난 남자 배우도 많고요. 그들에게 이 그림을 보이면서 분위기가 비슷한 인물이 되라고 하면 단박에 그렇게 변신할 겁니다. 그렇게 치면 셀 수 없이 많다고 할 수 있죠."

"하지만 이 얼굴은 민낯입니다. 분장도 하지 않았고, 연기를 하고 있지도 않습니다."

"그래도 마찬가지입니다. 배우 중에는 평소에도 민낯을 내보이지 않는 사람도 있어요. 캐릭터를 유지하기 위해서죠. 그런 사람의 민낯은 저도 잘 모릅니다."

그렇군요, 하고 마쓰미야는 납득했다. 과연 연출가로구나

싶어 감탄스럽기도 했다. 이런 생각을 하는 사람은 수사본부
에 단 한 명도 없었다.

"그러면 그런 사람들 중에 최근에 자취를 감췄다거나 연락
이 끊긴 사람은 없습니까?"

그 질문에 스와는 몸을 살짝 흔들며 웃었다.

"그 또한 셀 수 없이 많죠. 부침이 심한 세계니까요. 형사님
도 모르시지 않을 텐데요. 연예인이 한동안 텔레비전에 얼굴
을 비치지 않아도 사람들은 좀처럼 눈치채지 못합니다. 그런
것과 마찬가지예요."

듣고 보니 그럴 듯한 얘기였다. 마쓰미야는 고개를 끄덕일
수밖에 없었다.

"그럼 배우가 아닌 사람 중에는요? 비슷한 사람이 있습니
까?"

스와는 넌더리가 난다는 표정으로 다시 한번 그림을 보았다.

"몇 살이나 된 사람입니까?"

"정확하지는 않지만 칠십 대 정도로 추정하고 있습니다."

"칠십 대라……. 굳이 꼽으라면 야마 씨 정도인가……."

스와가 혼잣말처럼 중얼거렸다.

"야마 씨가 누굽니까?"

"무대 조명 전문가 중에 야마모토라는 분이 있습니다. 전에
종종 함께 일했죠. 히로미도 신세를 진 적이 있을 겁니다."

"그분 연락처를 아십니까?"

"알긴 아는데, 바뀌었을지도 모릅니다."

스와는 바지 뒷주머니에서 스마트폰을 꺼내 버튼을 몇 개 누르더니 마쓰미야 쪽으로 화면을 돌려 주었다.

"이 사람입니다."

화면에는 야마모토라는 사람의 전화번호와 이메일 주소 등이 표시되어 있었다. 마쓰미야는 그것을 수첩에 베껴 적었다.

"죄송합니다만, 지금 전화를 걸어 주실 수 있습니까?"

"지금 당장요?"

부탁드립니다, 하고 마쓰미야가 고개를 숙였다.

스와는 못마땅한 표정을 지으며 버튼을 조작한 후 전화를 귀에 갖다 댔다.

"벨은 울리는군요. ……아, 야마 씨? 스와입니다. 그동안 격조했습니다. ……아니, 저, 실은 경찰에서 사람이 나왔는데 야마 씨와 통화하고 싶다고 해서요. 네, 그럼 바꾸겠습니다."

마쓰미야는 스와가 내민 전화기를 받아 들었다.

"여보세요, 야마모토 씨인가요?"

"네, 그렇습니다만……."

남자가 낮은 목소리로 대답했다. 당황한 기색이 느껴졌다.

"경시청의 마쓰미야라고 합니다. 느닷없이 전화를 드려서 죄송합니다. 확인할 일이 좀 있었습니다. 그럼 다시 스와 씨를 바꿔 드리겠습니다."

마쓰미야가 전화기를 다시 내밀자 스와는 당황한 표정으로 받았다.

"아, 네. 일이 그렇게 됐습니다. ……아니요, 저도 잘 모르겠습니다. ……아, 그럼 다시 전화 드리겠습니다. ……네, 그럼."

전화를 끊은 후, 스와는 의아한 표정으로 마쓰미야를 바라보았다.

"무엇 때문에 전화를 걸라고 한 겁니까?"

"지금 그분이 틀림없이 야마모토 씨 본인인가요?"

"그럴 겁니다. 목소리가 그랬으니까."

"그렇군요."

물론 확인은 해 봐야겠지만 아마도 야마모토 본인이 맞을 터였다. 다시 말해 해당 사항이 없다는 얘기였다.

"저, 형사님, 어느 정도는 얘기를 해 줘야 협조하든 말든 할 거 아닙니까."

스와가 살짝 노기 띤 목소리로 말했다.

"죄송합니다. 실은 경찰에서 이 몽타주의 주인공이 살해됐다고 보고 있습니다."

스와의 얼굴에 긴장하는 기색이 어렸다.

"살해…… 그럼 히로미의 동창생이 살해된 사건과도 관계가 있는 겁니까?"

179

"저희는 그럴 가능성이 높다고 봅니다. 그런데 도무지 신원이 파악되지 않아서 애를 먹고 있습니다."

"그래서 몽타주를……. 이런 식으로 사람들에게 일일이 묻고 다니려면 이만저만 귀찮은 일이 아니겠군요."

"어쩔 수 없죠. 그게 우리 일이니까요. 그런데 스와 씨는 고시카와 무쓰오, 또는 와타베 슌이치라는 이름을 듣고 혹시 생각나는 일이 없으십니까?"

마쓰미야가 수첩을 펼쳐 스와 앞으로 내밀었다. 거기에는 두 사람의 이름이 한자로 적혀 있다.

"고시카와…… 와타베……, 아니요, 모르겠습니다."

스와가 고개를 저었다.

마쓰미야는 수첩을 덮은 뒤 몽타주로 손을 뻗었다.

"달리 이 그림과 비슷한 사람은요?"

"생각이 나지 않습니다. 죄송합니다."

"그렇군요."

마쓰미야는 고개를 끄덕이고 몽타주를 가방에 넣었다.

"역시 그 사람을 의심하는 겁니까?"

"그 사람이라면……."

"히로미 말입니다."

"그런 게 아니라 관계자 전원을 이런 식으로 조사하고 있습니다."

"그럼 저도 지금 조사당하고 있다는 말인가요?"

"뭐, 굳이 따지자면 그렇다고 할 수 있겠죠."

마쓰미야가 말을 얼버무렸다.

스와는 허, 하고 쓴웃음을 지었다.

"저는 이제 관계자가 아닙니다."

"하지만 아사이 씨와 결혼했던 분이잖습니까."

"아까도 말씀드렸지만 오래전 일입니다. 그것도 고작 3년간 살았고요."

"그렇더군요."

이혼한 이유도 가가에게 들어 알고 있었지만 입에 담지 않기로 했다. 그걸 어떻게 아느냐고 물으면 대답하기 곤란했다.

"하지만 결혼 전에도 교제 기간이 있었을 거 아닙니까. 같은 극단에 계셨으니 두 분 모두 서로에 대해 누구보다 잘 아셨을 테고요."

스와가 당치 않다는 듯이 손을 내저었다.

"그렇지 않습니다. 함께 있었던 기간이 길었던 건 사실이지만 둘이서 나눈 얘기래야 연극에 관한 것뿐이었어요. 저는 그녀의 성장 과정도 잘 모릅니다. 그녀 역시 제 과거에는 관심을 가지지도 묻지도 않았고요."

"좋아하는 상대에 관한 일이라면 뭐든 알고 싶은 게 인지상정 아닙니까?"

181

"그건 보통 연인들의 경우입니다. 우리는 그렇지 않았어요. 서로의 재능에 끌려 결혼했으니까요."

"연애 감정은 없었다는 뜻입니까?"

"조금도 없었다면 거짓말이겠지요. 저는 여자로서의 그녀에게도 어느 정도 끌렸습니다. 하지만 그녀는 애당초 제게 사랑 따위의 감정이 없었던 것 같습니다."

"설마 그랬을까요. 헤어졌기 때문에 그렇게 생각하시는 것 아닙니까?"

"잘 몰라서 하시는 말씀입니다. 히로미는 말이죠, 단 한 번도 우리 아이를 원하지 않았어요. 저를 사랑했다면 그러지 않았을 겁니다."

가가에게 얘기를 들었을 때 마쓰미야도 그렇게 생각했지만 맞장구칠 수도 없는 노릇이어서 "무슨 말씀인지는 알겠지만 그것만으로 그렇게 단정하기는 힘들지 않을까요?"라고 말해 보았다. 스와의 얘기를 좀 더 듣고 싶었기 때문이다.

"그뿐만이 아닙니다."

마쓰미야의 의도대로 스와가 이야기를 계속했다.

"히로미에게는 저를 만나기 전에 깊이 사귀던 남자가 있었어요. 아마도 그 남자를 내내 잊지 못했을 겁니다."

귀가 솔깃한 얘기였다.

"좀 더 자세히 말씀해 주실 수 있겠습니까?"

스와는 어깨를 으쓱했다.

"자세히 말하고 말고 할 것도 없습니다. 제가 아는 사실은 그게 전부니까요. 그 남자가 어디 사는 누구인지도 몰라요. 그녀에게 남자가 있었다는 말은 다른 사람에게 들었습니다. 히로미와 친했던 여배우에게요. 아, 하지만 지금은 연극을 그만둔 사람입니다."

그 여배우는 예명이 쓰키무라 루미였다고 한다.

"아마 히로미가 스물네댓 살 때의 일이었을 겁니다. 그때 어쩐지 그녀가 좀 이상했어요. 멍하니 있을 때가 많고, 연습하면서도 정신이 딴 데 팔려 있는 듯한 느낌을 자주 받았습니다. 그래서 혼을 내기도 했죠. 그런데 에미코가 알려 주더군요. 아, 에미코는 쓰키무라 루미의 본명입니다. 히로미가 애인과 무슨 일이 있는 것 같다, 어쩌면 헤어졌는지도 모르겠다, 그렇게 말했습니다."

"실제로 그런 일이 있었던 겁니까?"

"모르겠어요. 하지만 얼마 지나지 않아 히로미가 기운을 되찾았습니다. 그리고 그 직후 그녀와 사귀기 시작했습니다."

"요컨대 예전 연인과 헤어지고 나서 스와 씨와 사귀기 시작했다, 이 말이군요."

"제 짐작으로는 그렇지만 실제로 어땠는지는 잘 모릅니다."

"그런데 아사이 히로미 씨가 예전 연인을 잊지 못했다는 말씀인가요?"

"그렇다고 할 수 있겠죠."

"그렇게 생각하시는 이유가 뭡니까?"

"이유라. 글쎄요, 그저 그런 느낌이 들었다고밖에……."

스와가 고개를 갸웃하고 생각에 잠긴 표정을 짓더니, 이윽고 뭔가 생각난 듯이 고개를 들었다.

"한마디로 그녀가 배우이기 때문이랄까요."

"그게 무슨 의미죠?"

"말씀드린 대로입니다. 배우니까 필요에 따라서 연기를 했을 수도 있다는 거죠. 여배우의 얼굴을 곧이곧대로 믿을 수는 없습니다."

그리고 스와는 손목시계를 보며 자리에서 일어났다.

"이쯤 하시죠. 슬슬 가 봐야 할 시간입니다. 히로미만큼은 아니지만 저도 큰 공연을 앞두고 있습니다."

별실을 나온 마쓰미야는 도로변에 서서 가가에게 전화를 걸었다. 전화가 연결되자 가가는 대뜸 "무슨 일이야?" 하고 물었다.

"진척이 있었는지 궁금해서요."

지금 니혼바시 서 수사관들은 예의 달력과 다리의 관계를 조사하고 있을 터였다.

"이쪽의 수사 방침을 특별 수사본부 이시가키 계장에게 전했어. 지금은 그 방침에 따라 움직이고 있을 거야."

"그건 저도 알아요. 뭐 새롭게 건진 거라도 있나 싶어서 그러는 거죠."

"너는 네 할 일만 하면 되지 않아?"

"신경이 쓰이는 걸 어떡합니까. 친척이 관련된 사건인데요."

가가가 한숨을 내쉬었다.

"구실이 그럴싸하군. 사실대로 말하자면 아무 진전이 없었어. 예의 몽타주를 들고 탐문 조사를 벌이고 있지만 이렇다 할 정보가 들어오지 않아. 나도 지금부터 한 바퀴 둘러보려고 하는데 별 기대가 안 돼."

"둘러본다고요?"

"응, 다리 순례. 그 메모에 있는 다리가 모두 간다강과 니혼바시강에 있는 거라서 배를 타고 그 두 강을 둘러볼 생각이야."

"배를 탄단 말이죠."

마쓰미야가 전화기를 힘주어 쥐었다.

"어디서 출발하는데요?"

"배 말이야? 아사쿠사 다리에서."

"몇 시에요?"

"3시. 그런데 그건 왜?"

마쓰미야는 시계를 보았다. 2시 반이 다 되어 가고 있었다.

"선배, 나도 태워 줘요. 제발요."

전화에 대고 가가에게 부탁하면서 마쓰미야는 손을 번쩍 들었다. 마침 빈 택시가 왔기 때문이다.

"네가 배를 타서 뭐 하게?"

"타고 싶어요. 그 메모에 있는 다리를 전부 둘러본다는데, 놓칠 수 없는 기회잖아요."

"태워 주는 건 어렵지 않지만 늦지 않게 와야 해. 기다릴 여유는 없어."

"알겠어요. 이미 출발했어요."

택시에 올라탄 마쓰미야는 아사쿠사 다리로 가 달라고 택시기사에게 말했다.

간다강 변에 있는 승선장에 도착했을 때는 3시를 불과 몇 분 남겨 두고 있었다. 가가가 개찰구 앞에서 기다리고 있었다.

"용케 시간 맞춰 왔군. 1분만 더 기다리다가 출발할 작정이었는데."

"동행은요?"

마쓰미야가 물었다.

"없어. 나 혼자야."

"그럼 잠깐은 기다릴 수 있지 않나요?"

"그건 어려워. 운항 스케줄에 없는데도 수사에 협조하는 차원에서 특별히 시간을 내줬거든. 네 사정까지 봐줄 여유는 없어."

두 사람은 계단을 올라 승선장으로 들어갔다. 조그만 사무실 앞을 통과하자 흔들거리는 발판 너머로 스무 명 정도가 겨우 탈 만한 크기의 배가 보였다. 갑판에는 벤치가 하나 놓여 있었다.

배에 오른 마쓰미야는 벤치에 앉아 주위를 둘러보았다. 간다강에 크고 작은 갖가지 배가 떠 있었다. 그리고 당연한 일이지만 강변의 건물들이 모두 머리 위에 있었다. 도쿄에 산 지 오래됐지만 이런 풍경을 보기는 처음이었다.

잠시 후 머리를 갈색으로 물들인 남자가 배에 올랐다. 나이는 삼십 대 중반쯤일까. 체격이 건장하고 팔뚝이 우람해 보였다.

잘 부탁드립니다, 라고 가가가 인사했다. 서로 아는 사이인 듯했다.

마쓰미야가 명함을 꺼내려 하자 남자는 얼굴을 찡그리며 손을 내저었다.

"괜찮습니다, 괜찮아요. 가가 씨와 아는 사이죠? 그럼 됐어요."

남자는 후지사와라고 자신을 소개했다.

"가가 선배와는 알고 지내신 지 오래됐습니까?"

마쓰미야가 남자에게 물었다.

"그게 그러니까……, 가가 씨가 니혼바시 서로 오고 나서부

187

터죠, 아마?"

남자가 가가에게 동의를 구했다.

"그렇습니다."

가가가 고개를 끄덕였다.

"난데없이 요상한 걸 묻지 뭡니까. 칠복신을 순례하듯이 다리를 순례하면 복이 내린다는 얘기가 있느냐고요. 그런 얘기는 들은 적이 없다고 아무리 말해도 도무지 납득을 못하시는 거예요."

후지사와가 나 참, 하고는 껄껄 웃었다.

역시 가가는 이 일이 있기 훨씬 전부터 열두 달과 다리의 관계를 조사한 모양이었다. 그렇게 생각하자 마쓰미야는 가슴속이 약간 뜨뜻해졌다.

문득 떠오르는 것이 있어 마쓰미야는 가방을 열었다.

"이걸 한번 봐 주셨으면 하는데요."

"예의 몽타주를 말하는 거라면 이미 보여 드렸어."

"아, 그래요?"

마쓰미야가 후지사와를 올려다보았다.

"네, 아까 가가 씨가 보여 줬어요. 하지만 제가 아는 사람 중에는 그 몽타주와 비슷한 사람이 없어요. 워낙 손님을 많이 태우니까 그중에 그런 사람이 있었을지 모르겠는데, 손님 얼굴을 빤히 보지 않는 게 우리 규칙이라서요. 미안합니다."

"아, 아닙니다. 선생님이 미안해하실 일이 아니지요."

마쓰미야는 몽타주를 도로 가방에 넣었다.

"몽타주라는 건 참 다루기가 어려워."

가가가 말했다.

"사람의 감성에 기대야 하니까 말이야. 미야모토 야스요 씨 같은 경우는 드물다고 생각하는 편이 좋아."

옳은 말이라고 생각하면서 마쓰미야는 고개를 끄덕였다.

요란한 소리를 내면서 엔진에 시동이 걸리는가 싶더니 잠시 후 배가 움직이기 시작했다. 배는 양옆으로 늘어선 놀잇배를 지나치며 간다강 상류를 향해 나아갔다.

"강 양쪽에 있는 건물들을 한번 봐."

가가가 입을 열었다.

"강 쪽으로 창문이 잔뜩 나 있는 건물이 있는가 하면 창문이 극히 적은 건물도 있지? 그 이유가 뭔지 알아?"

글쎄요, 하며 마쓰미야가 고개를 갸웃했다.

"건물을 지은 시기가 서로 다르기 때문이야. 예전에는 강을 뒤로해서 건물을 지어야 한다는 생각이 주를 이뤘기 때문에 강 쪽으로는 창문을 많이 내지 않았어. 하지만 요즘은 강이 내려다보이는 것을 하나의 가치로 여기니까 강 쪽으로 창문을 많이 내게 된 거야."

"와, 선배는 별걸 다 아네요."

"물론 후지사와 씨 말을 그대로 옮긴 거야."

가가가 웃는 얼굴로 조종석을 바라보았다.

이런 식으로 강을 순례한 것이 벌써 여러 차례인가 보다고 마쓰미야는 짐작했다.

그때 전방으로 첫 번째 다리가 나타났다.

"사에몬 다리야."

가가가 앞쪽을 가리키며 말했다.

"지금은 강 오른쪽이 다이토구, 왼쪽이 주오구지만 저 다리를 지나면 왼쪽이 지요다구야."

"달력에 있는 메모에 따르면,"

그러면서 마쓰미야가 수첩을 펼쳤다.

"3월 사에몬 다리 다음은 4월 도키와 다리네요."

"너도 알겠지만 도키와 다리는 니혼바시강에 있는 다리야."

"이 배가 니혼바시강으로도 가나요?"

"물론이지. 스이도 다리를 지나면 강이 두 갈래로 갈라지거든."

배는 한동안 앞쪽을 향해 똑바로 나아갔다. 마쓰미야는 강에서 바라보는 풍경이 무척이나 신선했다. 만세 다리에 있는 옛 역사(驛舍) 건물은 분위기가 메이지 시대를 떠올리게 했다. 히지리 다리를 지나자 푸른 물이 출렁거리는 계곡이 이어져, 주위에 고층 건물이 없었다면 여기가 도쿄라는 사실을 잊을 것 같았다.

"도쿄를 이런 식으로 바라보기는 처음이에요."

"한 방향에서만 바라보면 본질을 알 수 없는 법이야. 사람이나 땅이나."

가가의 말에 마쓰미야는 맞는 말이라고 생각하며 고개를 끄덕였다.

"아사이 씨의 전남편을 만났어요. 스와라는 사람인데, 그가 그러더군요. 히로미는 배우니까 겉으로 보이는 얼굴을 그대로 믿을 수 없다고요."

그는 아사이 히로미가 전에 사귀던 남자를 계속 마음에 품고 있지 않았을까 싶다는 스와의 말을 가가에게 전했다.

"마음의 연인이라는 건가? 그녀라면 그랬을지도 모르지. 워낙 의지가 강한 여자니까."

그리고 가가는 마쓰미야 쪽으로 고개를 돌렸다.

"특별 수사본부에서는 여전히 그녀를 의심하나?"

"일단 감시는 계속하고 있어요. 하지만 의혹이 점점 옅어지는 게 사실이에요. 오시타니 미치코 건이라면 몰라도 고시카와 무쓰오 살해 사건은 여자가 저지르기에는 무리니까요. 물론 공범이 있다면 얘기가 다르지만요."

"아사이 히로미에게도 몽타주를 보여 줬어?"

"사카가미 선배가 보여 준 모양이에요. 아사이 씨가 닮은 사

191

람을 몇 명 거론했지만 확인 결과 현재 모두 살아 있답니다."

"와타베 슌이치라는 이름에 대해서도 물어봤대?"

"모른다고 했답니다. 하지만 믿을 수 없어요. 배우잖아요."

"흠, 그렇군."

배가 스이도 다리를 지나 조금 더 나아가자 강의 분기점이 나왔다. 왼편으로 거의 직각에 가깝게 물길이 꺾여 있었다. 거기서부터 니혼바시강인 듯했다.

"니혼바시강의 존재는 거의 의식해 본 적이 없는데."

마쓰미야가 자신도 모르게 중얼거렸다.

"실은 나도 그래."

가가가 말했다.

"그 이유를 곧 알게 될 거야."

배가 방향을 틀어 니혼바시강 쪽으로 내려가기 시작했다. 그 직후 주위가 갑자기 어두워졌다. 머리 바로 위로 수도 고속도로가 지나기 때문이었다. 도로를 떠받치고 있는 굵은 기둥이 강 한가운데 늘어서 있었다.

"바로 이것 때문이야."

가가가 머리 위를 가리켰다.

"니혼바시강이 좀 더 가서 스미다강과 합류하기 바로 전까지 이 멋대가리 없는 고속도로에 가려져 있거든. 도쿄 올림픽을 치르려면 고속도로가 반드시 필요한데 용지를 확보하기 어렵다 보니 머리를 쥐어짠 것이 이 도로야. 덕분에 구글 지도를 봐도 이 부분은 고속도로로 표시되어 있고 니혼바시강은 거의 존재감이 없지. 이 강에 놓인 다리들을 건널 때도 강을 건넌다기보다 도로 밑을 지난다는 느낌이 강하고. 그러니 도쿄에 사는 우리조차 평소에는 의식하지 못하는 거야."

"그렇군요. 이제 알겠네요."

"에도 시대에는 이 물길이 경제적으로나 문화적으로 큰 역할을 담당했을 텐데 말이야."

거무칙칙한 수면을 바라보며 가가가 한숨을 지었다.

물길을 타고 계속 나아가던 배가 도키와 다리 근처에 다다랐다.

"1월 야나기 다리, 2월 아사쿠사 다리, 3월 사에몬 다리, 4월 도키와 다리……."

마쓰미야가 수첩을 펼치고 자신이 한 메모를 읽어 내려갔다.

"대체 이게 뭘까요? 각각의 다리가 준공된 달인가……?"

그러자 이번에는 가가가 자신의 수첩을 펼쳤다.

"틀렸어. 야나기 다리가 준공된 때는 1929년 7월, 아사쿠사 다리는 1929년 6월, 사에몬 다리는 1930년 9월이야."

그런 것쯤은 이미 조사한 듯했다.

배가 도키와 다리 밑으로 들어섰다. 석조 아치에서 역사의 흔적이 느껴졌다.

"고스게의 아파트에 있던 달력은 다달이 넘기는 방식이라고 했지?"

수첩을 덮으며 가가가 물었다.

"네. 달마다 강아지 사진이 들어 있었어요."

"달마다 구석에 다리 이름이 하나씩 적혀 있었고?"

"네, 맞아요."

음, 하고 가가가 나지막이 소리를 냈다.

"지금은 4월이고 달력 구석에는 '도키와 다리'라고 적혀 있어. 요컨대 4월에는 도키와 다리 이외의 다른 다리를 생각할 필요가 없다는 뜻 아닐까?"

마쓰미야는 달력이 벽에 걸려 있던 모습을 떠올리며 고개를 끄덕였다.

"달력에 메모하는 의도를 생각해 보면 그렇다고 할 수도 있죠."

"고시카와 무쓰오는 3월에 살해됐는데 4월 이후의 달력에도 모두 다리 이름이 적혀 있었어. 즉 달력이 생기자마자 전부 적어 넣었던 거지. 그러니까 그 정도로 중요한 일이었다는 뜻이야."

가가가 말하는 사이 다음 다리가 가까워졌다. 이치코쿠 다리였다.

"달이 바뀌어 5월이 되면 달력을 한 장 넘긴다."

그러면서 가가는 달력을 넘기는 시늉을 했다.

"그러면 이치코쿠 다리라는 메모가 나타난다. 그걸 보고 고시카와 무쓰오는 뭘 떠올렸을까."

가가가 팔짱을 꼈다.

"5월은 이치코쿠 다리니까 이번 달에는 이치코쿠 다리에 가야겠군, 그렇게 생각하지 않았을까?"

"그럴 수도 있지만, 5월 며칠에요?"

"모르지. 어쩐지 5월 5일이 아닐까 싶기도 하지만, 어린이날과 이치코쿠 다리는 관계가 없어. 5월 3일 헌법 기념일과도 무관하고."

배가 이치코쿠 다리 밑을 지나갔다. 다음으로 다가온 것은 니시가시 다리였다. 주변을 둘러보며 6월과 관련된 뭔가가 있나 찾아봤지만 강변에 보이는 것은 크고 작은 건물들뿐이었다.

니시가시 다리 다음은 드디어 니혼 다리였다.

"7월 하면 칠석인데 니혼 다리에서 행사 같은 건 없나……."

마쓰미야가 중얼거렸다.

"'칠석 유카타 축제'라는 게 있어."

"아, 그래요?"

"7월 7일이 '유카타의 날'인가 봐. 그날은 은행이나 여행사 창구 담당자들도 유카타 차림으로 근무한다더군."

"그럼 고시카와 무쓰오도 그날 니혼 다리에 왔을지 모르겠는데요."

"하지만 아쉽게도 다리 자체와는 아무 상관이 없어. 그리고 행사가 개최되는 지역도 아주 넓어서 동쪽으로는 아사쿠사 다리까지야. 그러니까 관련성이 없다고 봐야겠지."

"에이, 그렇구나."

마쓰미야는 실망하는 한편으로 가가가 한발 앞서 거기까지 조사해 놓았다는 사실에 감탄하며 니혼 다리를 올려다보았다. 장식등을 떠받치고 있는 기린상이 장엄한 오라를 내뿜고 있었다.

그다음으로 에도 다리, 요로이 다리, 가야바 다리, 미나토 다리를 지나 도요미 다리 밑을 통과한 배는 스미다강으로 나아갔다. 거기서 상류를 향해 좀 더 거슬러 올라가자 간다강과의 합류 지점이 나왔다. 원래 관광 코스는 여기서 스미다강을 좀 더 거슬러 올라가 스카이트리 근처까지 간다고 하는데 오늘 배는 간다강으로 들어섰다. 그리고 야나기 다리 밑을 통과해서 출발 지점인 아사쿠사 다리로 돌아왔다.

"어땠습니까?"

배에서 내린 뒤 후지사와가 마쓰미야에게 물었다. 형사들이 일하는 데 방해가 되면 안 된다고 생각했는지 운행 중에 그는 거의 말이 없었다.

"좋은 경험이었습니다. 다음에는 일과 상관없이 타 보고 싶군요."

"꼭 그렇게 하세요. 스미다강에서 오나기강으로 들어서는 코스도 추천합니다. 오기바시 갑문이라는 것이 있는데, 두 개의 수문을 사용해 수위가 전혀 다른 두 강을 배가 오갈 수 있도록 되어 있습니다. 흥미로우실 거예요."

"알겠습니다. 꼭 가 보도록 하겠습니다."

마쓰미야의 대답에 싱긋 웃으며 고개를 끄덕이던 후지사와가 다소 주저하는 표정으로 말을 꺼냈다.

"두 분이 나누신 말씀 중에 제가 아는 것과 좀 다른 내용이 있었어요."

"그게 뭐죠?"

"칠석 얘기를 하면서 '유카타 축제'가 니혼 다리 자체와는 관계가 없다고 하셨잖아요?"

"네, 그 얘기가 왜요? 그럼 혹시 관계가 있는 건가요?"

마쓰미야가 물었다.

"아, 아닙니다. 아마 '유카타 축제'와 다리 자체는 관계가 없을 거예요. 관계가 있다는 얘기를 들은 적은 없어요. 그런 얘기가 아니라, 다리에 관련된 일이라면, 7월에는 유카타 축제보다 더 큰 행사가 있거든요."

"어떤 행사죠?"

"다리 씻기요."

아, 하는 소리가 가가의 입에서 흘러나왔다.

"맞아요. 다리 씻기가 있었죠. 그 행사도 7월이군요."

"다리 씻기가 뭐죠?"

마쓰미야가 물었다.

"긴 자루가 달린 솔과 수세미로 니혼 다리를 씻는 행사예요. 살수차가 다리에 물을 뿌리기도 하죠."

후지사와가 대답했다.

마쓰미야는 스마트폰을 꺼내 검색해 봤다. 화면에 여러 개의 사진이 나타났다. 다리 주변에 군중이 모여 살수차가 물을 내뿜는 모습을 바라보는 사진도 있었다.

"그러네요. 꽤 큰 행사군요."

"나도 잠깐 볼 수 있을까?"

가가의 말에 마쓰미야는 스마트폰을 그에게 건넸다.

한동안 화면을 지그시 바라보던 가가가 뭔가 곰곰이 생각하는 표정으로 스마트폰을 마쓰미야에게 돌려줬다.

"왜 그래요?"

마쓰미야가 물었다.

"지금은 누구나 카메라를 들고 다니는 시대잖아. 프로와 아마추어를 불문하고 다리 씻는 광경을 촬영한 사진가를 찾아다니면 사진을 엄청나게 모을 수 있지 않을까?"

"그야 그렇겠죠. 인터넷상에만도 이렇게 사진이 많은데요."

"바꾸어 말하면, 다리 씻기 행사를 구경하러 갔다가 누군가에게 사진을 찍혔을 가능성도 있다는 얘기지."

"그야 그렇죠. 그러니까 고시카와 무쓰오도 누군가의 사진에 찍혔을 수 있다는 얘기인가요?"

가가는 고개를 끄덕이고 나서 후지사와를 향해 "오늘은 정말 고마웠습니다."라고 인사했다.

"도움이 되었으면 좋겠습니다."

"충분히 도움이 됐습니다. 그럼 저희는 이만 가 보겠습니다."

가가가 먼저 돌아서서 성큼성큼 걸어가기 시작했다.

마쓰미야도 후지사와에게 인사를 하고 허둥지둥 가가를 쫓아갔다.

"다리 씻기 사진을 모을 작정이에요?"

"응. 우선 주최 측을 찾아가 봐야겠어."

"사진을 모아서 어쩌려고요? 고시카와의 얼굴도 모르잖아요?"

"일단은 몽타주와 닮은 얼굴을 찾는 수밖에. 그런 식으로 몇 명을 골라낸 다음, 고시카와를 아는 사람들에게 보여 줄 거야. 경우에 따라서는 미야모토 야스요 씨에게도."

"그게 가능하겠어요? 사진의 숫자가 어마어마할 텐데요. 아니, 애당초 고시카와 무쓰오가 다리 씻기 행사에 갔었는지 여부도 모르잖아요."

"그래, 그러니 헛고생으로 끝날 가능성이 높지."

"그런데도 하겠다는 거예요?"

"당연하지. 그런 게 우리 일이야."

큰길로 나서자 가가는 주위를 두리번거렸다. 택시를 잡으려는 생각인 듯했다. 그 옆얼굴을 바라보던 마쓰미야의 머릿속에 떠오르는 말이 있었다.

"헛걸음을 얼마나 하느냐에 따라 수사의 결과가 달라진다, 이 말인가요?"

가가가 마쓰미야를 보고 씩 웃었다.

"뭐, 그런 셈이지."

마쓰미야가 한 말은 가가의 아버지가 습관처럼 하던 말이었다.

10

약속 장소는 긴자에 있는 카페였다. 케이크 가게인 1층을 지나 계단을 오르자 창가에 앉아 있는 그의 모습이 보였다. 그는 심각한 표정으로 테이블에 놓인 노트북을 들여다보고 있었다.

"아, 역시⋯⋯. 저 사람은 약속에 늦는 법이 없다니까."

가나모리 도키코가 뒤따라오던 유스케에게 말했다. 고개를 끄덕이는 유스케는 다소 긴장한 표정이었다. 형사를 만나기는 이번이 처음이라고 했다.

두 사람이 테이블로 다가가자 가가가 기척을 느꼈는지 고개를 들었다. 도키코와 그녀의 동행을 본 가가는 "아, 어서 오세요."라며 자리에서 일어났다.

"여기까지 나오시게 해서 미안합니다."

"오랜만이네요. 잘 지내셨어요?"

도키코가 물었다.

"네, 그럭저럭요."

"건강 진단은 잘 받고 계세요?"

도키코가 가가를 빤히 올려다보며 물었다.

"조만간 받을 예정이에요. 그런데⋯⋯."

가가가 머뭇거리며 도키코 뒤쪽으로 시선을 옮겼다.

"아, 소개할게요. 제 동생 유스케예요."

"그렇군요. 무리한 부탁을 드려서 정말 죄송합니다."

가가는 유스케에게 명함을 건넸다.

"제 사진이 도움이 될까 모르겠네요."

유스케도 명함을 꺼냈다. 얼굴에 아직 학생 티가 남아 있지만, 이름 있는 출판사의 어엿한 사진부 직원이었다.

"지금은 자료를 수집하는 단계라서 일단 사진이 많으면 많을수록 좋습니다."

세 사람 모두 자리에 앉자 종업원이 다가왔다. 가가가 뭘 마시겠냐고 묻자 도키코는 아이스 밀크티를 주문했다. 하지만 유스케는 금방 일어서야 한다며 사양했다.

"그렇게 바쁘신데 와 주셔서 감사합니다."

가가가 정중히 고개를 숙였다.

"니혼바시 다리 씻기 행사라고 하셨죠?"

유스케가 재킷 주머니에서 메모리카드를 꺼내 가가 앞에 놓았다.

"이겁니다. 백 장 정도 들어 있을 거예요."

"지금 확인해 봐도 되겠습니까?"

"물론입니다."

가가는 카드 리더를 노트북에 연결해 메모리카드에 들어 있는 파일을 열었다. 입가에 엷은 미소를 띠고 있었지만 그의 눈초리는 날카로웠다. 그런 가가의 표정을 보면서 도키코는 자신이 예전에 담당했던 다카마사라는 환자를 떠올렸다. 그는 다름 아닌 가가의 아버지다. 자부심이 강하고 무쇠 같은 의지를 지닌 인물로, 헤어진 아내가 고독사했으니 자신도 혼자 죽어 가겠다고 해서 도키코가 당황했었다. 그런 결심을 한 아버지나 그 결심을 존중한 아들이나 그 아버지에 그 아들이

202

다 싫어, 그건 좀 아니지 않느냐고 한마디 하고 싶었지만 결국은 그들의 의사를 따를 수밖에 없었다.

가가로부터 메일이 온 것은 어제저녁 일이었다. 연락을 바란다는 내용에, 마침 병원 일이 일단락된 참이라 곧바로 전화를 걸었다. 가가는 도키코 동생에 관해 물어볼 것이 있다고 했다.

"혹시 동생이 출판사 사진부에 근무하지 않습니까?"

도키코는 깜짝 놀랐다.

"그걸 어떻게 아세요?"

"아버지 추도식을 도와주러 왔을 때 얼핏 말씀하신 것 같아서요."

도키코가 가가 다카마사의 추도식 때 도움을 준 건 사실이었다. 1주기도 챙기지 않았는데 3주기마저 아무 계획이 없다는 말을 듣고, 한편으로는 주제넘은 간섭이라 여기면서도 나서지 않을 수 없었다. 그러나 가가에게 동생 얘기를 한 기억은 없었다.

"맞아요, 사진부에 있죠. 그런데 그건 왜 물으세요?"

그러자 가가는 더욱 묘한 질문을 했다. 동생이 니혼바시 다리 씻기 행사에 가서 사진을 찍은 적이 있느냐는 것이었다.

"다리 씻기라니, 그게 뭔데요?"

"유명한 행사입니다. 출판사 사진 담당자이니 어쩌면 촬영하러 갔을지 모르겠다 싶어서요. 한번 물어봐 주실 수 있을까요?"

어려운 일도 아니어서 도키코는 그러마고 대답하고 전화를 끊었다. 그리고 곧바로 유스케에게 전화를 걸었다.

"아아, 찍은 적 있어."

유스케는 가볍게 대답했다.

"3년쯤 전에 에도 특집을 꾸밀 때 촬영하러 갔었어. 그런데 그건 왜?"

조금 이따가 알려 주겠다고 말하고 전화를 끊은 도키코는 다시 가가에게 전화를 걸었다. 유스케의 말을 전하자 가가는 그때 찍은 사진들을 꼭 한번 보고 싶다고 했다. 중간에서 양쪽을 중재하기도 번거롭고 해서 도키코가 오늘 이런 자리를 마련한 것이다.

"역시 프로는 다르군요. 멋진 사진들입니다."

가가가 노트북 모니터를 도키코 쪽으로 돌려놓았다. 다리 위에서 살수차가 '니혼 다리'라고 새겨진 글자를 향해 물을 뿜어내는 장면이 화면을 가득 채우고 있었다.

"유서 깊은 행사라고 하더군요."

유스케가 말했다.

"그런데 저, 일단 회사에 양해는 구했지만, 만약 이 사진들을 사용하실 경우에는……."

"걱정 마십시오. 반드시 연락하겠습니다."

가가가 시원스럽게 대답했다.

"네, 그렇게 해 주세요."

주문한 음료가 나오자 유스케는 적당한 타이밍이라고 여겼는지 가방을 들고 자리에서 일어났다.

"그럼 저는 이만 가 보겠습니다. 메모리카드는 나중에 누나에게 돌려주시면 됩니다."

"알겠습니다. 조심해서 다루겠습니다."

"아, 그런데…… 가가 씨는 독신이신가요?"

뜬금없는 질문에 도키코가 놀라서 유스케를 올려다보았다. 너 대체 무슨 소리를 하려는 거야, 하는 표정이었다.

"그렇습니다만."

"그럼 다음에 우리 누나한테 데이트 신청을 해 주셨으면 좋겠습니다. 식사를 하든 술을 한잔하든 말이죠."

"잠깐. 너, 그게 무슨 뚱딴지같은 소리야!"

"우리 누나, 위태위태합니다. 젊어 보이지만 서른이 훌쩍 넘었잖아요. 부모님도 제발 어떻게 좀 해 보라고 성화예요. 그러니까 성가시게 하셔도 괜찮습니다."

"성가시게 하긴 뭘 성가시게 해? 바보 같은 소리 하지 말고 빨리 가!"

"하하, 그럼 이만."

유스케가 한 손을 들어 보이고 나서 자리를 떴다.

가가는 잠시 넋이 빠진 표정이었다. 죄송해요, 라며 도키코가 고개를 숙였다.

"저 녀석이 원래 저래요. 불쑥불쑥 엉뚱한 소리나 하고……. 농담이니까 신경 쓰지 마세요."

"재미있는 친구군요. 그런데 사진 솜씨가 대단합니다."

가가는 노트북 화면을 새삼 바라보았다.

도키코가 밀크티를 한 모금 마신 뒤 "다리 씻기 행사가 가가 씨가 맡은 사건과 무슨 관계라도 있나요?"라고 물었다.

가가가 날카로운 시선으로 그녀를 바라보았다.

"아, 죄송해요."

도키코가 고개를 숙였다.

"쓸데없는 걸 여쭤봤네요. 수사상의 비밀일 텐데 말이에요."

가가는 말없이 노트북을 닫고 싸늘하게 식었을 커피를 입으로 가져갔다.

"사건과 관계가 있는 것도 사실이지만, 그 이상으로 제 자신과 관련된 문제이기도 합니다."

"네?"

도키코가 놀란 표정을 지었다.

"가가 씨와 관련이 있다고요?"

"아직 분명하게 말씀드릴 수는 없지만, 최근에 발생한 어느 사건의 피해자가 센다이에서 돌아가신 어머니와 관련이 있을 가능성이 높습니다. 이번 사건의 수수께끼를 풀면 어머니에 대해서도 뭔가 좀 알아낼 수 있을지 모릅니다."

"그렇군요."

"물론 공과 사를 혼동해서는 안 되겠죠."

가가가 다시 밝은 목소리로 말했다.

"역시 어머니에게 신경이 쓰이시는군요."

도키코의 말에 가가는 보일 듯 말 듯 쓴웃음을 지었다.

"이제 와서 알아 봐야 무슨 소용일까 싶기도 합니다. 그러면서도 가능하다면 알고 싶어요. 어머니가 어떤 심정으로 사셨을지 궁금하기도 하고요. 뭐랄까, 나이 먹은 남자의 머더 콤플렉스겠죠."

"저야 사정을 잘 모르지만, 가가 씨 어머니는 돌아가실 때 오로지 하나뿐인 자식 생각밖에 없으셨을 거예요."

"그럴까요?"

"틀림없다니까요."

도키코는 자신도 모르게 입을 뾰족 내밀었다.

"전에 어느 환자에게 들은 적이 있어요. 그분은 자신의 삶이 얼마 남지 않았다는 사실을 알고도 전혀 비관적이지 않았죠. 오히려 저세상으로 가는 걸 기대하는 것처럼 보이기까지 했어요. 왜 그랬을까요?"

가가는 말없이 고개를 저었다. 그린 그의 얼굴을 바라보며 도키코가 말했다.

"그분은 아이들이 살아가는 모습을 저세상에서 바라볼 수 있다고 생각하면 신이 나서 견딜 수 없다고 그러시더군요. 그럴 수만 있다면 육체 따위는 없어져도 좋다고요."

그 환자를 떠올리자 도키코는 가슴이 먹먹해졌다. 잠시 후 그녀는 심호흡을 한 번 하고 가가를 똑바로 보았다.

"가가 씨 어머니도 분명히 그러셨을 거예요."

진지한 눈빛으로 도키코를 마주 보던 가가의 입가에 희미한 미소가 떠올랐다.

"고맙습니다."

"죄송해요, 주제넘은 소리를 해서."

"아닙니다. 도키코 씨는 늘 형사가 모르는 걸 가르쳐 주시는군요."

"간호사니까요."

도키코가 가슴을 펴며 말했다.

"어쨌든 어머니와 연결된 실마리를 찾으셨으면 좋겠어요."

네, 하며 가가는 남은 커피를 마셨다. 그러다가 뭔가 생각난 듯이 도키코를 바라보았다.

"아까 동생이 한 얘기 말인데요, 진지하게 생각해 보면 어떨까요?"

"네?"

"아니, 저……, 이번 사건이 해결되면 같이 식사라도 하면 어떨까 해서 말이죠."

아아, 하며 도키코가 고개를 끄덕였다.

"그러죠, 기꺼이. 그때 어머니 얘기도 들려주실 거죠?"

"그럴 수 있었으면 좋겠습니다."

가가가 창문 쪽으로 고개를 돌리고 먼 곳을 바라보았다.

11

어젯밤부터 내리기 시작한 비는 오후가 되어서야 그쳤다. 한랭 전선이 내려온 탓에 4월이라는 게 믿기지 않을 만큼 공기가 싸늘했다. 마쓰미야는 코트를 걸치지 않고 나온 걸 후회했다.

수사본부를 나서기 전에 행선지와 목적을 말하자 고바야시는 고개를 끄덕이기는 했지만 표정이 밝지 않았다. 성과를 기대하기 어렵다고 판단했기 때문일 것이다. 마쓰미야 본인도 큰 기대가 없으니 당연한 일이었다. 스와 다케오를 만나러 갔을 때와 마찬가지로 소거법의 수순을 밟는 것에 지나지 않았다.

수사는 여전히 제자리걸음이었다. 여러 명의 수사관이 연일

숨 가쁘게 움직이고 있었지만 이렇다 할 실마리는 나오지 않았다.

가가에게서도 아무런 연락이 없었다. 허튼소리를 하는 사람이 아닌 만큼 실제로 다리 씻기 행사 사진을 수집하고 있을 것이 분명했다. 엄청난 양의 사진을 한 장 한 장 노려보고 있을 그의 모습이 눈에 선했다. 그가 사건의 진상을 파악하는 일에는 상상을 초월하는 인내심을 발휘한다는 걸 마쓰미야는 겪어 봐서 잘 알았다.

지금 마쓰미야가 와 있는 곳은 다이칸야마로, 역에서 도보로 몇 분 거리인 이 주택가에는 세련된 단독 주택이 줄지어 늘어서 있었다. 사전에 위치를 파악해 둔 덕분에 목적지를 찾는 일은 어렵지 않았다. 짙은 갈색을 기본으로 한 그 서양풍 저택은 지은 지 그리 오래돼 보이지 않았으며 문에는 '오카모토'라고 쓰인 문패가 걸려 있었다.

인터폰을 누르자 금방 "네." 하는 여자 목소리가 들렸다.

"아까 전화 드린 마쓰미야입니다."

경시청에서 왔다는 말은 하지 않았다. 주위에 사람이라고는 그림자도 보이지 않았지만, 누군가 어디서 듣고 있을지도 모를 일이었다.

들어오라는 소리에 마쓰미야는 대문을 열고 현관 입구까지 갔다. 잠시 후 현관문이 열리고 여자가 얼굴을 내밀었다. 역시 배우 출신답게 이목구비가 또렷했다. 피부까지 고와서 도무지 사십 대로는 보이지 않았다.

"오카모토 에미코 씨 맞으시죠?"

그녀가 네, 하고 대답했다.

마쓰미야는 우선 경찰 배지를 보여 주고 나서 명함을 건넸다.

"경시청에서 나온 마쓰미야입니다. 이렇게 불쑥 찾아와서 죄송합니다."

"아, 아닙니다."

"어떻게 하는 게 좋으시겠습니까. 어디 가서 차라도 한잔하면서 얘기를 나눌까요?"

"아니에요, 들어오세요. 집이 더 편해요."

"네, 그럼 잠시 실례하겠습니다."

현관으로 들어서자 방향제 향기가 코를 스쳤다. 널따란 현관에는 큼직해 보이는 스니커즈 한 켤레와 샌들만이 한쪽 구석에 가지런히 놓여 있었다.

"안에 누가 있습니까?"

"조금 전에 아들이 학교에서 돌아왔어요."

그녀가 옆에 있는 계단을 힐끗 쳐다보았다. 거실 천장이 2층까지 뚫려 있는 구조라서 2층 난간이 올려다보였다.

마쓰미야가 안내된 곳은 식당 옆에 있는 응접실이었다. 괜찮다고 사양했는데도 오카모토 에미코는 차를 내왔다. 잘 마

211

시겠습니다, 하고서 마쓰미야는 차를 한 모금 마셨다.

그가 찻잔을 내려놓은 후 실내를 두리번거리자 그녀가 "왜 그러시죠?" 하고 물었다.

"아, 여배우 시절 사진이 걸려 있지 않을까 했는데……."

그러자 오카모토 에미코가 후훗, 하고 웃었다.

"천만에요. 배우 생활이래야 길지도 않았고, 그나마 단역만 맡아서 대표작조차 없는걸요. '쓰키무라 루미'라는 제 예명도 이제는 기억하는 사람이 없을 거예요."

"그렇지 않습니다. 인터넷을 검색하니까 여럿 나오던데요."

마쓰미야의 말에 전직 여배우는 곱게 다듬은 눈썹을 찡그렸다.

"안 그래도 인터넷 때문에 이만저만 골치 아픈 게 아니에요. 아들에게 배우 시절 얘기를 전혀 하지 않았는데 인터넷으로 다 알게 되고 말이죠. 정말 두 손 다 들었어요."

그녀는 넌덜머리가 난다는 표정을 지었다.

극단 '발랄라이카' 소속이었고 가나가와현 가와사키시 출신. 전직 여배우. 본명은 오카모토 에미코이며 아버지에게 물려받은 성은 가지와라. '쓰키무라 루미'로 인터넷을 검색하면 금방 알 수 있는 내용이었다. 젊은 시절의 사진도 쉽게 찾을 수 있었다. 인터넷이 일반인에게는 편리하지만 전직 연예인에게는 혐오스런 도구일지도 몰랐다.

"오카모토 씨 얘기는 스와 다케오 씨에게 들었습니다. 전화로도 말씀드렸지만, 아사이 히로미 씨에 관해 묻고 싶은 것이 있습니다. 현역 시절에 아사이 씨와 친하게 지내셨다고 하던데요."

"그랬죠. 비교적 친하게 지냈습니다. 하지만 지금은 거의 연락하지 않아요."

오카모토 에미코의 말투가 신중했다.

"친하게 지내던 시절 얘기를 듣고 싶습니다. 아사이 씨가 스와 씨와 결혼하기 전 말입니다. 아사이 씨가 다른 남자와 교제했던 사실을 알고 계셨다면서요."

오카모토 에미코의 얼굴에 당황하는 기색이 어렸다.

"그렇게 오래전 일을……."

"스와 씨에게 들었습니다. 아사이 씨 상태가 이상해서 왜 그런가 했는데, 애인과 헤어진 것 같다고 오카모토 씨가 알려줬다고요."

"맞아요. 그런 일이 있었어요. 제가 이십 대 중반이었을 때죠. 스와 씨가 아직도 그 일을 기억하는군요."

"당시에 아사이 히로미 씨에게 연인이 있었던 건 확실합니까?"

"네, 확실할 거예요."

"상대는 어떤 사람이었습니까. 이름을 아세요?"

"아니요, 이름은 듣지 못했어요. 어떤 사람이었는지도 사세히는 모르고요."

"그렇다면 아는 대로만 말씀해 주세요."

오카모토 에미코가 턱을 끌어당기며 의심스러운 눈초리로 마쓰미야를 올려다보았다.

"무슨 사건을 수사하시는 거죠? 그런 게 궁금하면 히로미 씨 본인에게 물어보시면 될 텐데요."

"나중에 본인에게도 확인할 겁니다. 그러나 우선은 주변 사람들 얘기를 들어 보는 것이 저희 방식입니다."

"히로미 씨가 사건에 연루되기라도 했나요?"

마쓰미야가 살짝 미소를 지어 보였다.

"어떤 사건의 피해자와 관련이 있는 사람들을 다각도로 조사하고 있습니다. 아사이 히로미 씨도 그중 하나고요. 아사이 씨가 사건에 직접적으로 관련이 있는지 어떤지는 아직 확실치 않습니다. 그걸 밝히려고 수사하는 겁니다."

"그렇게 오래전 일도 도움이 되나요?"

"그건 알 수 없습니다. 결과적으로 아무 도움이 안 될 수도 있죠. 저희 일이 원래 그렇습니다. 아무쪼록 이해해 주셨으면 합니다."

마쓰미야가 정중하게 고개를 숙였다.

오카모토 에미코는 다소 불만스러운 표정으로 고개를 끄덕였다.

"저랑 나이도 같고 해서 히로미 씨와 친하게 지냈던 건 사실이에요. 하지만 연인이 있다는 얘기를 직접 듣지는 못했습니다. 제가 알게 된 건 우연이었어요."

"어떻게 아셨죠?"

"히로미 씨의 생일날 밤에 선물을 주려고 집으로 찾아갔어요. 그날은 특별한 스케줄이 없으니 집에 있을 거라고 했거든요."

"그게 몇 시쯤이었습니까?"

"아마 8시나 9시쯤이었을 거예요."

"혼자 가셨나요?"

그 말에 오카모토 에미코가 빙그레 웃었다.

"저도 연인이 있었어요. 그 사람과 같이 갔죠. 물론 그 사람은 차 안에서 기다렸지만요."

"네, 그래서요?"

"그런데 히로미 씨가 집에 없었어요. 실망해서 차로 돌아왔는데 바로 그때 그녀가 돌아왔어요. 어떤 남자와 함께요. 그녀는 제가 차 안에 있는 걸 눈치채지 못한 것 같았어요. 어떻게 할까 망설이고 있는데 두 사람이 아파트 앞에서 걸음을 멈추고,"

오카모토 에미코가 살짝 장난기 어린 표정을 지었다.

"어둠 속에서 작별 키스를 했어요."

"아, 그랬군요."

"남자는 히로미 씨가 아파트로 들어가는 모습을 지켜보다가 돌아갔어요. 저는 조금 기다렸다가 선물을 들고 그녀의 집으로 갔고요. 그녀는 놀라면서도 기뻐했어요. 하지만 자신이 집에 들어가자마자 제가 찾아갔다는 점을 조금 의아하게 여기는 것 같기도 했어요. 그래서 솔직하게 말했죠. 두 사람 모습을 봤다고요. 그녀가 부끄러운 표정을 지으면서 다른 사람에게는 말하지 말라고 했어요."

"상대 남자 얼굴을 보셨습니까?"

오카모토 에미코가 고개를 저었다.

"어두운 데다 각도도 좋지 않아 보지 못했어요."

"아사이 씨가 남자에 대해 뭐라고 하던가요?"

"오래전부터 신세를 지고 있는 사람이라고 했어요. 그 이상은 못 들었습니다. 저도 캐묻는 것을 별로 좋아하지 않는 성격이어서요."

"그 남자와 헤어졌다는 얘기도 아사이 씨 본인에게 들으셨습니까?"

"아니에요. 그건 제 생각이었어요. 그녀가 목걸이를 하지 않았거든요."

"목걸이라니요?"

"루비 목걸이요. 평소에 늘 하고 다녔는데 언제부터인지 보이지 않더군요. 아, 맞다! 히로미 씨 생일이 7월이에요."

오카모토 에미코가 불쑥 떠올랐다는 듯이 말했다.

"루비가 7월 탄생석이잖아요. 그래서 연인에게 선물로 받았나 보다 했죠."

"아사이 씨 상태가 이상했던 것도 바로 그즈음이고요?"

"네, 맞아요."

마쓰미야는 고개를 끄덕였다. 오카모토 에미코의 얘기에 타당성이 있었다. 목걸이가 연인에게 받은 선물이 아니었을까 싶었다는 그녀의 짐작은 아마도 사실일 터였다.

"제가 아는 건 다 말씀드렸어요. 더는 아는 게 없습니다."

"그럼 혹시 아사이 씨의 연인이었다는 남자를 알 만한 분이 더 없을까요?"

"글쎄요, 잘 모르겠어요."

"마지막으로 한 가지만 더 여쭤보겠습니다. 와타베 슌이치나 고시카와 무쓰오라는 이름을 듣고 떠오르는 일이 있으신지요? 한자로는 이렇게 씁니다."

마쓰미야는 수첩을 펼치고 두 사람의 이름이 적힌 페이지를 오카모토 에미코에게 보였다.

그녀는 미간에 주름을 잡은 채 수첩을 들여다보다가 고개를 저었다.

"없어요. 죄송합니다."

마쓰미야가 특별 수사본부로 돌아와 보니 아끼외는 분위기가 사뭇 달라져 있었다. 고바야시를 중심으로 형사 몇 명이 얘기를 나누고 있었는데 그중에는 사카가미도 있었다. 그들의 모습에서 어쩐지 활기가 느껴졌다.

"아, 마쓰미야. 어떻게 됐어?"

고바야시가 물었다. 그 목소리마저 밝게 느껴졌다.

마쓰미야는 오카모토 에미코에게 들은 내용을 보고했다.

"남자의 정체를 알 수 없다? 흠, 하는 수 없지. 이번 사건과 딱히 관계가 있는지 없는지도 확실치 않은 마당인걸, 뭐. 알았어. 그 건은 거기서 끝내도록 하지. 수고했어."

마쓰미야가 답례로 고개를 숙이는데 고바야시의 책상 위에 놓인 시간표가 눈에 들어왔다. 상당히 오래돼 보이는 것이었다. 아니나 다를까, 거의 20년 전의 연도가 적혀 있었다.

"그 시간표는 뭡니까?"

"이거 말이야?"

고바야시가 시간표를 집어 들었다.

"가가 경부보가 가져온 어머니 유품 중에 들어 있었어. 원본은 감식반에 넘기고 똑같은 걸 하나 더 입수했지."

"뭐 하려고요?"

"감식반에서 중요한 사실을 발견했거든. 시간표에 묻어 있는 지문들을 조사한 결과, 고시카와 무쓰오의 방에서 채취한 지문과 일치하는 것이 몇 개 발견된 모양이야."

마쓰미야가 눈을 부릅떴다.

"정말입니까?"

"틀림없대. 이로써 고시카와 무쓰오가 과거에 센다이에 있었던 와타베 슌이치라는 사람과 동일 인물이라는 사실이 객관적으로 증명됐어. 감식반 말로는 발견된 지문의 개수와 위치로 보아 문제의 시간표를 가가의 어머니가 아니라 와타베 슌이치 씨가 주로 사용했을 가능성이 높다는군."

마쓰미야가 고개를 끄덕였다.

"가가 경부보 어머니는 그다지 나다니기 좋아하는 성격이 아니었답니다. 그러니 시간표 따위가 필요했을 리 없지요. 어쨌든 중요한 발견이네요."

"놀라기는 아직 일러. 감식반에서 시간표의 각 페이지를 낱낱이 조사했는데, 그 결과 특정 페이지에 지문이 집중적으로 묻어 있는 것을 발견했어."

고바야시는 책상에 놓여 있던 사진 한 장을 마쓰미야에게 건넸다.

시간표를 펼쳐서 찍은 사진이었다. 사진이 어두워서 시간표의 내용은 잘 알 수 없지만 페이지 양쪽 끝에 초록색 지문이 여러 개 보였다. 특수한 광원과 필터를 사용해서 찍은 것으로, 지문을 검출하는 최신 기술이다.

"이 페이지야."

고바야시가 시간표를 펼쳤다. 센다이와 이시노마키를 연결하는 센세키선의 시간표가 적힌 페이지였다.

"게다가 감식반에서 좀 더 자세히 조사한 결과 손가락이 여러 번 닿은 역 이름이 있었어. 바로 이 역이야."

고바야시가 가리킨 역은 '이시노마키'였다.

"센다이와 이시노마키 사이를 자주 오갔다는 뜻일까요?"

"자주 오갔는지 어땠는지는 알 수 없지만 갔던 것만은 틀림없어. 문제는 무엇 때문에 이시노마키에 갔느냐 하는 점이야."

"이시노마키라면…… 역시 어업일까요?"

그때 뒤에서 하하하 웃는 소리가 들렸다. 사카가미였다.

"나랑 똑같은 소리를 하는군. 하기야 그렇게 생각하기가 쉽지."

"아닙니까?"

마쓰미야가 고바야시에게 물었다.

"인터넷 세대는 책자로 된 시간표 같은 걸 사용해 본 경험이 없어서 그런 식으로 단순하게 생각하는군. 눈앞에 센다이발 이시노마키행 열차 시간표가 있고 이시노마키라는 글자에 지문의 흔적이 있다고 하니 그곳이 최종 목적지일 거라고 단정해 버리는 거야."

아, 하는 소리가 마쓰미야의 입에서 흘러나왔다.

"그렇군요. 거기서 갈아탔을 가능성도 있겠어요."

"그렇지. 실은 지문이 많이 검출된 페이지가 또 있어."

고바야시가 시간표의 다음 페이지를 펼쳤다. 이시노마키선 시간표가 나왔다. 고고타역과 오나가와역을 잇는 철도로 중간에 이시노마키역이 있었다.

"이 시간표에도 손가락으로 더듬은 흔적이 있다는군. 바로 이 역이야."

고바야시가 시간표의 한 부분을 가리켰다.

"오나가와역……."

중얼거리는 마쓰미야를 바라보며 고바야시는 진지한 표정으로 고개를 끄덕였다.

"이시노마키선의 종점이지. 더는 갈 곳이 없어. 그러니 와타베 씨의 최종 목적지는 오나가와였다고 봐도 되지 않을까?"

"오나가와, 하면……."

"원자력 발전소."

뒤에서 또 다른 목소리가 들렸다. 돌아보니 이번에는 가가가 손에 종이 백을 든 채 다가오고 있었다.

"아, 가가 군. 오라고 해서 미안하네."

고바야시가 알은체를 했다.

"아닙니다. 저 역시 연락드리려던 참이었습니다."

가가가 종이 배을 바닥에 내려놓았다.

"시간표에서 지문이 나왔다면서요?"

"그래. 이게 바로 문제의 페이지야."

고바야시가 이시노마키선 시간표를 가리켰다.

"흠……."

가가가 시간표를 받아 들고 심각한 표정으로 들여다봤다.

"오랫동안 제 수중에 있었는데도 전혀 몰랐습니다."

"그야 당연하지. 육안으로는 지문의 존재를 확인할 수 없으니까. 그보다 지금까지 자네가 맨손으로 만지지 않았던 게 다행이야."

"습관 덕분이죠."

"그건 그렇고, 원자력 발전소와 관련해서 뭔가 짚이는 게 있다면서?"

그 물음에 가가가 고바야시에게 시간표를 돌려주면서 "네." 하고 대답했다.

"전에 미야모토 야스요 씨에게 들었는데, 와타베 슌이치 씨가 전기 관계 일을 한다고 어머니가 얘기한 적이 있답니다. 여기 오는 길에 미야모토 씨에게 전화로 확인해 봤더니 그런 얘기를 들은 건 사실인데 다만 그 전기 관계 일이라는 것이 원자력 발전소인지 아닌지는 모르겠답니다."

"지금이야 지진의 여파로 교통이 불편하지만, 당시 오나가와에서 센다이까지는 한 시간 반 정도면 오갈 수 있었어. 와타베 슌이치 씨는 원자력 발전소 작업원이었고 평소에는 오나가와에서 지내다가 쉬는 날 센다이로 가곤 했을 가능성이 높아 보이는군."

"저도 같은 생각입니다. 미야모토 씨 말에 따르면 와타베 씨가 타지에서 일하느라고 일정 기간 미야기현을 떠나 있었던 적도 있다더군요. 원자력 발전소 작업원은 정기 점검이 끝나면 일을 찾아 다른 원자력 발전소로 이동하는 경우가 흔하다고 합니다."

"좋아. 오나가와 원자력 발전소에서 일하는 작업원들을 만나 봐야겠어. 이봐, 준비 좀 해 줘."

지시를 받은 형사가 "알겠습니다." 하고 다른 형사들을 불러 모았다.

"드디어 일보 전진이군. 이제야 계장님도 체면이 좀 서겠어."

고바야시는 안도한 표정으로 시간표를 책상에 내려놓았다.

"그런데 이시가키 계장님은 어디 가셨나요?"

가가가 물었다.

"관리관과 함께 본청에 들어갔어. 아 참, 자네, 보고할 일이 있다고 했지? 얘기하게. 내가 이시가키 계장에게 전해 줄 테니까."

그러자 가가가 바닥에 내려놓았던 종이 백에서 두툼한 파일하나를 꺼냈다.

"마쓰미야 형사에게 들으셨는지 모르겠지만, 7월의 다리 씻기 행사 사진을 모아 봤습니다. 이게 그 일부입니다."

"얘기 들었어. 착안점이 나쁘지는 않지만, 말만 들어도 아찔하더군. 대체 몇 장이나 수집한 건가?"

가가는 고개를 살짝 옆으로 기울이더니 "이리저리 모아 봤더니……5천 장 정도 되지 않을까 싶습니다."라고 대답했다.

고바야시가 입을 쩍 벌리고 마쓰미야 쪽을 돌아보았다. 마쓰미야도 할 말을 잃은 표정이었다.

"그중에서 고시카와, 그러니까 와타베 슌이치 씨로 보이는 인물을 찾아내겠다는 건가? 오로지 몽타주 하나에 의지해서?"

"힘든 작업인 것은 사실입니다. 짬이 나는 후배들이 도와주고 있지만 성과가 거의 없습니다. 몽타주라는 것이 보는 사람에 따라 다르게 느껴지는 모양이더군요."

"그럴 거야. 그래서, 오늘 용건은 뭐지?"

가가가 손에 들고 있던 파일을 펼쳤다.

"와타베 씨를 찾아낼 수 있을지 어떨지는 아직 모르겠습니다. 그런데 매우 중요한 인물이 찍힌 사진을 발견했습니다. 그래서 보여 드리려고 가져왔습니다."

"중요한 인물이라니, 누구?"

"보면 아실 겁니다."

그가 가리킨 사진에는 아이들이 솔로 다리 위를 닦고 있고 그 주위에서 어른들이 그런 아이들을 카메라로 찍는 모습이 담겨 있었다.

하지만 이 사진에서 그런 장면은 배경에 지나지 않았다. 카메라의 초점은 바로 앞에 있는 여자의 옆얼굴에 맞춰져 있었다.

짙은 눈썹, 길게 찢어진 눈, 부드러운 곡선을 이루는 콧날, 강한 의지가 느껴지는 꼭 다문 입술……. 아사이 히로미가 틀림없었다.

"아아, 그래요? 이런 사진이 들어 있었군요."

야구치 테루마사는 사진을 손에 든 채 어깨를 으쓱해 보였다. 나이는 사십 대 중반 정도일까. 체구는 작지만 살집이 꽤 있었다. 스웨터의 배 부분이 불룩했다.

"날짜를 보니 8년 전에 찍은 사진 같습니다만……."

가가의 말에 야구치가 고개를 까닥했다.

"그렇습니다. 다리 씻기 행사를 촬영한 지 3년째라서 촬영 포인트를 비롯해 이런저런 요령을 터득했을 무렵입니다."

"우연히 이렇게 나온 게 아닌 것 같은데요?"

"아니, 그건…… 네, 맞습니다."

야구치가 겸연쩍게 웃으며 오른손으로 뒤통수를 만졌다.

"다리를 씻는 아이들을 찍던 참이었는데 바로 앞에 가도쿠라 히로미 씨가 보이지 뭡니까. 그 전까지는 선글라스를 쓰고 있어서 못 알아봤는데 마침 그녀가 선글라스를 벗은 겁니다. 제가 옛날에 그녀를 꽤 좋아했거든요. 역시 여배우는 다르더 군요. 얼굴에서 빛이 나는 게, 일반인과는 확실히 구별됐습니다. 그래서 슬쩍 셔터를 눌렀죠. 그래요, 이런 사진이 있었군요. 까맣게 잊고 있었습니다. 형사님께 건네기 전에 한번 죽 훑어보는 건데 그랬습니다."

마쓰미야와 가가는 긴자의 찻집에서 프리랜서 사진작가인 야구치와 마주 앉아 있었다. 그는 모 여행사의 의뢰로 10년 전부터 니혼바시의 다리 씻기 행사를 촬영해 온 사람이었다. 그 사진들 중 문제의 사진이 있었던 것이다.

"가도쿠라 히로미 씨가 나온 사진은 이것 한 장뿐인가요?"

가가가 물었다.

"네, 이것뿐입니다. 본인에게 들켰다가는 민망해지는 데다가 방금도 말씀드렸다시피 선글라스를 벗은 시간이 아주 잠깐이었어요."

거기까지 말하고 야구치는 입술을 오므려 빨대를 문 뒤 아이스커피를 빨아들였다.

"그녀는 혼자였습니까? 일행은 없던가요?"

글쎄요, 하고 야구치가 고개를 갸우뚱했다.

"누군가 있었을지도 모르지만 저는 몰랐습니다. 혼자 오도 카니 서 있었던 것 같은데요."

"그래요? 혼자 오도카니……."

"저, 그런데……."

야구치가 가가와 마쓰미야를 번갈아 보았다.

"뭘 수사하시는 건가요? 이 사진이 문제라도 되나요?"

"아닙니다. 그런 건 전혀 아닙니다."

가가가 대답했다.

"지난번에도 말씀드렸지만, 다리 씻기 행사가 어떤 사건과 관련되었을 가능성이 있어서요. 야구치 씨에게 받은 사진을 분석한 결과 이 사진에만 여배우가 찍혀 있어서 이해에 뭔가 특별한 일이라도 있었나 궁금했습니다."

"그렇군요. 아마 특별한 일은 없었을 겁니다. 다른 해와 똑 같았어요. 말씀드린 바와 같이 어쩌다 보니 가도쿠라 히로미 씨가 거기 서 있었을 뿐입니다."

"혹시 가도쿠라 씨와 얘기를 나누지는 않으셨나요?"

"아니요, 그런 일은 없었습니다."

야구치가 손을 내저었다.

가가가 마쓰미야 쪽으로 시선을 보냈다. 더 질문할 게 있느 냐는 뜻인 듯했다.

"다리 씻기 행사에서 가도쿠라 씨의 모습을 목격한 건 이때뿐이었습니까?"

마쓰미야가 물었다.

"네. 해마다 왔는지는 모르겠지만, 저는 이때밖에 보지 못했습니다."

야구치의 대답을 들은 마쓰미야는 감사합니다, 라며 고개를 숙였다.

카페에서 나오자 가가가 마쓰미야에게 물었다.

"어떻게 생각해?"

"우리 추측이 맞아요. 틀림없어요."

마쓰미야가 조금의 망설임도 없이 대답했다.

"예의 달력에 적힌 메모와 아사이 히로미는 관계가 있어요. 8년 전 7월에 그녀는 니혼 다리에 있었어요. 그리고 그건 명백히 개인적인 행동이었어요. 어쩌면 1월에는 야나기 다리에, 2월에는 아사쿠사 다리에 갔을지도 모르죠. 3월에는 그러니까……."

"사에몬 다리. 그리고 4월은 도키와 다리."

"맞아요. 그런 식으로 달력에 적힌 메모에 따라 다리를 방문하지 않았을까요? 그것도 어쩌면 해마다요."

"가능성이 있는 얘기야."

"그 추리가 맞는다면 아사이 히로미는 오시타니 미치코나 고시카와 무쓰오, 두 피해자 모두와 연관이 있다는 얘기인데요."

"그렇겠지."

가가의 목소리가 다소 침울해졌다.

"가가 선배의 심정은 알아요. 아사이 히로미를 의심하고 싶지 않겠죠. 하지만 이렇게 된 이상 사사로운 감정은 버려야 하지 않을까요?"

그러자 가가가 갑자기 걸음을 멈췄다.

"사사로운 감정이 전혀 없다고 하면 거짓말이겠지. 그녀를 의심하고 싶지 않았던 것도 사실이야. 하지만 그렇기 때문에 더욱더 확인하지 않을 수 없었어. 5천 장이나 되는 사진을 일일이 들여다보면서 나는 그녀의 모습이 제발 발견되지 않기를 바랐을지도 몰라."

"그녀의 모습이라고요? 몽타주의 인물을 찾고 있었던 거 아니에요?"

"표면상으로는 그랬지. 그 단계에서 내 멋대로 아사이 씨에 관한 수사를 하면 자네 쪽에 실례잖아."

"그런 거였어요? 어쩨 좀 이상하다 했더니만……."

"내가 아무리 날고뛰는 재주가 있다 해도 만난 적도 없는 사람을 몽타주 하나만 보고 5천 장이나 되는 사진 속에서 찾을 수 있겠어?"

"후배들 도움을 받았다면서요."

가가가 피식 웃었다.

"거짓말을 좀 했지."

"아니, 뭐예요, 그러니까 선배도 결국 아사이 히로미를 의심했다는 말이잖아요. 자신에게 의미 있는 인물이라서 직감이 온 건가요?"

가가가 마쓰미야를 향해 돌아서며 손가락으로 마쓰미야의 가슴께를 가리켰다.

"바로 그거야."

"또 뭐가요?"

"내내 마음에 걸리는 게 있었어. 이번 사건이 나 자신과 너무 많이 연관되어 있다는 거야. 고시카와 무쓰오가 와타베 슌이치 씨인 건 그렇다고 쳐. 형사 노릇을 오래 하다 보면 피해자가 내가 아는 사람인 경우도 있을 수 있으니까. 그런데 용의자까지 그렇다니 우연이라기에는 너무 지나치잖아. 내가 그 두 사람을 알게 된 경위도 전혀 다른데 말이야."

"하지만 실제로 그런 일이 일어난 이상 어쩔 수 없지 않겠어요? 우연이 지나치다는 이유로 아사이 히로미를 용의선상에서 제외할 수는 없잖아요."

가가가 고개를 저었다.

"그런 뜻으로 한 말이 아니야."

"그럼 무슨 뜻이죠?"

"우연이 아니라 필연이 아닐까 싶단 말이지."

가가는 먼 곳으로 시선을 보냈다.

12

"아, 가도쿠라 씨! 손님이 오셨어요. 이분이에요."

메이지 극장 사무실에 들어서자 안면 있는 여자 직원이 명함을 내밀며 말했다. 그 명함을 본 히로미는 불길한 예감이 들었지만 아무 일 아니라는 듯 "아아, 그래요?"라고 대답했다.

"어디서 기다리시는데요?"

"응접실에서요. 제가 안내할게요."

직원이 안내해 준 방의 문을 열자 상대의 뒷모습이 보였다. 히로미는 상대가 돌아보기 전에 "오래 기다리셨죠?"라고 그의 넓은 등에 대고 말했다.

가가가 뒤를 돌아보더니 자리에서 일어났다.

"바쁘실 텐데 죄송합니다."

"아니에요. 시간이 많지 않은 건 사실이지만, 연극을 본 감상을 들려주신다면 대환영이에요."

히로미는 가가에게 앉으라고 권한 다음 자신도 그의 맞은편에 앉았다.

"어떠셨나요, '이설 소네자키 동반 자살'을 보신 소감이?"

가가가 등을 쫙 폈다.

"한마디로 감격했습니다. 멋지다는 말로밖에 표현할 길이 없어요. 집에 가서 보니 양쪽 손바닥이 벌겋더군요. 손뼉을 너무 많이 쳐서 말이죠."

그가 양손을 펼쳐 보였다.

"그렇다면 안심이에요. 적어도 돈을 돌려달라는 말은 안 들겠네요."

"돈을 돌려받기는커녕 두 배로 내라고 해도 불평하지 않을 정도예요. 주위 사람들에게도 보라고 권하고 싶은데 어느덧 공연이 막바지더군요."

"눈 깜짝할 새에 시간이 지나갔어요. 그래도 무사히 공연을 마칠 수 있을 듯하니 다행이죠. 물론 방심하면 안 되겠지만요."

"영화와 달리 살아 있는 인간이 꾸미는 무대니까요. 마지막까지 별다른 사고가 없기를 바랍니다."

"고맙습니다. 저, 그런데,"

히로미가 손목시계로 눈길을 주었다.

"감상을 좀 더 듣고 싶지만 시간이……."

"아, 이거 죄송합니다."

가가가 자리에서 일어났다.

히로미는 가가가 정말로 감상을 얘기하려고 왔나 보다고 생각했다. 하지만 다음 순간 가가는 마치 생각이 바뀌었다는 듯이 움직임을 멈추더니 "좀 뜬금없는 질문을 해도 되겠습니까?"라며 도로 자리에 앉았다.

"뭔데요?"

히로미가 되묻자 가가는 웃옷 안주머니에 손을 넣어 사진 한 장을 꺼냈다.

"이 사진을 기억하십니까?"

사진을 내려다본 히로미는 흠칫하고 말았다. 히로미 자신이 찍힌 사진이었다. 배경으로 보아 언제 찍힌 것인지 금방 알 수 있었다.

"가가 씨가 어떻게 이 사진을⋯⋯?"

"사건을 수사하기 위해 니혼바시 다리 씻기 사진을 수집하던 중 우연히 발견했습니다."

가가가 긴 팔을 뻗어 사진을 도로 가져갔다.

"놀랍군요. 사진이 찍힌 줄은 꿈에도 몰랐어요."

"그렇겠죠. 8년 전 일이니까요. 다리 씻기 행사를 해마다 구경하러 가시나요?"

"아니에요. 그때뿐이었어요."

"동행이 있었습니까?"

뭐라고 대답하면 좋을지 몰라 망설이다가 "아니에요. 혼자였어요."라고 말했다.

"다리 씻기 행사를 보러 혼자 니혼바시까지 가신 겁니까?"

"그게 아니라 지나가다 우연히 봤어요. 사람들이 엄청나게 모여 있기에 무슨 일인가 싶었죠. 그런데 왜 그런 걸 물으시죠?"

"아, 혹시 다리에 관심이 많으신가 해서요."

가가가 사진을 안주머니에 집어넣었다.

"다리……에요?"

"네. 올 1월에도 야나기 다리에 가신 것 같더군요."

"네?"

히로미가 미간을 찡그렸다.

"제가 야나기 다리에요? 무슨 말씀인지 모르겠네요."

"가신 적이 없나요? 이상하군요."

가가가 수첩을 꺼내 펼치더니 고개를 갸웃했다.

"뭐가 이상하죠?"

"올 1월에 야나기 다리 근처에서 히로미 씨를 봤다는 사람이 있습니다. 분명히 히로미 씨였다고 했어요. 1월 며칠이었는지는 기억하지 못했지만 말입니다. 잘 생각해 보세요. 혹시 잊으신 거 아닙니까?"

가가가 히로미의 눈을 지그시 바라보며 물었다.

히로미는 그와 눈을 마주친 채 빙그레 웃으며 고개를 살살 저었다.

"아니에요, 그런 곳에는 가지 않았어요. 야나기 다리라면 근처에도 간 적이 없는걸요. 그분이 다른 사람과 착각한 거겠죠."

가가는 고개를 끄덕였다.

"그래요? 히로미 씨가 그렇게 말씀하시니 사실이겠죠. 죄송합니다. 1월에 야나기 다리에서 히로미 씨를 봤다는 말을 듣고 혹시 히로미 씨가 다리 순례의 법칙을 아시나 보다고 생각했지 뭡니까."

"다리 순례의 법칙이 뭐죠?"

"아, 이런 겁니다."

가가가 수첩을 펼쳐 히로미가 볼 수 있도록 돌려놓았다.

거기에는 '1월 야나기 다리, 2월 아사쿠사 다리, 3월 사에몬 다리……' 하는 식으로 열두 달을 다리 이름과 짝지은 것이 나열돼 있었다.

"이거, 다른 형사님도 제게 보여 주신 적이 있어요. 사카가미 씨라던가……? 이상한 몽타주를 가져왔는데, 그때 이것도 보여 주면서 혹시 아느냐고 물었어요. 그럼 가가 씨도 그 사건을 수사하고 계신가요? 오시타니 미치코가 살해된 사건 말이에요."

이미 어렴풋이 눈치챘음에도 히로미는 이제야 비로소 알았다는 듯한 표정을 지어 보였다.

"이 부분에 관해서만 수사하고 있습니다. 여기 적힌 다리가 모두 저희 서 관내에 있어서요."

그리고 가가는 수첩을 손가락 끝으로 톡톡 두드리며 물었다.

"이게 무엇이라고 생각하십니까?"

"전혀 모르겠어요. 니혼바시에 관한 일이라면 저보다 가가 씨가 훨씬 잘 아실 텐데요."

"등잔 밑이 어둡다는 말도 있잖습니까. 그래서 한번 여쭤봤습니다."

"기대에 부응해 드리지 못해서 죄송합니다."

히로미는 또 손목시계를 봤다.

"질문은 다 하셨나요?"

"네, 이상입니다. 바쁘실 텐데 시간을 너무 많이 빼앗은 것 같군요."

가가가 수첩을 덮으며 일어섰다. 그리고 문을 향해 걸어가다가 다시 걸음을 멈추고 돌아보았다.

"하나만 더 물어봐도 될까요?"

"그러세요."

"그때 하마초에는 왜 오셨습니까?"

"하마초라니요?"

"하마초 공원에 있는 스포츠 센터 말입니다. 아이들에게 검도를 가르쳐 달라고 찾아오셨잖습니까. 검도라면 가까운 곳에도 도장이 있을 텐데 왜 굳이 히로미 씨 집이나 사무실에서 결코 가깝다고 할 수 없는 하마초까지 오셨는지 궁금해서요."

"그거야…… 그때 인터넷으로 검색하다가 니혼바시 서에서 주최하는 검도 교실을 발견했거든요. 어쩌다 보니 그렇게 됐을 뿐이에요. 한데 그건 왜 물으시는 거죠?"

"여기 오는 길에 하마초 공원이 보이더군요. 그래서 문득 궁금해졌습니다. 별다른 이유가 없으셨다니, 그렇게 알겠습니다. 마음 쓰지 마세요. 그럼 이만 가 보겠습니다. 오늘 밤 공연도 잘되길 빕니다."

"저도 수사에 진전이 있기를 빌겠어요."

"고맙습니다. 최선을 다하겠습니다."

가가가 문을 열고 방을 나갔다.

히로미는 또 시계를 봤다. 이제는 정말 가야 할 시간이었다. 하지만 일어설 마음이 들지 않았다. 손바닥에 땀이 흥건히 배어 있었다.

올 1월에 야나기 다리 근처에서 히로미 씨를 봤다는 사람이 있습니다…….

슬쩍 찔러본 말일 것이다. 그런 사람이 있을 리 없었다. 왜냐하면 히로미는 정말로 올 1월에 야나기 다리에 가지 않았기 때문이다. 그런데도 가가는 히로미가 그곳에 가지 않았을까 의심했다. 매달 한 번씩 그의 수첩에 적힌 순서대로 다리를 돌고 있다고 추리했을지도 모른다. 그래서 목격자가 있다고 말하면 히로미가 인정하지 않을까 생각한 것이다.

그럴듯한 방법이기는 하지만……

가가는 아무것도 모른다.

그러나 만약 그 질문이 '올 3월에 사에몬 다리 근처에서 히로미 씨를 봤다는 사람이 있습니다.'로 시작했다면 어땠을까. 그때도 자신이 태연할 수 있었을까 하고 히로미는 생각했다.

13

도카이도 신칸센과 도카이도 본선 신쾌속을 탄 지 세 시간 남짓. 목적지인 역에 도착한 시각은 오후 2시가 조금 넘을 무렵이었다.

"드디어 도착했군요."

플랫폼에 내려선 사카가미는 기지개를 켰다.

"시가현에 다시 오게 될 줄은 몰랐어. 이번에는 과연 뭐가 나오려나."

"기대를 걸고 싶어요. 그 정보에 말이죠."

"그건 나도 마찬가지야. 하지만 그 정보가 맞는다 해도 사건과 어떤 관련이 있는지는 더 조사해 봐야 해."

평소에는 곧잘 너스레를 떠는 사카가미도 오늘은 표정이 내내 심각했다. 그만큼 이번 출장을 중요하게 여긴다는 증거였다.

가가가 발견한 사진으로 인해 이번 사건에 아사이 히로미가 관련되었으리라는 의견이 힘을 얻었다. 그렇다면 살해된 고시카와 무쓰오, 즉 와타베 슌이치는 오시타니 미치코와 아사이 히로미가 공통으로 아는 사람일 가능성이 높았다. 하지만 두 사람의 접점은 초등학교와 중학교 시절뿐이었다. 그래서 당시 그녀들 주위에 있던 서른 살 이상의 남자들 중 현재 행방불명이 된 사람이 없는지 알아봐 달라고 시가 현경에 수사 협력을 요청했다.

귀가 솔깃할 만한 정보가 들어온 것은 어제저녁 무렵이었다. 오시타니 미치코와 아사이 히로미의 중학교 2학년 때 담임인 나에무라가 행방이 묘연하다는 것이었다. 게다가 당시 나에무라가 살던 곳의 주민 등록을 확인해 보니 15년 전에 이미 직권 말소되었다고 한다.

현재까지 나에무라 외에 행방불명된 사람이 발견되지 않았으므로 수사본부로서는 이 정보를 그냥 지나칠 수 없었다. 그래서 마쓰미야 일행이 부랴부랴 현지로 출동한 것이다.

역의 동쪽 출구를 나서자 바로 앞에 파출소가 있었다. 순찰이라도 돌고 있는지 파출소에는 제복 경찰의 모습이 보이지 않았다. 대신 안경을 낀 양복 차림의 남자가 앉아 있었다. 나이가 마흔쯤 됐을까. 짧은 머리에 피부가 검고, 몸집은 작지만 어깨가 넓었다.

마쓰미야와 사카가미가 다가가자 남자가 자리에서 일어났다.

"경시청에서 오셨습니까?"

간사이 억양이 섞인 말투였다.

마쓰미야가 그렇다고 대답하자 남자는 안주머니에서 명함 지갑을 꺼냈다.

"멀리서 오시느라 고생하셨습니다. 히가시오에 경찰서에서 나왔습니다."

그는 이름이 와카바야시이며 형사과 순사부장이라고 자신을 소개했다. 마쓰미야와 사카가미도 명함을 꺼내고 각자 자기소개를 했다.

"귀중한 정보를 주셔서 감사합니다."

사카가미가 새삼 감사 인사를 했다.

"도움이 되었으면 좋겠습니다."

"오늘 아침에 메일로 보내신 자료를 보니 나에무라 선생은 가족이 없는 것 같더군요."

세 사람이 책상에 마주 앉은 후 마쓰미야가 말을 꺼냈다.

"그렇습니다. 결혼은 한 번 했지만 19년 전에 이혼했습니다. 그때 살던 아파트에서 나간 모양인데, 나에무라 씨가 주민 등록을 옮기지 않아서 다른 사람이 이사 온 후에도 나에무라 씨의 우편물이 계속 그 집으로 배달됐다고 합니다. 시청에 민원이 들어오는 바람에 그만 나에무라 씨의 주민 등록이 말소되고 만 겁니다."

"19년 전이라면……."

마쓰미야가 가방에서 파일을 꺼냈다.

"나에무라 선생이 학교를 그만둔 것도 그즈음이군요."

"맞습니다. 3월 31일자로 퇴직했습니다. 그 직후에 이혼을 했으니 퇴직과 이혼이 관련이 있지 않을까 싶습니다."

"헤어진 부인의 연락처는 아십니까?"

오늘 아침에 받은 자료에는 그 연락처가 들어 있지 않았다.

"알아내기는 했지만 안타깝게도 이미 돌아가셨다고 하더군요."

"그렇군요."

"이혼 후 부인은 오쓰에 있는 친정으로 돌아갔고, 그 후로는 집에서 재봉을 가르쳤다고 합니다. 그러다가 8년 전에 대장암이 발견되어 2년간 투병하다가 사망했다는군요."

"그 얘기를 어디서 들으셨습니까?"

사카가미가 물었다.

"부인의 여동생에게 들었습니다. 지금은 여동생 부부가 그 친정집에 살고 있다고 합니다."

"그 여동생 분에게 얘기를 좀 들어 볼 수 있을까요?"

"아마 가능할 겁니다. 좀 이따가 연락을 해 보겠습니다."

"저, 그런데,"

마쓰미야가 입을 열었다.

"나에무라 선생의 사진은 어떻게 되었습니까? 선생이 근무하던 중학교에 찾아봐 달라고 요청했는데요."

아, 그게, 하며 와카바야시는 발치에 두었던 종이 백을 들어 무릎 위에 올려놓았다.

"하도 오래된 일이라 사진이라고는 졸업 앨범 정도밖에 남아 있지 않답니다. 일단 두 권을 빌려왔습니다."

그는 종이 백에서 앨범을 꺼내 책상에 올려놓았다.

"이쪽이 오시타니 씨가 졸업한 해의 앨범이고, 이쪽은 나에무라 선생이 퇴직한 해의 앨범입니다."

어디 좀 볼까요, 하며 사카가미가 나에무라가 퇴직한 해의 앨범으로 손을 뻗었다. 마쓰미야는 나머지 한 권의 앨범을 집어 들었다.

마쓰미야가 펼친 앨범에는 흑백 사진과 컬러 사진이 반반씩 있었다. 남학생은 스탠드칼라 교복, 여학생은 세일러복 차림이었다. 오시타니 미치코를 발견하기까지는 다소 시간이 걸렸다. 얼굴만으로는 알아보기 힘들었기 때문이다. 그녀는 눈망울이 크고 귀염성 있는 소녀로 마른 체형이었다.

이번에는 아사이 히로미를 찾다가, 이 앨범에는 실려 있지 않다는 것을 깨닫고 그만두었다. 그 대신 나에무라 선생을 찾기 시작했다.

3학년 3반 단체 사진 속에 그의 모습이 있었다. 나이는 삼십 대 후반 아니면 그보다 조금 많아 보였다. 머리가 약간 길고 몸집이나 얼굴이 둥글둥글한 느낌이었다.

마쓰미야는 예의 몽타주를 떠올렸다. 이 인물이 30년 후에는 어떻게 변했을까. 그토록 인상이 어둡고 깡마른 노인이 될 수 있을까.

"그쪽은 어때?"

사카가미가 물었다.

"아무래도 아닌 것 같습니다."

마쓰미야는 앨범을 사카가미 쪽으로 돌려놓았다.

"그래? 나는 맞는 것 같은데."

사카가미가 자신이 살펴보던 앨범에서 사진 하나를 가리켰다. 그 순간 마쓰미야는 숨을 헉 삼켰다. 거기 있는 나에무라는 놀랄 만치 야위고 표정이 어두워 보였다. 자신이 본 앨범 속의 나에무라와는 마치 다른 사람 같았다.

"사람이 이렇게 변할 수도 있나……."

마쓰미야는 자신도 모르게 중얼거렸다.

"이런 식으로 20년이 지나면 그 몽타주 속 인물처럼 될 수도 있지 않겠어?"

"그럴지도 모르겠네요."

"이거, 빌려 가도 될까요?"

마쓰미야가 와카바야시에게 물었다.

물론입니다, 라고 와카바야시가 대답하는데 전화벨 소리
가 들렸다. 와카바야시가 품속에서 휴대 전화를 꺼내어 귀
에 댔다.

"여보세요. ……아, 죄송합니다. ……그래요? 이쪽도 이미
도착했습니다. ……네, 그럼 잠시 후에 뵙겠습니다."

전화를 끊은 와카바야시가 마쓰미야에게 고개를 돌렸다.

"다들 모였답니다. 그중 한 사람이 식당을 운영하고 있어서
그곳을 장소로 제공했습니다. 여기서 걸어서 10분 거리입니
다."

"나에무라 선생의 제자들이라고 하셨죠?"

마쓰미야가 물었다.

"그렇습니다. 중학교 2학년 때 오시타니 미치코 씨와 같은
반이었던 분들입니다."

"선생님들 쪽은 어떻게 됐습니까? 나에무라 선생과 같은 시
기에 학교에 근무했던 선생님들요."

이번에는 사카가미가 물었다.

"그쪽도 알아보았습니다."

와카바야시가 손목시계로 눈길을 주었다.

"그분들은 따로 모이시라고 했습니다. 여기저기 흩어져 살고 있어서요. 조금 이따가 저희 서 사람이 나와서 안내해 드릴 겁니다."

"그렇군요. 그럼 저는 여기서 기다리겠습니다. 마쓰미야, 자네가 갔다 와. 앨범은 두고."

"알겠습니다."

파출소에서 나온 마쓰미야는 와카바야시를 따라갔다. 걸으면서 주위를 둘러보던 그는 아치 모양으로 참신하게 디자인되어 있는 역사를 보고 내심 감탄했다. 와카바야시에게 그 얘기를 하자 그는 반색하며 말했다.

"최근에 인구가 제법 늘어난 덕에 새로워진 점이 많습니다. 교통편도 좋아져서 교토나 오사카로 출퇴근하기도 수월해졌고요."

와카바야시에 따르면 이제는 역사 반대쪽이 많이 개발되어 쇼핑센터 등이 들어찼다고 한다. 하지만 그러다 보니 역의 현관 격이었던 동쪽은 오히려 쇠락해 가고 있다는 것이다.

두 사람은 조그만 가게들이 양쪽으로 늘어선 길을 걸었다. 아닌 게 아니라 셔터가 내려진 가게가 적잖이 눈에 띄었다. 황금연휴 특별 세일을 알리는 확성기 소리가 거리에 공허하게 울렸다.

와카바야시가 문득 걸음을 멈췄다.

"문의하신 '아사이 양품점' 말인데요, 이 도로변에 있었던 것 같습니다. 저 공터 부근에요."

와카바야시가 도로 건너편을 가리켰다.

마쓰미야는 잡초가 자라난 네모진 공터와 그 주변을 바라보았다. 30년 전의 광경은 상상조차 할 수 없었다.

'아사이 양품점'은 아사이 히로미가 보호 시설에 수용된 직후 남의 손에 넘어가 철거된 듯했다. 토지는 원래 임대해서 사용했고, 가게의 권리가 어떻게 되었는지는 불분명하다고 한다.

아버지가 죽고 집까지 잃은 아사이 히로미가 어떤 심정으로 그 후의 시간을 보냈을지 상상하자 불현듯 가슴이 아팠다.

거기서 몇 분 정도 더 걸은 후 와카바야시가 어느 식당 앞에서 걸음을 멈췄다.

"여기입니다."

쇼윈도에 라면과 계란덮밥 등의 음식 샘플이 진열된 옛날식 가게였다. '준비 중'이라는 팻말이 가게 앞에 걸려 있었다.

와카바야시를 따라 가게 안으로 들어가자 사각 테이블이 죽 놓여 있고 그중 한 테이블에 남자 하나와 여자 둘이 앉아 있었다. 세 사람 모두 아사이 히로미와 동년배일 텐데 그녀보다 훨씬 나이가 들어 보였다. 그들이 나이 들어 보이는 것이 아니라 아사이 히로미가 젊어 보이는 것이라고 마쓰미야는 생각했다.

"기다리시게 해서 죄송합니다. 이쪽은 경시청에서 나오신 마쓰미야 형사입니다."

와카바야시가 마쓰미야를 소개한 후 세 남녀 중 남자를 손으로 가리켰다.

"이분이 이 가게 주인인 하마노 씨입니다."

"협조해 주셔서 감사합니다."

마쓰미야가 그를 향해 고개를 숙였다.

하마노라는 남자는 살짝 벗어진 자신의 머리에 손을 댔다.

"경찰에서 중학교 동창생을 모아 달라고 해서 일단 당장 연락이 되는 친구들만 불렀어요. 남자가 몇 명 더 있는데 오늘은 일 때문에 올 수가 없다네요."

"이 정도면 충분합니다. 수고를 끼쳐 드려 죄송합니다. 우선 여기 계신 분들의 이름과 연락처를 말씀해 주셨으면 합니다."

"그건 이미 적어 놓았습니다."

와카바야시가 품속에서 접힌 종이를 꺼냈다. 거기에는 세 사람의 이름과 주소, 전화번호가 적혀 있었다. 마쓰미야는 종이를 보면서 이름을 불러 각각의 얼굴을 확인했다.

"먼저 한 가지 여쭤보겠는데요."

마쓰미야가 본론을 꺼냈다.

"오시타니 미치코 씨가 돌아가셨다는 사실을 다들 알고 계셨습니까?"

그들이 일제히 고개를 가로저었다.

"전혀 몰랐어요. 그 얘기를 듣고 얼마나 놀랐는지 몰라요."

그렇게 말한 사람은 다니카와 아키코라는 통통한 여자였다. 와카바야시가 건네준 메모에 따르면 결혼 전 성은 스즈키였다.

"저도예요. 그 친구에 대한 기억은 생생하지만 어디서 뭘 하는지는 몰랐어요."

머리를 꼬불꼬불하게 파마한 하시모토 구미라는 여자가 말했다.

"살해됐다고 하던데 정말인가요?"

식당 주인 하마노가 물었다.

"그럴 가능성이 짙어 보입니다."

세 사람의 얼굴에 그늘이 드리웠다.

"세 분 모두 초등학교와 중학교를 오시타니 씨와 같이 다니셨죠?"

모두가 고개를 끄덕이는 것을 보고 마쓰미야가 다시 물었다.

"오시타니 씨는 어떤 학생이었습니까?"

세 사람이 서로 얼굴을 마주 보았고, 여자들이 먼저 얘기를 꺼냈다.

"글쎄요, 어떤 학생이었다고 할까……."

"특별히 눈에 띄지는 않았지만 그렇다고 조용했다고 하기에는……."

"비교적 활달한 편 아니었어?"

"성적은 보통이었을 거야, 아마."

"그래, 학급 임원을 하는 타입은 아니었어."

두 여자가 그런저런 얘기를 하고 나자 하마노가 한마디 툭 내뱉었다.

"나는 별로 기억에 없는데."

"오시타니 씨와 관련된 일 중 기억에 남는 것이 있으신가 요?"

이번 질문에도 반응은 뜨뜻미지근했다.

"뭐가 있지?"

"글쎄……."

"나는 그 아이가 피구를 했던 기억이 나."

얘기는 주로 여자들이 할 뿐 하마노는 잠자코 듣기만 했다.

"그럼 오시타니 씨와 딱히 관련이 없더라도 당시 있었던 일 중에 기억나는 일을 말씀해 주세요."

그러자 상점가에서 화재가 일어났던 일, 초등학교에 도둑이 들었던 일, 중학교 축제에 이 지역 출신의 뮤지션이 출연했던 일 등의 얘기가 나왔다. 마쓰미야는 그 내용을 수첩에 메모하면서도 내심 헛걸음을 했다고 생각했다. 어느 모로 보나 아사이 히로미나 오시타니 미치코와 연결될 것 같지 않은 얘기들뿐이었다.

그러는 사이 하마노의 아내로 보이는 여자가 커피를 내왔다. 감사합니다, 하고 마쓰미야가 인사했다.

그는 슬슬 이야기의 핵심으로 들어가기로 했다.

"그런데 혹시 아사이 히로미 씨를 기억하십니까?"

그 이름이 나왔다는 것 자체가 의외였는지 그들이 약간 어리둥절한 표정을 지었다.

"가도쿠라 히로미 말이에요? 전에 배우로 활동했던……."

다니카와 아키코가 물었다.

"그렇습니다. 이 지역에서는 역시 유명인인가 보군요."

"아니, 그렇다기보다……."

하마노가 고개를 갸웃했다.

"저는 10년쯤 전에 다른 동창에게 들었어요. 그때까지는 전혀 몰랐습니다. 히로미라는 아이도 기억에 없을뿐더러 가도쿠라 히로미라는 여배우가 있다는 사실 자체를 몰랐어요."

"연극배우라서 그럴 거예요. 텔레비전에 나오는 일이 거의 없으니까요. 아는 사람만 아는 정도가 아니었을까요. 언제부터인가 보이지 않아서 역시 연예계는 살아남기 힘든가 보다고 생각했어요."

하시모토 구미가 말했다.

역시 오시타니 미치코는 다른 학생들보다 아사이 히로미와

각별히 친한 사이였던 것 같았다. 아마도 여배우 시절부터 내내 그녀를 지켜보았을 것이다.

"아사이 히로미 씨는 어떤 학생이었습니까?"

마쓰미야의 질문에 하마노가 음, 하며 고개를 갸웃거렸다.

"저는 얘기를 나눠 본 적도 없는 것 같은데요."

"두 분은 어떠세요?"

"저는 기억해요."

다니카와 아키코가 말했다.

"그 당시에는 예쁘다기보다 좀 까칠하게 생겼던 것 같아요. 기가 세어 보여서 말을 붙이기 어려웠죠."

"그래요, 그다지 화려한 느낌은 아니었어요."

"아사이 씨와 관련해서 인상적인 일은 기억나는 게 있으세요?"

그 물음에 다니카와 아키코가 약간 거북한 표정을 지었다.

"이거, 얘기해도 될까 모르겠네."

"무슨 일인데요?"

"네, 뭐……. 그런데 히로미에게 무슨 일이 있나요? 미치코가 살해된 사건에 그 친구가 연루된 건가요?"

그렇게 물어 놓고 다니카와 아키코는 마쓰미야의 표정을 살폈다.

"사건이 발생한 장소가 도쿄여서 오시타니 씨의 지인 중 현

251

재 도쿄에 사는 사람들을 상대로 조사를 벌이고 있습니다. 이렇게 여러분을 만난 것도 그중 하나이고요. 아사이 히로미 씨도 도쿄에 사니까 여쭤보는 겁니다."

예상했던 질문이라 마쓰미야는 막힘없이 대답했다.

다니카와 아키코가 석연치 않다는 표정으로 고개를 끄덕거렸다.

"이런 옛날 얘기가 도움이 될까 모르겠네요."

"아무리 사소한 일이라도 상관없습니다. 부탁드립니다."

"하기야 다 지난 일이니 딱히 문제 될 건 없겠지만……. 요즘 말로 하면 집단 괴롭힘 같은 게 좀 있었어요."

"집단 괴롭힘이라고요, 누가 괴롭힘을 당했다는 겁니까?"

"히로미가요. 괴롭힘이라고는 해도 폭력을 행사한 건 아니고 모여서 험담하는 정도였어요."

옆에서 듣고 있던 하마노가 "그런 일이 있었어?"라고 물었다.

"맞아, 그랬어. 나도 기억나."

하시모토 구미가 눈을 번쩍 뜨고 말했다.

"잠깐이었지만 하마노 너도 가담했을걸."

"뭐라고? 난 전혀 기억에 없는데."

하마노가 고개를 저었다.

마쓰미야는 그들의 얘기를 들으면서 '그런 거지.' 하고 생각했다. 괴롭힘을 당한 쪽은 평생 마음에 상처가 남지만 가해자 쪽은 괴롭혔다는 사실조차 기억하지 못한다.

"이유가 뭐였습니까?"

"히로미네 집안 사정 때문이었을 거예요. 엄마가 집을 나간 후 가게에 문제가 생기면서 야쿠자 같은 사람들이 드나들었다든가, 뭐, 그랬던 것 같아요."

"오시타니 씨도 가담했습니까?"

"글쎄요, 어땠더라."

다니카와 아키코가 미간을 찡그렸다.

"아니에요, 가담하지 않았을 거예요."

하시모토 구미가 단호한 어투로 말했다.

"걔네 둘은 사이가 좋았잖아. 미치코가 늘 아사이 히로미를 감쌌던 것 같아."

"그래, 맞아. 그랬던 것 같네."

"그러다가는 오시타니 씨까지 괴롭힘을 당할 수도 있었을 텐데요."

마쓰미야가 넌지시 떠보았다.

"아니에요. 저희가 미치코를 괴롭힌 기억은 없어요."

다니카와 아키코가 말했다.

"사실 아사이 히로미를 괴롭히는 일이 그리 오래가지는 않았어요. 담임이 눈치채고 몇몇 아이에게 주의를 줬거든요."

담임…… 중요한 키워드였다.

"게다가 그 후에 아사이 히로미가 금방 전학을 가지 않았어?"

하시모토 구미가 다니카와 아키코에게 물었다.

다니카와 아키코는 "맞아, 그랬어."라며 고개를 끄덕였다.

"그랬구나. 그래서 내가 아사이 히로미를 전혀 기억하지 못하는구나."

하마노 역시 이해가 간다는 듯이 고개를 끄덕이며 팔짱을 끼었다.

"전학 간 이유를 아십니까?"

"너 알아? 모르지?"

다니카와 아키코가 하시모토 구미에게 동의를 구한 후 마쓰미야를 보았다.

"어느 날부터인가 갑자기 학교에 안 나왔던 것 같아요. 전학을 갔다는 말도 나중에야 들었고요."

"그럼 아버지가 돌아가시는 바람에 아사이 씨가 보호 시설에 들어간 일도 모르시겠군요?"

"보호 시설에요? 그랬구나. 전혀 몰랐어요."

다니카와 아키코는 건조한 말투로 대답했다. 아무래도 그들은 아사이 히로미에게 별 관심이 없는 듯했다.

그때 하시모토 구미가 "아, 맞다."라며 뭔가 생각나는 듯한 표정을 지었다.

"아사이 히로미에게 편지를 쓰라고 한 적이 있어요, 선생님이요."

"왜요?"

"확실하게는 기억나지 않지만, 전학 간 아사이 히로미에게 다 함께 격려의 편지를 보내자고 했던 것 같아요. 그래서 편지 모음 같은 걸 만들었을 거예요."

"아아, 어렴풋이 기억난다. 그때 그 편지 모음이 그래서 만든 거였구나. 처음 알았네."

다니카와 아키코가 말했다. 하지만 하마노는 그 일 역시 기억이 없는지 시큰둥한 표정으로 입을 다물고 있었다.

"선생님이라면 담임이었던 나에무라 선생님 말이죠?"

좋은 기회라고 생각한 마쓰미야가 가장 중요한 화제를 꺼냈다.

그렇죠, 하고 세 사람은 고개를 끄덕였다.

"지금도 그 선생님과 연락하고 지내시나요?"

그 질문에 셋이 서로 얼굴을 마주 보았다. 다들 표정이 떨떠름했다.

"나는 졸업한 후로 선생님이라고는 만난 적이 없어."

"나도 그래. 고등학교 동창회에서 옛날 담임을 만난 적은 있지만 초등학교나 중학교 때 선생님들과는 소원한 편이지."

하시모토 구미가 말했다.

그때 아 참, 하고 다니카와 아키코가 말을 꺼냈다.

"왜 그러시죠?"

"동창회란 말을 들으니 떠오르는 게 있어요. 몇 년 전에 오시타니 미치코의 전화를 받은 적이 있어요."

"용건이 뭐였죠?"

"반창회 때문이었어요. 반창회를 하려고 하는데 나올 수 있느냐고 하더군요. 날짜가 맞으면 나가겠다고 했죠. 그게 아마 7, 8년 전일 거예요."

"그래서, 반창회에 나가셨습니까?"

다니카와 아키코가 고개를 저었다.

"아니요. 반창회 자체가 열리지 않았어요."

"왜죠? 서로 시간이 맞지 않았나요?"

"그게 아니라 선생님이 못 오시게 되어서요."

"선생님이라면?"

"담임 말이에요. 오시타니 미치코가 제게 전화했을 때도 선생님 연락처를 묻더니만 결국 선생님께 연락이 닿지 않아 반창회가 무산됐어요."

그때 하마노가 테이블을 가볍게 탁 쳤다.

"그 얘기는 나도 알아. 지금 생각났어. 나한테도 전화가 왔었어."

"지금은 어떤가요? 선생님 연락처를 아세요?"

256

"아니요. 결국 못 알아냈을 거예요. 확실하진 않지만요."

다니카와 아키코가 말했다.

마쓰미야는 고개를 끄덕였다. 나에무라 선생은 행방을 감췄을 뿐 아니라 제자들과의 교류도 단절했다.

"이번에는 약간 다른 얘기인데, 그 무렵 여러분이 알던 사람들 중에 나에무라 선생님처럼 현재 행방을 알 수 없는 사람이 또 있습니까? 여러분보다 스무 살이나 서른 살쯤 위인 남자로요."

세 사람이 잠시 두런거렸다.

"이곳을 떠난 사람은 많죠. 특히 그중에 부모와 함께 떠난 사람은 그 후로 어떻게 되었는지 알기 힘들어요."

하마노가 자신 없는 투로 말하자 여자들도 애매한 표정으로 끄덕였다.

마쓰미야는 서류 가방에서 종이 한 장을 꺼냈다. 예의 몽타주였다.

"여러분이 당시 알던 사람들 중 나이 들어서 이 그림의 남자처럼 되었을 것 같은 사람은 없습니까? 아무쪼록 상상력을 동원해 주셨으면 합니다."

그림을 본 세 사람은 하나같이 당혹감을 드러내더니 전혀 모르겠다고 했다.

그럴 만도 하지, 라고 마쓰미야는 생각했다. 그들의 중학생 시절이면 지금으로부터 무려 30년 전이다. 상상력을 동원하는 데도 한계가 있을 것이다.

"그럼 나에무라 선생님은 어떨까요. 나이가 들면 이런 식으로 변했을 거라든지, 아니면 아무리 변해도 이런 얼굴은 되지 않았을 거라든지, 기탄없이 의견을 말씀해 주시면 감사하겠습니다."

이번 질문에도 세 사람은 애매한 표정을 지었다. 특히 하마노는 괴롭다는 듯이 입술을 실룩거렸다.

"그때 나에무라 선생님은 좀 더 둥글둥글한 느낌이었지, 아마⋯⋯."

"나이 들어서는 어떨지 모르지. 야위기라도 하면 완전히 달라지니 말이야."

"으음, 다를 것 같기도 하고 비슷할 것 같기도 하고⋯⋯."

결국 확실한 대답을 들을 수 없었다. 30년이 흐르면 사람의 용모는 크게 변한다. 게다가 이건 사진도 아니고 그림이다. 어찌 보면 당연한 반응이라고 할 수 있었다.

이들을 더 붙들고 있어 봐야 소용없겠다고 판단한 마쓰미야는 몽타주를 가방에 집어넣었다.

"죄송합니다, 도움을 못 드려서요."

하마노가 미안한 듯이 말했다.

"아닙니다. 마음 쓰지 마세요. 충분히 참고가 됐습니다. 마지막으로 나에무라 선생님에 대해 하나만 더 묻겠습니다. 어떤 선생님이었습니까?"

"어떤 선생님이었냐…… 비교적 좋은 선생님이었죠. 안 그래?"

하마노가 여자들에게 동의를 구했다.

"가르치는 데 열심이셨던 기억은 나요. 그런데 좀 지나치게 진지했다고 할까."

다니카와 아키코가 말했다.

"농담도 별로 안 하고, 사회과 선생님이었지만 솔직히 말해서 역사 수업은 지루했어요."

"그건 그래."

하시모토 구미도 동의했다.

"그래도 친절한 선생님이었어. 화를 내는 일도 거의 없었고 뒤처지는 학생도 참을성 있게 가르쳤잖아. 아사이 히로미에게 편지를 보내자고 했을 때도 귀찮은 생각이 들면서도 한편으로는 역시 학생을 소중히 여기는 사람이라고 느꼈어. 게다가 그때 그 편지 모음, 선생님이 직접 들고 가지 않았나?"

"들고 갔다는 게 무슨 뜻이죠?"

"우편으로 보내지 않고 직접 아사이 히로미에게 가서 전했다는 말이에요. 확실해요. 편지 모음을 가져갔더니 기뻐하더라는 말을 학급 회의 시간에 들은 기억이 나요."

"너, 기억력 한번 좋다. 난 전혀 기억에 없는데 말이야."

하마노가 감탄스럽다는 듯이 그녀를 봤다.

"넌 아까부터 기억에 없다는 말만 하더라."

다니카와 아키코가 하마노를 흘겨봤다.

그때 하시모토 구미가 "저……," 하고 할 말이 있는 듯이 마쓰미야를 보았다.

"아까 그 몽타주 말인데요. 그거 혹시 미치코를 살해한 범인의 얼굴인가요?"

"네?"

마쓰미야가 놀라서 몸을 살짝 뒤로 젖혔다.

"아니요, 그런 건 아닙니다."

"어쩐지 찜찜하네요. 그 그림, 나에무라 선생님일 수도 있지요?"

"모르겠습니다. 그래서 여러분께 여쭤보는 겁니다. 실은 이번 사건에 관련된 것으로 의심되는 인물이 하나 있는데 이름도 알 수 없고 사진도 없습니다. 그래서 몽타주를 만든 겁니다. 그뿐입니다."

몽타주의 주인공 역시 살해되었다는 말은 하지 않았다.

"몽타주를 만들 정도면 범인이라고 봐야 하지 않겠어?"

다니카와 아키코가 팔꿈치로 하시모토 구미를 콕 찌르며 말했다.

"그러니까, 지금 나에무라 선생님이 의심받고 있다는 얘기야."

"뭐라고? 그럴 리가. 말도 안 돼."

"아니, 그런 게 아니……."

마쓰미야가 부인하려고 하는데 하마노가 "아니지, 알 수 없어."라며 끼어들었다.

"무려 30년이야. 그 사이에 무슨 일이 있었는지 어떻게 알겠어? 얼굴뿐 아니라 뱃속까지 몽땅 변하는 사람도 많아."

"무섭게 왜 그런 소리를 해."

하시모토 구미가 얼굴을 찡그렸다.

무슨 말을 해도 먹히지 않을 것 같아 마쓰미야는 입을 다물었다.

14

회색 건물을 올려다보며 모기 가즈시게는 후, 숨을 내쉬었다. 4월치고는 날씨가 쌀쌀한데도 겨드랑이에 땀이 배어 있었다.

"뭘 그렇게 긴장하고 그래."

어깨를 툭 치며 가가가 말했다.

"범인을 체포하러 가는 것도 아닌데."

"그렇긴 하지만 이런 일에는 영 익숙지 않아서 말이지."

"엄살떨지 마. 사건 사고가 생기면 신문 기자 수십 명을 혼자서 상대하는 게 누군데. 민원 전화도 모조리 상대하잖아? 그런 일에 비하면 아무것도 아니야."

모기가 손을 휘휘 내저었다.

"너는 몰라."

"뭘 모른다는 거야?"

"내 일은 정보를 발신하는 거지 수집하는 게 아니란 말이야. 탐문 수사라는 건 정보 수집 그 자체잖아. 다시 말하지만 나는 수사 경험이 거의 없어."

"걱정 마. 내가 말한 대로 얘기를 이끌어 가면 돼."

"정말 괜찮을까?"

"여기까지 와서 그게 무슨 말이야. 자, 가자!"

가가가 정면 현관을 향해 걸음을 옮기자 모기도 마지못해 그를 따라갔다.

승강기 앞에서 그들은 자신들이 가고자 하는 사무실을 확인했다. '건강 출판 연구소'는 4층에 있었다. 주로 스포츠 관련 잡지를 출판한다고 하는데 모기로서는 들어 본 적도 없는 회사였다.

엘리베이터를 타고 4층에서 내리자 바로 앞에 문이 활짝 열린 곳이 있었다.

"우선 인사부터 하는 거야."

"그건 나도 알아. 상대방 이름이 그러니까……."

"사카키바라 씨. 출판부장 사카키바라 씨야."

가가가 알려 주는 이름을 다시 한번 머릿속에 새긴 후 모기는 사무실 안으로 들어섰다.

사무실 안에는 직원이 스무 명 정도 있었는데 전화 통화를 하는 사람, 컴퓨터 모니터를 들여다보는 사람, 자료 같은 것을 훑어보는 사람 등등 다들 제각각이었다. 그저 멍하니 있는 것처럼 보이는 사람도 있었다. 캐비닛과 책상 위에는 책과 잡지, 종이 상자 등이 어수선하게 쌓여 있었다.

젊은 여자 직원 하나가 가가 일행을 보더니 무슨 일로 오셨냐고 물었다. 안내 업무를 겸하는 직원인 듯했다.

모기가 명함을 내밀었다.

"사카키바라 씨를 만나기로 했는데요."

"잠시 기다리세요."

직원이 명함을 쥔 채 창가 쪽에 있는 남자에게 다가가 말을 건넸다. 남자는 고개를 끄덕이고 나서 가가 일행을 향해 묵례를 하더니 다시 직원에게 뭐라고 말했다.

직원이 돌아와 "이쪽으로 오세요."라며 두 사람을 사무실 한구석에 있는 칸막이 안으로 안내했다. 거기에는 간이 응접

세트가 놓여 있었다.

"사카키바라 씨가 급히 전화하실 곳이 있으니 여기서 잠깐만 기다려 달라고 하십니다."

모기와 가가는 알겠다고 대답하고 소파에 나란히 앉았다.

잠시 후 직원이 차를 가져다주었다. 감사합니다, 하고 모기가 인사했다.

"가가 자네도 여기가 처음이야?"

찻잔을 손에 든 채 모기가 물었다.

"물론이지."

"인터뷰도 했잖아?"

"그때는 이쪽 사람들이 도장까지 왔어. 검도복 입은 모습을 찍고 싶다고 해서."

"그랬군. 그래도 용케 그런 부탁을 받아들였네, 자네답지 않게."

모기의 말에 가가는 눈썹을 찡그리며 모기의 얼굴을 빤히 바라보았다.

"뭐야, 왜 그래?"

"나는 하고 싶지 않았는데 경찰청 이미지에 도움이 되니 제발 하라고 하도 성화를 부리는 바람에 마지못해 승낙한 거야."

"누가 성화를 부렸는데?"

"당시 자네 부서 과장이."

어이쿠, 하며 모기가 얼굴을 찡그렸다.

"그런 거야? 미안하게 됐군."

"사실 그런 일은 하지 않았어야 하는데 그랬어."

"그래도 그 덕분에 자네 어머니 유골이 손에 들어왔잖아."

"그야 그렇다고 할 수 있지만······."

가가와 모기는 경찰학교 동기였다. 그러나 졸업 후 두 사람
이 걸어온 길은 서로 달랐다. 가가는 형사로서의 외길을 걸
어왔지만 모기는 경찰서를 몇 곳 거쳐 홍보과에 자리를 잡았
다. 경찰의 성과를 홍보하는 것이 주된 업무로, 평소 상대하
는 사람도 피의자나 피해자가 아니라 언론과 매스컴 관계자
들이었다.

그런 모기에게 어느 날 가가로부터 연락이 왔다. 그의 힘을
좀 빌리자는 것이었다.

모기는 신코이와에서 발생한 살인 사건의 피해자가 가가와
관련 있는 인물이라는 얘기를 듣고 몹시 놀랐다. 더구나 10여
년 전 가가의 어머니가 사망했을 때 어머니가 가까이 지내던
사람에게 가가의 주소를 알려 준 장본인이 바로 그 피해자라
는 것이었다.

가가는 그 피해자가 어떻게 자신의 주소를 알았는지 곰곰이
생각해 봤다고 한다. 어머니가 집을 떠나간 후 여러 번 이사
했으니 어머니가 자신의 주소를 알 리 없었다. 가가 아버지가

살아 계실 때였지만 아버지 역시 누구에게도 가가의 주소를
알려 준 기억이 없다고 했다.

경찰관은 함부로 자신의 주소를 공개하지 않는 법이고, 그
건 가가도 마찬가지였다. 그런데 어떻게 생판 모르는 사람이
자신의 주소를 알아냈을까. 가가는 생각하고 또 생각했다.

그러던 끝에 그는 그 얼마 전 어느 검도 잡지와 인터뷰한 사
실을 기억해 냈다. 그가 전국 경찰 유도 및 검도 선수권 대회
에서 우승한 일을 계기로 한 인터뷰였다. 물론 잡지에 그의
주소가 실린 것은 아니었지만 집 주소를 출판사에 알려 주기
는 했었다. 잡지가 나오면 보내 주겠다고 했던 것이다.

가가는 출판사에 직접 전화해서 확인해 볼까도 생각했다고
한다. 하지만 그러지 않았던 것은 자신을 밝히지 않으면 출판
사에서 제대로 답해 주지 않을 것 같고, 그렇다고 개인적인
일에 경찰이라는 직함을 함부로 사용할 수도 없기 때문이었
다. 그런 사정을 듣고 모기는 역시 가가답다고 생각했다. 가
가는 옛날부터 매사를 원칙대로 해야 직성이 풀리는 성격이
었다.

그런데 왜 모기의 힘이 필요할까. 가가는 출판사 측에 중요
한 사건이라는 인상을 주고 싶지 않다고 했다. 중요한 사건과
관련된 일이라고 하면 사실대로 말해 주지 않을 수도 있다는
것이었다. 형사란 탐문 수사를 한 번 하는 데도 참으로 가지가

지를 고려하는구나 싶어 모기는 새삼 놀라웠다.

이윽고 사카키바라가 웃는 얼굴로 나타났다.

"아, 이거 오래 기다리시게 해서 죄송합니다."

모기와 가가도 일어서서 다시 한번 인사했다.

"그동안 잘 지내셨어요, 가가 형사님?"

자리에 앉은 후 사카키바라가 물었다.

"이건 지금도 여전히 하고 계시죠?"

그가 죽도를 휘두르는 시늉을 했다.

"네, 연습은 꾸준히 하고 있습니다."

"그렇군요. 최근 대회에서 가가 형사님 이름을 찾아볼 수 없어 아쉬웠습니다."

말투가 매우 친근했지만, 가가에 따르면 그와는 초면이라고 한다. 오랫동안 검도 잡지를 만들어 온 사카키바라의 입장에서는 가가가 친근한 존재일까.

"말씀드린 인터뷰 기사 건 말인데요."

모기가 본론을 꺼냈다.

"이거 말씀이시죠?"

사카키바라가 들고 온 잡지를 펼쳐 테이블에 펼쳐 놓았다. 검도복 차림의 가가가 사진에 나와 있었다. 지금보다 훨씬 젊고 몸도 탄탄해 보였다.

어디 좀 볼까요, 하며 모기가 잡지를 집어 들었다. 인터뷰

267

기사에는 기가가 어머니의 권유로 검도를 시작했고, 검도에서 배운 것들을 경찰관 업무에 활용하고 있다는 등의 내용이 들어 있었다.

"그 당시 일은 잘 기억합니다."

사카키바라가 말했다.

"인터뷰를 진행한 사람이 여성 필자였는데, 가가 씨를 만나고 와서는 굉장히 멋진 분이라며 흥분했거든요. 그런데 이 기사가 무슨 문제라도 있습니까?"

"아닙니다. 실은 이번에 저희가 홍보 활동의 성과를 정리해 보기로 했습니다. 이 기사의 경우 독자들의 반응이 어땠는지 궁금해서요."

모기는 가가가 사전에 일러 준 대로 설명했다.

"반응이라……, 아마 좋았을 겁니다."

사카키바라가 간살맞게 웃었다. 보나 마나 적당히 둘러대는 말일 것이다.

"혹시 이 기사와 관련해서 전화 문의 같은 것은 없었습니까? 가가 선수를 만나고 싶다든가, 연락처를 가르쳐 달라든가 하는……."

"글쎄요. 팬레터 같은 게 왔다면 가가 씨에게 전했을 겁니다. 연락처를 가르쳐 달라는 사람은…… 뭐, 가끔 그렇게 이상한 사람도 없지 않습니다만, 이때는 없었던 것으로 기억합니다."

"업계 내에서는 어땠습니까? 가령 자기네 잡지에서도 가가 선수를 다루고 싶다고 한 경우는 없었나요?"

"글쎄요……."

사카키바라가 고개를 갸웃했다.

"아마 없었을 겁니다. 있었다면 가가 씨에게 연락이 가지 않았을까요?"

"실은 몇 군데에서 연락이 왔습니다."

가가가 대답했다.

"아, 역시 그랬군요."

"개중에는 제게 직접 편지를 보내서 취재를 요청한 경우도 있었습니다. 그래서 출판사에서 주소를 가르쳐 주었나 보다 생각했죠."

"아, 책임을 묻자는 게 아니라 어디까지나 이런 홍보 활동의 파급 효과를 조사하려는 겁니다. 그러니 거리낌 없이 사실대로 말씀해 주시면 좋겠습니다."

모기가 얼른 덧붙였다.

사카키바라는 당황하는 눈치였다. 뭐라고 대답하면 좋을지 잠시 궁리하는 듯했다.

"바로 답변해 드리기가 어렵네요. 오래전 일인 데다 다른 직원에게도 물어봐야 해서요."

"그럼 한번 물어봐 주시겠습니까? 확실한 대답을 듣지 못하면 기껏 공들인 홍보 활동이 헛수고로 평가될 것이고, 그러면 경시청으로서도 추후 무슨 일이 있을 때 협조해 드리지 못할 수도 있습니다."

사카키바라의 시선이 흔들렸다. 그는 잠깐만 기다려 주세요, 라고 말하더니 자리에서 일어섰다.

"괜찮을까? 수상한 낌새를 챈 것 같지 않아?"

모기가 속삭이듯 물었다.

"책임을 묻자는 게 아니라고 했으니 별문제 없을 거야."

가가는 침착한 태도로 찻잔을 들었다.

몇 군데서 연락이 왔다는 가가의 말은 거짓이었다. 실제로는 그런 적이 없다고 가가는 말했다. 그런데도 아무렇지 않게 둘러대는 모습을 보고 모기는 이 사내가 이래서 민완 형사 소리를 듣는구나 생각했다.

사카키바라는 좀처럼 돌아오지 않았다. 아까 그 직원이 차를 더 마시겠냐고 물으러 온 것을 보면 모기 일행을 잊지는 않은 듯했다. 직원은 기다리게 해서 죄송하다는 말까지 했다.

결국 30분 가까이 기다리고 나서야 사카키바라가 나타났다. 안경을 낀 여자 하나가 그를 뒤따라왔다.

"너무 오래 기다리시게 해서 죄송합니다. 조사를 좀 하느라고요."

"뭔가 알아내셨습니까?"

모기가 물었다.

"네, 저, 그건 이쪽 분이."

사카키바라가 여자를 소개했다. 실질적인 개인 정보 관리 책임자라고 했다.

"지금은 개인 정보 보호법이라는 것이 있습니다만, 저희 회사에서는 그 법이 생기기 전부터 개인 정보가 외부로 새어 나가지 않도록 엄격하게 관리해 왔습니다."

그녀가 딱딱한 말투로 설명을 시작했다.

"다만 인간관계라는 요소가 있기 때문에 무조건 원칙만 따를 수는 없었습니다. 저희가 신뢰할 수 있다고 판단한 개인이나 법인에게는 예외적으로 정보를 제공한 적도 있습니다. 가가 씨에 관한 정보가 외부로 유출되지 않았는지 문의하셨는데, 솔직하게 말씀드리자면 시간이 많이 경과되어 확인되지 않습니다. 그간 직원도 많이 교체되었으니까요. 그러나 설사 저희가 정보를 제공했다 해도 무턱대고 하지는 않았을 겁니다. 방금도 말씀드렸다시피 신뢰할 만하다고 판단한 곳임에 틀림없습니다."

"어디에 정보를 제공했는지, 그 목록은 있습니까?"

가가가 물었다.

"공식적인 목록이 없어서 부랴부랴 만들었습니다. 시간이

271

많이 길린 깃은 그 때문입니다. 대략 이렇습니다."

그녀가 내민 A4 용지에는 회사 이름과 개인의 이름이 나열되어 있었다.

"귀찮게 해서 미안해."

건물에서 나오자 가가가 말했다.

"이제 어떻게 할 거야?"

모기가 물었다.

"그야 물어보나 마나 아니야? 명단에 적힌 사람들을 조사해 봐야지."

가가가 서류 봉투를 흔들어 보였다. 그 속에는 조금 전에 받은 목록이 들어 있었다.

"혼자서?"

"그래야지, 뭐. 이런 자질구레한 일을 수사본부에 부탁할 수는 없잖아."

"전화로 확인할 텐가?"

가가가 피식 웃더니 고개를 저었다.

"그렇게 할 수 있다면 좋겠지만, 전화를 걸어서 '내가 경찰이다' 하면 상대가 믿어 주겠어? 직접 찾아가는 편이 빠르지."

"시간이 이만저만 걸리지 않을 텐데."

"어쩔 수 없지. 그런 게 형사의 일이야."

"거참……. 그거 어려운 작업인가?"

"글쎄, 어떨지. 해 봐야 알 것 같아. 근데 그건 왜 물어?"

"아니, 그게……."

모기가 찡그린 미간을 손으로 긁적거렸다.

"홍보과라는 직함이 있으면 유리하지 않을까 싶어서 말이지."

아아, 하고 가가는 알겠다는 듯 고개를 끄덕거렸다.

"그야 그렇지만, 더는 폐를 끼칠 수 없어."

그러자 모기가 코를 훌쩍 들이마시더니 가가에게 가까이 다가와 가가의 우람한 팔뚝을 툭 쳤다.

"이왕 같은 배를 탔으니 조금 더 가 보지, 뭐."

15

"어떤 선생이었느냐면…… 그저 평균적인 선생이었다고 할까요. 특별히 우수한 것도 아니고 그렇다고 형편없는 것도 아니고……. 학부모들 평도 그랬어요."

스기하라는 두 손으로 찻잔을 쥔 채 곧은 자세로 말했다. 여든이 가까울 텐데 발음이 또렷했다.

나에무라 세이조의 제자들과 얘기를 마친 마쓰미야가 사카가미에게 연락하자 그는 이제 막 오미하치만으로 출발하려는 참이라고 했다. 나에무라가 학교를 그만둘 당시에 교감이었던 사람을 만날 예정이라기에 마쓰미야도 합류하기로 했다. 바로 그 교감이 지금 마쓰미야 앞에 있는 스기하라다. 마쓰미야와 사카가미는 일본 전통 가옥인 스기하라의 집에서 녹차를 마시고 있다.

"학생들은 가르치는 데 열심이었던 좋은 선생님이었다고 하던데요."

마쓰미야의 말에 허, 허, 하고 스기하라는 입 끝을 살짝 오므리고 웃었다.

"그거 다행이군요. 그 학생들 때는 그랬나 봅니다. 선생과 학생은 결국 궁합이에요. 선생도 인간이라서 잘 맞는 학생이 있고 맞지 않는 학생이 있거든요. 그리고 시기도 중요합니다. 가령 갓 부임했을 때는 이상을 향한 열정이 불타오르는데, 계속해서 일이 잘 안 풀리거나 시간이 부족하다 보면 차츰 타협하는 부분이 늘어나지요. 심하게 말하자면, 요령을 어느 정도 터득하지 못할 경우 선생 노릇을 감당하기 힘듭니다."

노인의 말이 상당히 노골적으로 들리긴 했지만 현실적인 얘기라고도 할 수 있었다.

"나에무라 선생님도 퇴직을 앞뒀을 무렵에는 그런 식으로 타협한 상태에서 교단에 섰다는 말씀인가요?"

사카가미가 물었다.

"어디까지 타협했는지는 모르겠지만, 솔선해서 뭔가를 하는 경우는 없었다고 기억합니다. 교육에 그다지 마음을 쏟지 않았다고 할까……, 마치 열정을 잃어버린 사람처럼 보였습니다. 하도 오래된 일이라 자신은 별로 없습니다만."

"나에무라 선생님이 학교를 그만둔 것도 그런 이유에서였을까요?"

사카가미가 또 질문했다.

"그게 정확히 기억이 안 납니다. 하지만 개인적인 사정으로 그만둔 건 틀림없어요. 딱히 불상사를 일으킨 것도 아니고, 원만한 퇴직이었다고 기억합니다."

"나에무라 선생님이 퇴직하고 나서 얼마 후에 이혼한 사실은 아십니까?"

"아아, 그랬던가요? 그런 얘기를 들은 것 같기도 한데 기억이 잘 안 납니다."

스기하라는 별로 관심이 없다는 투였다. 퇴직한 선생 따위는 애당초 신경을 쓰지 않는 것이다.

그 후로도 질문을 몇 가지 더 해 보았지만 이렇다 할 얘기는 들을 수 없었다. 두 형사는 적당한 시점에 마무리를 하고 스기하라의 집을 나왔다.

예약해 둔 비즈니스호텔로 가기 전에 두 사람은 역 앞 식당에서 저녁을 먹기로 했다. 주문한 음식이 나오기를 기다리는 동안 사카가미가 본부에 연락을 취했다. 통화를 끝낸 선배 형사는 표정이 좋지 않았다.

"안 좋은 소리라도 들으셨어요?"

마쓰미야가 물었다.

"아니야. 실수하지 않도록 빈틈없이 수사하라는 말뿐이었어."

그리고 사카가미는 한숨을 쉬었다.

"하지만 이거참, 어째야 할지. 간신히 나에무라 선생이라는 열쇠를 손에 넣었는데 그 열쇠에 맞는 구멍을 찾을 수가 없단 말이야. 이러다 빈손으로 돌아가게 생겼어."

사카가미는 오늘 스기하라 외에도 당시 교사였던 사람을 네 명이나 더 만났다고 한다. 그런데 그들은 모두 나에무라를 기억하긴 했지만 그의 근황은커녕 그가 행방불명되었다는 사실조차 아무도 모르더라는 것이었다. 퇴직한 이유가 이혼이라고 생각하는 사람도 한 명 있었지만 그도 자세한 사정까지는 알지 못하는 듯했고, 나에무라를 어느 시기까지 열심이었던 교사로 평가한다는 점에서는 다들 스기하라와 마찬가지라고 했다.

몽타주에 대한 반응도 학생들과 대략 비슷했던 것 같다. 지금의 얼굴을 모르니 뭐라 대답할 수 없다고 말한 사람도 있었다고 한다.

"선배는 어떻게 생각합니까? 나에무라 선생이 고시카와 무쓰오, 즉 와타베 슌이치와 동일 인물이라고 봅니까?"

"그랬으면 좋겠다는 생각은 들어. 그것 말고는 실마리가 전혀 없잖아. 하지만 설사 그 추리가 맞다 해도 증명하는 건 간단치 않아. 고시카와의 사진이 한 장도 없는 데다 몽타주도 별로 믿을 만하지 않으니까."

"연결 고리도 전혀 안 보이고요."

"그러게 말이야. 시가현에서 중학교 교사 생활을 하던 사람이 왜 오나가와 원전에서 노동을 하다가 마지막에는 신코이와의 하천 둔치에서 살해되느냐 이 말이지. 도무지 영문을 모르겠어."

사카가미는 종업원이 가져온 맥주를 자신의 잔에 따라 단숨에 절반 정도를 들이켰다.

"원전에 나가 있는 팀도 애를 먹고 있는 모양이야."

그 말에 마쓰미야가 젓가락질을 멈췄다.

"그래요?"

"너무 오래된 일이라 당시 기록이 전혀 없다는군. 작업원의 신상에 관한 서류는 보존 기한이 3년이래. 그나마 정규직으로 고용된 자만 거기에 해당되고 말이지. 알다시피 그쪽 업계는 하청 업체나 재하청 업체가 흔한 데다 신원을 알 수 없는 사

남들이 선국에서 모여들어 일하잖아. 주민표를 위조해서 다른 사람 이름으로 일하는 경우도 비일비재하다고. 만약 와타베 슌이치가 가명을 사용했다면 기록을 찾아내기는 하늘의 별 따기일 거야."

"선배는 그쪽 사정에 밝으시네요."

"전에 체포했던 놈 중에 원전 작업원이 있었어. 그놈이 그러더군. 인간이 할 짓이 아니라고 말이야."

젓가락질하는 사카가미의 얼굴은 음식을 음미하는 사람의 표정이 아니었다.

싱글 룸을 두 개 예약해 놓은 덕분에 체크인 후에는 각자의 방에서 쉬게 되었다. 마쓰미야는 오늘 수사한 내용을 태블릿 PC에 정리한 후 자기 나름으로 반추해 보았다.

뭔지는 모르지만 중대한 것을 놓친 듯한 느낌을 지울 수 없었다. 눈앞에 놓고도 보지 못한다는 불안감이 그를 초조하게 만들었다.

문득 가가에게 전화를 걸어 볼까 하는 생각이 들었다. 그러나 그는 이내 그 생각을 지웠다. 이 답답함을 뭐라고 설명해야 좋을지 알 수 없었기 때문이다. 게다가 가가에게는 그 나름으로 할 일이 있고 지금은 그 일에 온 힘을 쏟고 있을 게 뻔했다.

다음 날 아침 식사를 마친 마쓰미야는 '비와 학원'이라는 이름의 보호 시설을 찾아갔다. 말할 것도 없이 아사이 히로미가 중학교 2학년부터 고등학교를 졸업할 때까지 지낸 곳이었다.

한편 사카가미는 마이바라에 가 보기로 했다. 그곳은 나에무라 세이조의 출생지였다. 그가 태어난 집은 이미 오래전에 없어졌지만 일가친척은 아직 남아 있는 듯했다. 또 그가 어린 시절 다니던 학교도 여전히 있다고 했다.

"우리 둘 다 열쇠 구멍의 흔적이라도 찾았으면 좋겠어."

호텔 앞에서 헤어지면서 사카가미가 말했다. 그러게 말입니다, 하고 마쓰미야도 맞장구를 쳤다.

'비와 학원'은 규모는 작지만 외관이 세련된 집합 주택이었다. 정면 현관을 들어서자 왼쪽에 안내 데스크가 있고 그 옆에 명찰이 죽 걸려 있었다. 그걸 보고 외출 중인 학생을 파악하는 듯했다.

방문하겠다는 연락을 미리 해 놓은 마쓰미야는 안내 데스크에 있는 여자 직원에게 자신의 신분을 밝혔다.

응접실로 안내되어 잠시 기다리고 있자니 노크 소리가 들리고 청바지와 스웨터 차림에 안경을 낀 여자가 들어왔다. 나이는 쉰쯤 됐을까. 머리를 진한 갈색으로 물들였는데 그 뿌리가 희끗거렸다. 그녀는 오른팔로 두툼한 파일을 안고 있었다.

마쓰미야가 자리에서 일어나 명함을 건네며 인사했다. 여자도 명함을 내밀었다. 거기에는 '부원장 요시노 모토코'라고 식함과 이름이 적혀 있있다.

"바쁘실 텐데 협조해 주셔서 감사합니다."

자리에 앉은 후 마쓰미야가 정중하게 인사를 건네자 요시노 모토코는 "30년 전의 일을 알고 싶으시다고요?"라고 물었다.

"그렇습니다. 오래전 일로 폐를 끼치게 됐습니다."

"여기서는 제가 제일 고참이에요. 원장님은 10년쯤 전에 외부에서 오셨고요. 그래서 제가 마쓰미야 씨를 응대하게 됐습니다. 어떤 일이 궁금하신가요?"

"네, 당시 이곳에 아사이 히로미라는 학생이 있었다고 알고 있는데요, 그녀에 대해서 몇 가지 묻고 싶습니다."

순간 요시노 모토코의 눈이 반짝 빛났다고 마쓰미야는 느꼈다.

"아사이 히로미요? 네, 기억해요. 며칠 전에도 그 사람에 대해 묻는 전화가 왔었어요. 가도쿠라 히로미를 말하는 거잖아요, 요즘 활약이 대단하더군요."

그녀의 대답에 마쓰미야는 '어?' 하고 생각했다. 어제 만난 아사이 히로미의 동창들과는 반응이 확연히 달랐다.

"아사이 히로미 씨의 연극을 보신 적이 있습니까?"

"네. 그녀가 배우였던 시절에요. 교토에서 무대에 섰거든요."

"최근에는요?"

"최근에는 그럴 기회가 없었어요."

요시노 모토코는 미소 띤 얼굴로 고개를 저었다. 그리고 "지금은 도쿄에서 공연 중이라면서요? 극장이 어디였더라……."

　"메이지 극장이죠. 근황을 잘 아시는군요."

　"그럼요. 매번 초대장과 팸플릿을 보내 주는걸요."

　"아사이 씨가 말인가요?"

　"네. '불참'에 동그라미를 쳐서 반송하기가 정말 괴롭지만요."

　아사이 히로미에게는 이곳이 고향이자 생가인가 보다는 생각이 들었다.

　"초대장과 팸플릿을 보내 오는 게 전부인가요? 혹시 전화가 걸려 오지는……."

　"전에는 그런 일도 가끔 있었지만 최근 1, 2년 사이에는 없었어요. 나름 바쁘겠죠."

　"그분이 여기 있었던 시절의 일도 기억하시나요?"

　요시노 모토코가 고개를 끄덕였다.

　"그럼요, 생생히 기억하죠. 늘 어둡고 침울한 표정이었어요. 처음에는 말도 거의 안 했고요. 하지만 생각해 보면 당연한 일이에요. 하루아침에 부모를 잃었으니까요."

　"이 시설에는 그런 아이들이 많습니까?"

　"당시에는 그랬죠. 하지만 지금은 달라요. 대부분 부모의 학대를 피해서 온 아이들이에요. 아동 상담소에서 보호하다가 최종적으로 이곳에 보내집니다."

그런데, 하고 부원장은 고개를 살짝 기울였다.

"히로미도 일종의 학대를 받았다고 할 수 있어요. 가출한 어머니의 행동은 육아 방기에 해당하고, 그녀를 남겨 두고 자살한 아버지는 부양의 의무를 저버린 거잖아요. 아이를 데리고 죽지 않은 게 그나마 다행이랄까요."

그녀는 놀랍도록 세세한 부분까지 기억하고 있었다.

"매우 정확하게 기억하시는군요."

"제가 여기 온 지 얼마 안 되었을 무렵이고 아직 이십 대였으니까요. 학생 시절에 자원 봉사를 온 것이 계기가 되어 결국 이곳 직원이 됐습니다."

"그렇군요. 이십 대였다면 아사이 씨와 마음이 잘 맞았겠네요."

"네, 그 누구와도 얘기를 나누지 않던 히로미가 처음으로 제게 마음을 터놓았어요. 그 후로 점점 친해져서 좋아하는 배우나 영화 얘기로 이야기꽃을 피우기도 했죠. 주위에서 마치 친자매처럼 보인다고 말할 정도였어요."

"그럼 아사이 씨가 연극의 세계를 동경하게 된 것도 요시노 씨의 영향인가요?"

마쓰미야의 질문에 요시노 모토코는 눈을 살짝 감으며 천천히 고개를 저었다.

"극단을 운영하는 사람들 중에 친절한 분이 있어서 아이들을 공연에 종종 초대하곤 하는데, 히로미도 그런 때 연극을 보고 그 세계에 눈을 뜬 것 같아요. 그녀가 배우가 되겠다는 말을 처음 했을 때는 깜짝 놀랐지만, 곰곰이 생각해 보니 어린아이들에게 그림책을 곧잘 읽어 주던 모습이 떠오르더군요. 사람을 즐겁게 하는 데 소질이 있나 보다 싶어 생각을 달리하게 됐어요."

"요컨대 천직을 발견한 셈이군요."

"그렇다고 볼 수 있죠."

미소 띤 얼굴로 대답하고 나서 요시노 모토코는 "그녀가 혹시 무슨 사건에 연루되었나요?"라고 물었다. 그녀의 눈빛에서 그리움과는 또 다른 감정이 읽혔다.

뭐라고 대답해야 할지 마쓰미야는 잠시 망설였다. 오시타니 미치코 살해 사건은 되도록 꺼내고 싶지 않았다.

"만에 하나 어떤 사건에 연루되었다 해도,"

마쓰미야가 대답도 하기 전에 요시노 모토코가 다시 말했다.

"히로미가 죄를 저질렀을 가능성은 전혀 없어요. 그녀만큼 마음이 고운 여자는 흔치 않거든요. 단언할 수 있습니다."

딱 잘라 말하는 그녀의 얼굴에 '뭘 알고 싶은지는 모르겠지만 아사이 히로미를 의심하는 얘기라면 상대하지 않겠다.'라고 쓰여 있었다.

283

마쓰미야는 질문의 방향을 수정했다. 그에게는 다행히도 복안이 하나 있었다.

실은, 하고 그가 다시 입을 열었다.

"어떤 인물의 행방을 쫓고 있습니다."

"그게 누군데요?"

"나에무라 세이조라는 분입니다. 아사이 히로미 씨의 중학교 2학년 때 담임이죠."

잠깐만요, 하면서 요시노 모토코가 파일을 펼쳤다. 그리고 빠른 속도로 한 장 한 장 넘기면서 손가락으로 글자를 더듬었다.

"아아, 전학을 오기 전 학교의 담임 말이군요."

"맞습니다. 기록이 남아 있나요?"

"나에무라 씨에 대해서는,"

요시노 모토코가 파일을 들여다보며 말했다.

"아사이 히로미의 담임이었다고밖에는 쓰여 있지 않아요."

"면회 기록 같은 건 없습니까? 나에무라 씨가 아사이 히로미 씨를 만나러 왔다든가 하는……."

그러자 요시노 모토코는 파일에서 얼굴을 살짝 들더니 눈을 치뜬 채 안경 너머로 마쓰미야를 보았다.

"경찰이 하는 일에 이러쿵저러쿵하고 싶지는 않지만, 저희 학원 출신자와 관련된 일이라면 얘기가 다르죠. 나에무라 씨의 행방을 왜 쫓는지 말씀해 주실 수 있을까요?"

마쓰미야가 잠깐 틈을 두었다가 입을 열었다.

"어떤 사건을 수사하던 중에 나에무라 씨가 관련되었을 가능성이 불거졌습니다. 그런데 조사 결과 나에무라 씨가 20년쯤 전부터 행방이 묘연하더군요. 그래서 당시 그분의 행동반경을 이 잡듯이 뒤지고 있습니다. 어제 나에무라 씨의 예전 제자들에게 들으니 아사이 히로미 씨에게 보내는 편지를 직접 전하러 간 적이 있다고 하더군요. 그렇다면 그 후로도 몇 번쯤 찾아가지 않았을까 추측한 겁니다."

요시노 모토코는 의심에 찬 눈초리로 마쓰미야를 빤히 바라보다가 갑자기 표정을 누그러뜨리며 파일을 덮었다.

"그런 일이라면, 안타깝지만 헛걸음하신 것 같네요. 여기에는 마쓰미야 형사님을 기쁘게 해 드릴 만한 정보가 없습니다."

"뭐, 그렇다면 어쩔 수 없지요. 헛걸음에는 익숙해서 괜찮습니다. 하지만 혹시라도 떠오르는 일이 있다면 말씀해 주셨으면 합니다. 아무리 사소한 것이라도 괜찮습니다."

"나에무라 선생님이라면 기억해요. 몇 번 면회를 오셨어요. 그러는 선생님이 흔치 않아서 굉장히 고마웠어요."

"인상에 남을 만한 일은요? 선생님과 제자 사이에 말다툼이 벌어졌다거나 뭔가 문제가 생겼다거나, 그런 일은 없었습니까?"

요시노 모토코가 천천히 고개를 저었다.

"그런 기억은 전혀 없어요. 두 사람은 늘 즐거워 보였어요. 나에무라 씨의 행방이 묘연한 것은 안타깝지만, 히로미와는 무관한 일이라고 생각해요. 그녀는 이곳을 나가 도쿄로 올라간 후에도 정기적으로 제게 연락했지만 나에무라라는 이름을 언급한 적은 없었거든요."

말투는 온화했지만 이 이상 따지지 말라는 듯한 강압적인 느낌이 그녀의 말에는 배어 있었다.

물러나는 것밖에 방법이 없을 듯했다.

"잘 알겠습니다. 협조해 주셔서 감사합니다."

마쓰미야는 인사를 한 뒤 자리에서 일어섰다. 요시노 모토코가 현관까지 배웅해 주었다.

"도움을 드리지 못해서 죄송합니다."

"아닙니다. 저야말로 시간을 빼앗아서 죄송합니다."

그럼 이만, 하며 고개를 숙이고 돌아서려는 찰나 "저⋯⋯," 하며 요시노 모토코가 다시 마쓰미야에게 말을 건넸다.

"혹시 히로미를 만나셨나요?"

"네, 한 번뿐이지만요."

"잘 지내고 있던가요?"

"아주 잘 지내는 것처럼 보였습니다. 한창 공연 중인데 피곤한 기색도 없었고요."

"그래요? 그럼 안심이네요. 불러 세워서 죄송합니다."

"아닙니다. 그럼 이만 가 보겠습니다."

마쓰미야는 돌아서서 응접실을 나왔다.

요시노 모토코가 곧 아사이 히로미에게 연락할지도 모르겠군, 하고 그는 생각했다. 그래도 나쁠 것은 없었다. 아사이 히로미가 사건과 무관하다 한들 문제 될 일은 없고, 만일 사건과 관련이 있다면 동요할 것이다. 그럴 경우 모종의 반응을 보일지도 몰랐다. 윗선에서도 그 점에 대해서는 신경 쓰지 말라고 한 터였다.

'비와 학원' 울타리를 완전히 벗어났을 때 휴대 전화가 울렸다. 사카가미였다. 마쓰미야는 걸음을 멈추지 않은 채 전화기를 귀에 댔다.

"네, 마쓰미야입니다."

"그래, 그쪽 상황은 어때?"

"보호 시설을 막 나오는 참입니다. 아쉽지만 이렇다 할 수확은 없었습니다."

"그렇군. 이쪽도 비슷해. 조금 전에 와카바야시 순사부장한테서 연락이 왔는데 나에무라 세이조 전처의 동생이 만나 주겠다고 했대. 장소는 오쓰야. 주소와 전화번호를 문자로 보낼 테니 가서 만나 봐."

"알겠습니다. 선배님은요?"

"나는 나에무라의 고등학교 동창이라는 사람이 나타나서 지

금 만나러 가는 길이야. 여기서 오쓰까지는 한 시간 이상 걸리
니까 그쪽 일은 자네한테 일임하겠네."

"알겠습니다."

전화를 끊자 사카가미에게서 문자가 날아왔다. 만나야 할 상
대의 이름은 이마이 가요코, 주소는 오쓰시 우메바야시였다.

그 자리에서 전화를 걸었다. 차분하고 교양 있는 말투를 쓰
는 여자가 받았다. 경시청 형사라고 밝혀도 놀라는 기색이 없
는 이유는 이미 사정을 알았기 때문일 것이다.

그로부터 약 30분 후, 마쓰미야는 오쓰시 우메바야시의 주
택가에 있었다. 세월의 흔적이 고스란히 남은 가옥이 여럿 늘
어서 있었다.

이마이라는 문패가 걸린 집은 금방 찾을 수 있었다. 고색창
연한 기와지붕에 일본식과 서양식을 절충해서 지은 집이었다.

이마이 가요코는 키가 자그마하고 통통한 체격이었다. 얼굴
에 주름이 없어 사십 대로 보였다. 그러나 실제로는 오십 대
후반은 됐을 것이다.

"언니는 부모님이 돌아가신 후 줄곧 여기서 혼자 살았어요.
저희가 이 집으로 이사 온 지 4년이 되었지만 지금도 언니 물
건을 소중하게 보관하고 있습니다."

이마이 가요코가 침착하게 말했다.

마당이 내다보이는 거실로 안내된 마쓰미야는 이마이 가요

코와 유리 탁자를 사이에 두고 마주 앉았다. 탁자 위에는 커피 잔이 놓여 있었다.

이마이 부부에게는 따로 집이 한 채 있었지만 아들이 결혼하게 되면서 그 집을 아들 부부에게 물려주고 이쪽으로 이사 왔다고 했다.

"보관하고 계신 물건들 중에 혹시 나에무라 씨 것은 없었습니까?"

순간 이마이 가요코가 미간을 살짝 찡그렸다.

"히가시오에 서에서 문의가 왔을 때도 말씀드렸지만, 이 집에는 그런 게 전혀 없었어요. 언니가 전부 처분했나 봅니다. 남아 있는 물건들을 일일이 확인했으니 틀림없어요."

"사진 같은 것도 없었습니까?"

"한 장도 없었어요. 결혼사진도 태워 버렸다고 들었습니다. 당연한 일이라고 생각해요, 그런 일을 당했으니까요."

"그런 일이라니요?"

그러자 이마이 가요코는 속눈썹을 파르르 떨며 복받치는 감정을 억누르려는 듯 숨을 크게 들이쉬었다.

"별로 얘기하고 싶지 않지만 수사와 관련된 일이니 말씀드리겠어요. 다만 함부로 발설하지는 않으셨으면 해요."

물론입니다, 하며 마쓰미야는 긴장한 표정을 지었다.

이마이 가요코가 커피를 한 모금 삼키고 나서 입을 열었다.

"간단한 얘기예요. 그분에게 여자가 있었어요. 언니 말고 다른 여자가요."

"바람을 피웠다는 뜻인가요?"

"단순한 바람이라면 그나마 나았겠죠. 하지만 그런 게 아니었어요. 그분은 그 여자를 진심으로 사랑했어요. 그래서 언니를 버렸습니다."

"상대가 누구였나요?"

이마이 가요코는 살랑살랑 고개를 저었다.

"그건 몰라요. 언니가 추궁해 보았지만 끝까지 입을 열지 않더랍니다. 그저, 미안하지만 이혼해 달라는 말밖에 안 하더래요. 언니가 잘도 참았다고 생각해요. 사람들은 몰랐지만 그 부부는 얼음처럼 차가운 나날을 보냈어요. 세이조 그 사람은 언니가 만든 음식도 먹지 않았고, 매일 밤늦게 들어와서 다른 방에서 잔 뒤 아침 일찍 집에서 나가는 식이었나 봐요."

마쓰미야의 뇌리에 두 장의 사진이 떠올랐다. 두 개의 졸업 앨범에 실린 나에무라의 모습이었다. 퇴직하기 직전에 그토록 야위었던 것은 그런 생활 탓이었을까.

"언니가 그런 일을 의논한 적은 없었나요?"

"없었어요. 제가 그 모든 일을 알게 된 건 언니의 이혼이 결정된 후예요. 언니는 완전히 포기하기 전까지는 아무에게도 말하지 않으려 했다더군요."

마쓰미야 자신은 독신이지만 그 심정을 이해할 것 같았다.

"그러다 끝내는 이혼에 동의하고 말았군요."

"어쩔 수 없었대요. 그분은 언니와 의논 한마디 없이 학교를 그만두더니 그 얼마 후에는 아예 집을 나갔답니다. 편지와 이혼 서류만 남기고요. 그래서 포기한 거죠. 언니 스스로 이혼 서류를 제출하고 아파트도 처분했어요."

"언니가 아파트를……."

마쓰미야가 몸을 살짝 앞으로 기울였다.

"실은 나에무라 씨의 행방이 묘연합니다. 혹시 짚이는 게 없습니까?"

"그 얘기는 히가시오 서에서 나온 분께도 들었어요. 하지만 저희는 아무것도 모릅니다. 애당초 인연이 없었던 사람이라고 생각해요."

"이혼 후에 언니가 나에무라 씨를 만났다는 얘기는 듣지 못하셨나요?"

"못 들었어요. 그럴 리가 없지요. 언니를 모욕하지 마세요."

"아니, 모욕하려는 게, ……죄송합니다."

마쓰미야는 고개를 숙였다.

이마이 가요코가 한숨을 크게 내쉬었다.

"언니는 참을 만큼 참았어요. 불륜이 발각된 뒤로도 1년 이상이나요. 쓸데없는 노력을 한 거죠."

그녀의 중얼거림에서 마쓰미야는 뭔가가 마음에 걸리는 것을 느꼈다.

"발각, 이라고 하셨는데, 발각된 겁니까? 나에무라 씨 자신이 고백한 게 아니고요?"

"결과적으로는 고백한 모양새가 되었지만 그건 언니가 따져물었기 때문이에요. 그러기 전에 언니는 내내 수상쩍다고 생각해 왔고요."

"따져 물었다고 하셨는데, 뭘 근거로 그러신 거죠?"

"신용 카드 명세서요. 그걸 보고 아무래도 이상하다는 생각이 들어서 구체적으로 뭘 샀는지 알아봤나 봐요. 그랬더니 그분이 절대 살 리 없는 물건을 샀더래요."

"그게 뭐였습니까?"

이마이 가요코는 말을 꺼낸 것이 후회스럽다는 듯 얼굴을 찡그렸다.

"떠올리고 싶지 않지만 잊히지도 않아요. 목걸이였답니다. 루비가 박힌 목걸이요. 언니가 쓸쓸하게 웃으면서 말해 줬어요."

16

손목시계를 보니 오후 4시가 지나 있었다. 모기는 자신이 다리를 떨고 있다는 걸 깨닫고는 손으로 무릎을 꾹 눌렀다.

옆에서 가가가 그 모습을 보고 키득키득 웃었다.

"뭐가 그렇게 초조해? 10분 정도 늦는다고 했잖아."

"그건 나도 알지만 왠지 불안해서 말이지."

"불안해할 거 없어. 자네야 애당초 여기 있을 필요도 없었잖아."

"그런 말이 어디 있어? 어제부터 내내 같이 다녔는데."

"누가 같이 다녀 달래? 나는 폐를 끼치고 싶지 않다고 거절한 것 같은데."

"경시청에 들어온 후 수사하는 시늉이라도 내 보는 건 이번이 처음이야. 살짝 흥분할 수도 있잖아. 그리고 내가 거들어 줘서 좋지 않아?"

"그야 물론 고맙지."

"그럼 됐어."

고개를 끄덕인 모기는 남은 커피를 홀짝 마신 후 커피를 더 가지러 가려고 자리에서 일어섰다. 걸어가면서 그는 자신이 패밀리 레스토랑에 들어온 게 얼마 만인지 생각해 보았다. 아이가 초등학생일 무렵에는 일주일이 멀다 하고 이런 곳에 왔었다.

오늘은 이곳에서 어떤 여자를 만나기로 되어 있었다. 연예부 기자로 오래 활동하고 있는 여자였다.

가가와 모기는 '건강 출판 연구소'에서 입수한 목록에 들어
있는 사람들을 하나하나 찾아다니고 있었다. 대부분 거주지
가 도쿄도 내인데도 어제는 밤 9시 넘어서까지 돌아다녔다.
미안해진 가가가 저녁을 사겠다고 했지만 모기는 거절했다.
뿐만 아니라 이런 경험은 두번 다시 할 수 없을 거라며 마지
막까지 함께하겠다고 선언했다.

　오늘도 두 사람은 아침부터 돌아다녔다. 도대체 같은 질문
을 몇 번이나 했는지 이제는 세어 볼 생각조차 들지 않는다.
하지만 지겨워진 것은 아니었다. 오히려 형사의 일이라는 게
이런 것이구나 싶어 모기는 감탄스럽기까지 했다. 진상에 이
르는 길은 헛걸음을 무수히 하지 않으면 찾을 수 없구나 생각
했다.

　마침내 그 길을 발견했을 때의 기쁨은 그때까지의 허탈함을
단숨에 날려 버리는 것이었다. 그런 기쁨을 모기는 한 시간
전에 맛보았다.

　상대는 스포츠 기고가로 활동하는 남자였다. 프로 야구팀을
취재하는 중이라는 그를 만나러 모기와 가가는 요코하마까지
갔다.

　그 수고에는 보상이 따랐다. 찾아 헤매던 답을 드디어 들었
던 것이다.

　남자는 자신이 '건강 출판 연구소'에 가가의 연락처를 문의

했다고 인정했다. 그러나 본인이 필요해서 그런 것이 아니라 잘 아는 연예부 기자의 부탁 때문이었다고 했다. 그 기자의 목적이 무엇이었는지는 기억하지 못했다. 어쩌면 애초에 듣지 못했을지도 모른다고 그는 말했다.

곧바로 문제의 연예부 기자에게 연락해 만날 약속을 잡았다. 그래서 지금 이렇게 기다리고 있는 것이다. 단 이틀간의 수사였지만 모기로서는 긴 미로의 출구를 눈앞에 둔 기분이었다.

커피를 들고 자리에 돌아오니 가가가 수첩을 앞에 펼쳐 놓고 생각에 잠겨 있었다. 그 표정은 어제 '건강 출판 연구소'를 나올 때와 다름이 없었다. 애타게 찾던 대답을 들을 수 있을지도 모르는데 들뜬 기색이 조금도 느껴지지 않았다.

모기는 경찰학교 시절의 가가를 떠올렸다. 2년간의 중학교 교사 경력이 있는 별종이었지만 성적은 발군이었다. 게다가 검도 기량이 뛰어났다. 경찰학교에는 검도 경력자도 많았지만 그와는 대적할 사람이 없었다. 전 일본 학생 챔피언 출신이라는 사실을 알았을 때는 역시 그랬구나 싶었다.

그러나 모기가 가가에게 끌린 이유는 그의 그런 실력 때문이 아니라 인간성 때문이었다.

어느 강의 시간에 모기가 졸았다는 이유로 강사에게 질책을 당한 적이 있었다. 그는 졸지 않았다고 강변했지만 강사는 받아들이지 않았다. 그런데 뒤쪽 자리에서 불쑥 이런 말이 들려왔다.

"그 친구는 졸지 않았습니다. 샤프펜슬에 심을 넣느라고 고개를 숙이고 있었을 뿐입니다."

그야말로 구원의 목소리였다. 강사는 불쾌한 표정을 지었지만 더는 모기를 질책하지 않았다.

그 목소리의 주인공이 바로 가가였다. 웬만하면 모른 척하고 넘어갔을 일이었다. 섣불리 나섰다가 강사에게 밉보이기라도 하면 자기만 손해라고 다들 생각했을 것이다. 그러나 가가는 타산과는 거리가 멀었다. 나중에 고맙다고 인사하자 가가는 인사를 받을 만한 일이 아니라며 씩 웃고 말았다.

그런 가가에게 고통스러운 과거가 있다는 사실을 이번에야 알았다. 모기가 탐문 수사에 동행하겠다고 한 이유는 수사하는 시늉이나 내 보자는 것이 아니라 그때 강의실에서 졌던 빚을 갚고 싶었기 때문이다.

출입구 쪽에서 인기척이 느껴졌다. 돌아보니 얇은 코트를 걸친 여자가 레스토랑 입구에 서서 가게 안을 두리번거리고 있었다. 나이가 사십 대 중반쯤일까. 손에는 검은 종이봉투를 들고 있다. 그것이 표시였다. 모기가 손을 들며 일어서 여자를 맞이했다.

"요네오카 씨죠?"

모기의 물음에 여자는 "늦어서 죄송합니다."라며 고개를 숙였다.

명함을 교환한 후 세 사람은 자리에 앉았다. 종업원이 주문을 받으러 오자 요네오카 마치코는 레몬 스카시를 주문했다.

"바쁘실 텐데 와 주셔서 감사합니다."

모기가 감사 인사를 했다.

"제가 무슨 문제라도 일으켰나요?"

불안한 듯 눈썹을 실룩이는 여자의 얼굴에서 지적인 분위기가 풍겼다.

"아닙니다. 전화로 말씀드렸듯이 경시청의 홍보 활동이 얼마나 효과가 있는지 조사하고 있습니다. 구체적으로 설명하자면, 과거 20년간 신문과 잡지 등에 실린 기사 중 몇 건을 임의로 골라 그 내용이 사람들에게 어느 정도 알려졌는지 확인하는 겁니다. 그중 이 검도 잡지에 실린 기사를 지금 조사하고 있습니다."

모기가 일사천리로 말을 쏟아 놓은 후 예의 잡지를 테이블 위에 꺼내 놓았다. 어제부터 다양한 사람을 대상으로 몇 번이나 읊은 대사라 이제는 익숙할 대로 익숙해져 있었다.

"경찰에서 그런 일도 하나요?"

요네오카 마치코가 눈을 크게 뜨고 깜빡거렸다.

"홍보 활동에도 예산이 투입되니 그 효과를 증명할 필요가 있죠. 일반 회사나 마찬가지입니다. 그래서 말씀인데요."

모기가 잡지에서 가가의 기사가 실린 페이지를 펼쳤다.

"누군가에게 가가 선수의 연락처를 알아봐 달라는 부탁을 받았다고 하셨죠? 그 사람이 누구인지 가르쳐 주실 수 있습니까?"

그러자 요네오카 마치코가 턱을 살짝 끌어당기며 눈을 치켜떴다.

"그 사람에게 피해가 가는 일은 아니겠죠?"

"물론입니다. 어쩌면 그분을 만나서 이 기사의 어떤 점이 관심을 끌었는지 물어보게 될지 모릅니다만, 그것뿐입니다. 그러니 걱정 마세요."

모기가 애써 밝은 목소리로 말했다. 거기에 웃음까지 지어 보이는 것은 그의 직업상 일도 아닐 터였다.

요네오카 마치코는 잠시 망설이더니 이윽고 결심했다는 듯이 고개를 끄덕였다. 그리고 여자 이름 하나를 말했다.

모기는 그 이름을 어디선가 들어 본 것 같다고 느꼈다. 그런데 이름을 다시 한번 확인하려고 요네오카 마치코를 바라본 순간 그는 그만 움찔하고 말았다. 그녀가 겁에 질린 표정을 짓고 있었기 때문이다.

모기의 시선이 옆에 앉은 가가로 옮겨 갔다. 가가의 눈이 마치 사냥감을 발견한 사냥개마냥 번뜩이고 있었다.

17

"정말 잘됐네. 메이지 극장이라면 도쿄를 대표하는 극장이 잖아. 그런 곳에서 두 달 가까이 공연을 하는 것만도 굉장한 일인데 게다가 연일 대성황이라니……. 축하해. 나까지 으쓱해지네."

요시노 모토코의 목소리가 살짝 높아져 있었다. 여태까지 결코 밝지 않은 얘기를 나눈 터라 가라앉은 분위기를 떨쳐 내려 애쓰는 거라고 히로미는 느꼈다.

"비와 학원 분들은 다들 잘 계시죠?"

"그럼. 농구 골대를 새로 구입했더니 직원들이 농구에 푹 빠졌어. 날마다 어둑어둑해질 때까지 누군가는 반드시 하고 있다니까."

"잘됐네요. 재밌겠어요."

"히로미도 짬이 나면 놀러 와. 연극 얘기도 들려줄 겸 말이야."

"네, 생각해 볼게요."

"꼭 그렇게 해. 아니, 시간이 벌써 이렇게 됐네. 바쁠 텐데 너무 오래 끌어서 미안해."

"괜찮아요. 언제든지 전화 주세요. 건강 잘 챙기시고요."

"히로미도 너무 무리하면 안 돼. 그럼 이만."

안녕히 계시라고 인사하고 전화를 끊은 히로미는 스마트폰을 책상에 올려놓은 후 의자 등받이에 몸을 기댔다. 그리고 숨을 크게 내쉬었다.

그녀는 롯폰기 사무실에 있었다. 메이지 극장에 가는 길에 들른 것인데 때마침 '비와 학원'의 요시노 모토코에게서 전화가 걸려 왔다. 착신 표시를 보는 순간 그녀는 불안감에 휩싸였다.

오랜만이다, 잘 지냈냐, 하는 뻔한 인사말을 몇 마디 나눈 후 비와 학원 부원장은 본론에 들어갔다. 그 내용은 히로미가 어렴풋이나마 예상했던 것이었다.

형사가 찾아와서 히로미와 나에무라에 대해서 이것저것 물었는데, 아마도 나에무라의 행방을 좇고 있는 것 같다고 요시노 모토코는 목소리를 낮추어 소곤거렸다. 그리고 히로미가 뭔가 사건에 휘말린 건 아닌지 걱정되어 전화했다고 덧붙였다.

히로미는 자신에게도 형사가 찾아왔지만 아주 형식적인 질문을 했을 뿐 무슨 사건을 수사하는지도 모른다며 걱정하지 않아도 된다고 대답했다.

하지만 요시노 모토코는 별로 안심하는 눈치가 아니었다. 그녀가 물었다.

"히로미, 우리 비와 학원에서 나간 후에는 나에무라 선생님과 안 만났지?"

만난 적 없어요, 라고 딱 잘라 말했다. 그리고 그런 건 왜 묻느냐고 반문했다.

"아무것도 아니야. 그저 좀 궁금해서."

요시노 모토코가 대답했다.

히로미는 일어나서 컵에 티백을 넣고 포트의 물을 따랐다.

요시노 모토코가 눈치를 챘을지도 모르겠다고 그녀는 생각했다. 시설 사람들에게 들키지 않도록 최선을 다했지만, 요시노 모토코는 히로미가 그 시설에 들어가서 가장 친하게 지낸 사람이었다. 온갖 일을 의논했고, 고민을 털어놓기도 했다. 단 하나의 예외가 바로 나에무라 세이조와의 일이었지만 그녀의 눈을 속이지는 못했을 것이다.

히로미는 의자로 돌아와 테이블에 컵을 내려놓았다. 홍차 표면이 살짝 물결치다가 이내 잔잔해졌다. 그 모습을 바라보던 히로미의 머릿속에 잔물결이 살랑거리는 비와 호수의 수면이 떠올랐다. 저녁노을을 배경으로 하얀 크루저가 정박해 있는 풍경.

공상이 아니다. 실제로 본 경치였다. 히로미는 호숫가에 서 있었다. 그리고 옆에는 나에무라가 있었다. 고등학교 졸업식 바로 다음 날이었다. 단둘이 축하하고 싶어 비와 호수에 갔다. 4월이 되면 히로미는 도쿄로 올라가야 했다.

두 사람이 특별한 관계로 발전한 것은 그 얼마 전이었다. 그 이전에는 중학 시절 은사와 제자 사이를 유지하고 있었다.

그러나 그것은 어디까지나 형식상에 불과했다. 히로미가 전학을 간 후에도 자주 찾아와 마치 친부모처럼 조언해 주는 나에무라를 그녀는 차츰 이성으로 의식하게 되었다. 중학 시절에는 그저 흠모하는 정도였지만 고등학생이 되자 히로미의 마음에 뚜렷한 변화가 일어났다. 나에무라가 만나러 오는 날을 손꼽아 기다리며 그날 뭘 입을까 고민하게 되었다.

그것이 짝사랑이 아니라는 것을 히로미는 알고 있었다. 언제부터인지는 모르지만 그녀를 바라보는 나에무라의 눈빛에도 변화가 나타난 것이다. 그 일로 그가 자책하고, 그녀와 거리를 두어야 하지 않을까 고민한다는 것도 그녀는 알았다. 그래서 그 사랑을 이루려면 자신이 먼저 행동에 나서는 수밖에 없다고 생각했다.

나에무라에게 아내가 있다는 사실 따위는 아무래도 좋았다. 그와 가까워지고 싶은 생각은 있었지만 결혼하고 싶다고 생각한 적은 단 한 번도 없었다. 순수하게 남자로서의 그를 원할 뿐이었다.

히로미가 단둘이 여행하고 싶다는 말을 꺼낸 것은 고등학교 3학년 가을 무렵이었다. 그날은 구키쓰 시내에 있는 찻집에서 그를 만났다. 히로미가 고등학교에 올라간 후로는 나에무라가 '비와 학원'으로 찾아오는 일이 거의 없었다.

히로미의 말에 나에무라는 당황스러워했다. 그리고 농담하지 말라며, 굳어진 표정에 억지로 미소를 지었다.

"농담 아니에요. 저, 선생님이랑 여행 가고 싶어요. 장소는 어디라도 좋아요. 단 1박이라도요."

그녀의 말투와 표정에서 나에무라는 농담이 아니라는 걸 알아차린 듯했다. 아니, 사실은 그녀가 진심이라는 것을 처음부터 알았을 것이다.

그는 심각한 표정을 지은 채 대꾸를 하지 않았다.

죄송해요, 하고 히로미가 사과했다.

"괜히 선생님을 괴롭힌 것 같네요."

"괴롭다고 해야 할지 뭐라고 해야 할지 모르겠지만, 아무튼 그러면 안 된다고 생각해. 너는 아직 미성년이잖아."

나에무라가 고개를 숙인 채 중얼거렸다.

"미성년이라도 결혼은 할 수 있어요. 게다가 저는 부모가 없으니까 동의를 구할 필요도 없고요."

"결혼이라니, 그런……"

"걱정 마세요. 선생님 가정을 깨뜨릴 마음은 없어요. 다만 같이 있고 싶을 뿐이에요."

여고생 신분에 어울리지 않는 대담한 말을 내뱉었다. 스스로에게 도취되어 있었는지도 모른다.

"그렇지만……"

그날 나에무라는 내내 고민했다.

그리고 그다음에 같은 찻집에서 만났을 때 그는 후지산 사진이 실린 가이드북을 한 권 내밀었다.

"후지산에 가 본 적 없다고 했지? 그래서 거기가 어떨까 해."

사람들 시선이 없었다면 히로미는 나에무라의 목을 끌어안았을지 모른다. 그만큼 기뻤다.

둘은 연휴에 1박 여행을 떠났다. 시설에는 학교 친구와 여행을 간다고 해 두었다. 나에무라가 아내에게 뭐라고 둘러댔는지는 알지 못할뿐더러 관심도 없었다.

그들은 가와구치 호숫가에 있는 리조트 호텔에 묵었다. 경치가 아름답고 식사도 맛있었다. 그러나 그런 것들은 안중에도 없을 만큼 히로미는 나에무라와 단둘이 있다는 사실이 기뻤다.

그렇게 두 사람은 맺어졌지만, 자신의 살길을 찾는 일이 우선이었던 히로미는 두 사람의 미래 따위에는 관심이 없었다. 그때 이미 그녀의 마음속에는 연극이 자리 잡고 있었다. 고등학교 2학년 때 어느 극단의 초대로 처음 연극을 관람하면서 그 멋진 무대에 매료되고 말았다. 그리고 연극을 하겠다는 꿈을 꾸게 되었다.

처음으로 자신을 연극에 초대해 주었던 '발랄라이카' 극단에 입단하고 싶었던 그녀는 고등학교를 졸업하기 두 달 전 도쿄로 가서 오디션을 받았다. 그리고 연극에 경험이 없어 기대하지 않았는데 2주 후 합격 통지서를 받았다. 다만 그 통지서에는 극단에 들어오더라도 수입을 보장할 수 없으며 첫 2년간은 연수생 신분으로 지내야 한다는 단서가 있었다. 아울러 아르바이트 자리를 주선해 줄 수 있으며 연수생들이 함께 지내는 숙소를 마련해 줄 수 있다고 적혀 있었다.

이제 다른 길은 생각할 수도 없었다. 반드시 연극으로 성공하겠다고 그녀 스스로 맹세했다. 그러려면 많은 것을 희생하더라도 어쩔 수 없었다. 나에무라와는 당분간 만나지 못할 거라고 생각했다. 아니, 어쩌면 두번 다시 만날 수 없을지도 몰랐다. 졸업식 다음 날 둘이 만나 축하하자고 제안한 것도 그런 생각에서였다.

그러나 나에무라의 마음이 어땠는지는 알 길이 없다. 아니, 그 후의 경과를 되돌아보면 그는 히로미와 관계를 끊을 마음이 없었던 것 같다.

히로미가 도쿄로 올라온 후에도 나에무라는 변함없이 그녀를 만나러 왔다. 도쿄의 호텔에서 묵고 간 적도 있고 그날로 돌아간 적도 있었다. 그는 그때마다 그녀의 근황을 묻고 격려해 주었고, 때로는 금전적으로 도움을 주기도 했다. 밤낮없이 아르바이트를 하며 연극 연습을 하는 히로미에게는 그런 그가 정신적으로나 경제석으로나 소중한 버팀목이었다.

세월은 눈 깜짝할 새 흘렀다. 연수생에서 정식 단원으로 무사히 승격한 히로미에게 무대에 설 기회가 조금씩 늘어났다. 그러는 데에는 극단의 젊은 리더인 스와 다케오가 그녀를 주목한 것도 크게 작용했다.

그리고 히로미가 스물세 살이 되던 생일날 밤, 나에무라는 뜻밖의 말을 했다. 도쿄의 한 레스토랑에서였다. 그는 히로미에게 생일 선물로 빨갛게 빛나는 루비 목걸이를 선물한 후, 기뻐하며 고맙다고 하는 히로미에게 약간 긴장된 미소를 지어 보이며 말했다.

"나, 학교를 그만두려고 해."

놀란 히로미는 눈을 깜박거렸다.

"왜요, 학교에서 무슨 일이 있었어요?"

"그런 게 아니라 나도 도쿄로 올라오면 어떨까 싶어서. 그렇게 되면 우리 같이 살까?"

느닷없는 제안에 히로미는 말문이 막혔다. 생각해 본 적도 없는 일이었다.

"올라와서 뭘 하실 건데요? 다시 선생님을 하시려고요?"

"아쉽지만 그러기는 힘들 거야. 그래도 문제없어. 대학 시절 친구가 도쿄에 많거든. 그들에게 부탁하면 일자리는 얼마든지 구할 수 있을 거야. 학원을 운영하는 친구가 강사로 채용하겠다고도 했어."

그가 일시적인 충동으로 그러는 것 같지는 않았다.

"가정은요? 부인에게는 뭐라고 할 건데요?"

"그건 아직 결정하지 못했어. 하지만 조만간 말할 생각이야."

"말하다니, 뭘요?"

"사실대로 말할 거야. 마음이 다른 여자에게 가고 말았으니 더는 결혼 생활을 계속할 수 없다고 솔직하게 털어놓을 작정이야."

"이혼하겠다는 뜻이에요?"

"그렇지."

"내 얘기도 할 거예요?"

나에무라는 고개를 저었다.

"아니. 히로미와의 일은 절대로 얘기하지 않을 거야. 얘기하지 않은 채 설득할 거야."

"그건 무리예요. 부인이 납득하지 못할 거예요."

"납득하지는 못하더라도, 달리 선택의 여지가 없다는 걸 깨달으면 결국 포기할 거야."

과연 그럴지 히로미는 의심스러웠다. 그래서 해결된다면 세상 부부들이 옥신각신하는 일도 훨씬 드물어야 했다.

"어떻게 할래, 내가 도쿄로 올라오면 같이 살 테야?"

히로미는 적이 당황스러웠다. 전혀 예상치 못한 일이라 뭐라고 내답해야 할시 막막하기만 했다. 그녀에게는 그녀 나름으로 계획해 둔 미래가 있었다. 그 미래에 나에무라와의 생활은 포함되어 있지 않았다. 게다가 이제 겨우 연극이 뭔지 이해하고 재미를 느끼기 시작한 참이었다.

"선생님이 도쿄로 오신다면 물론 기쁘죠. 하지만 당장 같이 살기는 어려울 것 같아요. 아직 배우로서 제 몫도 못하는걸요."

"그건 나도 알아. 당장 그러자는 게 아니야. 무엇보다 아직은 나 자신이 언제 이혼하고 도쿄로 올라올 수 있을지도 모르는걸, 뭐. 다만 내 각오를 알려 주고 싶었어."

나에무라의 열의에 찬 선언을 히로미는 마치 다른 세상에서 벌어지는 일처럼 듣고 있었다. 여전히 그를 사랑했고, 같이 사는 상상을 하면 즐거워지는 것도 사실이었지만, 그와 함께 하겠다는 꿈은 단념한 지 오래였다. 그러는 편이 서로에게 좋을 거라고 막연히 생각하기도 했다. 다만 그날은 차마 그런 말을 할 수 없어서 그저 고맙다고 하고 말았다.

그 후 한동안은 그 화제가 두 사람 사이에 등장하지 않았다. 그리고 그로부터 1년도 더 지난 어느 날, 나에무라가 "나, 내년 3월에 학교를 그만두기로 했어."라고 선언했다.

"교장과 교무 주임에게 이미 양해를 구했어."

"부인한테는요?"

나에무라는 괴로운 표정으로 고개를 저었다.

"얘기하지 못했어. 난리칠 게 뻔하니까. 하지만 밀어붙일 거야."

"밀어붙이다니, 뭘요?"

"히로미에게는 얘기하지 않았지만 그동안 아내와 이혼을 놓고 협의 중이었어. 그런데 좀처럼 동의해 주지 않는 거야. 이대로는 결말이 나지 않을 것 같아서 집을 나오기로 결심했어."

이어지는 나에무라의 계획을 듣고 히로미는 아연실색했다. 4월이 되면 이혼 서류와 편지만 남기고 집을 나오겠다는 것이었다.

아무리 말려도 그는 마음을 바꾸지 않았다.

"이제 한계에 다다랐어. 남들 눈도 있고 해서 1년 넘게 표면상 부부 행세를 했지만, 더는 무리야. 이렇게 가다가는 둘 다 망가질 거야. 내가 집을 나오는 방법밖에 없어."

나에무라는 자신이 지난 1년 동안 고통의 나날을 보냈다고 했다. 집에서는 절대 밥을 먹지 않았고, 빨래도 밖에서 처리했고, 집에는 그저 잠만 자러 들어갔다는 것이다. 어쩌다 아내와 마주 앉아도 그저 아내의 비난을 가만히 듣고 있는 게 전부였다고 한다.

어쩐지, 하고 히로미는 납득했다. 최근 들어 나에무라는 늘 피곤해 보였고, 전에 비해 야위어 보이기도 했다. 그런 식으로 생활했다면 당연한 일이었다.

연민이 느껴졌지만, 자업자득이니 어쩔 수 없냐고 생각했다. 물론 그를 그렇게 궁지로 몰아넣은 데에 책임감을 전혀 느끼지 않는 건 아니었다.

이듬해 4월에 나에무라는 정말 자신이 선언한 대로 도쿄로 올라왔다. 짐이라고는 커다란 가방 하나뿐이었다.

그는 그 즉시 단기 임대 아파트를 구했다. 가구와 기본적인 살림살이가 갖춰져 있어서 곧바로 들어가 살 수 있다고 했다.

"내가 사는 곳을 아직 아무에게도 알리고 싶지 않아서 전입 신고는 하지 않았어. 그래도 한동안은 여기서 살게 될 거야."

좁은 실내를 둘러보면서 웃음 짓는 나에무라는 해방감이라도 느끼는 것처럼 보였다.

그러나 그의 품에 안긴 히로미는 설명할 수 없는 불안감을 느꼈다. 부자연스러운 형태로나마 겨우겨우 유지돼 오던 균형이 크게 흔들리기 시작한 느낌이었다. 그 흔들림으로 인해 자신들이 어디로 떨어질지 예상할 수 없는 것이 두려웠다. 그러나 그런 말을 입 밖에 낼 수는 없었다.

전화벨 소리가 히로미를 현실로 되돌려 놓았다. 눈앞에서 스마트폰이 번쩍거렸다. 반쯤 마신 홍차는 미지근했다.

착신 표시를 본 그녀는 가슴이 덜컥했다. 지난 몇 년 동안 만나기는커녕 통화한 적조차 없는 상대였다. 그럼에도 히로

310

미는 순간적으로 용건을 간파할 수 있었다. 상대가 이쪽의 동요를 눈치채도록 해서는 안 된다고 생각하며 숨을 크게 들이쉬었다가 천천히 내뱉고 나서 수신 버튼을 눌렀다.

"여보세요."

"아, 가도쿠라 씨? 저, 요네오카예요."

요네오카 마치코의 약간 허스키한 목소리가 들려왔다.

"아, 오랜만이에요. 잘 지냈죠?"

"그럭저럭 살고 있다고나 할까요. 그보다 가도쿠라 씨, 메이지 극장 공연이 정말 멋지더군요. 대성공, 축하드려요."

"고맙습니다. 덕분에 부끄럽지 않게 끝났어요."

"무슨 말씀을요. 이걸로 또 한 단계 도약했다는 느낌이에요. 정말 대단해요."

"그렇게 칭찬하시면 저, 진짜라고 착각해요."

"진심이에요, 빈말이 아니라."

"네, 네. 이제 그만요. 그런데 요네오카 씨가 어쩐 일로 전화를 하셨어요?"

"아…… 네, 실은 말이죠."

요네오카 마치코가 목소리를 한 단계 낮췄다.

"경찰이 저를 찾아왔어요."

그녀가 얘기한 내용은 히로미의 예상을 조금도 벗어나지 않는 것이었다. 그렇기에 태연을 가장할 수 있었다. 하지만 마음속에서는 무언가 소리를 내면서 와르르 무너지는 느낌이었다.

"그러니까 어쩌면 경찰이 가도쿠라 씨를 찾아갈지도 모르겠어요."

"그런 일이 있었군요. 알겠어요. 제 걱정은 하지 않으셔도 돼요. 사실대로 대응하면 되니까요. 그보다 괜한 일로 폐를 끼친 것 같아서 저야말로 면목이 없네요. 죄송합니다."

"아니에요, 죄송하기는요. 그럼 이만 끊을게요."

전화를 끊은 후 히로미는 스마트폰의 화면을 바라보며 한숨을 내쉬었다. 요시노 모토코에 이어 요네오카 마치코라니, 다들 참 의리도 좋군.

요네오카 마치코에 따르면 홍보과의 모기라는 자 말고도 어깨가 넓고 예리하게 생긴 남자가 동행했다고 한다. 이름은 밝히지 않았지만 아마도 가가일 것이다. 그는 한 걸음 한 걸음 착실히 그 자신과 관련된 진상에 다가가고 있었다.

역시 그를 만난 게 잘못인지도 몰랐다. 그러나 어쩐 일인지 히로미는 후회가 되지 않았다. 자신의 인생이 무엇이었냐는 질문에 대답을 얻으려면 반드시 거쳐야 할 수순이었다고 생각했다. 물론 그 대답을 얻는 것이 자신에게 도움이 될지 어떨지는 알 수 없지만……

그런저런 생각에 잠겨 있는데 인터폰이 울렸다. 오기로 한 손님이 없는데, 하고 의아해하며 인터폰으로 손을 뻗으려던 히로미는 액정 화면에 비친 방문자의 모습에 멈칫했다.

본 기억이 있는 얼굴이었다. 이 사무실에서 처음으로 만났던 형사. 이름이 마쓰미야라고 했던가.

또 한 사람이 불길한 바람을 몰고 왔나 보다고 생각하면서 그녀는 수화기를 들었다.

18

마쓰미야가 특별 수사본부가 설치된 경찰서로 들어서려는 참에 오쓰키라는 같은 반 선배 형사가 안에서 나왔다. 키는 작지만 얼굴이 크고 어깨도 넓은 오쓰키는 콜리플라워처럼 일그러진 귀가 말해 주듯이 유도 3단의 유단자다. 그가 마쓰미야를 보자 "왔어?" 하고 말을 건넸다.

"그쪽은 결과가 어때?"

그는 마쓰미야가 뭘 수사하러 나갔는지도 모르면서 물었다. 그의 습관이다.

"별로예요."

"그래? 거참, 아쉽군."

뭐가 별로인지도 모르면서 그가 가벼운 말투로 대꾸했다. 애당초 인사를 대신하는 대화였다.

"선배는 어디 가요?"

"응, 간다에. 또 연락이 왔지 뭐야. 이번에는 하마오카 원전이야."

그렇군요, 하고 마쓰미야는 고개를 끄덕였다.

"이번에는 맞았으면 좋겠네요."

"그러게 말이야. 하지만 별 기대는 없어."

오쓰키는 "자, 그럼." 하고 한 손을 들어 보인 후 사라졌다.

와타베 슌이치는 원자력 발전소의 작업원으로, 여기저기 돌아다니며 일했을 것이다, 라는 가설을 토대로 다방면에 걸쳐 수사가 이루어지고 있었다. 그중 하나가 관련 회사들을 상대로 한 탐문 수사였다. 와타베 슌이치 또는 고시카와 무쓰오라는 인물을 고용한 적이 있는지, 더 나아가 예의 몽타주와 닮은 사람을 본 적이 있는지 묻는 것이다.

물론 간단한 일은 아니었다. 워낙에 시간이 걸리는 일이기도 하지만 관련 회사의 숫자 또한 어마어마했다. 게다가 실제로 작업원을 고용하는 주체는 대개 하청 또는 재하청을 받는 소규모 사무실로 그 책임자를 파악하기조차 어려웠고, 지진의 영향으로 현재 대부분의 원자력 발전소가 가동되지 않아 그 일에서 손을 뗀 회사도 많았다. 그래서 관할 지역에 원자력 발전소가 있는 전국 경찰서에 조사를 부탁했지만 특별 수사본부에서도 전담 수사원을 파견했다. 그들은 연일 작업원

고용주와 알선 업자, 예전에 일했던 작업원 등을 찾아다니며 정보를 수집해서 수사본부로 보내고 있었다.

오쓰키가 하마오카 원전에서 받은 연락은 몽타주를 닮은 인물이 일했었다는 증언을 들었다는 내용일 터였다. 그래서 간다에 있는 방사선 종사자 중앙 등록 센터에 가서 그런 인물이 실제로 존재했는지 확인하려는 것이다. 방사선 관리 구역 내에서 작업원으로 일하려면 방사선 종사자 중앙 등록 센터에 이름이 등록되어 있어야 했고 와타베 슌이치나 고시카와 무쓰오라는 이름이 그곳에 없다는 사실은 이미 확인된 후였다. 그럴 경우 그들이 작업원으로 일할 수 있는 곳은 방사선 관리 구역 이외의 장소뿐인데 그럴 가능성은 아주 낮다는 것이 원전 작업원에 대해 잘 아는 사람들의 의견이었다. 그 이유는 방사선 관리 구역이냐 아니냐에 따라 돈벌이가 확연히 다르기 때문이라는 것이다. 돈을 많이 벌려면 방사선을 듬뿍 쐴 수밖에 없다는 것이 그 세계의 상식인 듯했다.

하마오카 원전에서 들어온 정보가 과연 이 사건에 답을 줄 것인가. 그 이름이 중앙 등록 센터에 있다면 아마도 방사선 노출량과 함께 당시의 주소와 본적지, 근무 경력까지 확인할 수 있을 것이다. 그리고 그 자료를 바탕으로 현재의 행방을 추적하게 될 것이다.

오쓰키의 수사가 좋은 결과를 얻었으면 좋겠다고 생각하며 미쓰미야는 경찰서 안으로 들어갔다.

회의실에서는 고바야시가 이시가키 계장과 얘기를 나누고 있었다. 둘 다 표정이 밝지 않았다. 얘기가 끝나고 이시가키가 회의실을 나가자 그때까지 기다렸던 미쓰미야는 고바야시에게 다가가 아사이 히로미와 얘기 나눈 내용을 보고했다.

"그래? 역시 부정했다 이 말이지."

고바야시는 실망한 표정이었다.

"나에무라 선생을 잘 기억하고 있다고는 하더군요. 신세를 많이 졌다면서요."

"그런데 남녀 관계는 없었다고 했단 말이지?"

"웃더군요. 그런 말을 들을 줄은 꿈에도 몰랐답니다."

"루비 목걸이에 대해서는 물어봤어?"

"네. 그런데 그런 액세서리가 있었던 것은 사실이지만 본인이 산 물건이라고 주장하더군요."

"본인이 샀다고……."

"결혼 전에 사귀었던 상대에 대해서도 물어봤습니다. 폐가 되지 않는다면 이름을 가르쳐 달라고 해 봤지요."

"그랬더니?"

미쓰미야는 한숨을 내쉬고 양팔을 옆으로 살짝 펼쳤다.

"그건 안 된대요."

고바야시의 입술이 일그러졌다.

316

"그래?"

"네. 오히려 왜 그런 걸 묻느냐고 제게 반문했어요. 오시타니 씨 살해 사건과는 관계없는 일 아니냐, 관계가 있다면 어떤 관계가 있는지 설명해 달라, 그러더군요. 수사상의 비밀이라 말할 수 없다고는 했습니다만."

"동요하는 기색은 없었어?"

"글쎄요."

마쓰미야가 고개를 갸웃했다.

"굉장히 당당하던데요. 표정에도 여유가 있고, 질문하는 말투도 담담했어요. 하지만……."

"하지만 뭐야?"

"배우잖습니까."

"흠, 그렇지."

고바야시가 답답하다는 듯이 머리를 긁었다.

"그런데 오쓰키 선배에게 들으니 또 새로운 정보가 들어왔다면서요?"

고바야시가 옆에 있던 서류를 집어 들었다.

"이름은 요코야마 가즈토시, 20년 전쯤 하마오카 원전에서 작업원으로 일했다는군. 당시에 하청 업체에서 작업반장을 하던 사람이 몽타주를 보더니 그 사람과 많이 닮았다고 한 모양이야. 그때 쉰 살 정도였다니까 나이도 일치해."

317

"어떤 사람이었답니끼?"

"아쉽게도 일 외에는 왕래가 없어서 어떤 사람이었는지는 모르겠다고 했대. 그나마 다행인 건 당시에 사용했던 명부를 여태 가지고 있었던 덕분에 이름을 찾아냈다는 거야."

"방관 수첩은 진짜일까요?"

'방관 수첩'이란 방사선 관리 수첩을 줄인 말로, 중앙 등록 센터에 이름이 등록된 사람에게 발행되는 수첩이었다. 원전 작업원으로 일하려면 근무처에 이 수첩을 제출해야 했다.

"하도 오래된 일이라 작업반장도 그 당시 상황을 자세히는 기억하지 못하나 봐. 하지만 위조품이라면 자기가 금세 알아차렸을 테니 고용했을 리 없다는 거야. 뭐, 그 정도 말은 믿어도 되지 않겠어?"

하지만 그렇다 해도 그 인물이 진짜 요코야마 가즈토시라는 보장이 없었다. 마쓰미야도 이번에 알았지만, 예전에는 방사선 관리 수첩 발급 절차가 너무나 엉성해서 주민표만 있으면 간단히 다른 사람으로 둔갑할 수도 있었다고 한다. 실제로 18세 미만의 소년이 위조된 주민표로 수첩을 발급받은 일도 있다. 방사선 관리 구역에 들어갈 때 운전면허증이나 여권처럼 사진이 붙어 있는 공적 신분증을 제시하도록 의무화한 것은 최근의 일이다.

나에무라 세이조라는 이름도 중앙 등록 센터에는 없었다.

그러나 만일 그가 다른 사람의 방사선 관리 수첩을 입수했다면 원전 작업원으로 일하는 데 아무 문제 없었을 것이다.

고시카와 무쓰오와 와타베 슌이치는 가명이고, 신코이와에서 살해된 인물의 진짜 이름은 나에무라 세이조가 아닐까 하는 것이 마쓰미야의 추리였다.

만일 그렇다면 더욱이 아사이 히로미를 의심하지 않을 수 없었다. 오시타니 미치코를 포함해 그녀와 관련 있는 인물이 두 명이나 살해되지 않았는가.

다만 그 동기는 여전히 오리무중이었다. 아사이 히로미는 오시타니 미치코를 30년 만에 만났고 그사이에는 전혀 접촉이 없었다. 그녀를 살해할 이유가 하루아침에 생겨났다고는 보기 어려웠다.

그런저런 생각을 하면서 마쓰미야가 컴퓨터 앞에 앉아 보고서를 작성하고 있을 때 외출했던 수사관 몇 명이 돌아왔다. 그런데 별 성과가 없었던지 고바야시에게 보고하는 수사관의 표정이 영 신통치 않았다.

아니나 다를까, 보고를 듣고 있는 고바야시 역시 떨떠름한 표정을 지었다. 잠시 후 그는 아랫입술을 쑥 내밀며 팔짱을 끼더니 마쓰미야를 불렀다.

"뭔가 알아냈습니까?"

"아니, 도무지 모르겠어."

"뭘요?"

마쓰미야는 방금 돌아온 수사관들의 표정을 살폈다.

그때 고바야시가 사진 두 장을 내밀었다.

"미안하지만 또 출장이야. 자네가 가 봐야 할 곳이 있어."

가게에 들어서자마자 가가의 모습이 눈에 들어왔다. 그는
태블릿 PC 화면 위에서 손가락을 이리저리 움직이고 있었다.

일찍 오셨네요, 하고 마쓰미야가 말을 걸며 가가의 맞은편
자리에 가방을 내려놓았을 때에야 그는 고개를 들었다.

"시간, 괜찮겠어?"

"표는 이미 사 놓았어요. 30분 정도 시간이 있어요."

마쓰미야가 카운터로 가서 커피를 사 들고 자리로 돌아왔을
때도 가가는 여전히 태블릿 PC를 들여다보고 있었다. 그 화
면에는 사람이 많이 모인 어느 신사 사진이 나타나 있었다.

"어디예요?"

마쓰미야가 묻자 가가는 태블릿 PC를 세우고 화면을 마쓰
미야 쪽으로 돌려놓았다.

"이초가오카 하치만 신사야."

"이초……."

"한자로는 이렇게 쓰지."

가가가 화면 위에서 손가락을 움직이자 화면이 '이초가오카

하치만 신사, 입춘맞이 귀신 쫓기 행사'라는 제목의 포스터 사진으로 바뀌었다.

"아사쿠사 다리 근처에 있는 신사야. 매년 입춘 전날인 2월 3일에 콩을 뿌려 잡귀를 물리치는 행사가 열리지. 그때 사진을 입수했어."

"아! 2월이 아사쿠사 다리였죠? 다리 씻기 행사 사진처럼 혹시 아사이 히로미가 찍혀 있지 않은지 확인하려는 거군요."

"그렇긴 한데, 이번에는 쉽지 않을 것 같아. 사진이 몇 장 없어서 말이지."

가가가 태블릿 PC를 끄고 고개를 들었다.

이번에는 마쓰미야가 고바야시에게 받은 사진 두 장을 테이블 위에 꺼내 놓았다. 예의 졸업 앨범에 있던 사진에서 나에무라의 얼굴만 확대한 것이었다. 한 장은 오시타니 미치코가 졸업할 때 찍은 것이고 다른 한 장은 나에무라가 퇴직하기 직전에 찍은 사진이었다.

"젊었을 때군."

가가가 사진 두 장을 번갈아 보며 중얼거렸다.

"이 얼굴이 30년 후에는 그 몽타주처럼 변했을까?"

"그걸 확인하러 가는 겁니다."

마쓰미야가 이제부터 가려는 곳은 센다이였다. 미야모토 야스요에게 사진을 보여 주고 와타베 슌이치와 동일 인물인지 아닌지 확인하는 것이 목적이었다. 앞서 특별 수사본부에서 만난 수사관들도 몽타주 작성에 협조한 사람들에게 이 사진을 확인시키러 갔었지만, 다들 고개를 갸웃거렸다고 한다. 나이대가 너무 달라서 상상을 못하겠다고 했다는 것이다.

마쓰미야가 가가에게 연락해 미야모토 야스요에게 전할 말이 있는지 묻자 가가는 특별히 전할 말은 없지만 귀뜀해 줄 것이 있다고 했다. 그래서 센다이로 출발하기 전에 짬을 내서 도쿄역 근처 카페에서 만나게 된 것이다.

"아사이 히로미의 중2 때 담임이라고 했지?"

가가가 사진을 테이블에 내려놓으며 물었다.

"그것도 아사이 히로미와 남녀 관계였을 가능성이 있고?"

마쓰미야는 어젯밤 시가현에서 돌아오자마자 가가에게 전화해 사정을 대충 설명했다.

"아사이 히로미 본인은 아니라고 부인하더군요."

마쓰미야는 사진을 도로 집어넣었다.

"하지만 제 생각에는 틀림없어요. 루비 목걸이도 나에무라가 선물한 것이 분명하고요. 그리고 나에무라와 와타베 슌이치, 고시카와 무쓰오, 이 세 사람은 동일 인물이에요."

그러자 가가가 테이블에 팔꿈치를 괴더니 손깍지를 끼고 그 위에 이마를 얹었다.

"중학교 선생이 제자와 사랑에 빠져서 아내를 버리고 학교까지 그만두고 도피 행각을 벌였다……. 전혀 있을 수 없는 일은 아니지만 남자가 너무 경박하지 않아? 왜 그런 사람에게 끌렸을까?"

"아사이 히로미야 어려서 생각이 짧았던 거죠. 그러고 보니 가가 선배도 교사 경험이 있잖아요. 그 심정이 전혀 이해가 안 가나요?"

"난 고작 2년밖에 안 했고, 나한테는 제자라고 할 만한 사람도 없어. 그건 그렇고, 왜 하필 원전 작업원이 되었을까?"

"돈 때문이겠죠. 게다가 신분을 감추고 일하기가 어렵지 않으니 나에무라에게는 안성맞춤 아니었을까요?"

"그럴지도 모르지."

하지만 가가는 여전히 석연치 않다는 표정이었다.

마쓰미야가 시계를 흘낏 보며 물었다.

"그나저나, 용건이 있다고 하지 않았어요?"

아, 맞다, 하면서 가가는 옆에 놓아두었던 가방에서 잡지 한 권을 꺼냈다. 검도 잡지였다. 가가가 그 잡지를 테이블에 올려놓고 포스트잇이 붙어 있는 페이지를 펼치자 마쓰미야는 "이야!" 하고 감탄사를 내뱉었다.

거기에는 검도복을 입은 젊은 가가의 사진이 실려 있었다.

"이 기사와 관련해서 중대한 사실이 밝혀졌어."

가가가 들려준 얘기는 실로 놀라운 내용이었다. 당시 그 기사를 본 아사이 히로미가 어느 기자를 통해 가가의 주소를 알아냈다는 것이었다.

"아니, 검도 교실에서 만난 것이 아사이 히로미를 알게 된 계기라고 하지 않았어요?"

"그게 우연이 아니었던 거지. 그녀는 내게 접근하려고 일부러 검도 교실에 아이들을 데리고 온 거였어."

"무슨 이유로 선배한테 접근을 했을까요?"

"그걸 모르겠어. 하지만 아사이 히로미와 와타베 슌이치 사이에 연관성이 있다면 나로서는 오랜 수수께끼가 하나 풀리는 셈이야."

"선배 어머니가 돌아가셨을 때 어떻게 와타베 슌이치가 미야모토 야스요 씨에게 선배의 주소를 가르쳐 줄 수 있었느냐는 거죠?"

가가가 고개를 끄덕이면서 손목시계를 보았다.

"슬슬 가야 하지 않겠어?"

마쓰미야도 시간을 확인했다.

"그러네요."

두 사람은 카페를 나와 함께 걸었다.

"시가현에 갔었던 일 말인데,"

가가가 말했다.

"듣다 보니 마음에 걸리는 게 하나 있어. 동창생들은 아사이 히로미에 대한 기억이 별로 없다고 했지?"

"집단 괴롭힘 비슷한 것이 있었던 기억은 난다고 했어요. 하지만 그녀가 전학 간 일에 대해서는 거의 기억에 없다고 하더군요. 갑자기 사라져 버린 느낌이라고요."

"갑자기 사라졌다……."

"뭡니까, 뭐가 그렇게 찜찜한데요?"

"뭔지는 나도 잘 모르겠어. 뭐가 보일 듯한데 보이지 않는단 말이야. 보고 있는데도 알아채지 못하는 느낌이야."

순간 마쓰미야가 걸음을 멈췄다. 가가도 걸음을 멈추고 그를 뒤돌아보았다.

"왜 그래?"

"그거예요. 바로 그 느낌이라고요. 완전 똑같아요. 저도 그런 느낌이 든단 말이죠."

"그래?"

"형사로서의 제 감이 슬슬 가가 선배 수준에 근접하고 있다는 뜻 아니겠어요?"

가가가 피식 웃었다.

"헛소리 그만하고 서두르는 게 어때? 그러다 열차 놓치겠어."

아닌 게 아니라 서둘러야 할 시간이었다. 그럼 저는 여기서, 하고 가가에게 손을 들어 보인 다음 마쓰미야는 빠르게 걸음

올 옮겼다.

거의 뛰어들듯이 '하야테'에 올라탄 지 약 한 시간 40분 후 그는 센다이역에 도착했다. 그곳에서 JR 센다이선으로 갈아타고 도호쿠 복지대 앞역으로 향했다. 두 번째라 익숙했다.

이번에도 역에서부터는 걷기로 했다. 언덕길이 힘겨운 건 지난번과 마찬가지였다. 게다가 혼자 걸어가려니 더 멀게 느껴졌다.

구니미가오카는 오늘도 조용했다. 집집마다 창문에 불이 켜져 있었다. 한참을 걸어 마침내 목적지인 미야모토 야스요의 집에 도착했다. 방문한다는 사실은 전화로 미리 알려 두었다.

가가와 함께 오지 않았는데도 미야모토 야스요는 마쓰미야를 반겨 주었다. 마쓰미야는 지난번처럼 거실로 안내되었다. 미야모토 야스요가 이번에는 녹차가 아닌 맥주를 내왔다. 깜짝 놀란 마쓰미야는 손을 내저으며 사양했다.

"뭐, 어때요. 다 저녁때인데."

"그래도 곤란합니다. 마음만으로도 감사합니다."

"그래요? 가지장아찌가 아주 맛있게 익었는데."

아쉽다는 표정을 지으며 미야모토 야스요는 맥주와 잔을 도로 쟁반에 담아 부엌으로 내갔다.

잠시 후 그녀는 녹차를 들고 다시 나타났다. 마쓰미야는 지난번 일에 대해 감사 인사를 했다.

"도움이 됐다면 다행이에요. 그 후의 일이 궁금했어요."

"덕분에 수사가 착착 진행되고 있습니다."

거짓말도 전략이다.

"그래서 말씀인데, 실은 오늘도 미야모토 씨가 한번 봐 주셨으면 하는 것이 있습니다. 이번에는 사진입니다."

미야모토 야스요가 "네⋯⋯." 하며 등을 쭉 폈다.

마쓰미야는 예의 사진 두 장을 그녀 앞에 놓았다.

"세월의 간격이 있어서 인상이 좀 다르지만 동일 인물입니다. 이 사람을 본 기억이 있으십니까?"

미야모토 야스요가 양손에 사진을 한 장씩 들고 번갈아 들여다봤다.

즉시 반응이 있을 거라고 마쓰미야는 기대했다. 그녀가 아니, 하고 놀라는 표정을 지을 거라고 짐작한 것이다.

그런데 미야모토 야스요의 입에서 나온 말은 마쓰미야의 예상을 완전히 벗어났다. 그녀는 "제가 아는 사람 중에는 없는데요."라고 했다.

"다시 한번 잘 보시겠습니까. 만약 미야모토 씨가 이 사람을 만났다면 그 시기가 이 사진을 찍었을 때로부터 10년 정도 뒤였을 겁니다. 그 세월을 감안해서 보시면 좋겠습니다."

마쓰미야의 말에 그녀는 사진을 다시 한번 보았다. 그러나

낯설어히는 표정에는 변화가 없었다.

하는 수 없다, 라고 마쓰미야는 생각했다. 대답을 유도하는 건 마쓰미야가 좋아하는 방법이 아니었지만 지금은 좋고 싫고를 따질 때가 아니었다.

"이 사진, 혹시 와타베 슌이치 씨 아닌가요? 지난번에는 몽타주를 보여 드렸지만……."

미야모토 야스요가 고개를 들었다. 그녀는 놀란 사람처럼 눈을 화들짝 뜨고 있었다. 그 모습을 본 마쓰미야는 '드디어 알아차렸나 보군.' 하고 생각했다.

"말도 안 돼요."

그녀는 고개를 저으며 딱 잘라 말했다.

"아니에요. 이 사람은 와타베 씨가 아닙니다. 전혀 다른 사람이에요."

19

밤늦게 수사본부로 돌아와 보니 이시가키와 고바야시, 오쓰키가 회의실 책상에 둘러앉아 있었다.

"수고 많았어."

이시가키가 인사를 건넸다.

"이럴 줄 알았으면 미야기 현경에 부탁하는 건데 그랬어. 사진을 보여 주기만 하면 되는 일이었는데 말이야."

미야모토 야스요가 뭐라고 증언했는지는 미리 전화로 보고해서 다들 알고 있었다. 그렇군, 하고 낮은 소리로 대답하는 고바야시의 음성에는 낙담하는 기색이 역력했다.

"아닙니다. 제가 직접 확인하고 싶었습니다. 하지만 아쉬운 건 사실입니다. 틀림없을 줄 알았거든요."

"아니라고 단언했단 말이지. 그럼 가능성 제로라고 판단해도 되겠어?"

"미야모토 씨의 태도로 봐서는 그래도 될 것 같습니다. 망설이는 기색이라고는 조금도 없었거든요. 와타베 슌이치와 얼굴을 마주한 적이 있는 사람이니 틀림없을 겁니다."

"그래, 알았어. 이봐, 고바야시. 나에무라가 와타베 슌이치와 동일 인물일 가능성은 없는 것으로 보고 수사 방침을 재검토해."

네, 하고 고바야시가 대답했다. 이시가키는 의자 등받이에 걸쳐 두었던 겉옷을 집어 들고 무거운 걸음걸이로 회의실을 나갔다.

마쓰미야가 고바야시를 보며 물었다.

"이쪽은 진전이 좀 있었나요?"

그러자 고바야시는 오쓰키를 향해 턱을 치켜들었다.

"저 친구가 제비를 제대로 뽑았을지도 모르겠어."

네? 하며 마쓰미야는 오쓰키에게 시선을 돌렸다.

"낮에 선배가 말씀하셨던 건이군요. 그 사람 이름이 뭐라고 하셨죠?"

"요코야마 가즈토시. 그 이름이 중앙 등록 센터에 있었어."

오쓰키가 앞에 놓인 서류를 보며 말했다.

"당시 주소가 나고야시 아쓰타구. 본적도 같아. 다만 현재는 주민 등록이 말소됐고 어딘가에 전입신고를 한 기록도 없어. 즉 행방불명이야."

"가족은요?"

"결혼과 이혼 경력이 각각 두 번씩, 부모는 오래전에 사망했고, 누나가 한 명 있는데 도요하시로 시집갔어."

"전처 둘과 누나는 주소를 찾을 수 있지 않을까요?"

"그러잖아도 아이치 현경에 협조를 요청했어. 이쪽도 수사관을 파견했고. 조만간 정보가 들어올 거야."

아이치현에 파견한 수사관에 사카가미도 포함되어 있다고 했다.

마쓰미야는 수첩을 꺼냈다.

"요코야마 가즈토시라고 하셨죠. 한자로는요?"

"그게 아주 재미있어. 나도 오쓰키가 말해 주기 전에는 미처 몰랐지 뭐야."

고바야시는 '横山一俊'로 적는다고 가르쳐 주었다. 그게 뭐가 재미있다는 건가 싶어서 글자를 바라보던 마쓰미야의 입에서 "아니!" 하는 소리가 흘러나왔다.

"마지막 두 글자 때문이군요. 순서를 바꾸면 '俊一'. 와타베 슌이치의 '슌이치' 아닙니까."

"바로 그거야."

"우연이라고 하기에는 너무 절묘하지."

오쓰키가 옆에서 코를 벌름거리면서 말했다.

"그렇긴 하네요. 이 사람, 오나가와 원전에서 일했던 적도 있습니까?"

"바로 그게 핵심이야. 오쓰키에 따르면 오나가와에서 일한 적이 있는 정도가 아니라 경력의 절반 이상을 오나가와에서 보냈다는 거야."

그리고 오쓰키는 다시 서류로 눈길을 주었다.

"고용주는 '백전홍업'. 단, 이 회사는 본사가 도쿄에 있으니 본사에서 직접 요코야마 가즈토시를 고용하지는 않았을 거야. 원고용주는 그 지역 하청 업체 또는 재하청 업체겠지."

"그럼 오나가와에 있는 업체 중 그런 업체를 조사하면 되지 않을까요?"

마쓰미야의 말이 채 끝나기도 전에 고바야시가 고개를 저었다.

"그게 어렵단 말이지."

"왜요?"

고바야시가 오쓰키를 향해 자네가 말하라는 듯이 턱짓을 했다.

"이번에 관할 지역 내에 원전이 있는 경찰 본부들을 대상으로 여러 가지 협조를 요청했어."

오쓰키가 설명을 시작했다.

"그런데 후쿠시마와 미야기현은 무리였어. 현지의 하청 업체들이 죄다 지진으로 피해를 입었거든. 건물이 송두리째 사라진 곳도 있어. 그런 업체에 소속돼 있던 사람들의 행방을 파악하는 건 불가능에 가까워."

마쓰미야가 손에 쥔 볼펜을 내려놓았다.

"그렇군요……."

"하지만 비관할 필요는 없어."

고바야시가 말했다.

"요컨대 요코야마 가즈토시를 아는 사람을 찾아내기만 하면 되잖아. 하마오카 원전에서 함께 일했던 작업원 중에서 신원이 파악된 사람도 몇 명 있어. 그러니까 요코야마 가즈토시가 어떤 인물인지는 조만간 판명될 거야. 문제는 그가 과연 우리가 좇는 인물이냐 하는 점이지."

"그렇겠네요."

고개는 끄덕였지만 마쓰미야의 마음속에 끼어 있는 뿌연 안개는 걷히지 않았다. 설사 그가 우리가 찾는 인물이라 해도, 다시 말해 요코야마 가즈토시가 와타베 슌이치라 해도 그가 아사이 히로미와 무슨 연관성이 있느냐 하는 새로운 벽에 부딪히게 된다.

"수고했어. 오늘은 그만 가 봐."

"아닙니다. 저는 여기서……."

마쓰미야의 말에 고바야시는 파리라도 쫓듯이 손을 휘휘 저었다.

"수사관들이 쓸데없이 본부에서 밤을 지새우는 걸 관리관이 좋아하지 않아. 계장도 마찬가지고. 괜히 어머니나 걱정시키지 말고 얼른 들어가."

그렇게까지 말하는데 거스를 수는 없었다. 그럼 먼저 들어가겠습니다, 하고 마쓰미야는 고개를 숙였다. 그는 고엔지에 있는 아파트에서 어머니 가쓰코와 함께 살고 있었다. 그 전에는 미타카의 낡은 집에 세 들어 살았는데, 마쓰미야가 수사 1과로 발령이 나면서 이곳으로 이사했다.

"계속 어머니와 둘이 살면 앞으로도 생기기 힘들어."

선배 사카가미는 웃으면서 그렇게 놀리곤 한다. 애인을 두고 하는 말이었다. 요는 머더 콤플렉스가 있는 남자로 의심받는다는 것인데, 아주 틀린 말은 아니었다. 그래서 남들에게는 되도록 그 사실을 말하지 않으려 한다.

마쓰미야는 아버지에 대한 기억이 전혀 없었다. 그가 어렸을 때 사고로 돌아가셨기 때문이다. 게다가 유부남으로서 이혼이 성립되지 않은 상태에서 어머니 가쓰코와 살았던 그는 호적상으로는 아버지가 아니었다.

"결혼 운이 없었던 거지."

가쓰코는 지금도 종종 그렇게 말한다. 그녀는 마쓰미야의 아버지를 만나기 전에 한 번 결혼한 적이 있었다. 마쓰미야라는 성은 그 상대의 것이다. 그러나 그는 젊어서 병들어 죽고 그 후에 마쓰미야의 아버지를 만났다고 한다.

마쓰미야는 어머니가 고생하는 모습을 보며 자랐다. 그래서 다소 부자유스럽기는 해도 어머니와 둘이 사는 데 별 불만은 없었다.

그는 자정이 다 되어서야 집에 도착했다. 어머니를 깨우지 않으려고 소리 나지 않게 조심조심 현관문을 열다가 깜짝 놀라고 말았다. 안에서 가쓰코의 밝은 목소리가 들려왔기 때문이다. 현관에는 커다란 남자 구두가 놓여 있었다.

안으로 들어가자 식탁에 마주 앉은 남녀의 모습이 보였다. 식탁에는 맥주병 여러 개와 장아찌가 담긴 접시가 놓여 있었다.

"아, 슈헤이 왔니?"

가쓰코가 알은체를 했다.

"센다이에서 오는 길인가? 수고가 많아."

그렇게 말한 사람은 와이셔츠 차림의 가가였다. 그는 넥타이를 풀어 헤치고 소매를 걷어 올린 채 맥주를 마시고 있었다.

"뭐 하는 겁니까, 둘이서?"

"교이치로가 불쑥 찾아왔지 뭐냐. 닌교초에서 산 두부랑 계란말이를 들고 말이야. 둘 다 어찌나 맛있던지."

그렇게 말하는 가쓰코의 눈가가 발그레했다.

"오랜만에 고모 얼굴이 보고 싶었어. 요즘 너는 집에 잘 들어오지도 않잖아. 적적하시지 않을까 걱정이 돼서 말이지. 괜찮지?"

"저야 뭐, 별 상관은 없지만……."

"그럼 그렇게 멀뚱히 서 있지만 말고 한잔하자. 오늘 일은 다 끝났잖아."

가쓰코가 식기장에서 맥주잔을 꺼내 왔다. 그 잔에 가가가 맥주를 따랐다.

마쓰미야도 웃옷을 벗고 의자에 앉았다. 맥주를 마시자 온몸의 피로가 한꺼번에 몰려드는 것 같았다. 오늘도 참 열심히 뛴 하루였다.

"그래서, 결과는?"

가가가 물었다. 마쓰미야는 고개를 젓고 나서 미야모토 야스요가 사진을 보고 했던 말을 전했다.

"그렇군. 역시……."

가가는 담담하게 반응했다.

"아닐 줄 알고 있었어요?"

"확신한 건 아니지만 어쩐지 그럴 것 같았어. 어머니가 그런 사람과 가까이 지냈다고는 상상하기 힘들었거든."

가가의 말을 듣고 마쓰미야는 퍼뜩 깨달아지는 게 있었다. 가가가 나에무라를 경박한 남자라고 평하고, 왜 그런 남자에게 끌렸을까 하고 중얼거렸던 건 히로미를 두고 한 말이 아니라 자기 어머니에게 가진 의문이었던 것이다.

"그럼 나에무라는 사건과 아무 관련이 없을까요?"

"아니, 관련이 없다고 단정하기는 이르지 않을까?"

그 말에 마쓰미야는 장아찌를 집으려던 젓가락을 내려놓았다.

"사건과 관련이 있다는 거예요?"

"직접적인 관련이 있는지 어떤지는 모르겠어. 하지만 아사이 히로미와 관련된 사람이 둘이나 사라졌다는 사실은 무시할 수 없지."

"둘이라……. 한쪽은 중학교 때 동창, 한쪽은 담임선생. 하지만 오시타니 미치코는 사라진 게 아니라 살해당한 거잖아요."

"그렇지. 그러니까 나에무라 선생이 행방불명되었다는 것도 의심해 볼 필요가 있어."

마쓰미야가 마른침을 삼켰다.

"살해됐을 거란 말이에요?"

"그럴 가능성이 있어."

"언제요?"

"그야 모르지."

가가는 고개를 저으며 잔을 입으로 가져갔다.

"만일 그게 사실이라면 범인은요? 역시⋯⋯."

아사이 히로미, 라고 말하려던 마쓰미야는 말을 삼켰다.

"거기까지 추정하기는 이르지 않아?"

가가가 어깨를 으쓱했다.

"무서운 얘기들을 하네."

잠자코 둘의 대화를 듣고 있던 가쓰코가 어색하게 미소를 지으며 말했다.

"죄송해요. 피비린내 나는 얘기만 했군요."

그러고서 가가는 손목시계를 봤다.

"시간이 벌써 이렇게 됐네. 너무 오래 있었나 봅니다."

"괜찮아. 슈헤이도 왔는데, 뭐."

"이 녀석도 좀 쉬어야죠."

가가가 겉옷을 손에 들고 일어섰다.

"고맙습니다. 오랜만에 고모랑 얘기를 나눠서 즐거웠습니다."

"나도 마찬가지야. 또 놀러 와."

마쓰미야가 어머니와 사촌 형을 번갈아 바라보았다.

"둘이서 무슨 얘기를 했다는 거예요?"

"시시한 옛날 얘기지, 뭐."

"유리코 씨 얘기를 했다. 교이치로 엄마 말이야."

가쓰코가 말했다.

"나랑 왕래는 많지 않았지만 친절하고 책임감이 강한 사람이었던 것만은 기억이 나는구나. 집을 나간 것도 유리코 씨 나름으로 고민한 끝에 내린 결정일 거야. 그러니 교이치로, 이젠 용서해 드리렴."

가가가 쓸쓸하게 웃으며 고개를 끄덕였다.

"저도 압니다. 그런 얘기를 여러 번 들었거든요."

"아까 내가 한 얘기도 생각을 좀 해 보고."

"네, 뭐……."

가가의 대답이 어쩐지 미적지근했다.

"아까 한 얘기라는 게 뭐예요?"

"유리코 씨 제사 말이야. 제대로 차린 적이 없잖니."

마쓰미야는 아아, 하고 고개를 끄덕이며 가가를 보았다. 사촌 형이 제사 따위에 무관심하다는 건 익히 아는 사실이었다.

"사건이 일단락되면 생각해 보겠습니다."

"정말이지? 약속한 거야. 무슨 일이 있었건 유리코 씨가 너희 어머니라는 사실은 변하지 않는 거야. 구청에 가면 기록도

다 남아 있고. 그게 얼마나 멋진 일인지 넌 모를 거다. 우리 슈헤이는 아버지가 없잖니. 이 아이의 아버지에 관한 기록은 그 어디에도 없단다. 그것만으로도 너는 행복한 거야."

가쓰코가 울먹여서 마쓰미야는 당황스러웠다.

"이제 그만해. 취한 거야 뭐야?"

"취하기는. 교이치로가 좀 알았으면 해서……."

결국 그녀는 눈물을 글썽였다.

"참, 나."

마쓰미야가 얼굴을 찡그리며 가가에게 미안하다고 사과했다.

"고모 심정은 충분히 이해합니다."

가가가 나지막이 말했다.

"정말 생각해 볼게요. 오늘은 고마웠습니다."

가쓰코는 말없이 고개를 끄덕거렸다.

마쓰미야는 가가를 배웅하러 현관으로 나갔다. 그런데 구두를 신은 가가가 현관문을 향해 선 채 꿈쩍도 하지 않았다. 왜 그러냐고 물어보려는데 그가 몸을 휙 돌렸다.

"어쩌면 우리가 아주 중요한 걸 놓쳤는지도 모르겠어."

"네?"

"나중에 연락할게."

그 말만 남기고 가가는 현관문을 나섰다.

20

눈을 떠 보니 온몸이 식은땀으로 흥건했다. 끔찍한 꿈을 꾼 기억이 머릿속에 어렴풋이 남아 있었다. 내일 있을 마지막 공연을 앞두고 자신도 모르게 긴장한 탓이라고 믿고 싶었다.

그러나 샤워를 마친 후 세면대 거울 앞에 섰을 때는 '아니, 그런 게 아니야.' 하고 생각을 고쳤다. 히로미의 의식 속에 자리 잡은 것은 마지막 공연이 아니었다. 확실하게 다가오고 있는 '그때'가 머리에서 떠나지 않아 두려운 마음 때문에 나쁜 꿈을 꾼 것이 틀림없었다.

히로미는 거울에 비친 자신을 향해 미소를 지었다. 그것은 자신을 향한 비웃음이었다. 결국 이렇게 약한 인간이었나, 지금까지는 허세를 부리며 살아온 것에 불과한가 싶어 실망스러웠다.

손바닥으로 뺨을 두 차례 두드린 후 다시 자신을 노려봤다. 실망할 게 뭐 있어. 꿈은 충분히 이뤘다. 두려워할 일도 없다. 후회하지도 않는다. 오늘과 내일, 삶의 불꽃을 태워 버린다고 생각하면 그만이다.

스마트폰에서 착신음이 울린 것은 화장이 거의 끝나 갈 무렵이었다. 화면에 표시된 이름을 본 히로미는 입가가 죄어드는 느낌이었다.

"네, 가가 씨, 안녕하세요?"

"아침 일찍 죄송합니다. 통화, 괜찮으십니까?"

"그럼요."

"히로미 씨께 몇 가지 묻고 싶은 것이 있는데, 지금 댁으로 찾아뵈어도 될까 하고요. 실은 이미 근처에 와 있습니다."

히로미는 천천히 심호흡을 했다. 그가 극장도 사무실도 아닌 집으로 찾아온 이유가 뭘까.

"시간이 많지 않은데요."

"10분이면 충분합니다. 부탁드리겠습니다."

거절해도 소용없을 것이다. 가가는 또 다른 방법으로 목적을 달성하려 할 게 뻔했다.

"알겠어요. 기다릴게요."

전화를 끊고 한숨을 내쉬며 실내를 둘러봤다. 깔끔하다고는 할 수 없지만 누가 봐서 곤란할 것도 딱히 없었다. 그녀는 테이블 주위만 약간 정리하고 가가가 오기를 기다렸다.

잠시 후 인터폰이 울렸다. 수화기에서 가가의 목소리를 듣고 오토 도어 록을 해제했다.

곧이어 현관 벨 소리가 울리자 히로미는 호흡을 가다듬고 현관으로 나갔다.

잠금장치를 푼 후 문을 열었다. 가가가 서 있었다. 그런데 그는 혼자가 아니었다. 뒤에 또 한 사람, 투피스 차림에 얼굴이 동그랗고 예쁜 여자가 있었다.

"아, 이분은 신경 쓰지 않으셔도 됩니다."

가가가 말했다.

"여자 혼자 사는 집에 남자가 찾아오면 좋지 않을 것 같아서 동행해 달라고 부탁했습니다."

가나모리라고 합니다, 라며 여자가 고개를 숙였다. 그녀는 명함을 꺼내지 않았다.

히로미는 두 사람을 거실로 안내했다. 집에 누구를 부르는 일이 거의 없지만 다행히도 2인용 소파와 1인용 낮은 의자가 있었다. 히로미는 손님들에게 소파를 권했다.

"마실 것 좀 드릴까요? 커피라면 금방 준비할 수 있어요."

"아니요, 괜찮습니다. 10분이라고 약속드렸으니까요."

그래요 그럼, 하고 히로미도 의자에 앉았다.

"우선 이걸 여쭤보고 싶습니다."

가가가 안고 있던 가방에서 잡지 한 권을 꺼내 테이블에 놓았다. 검도 잡지였다.

"요네오카 씨 아시죠? 요네오카 마치코 씨 말입니다. 연예부 기자죠."

예상했던 말이라 평정을 유지하기가 어렵지 않았다.

"네, 알죠. 요네오카 씨를 찾아가셨다면서요? 연락 받았어요."

"이미 아신다면 얘기가 빠르겠군요. 제 주소를 물어보신 이유가 뭔지 궁금합니다."

"왜냐면,"

그녀가 어깨를 으쓱해 보였다.

"검도를 취재하고 싶었거든요. 이왕이면 실력 있는 선수를 만나고 싶었어요. 요네오카 씨에게도 그렇게 얘기한 걸로 기억하는데요."

"네, 요네오카 씨도 그렇게 말씀하시더군요. 그런데 말이죠, 요네오카 씨가 주소를 가르쳐 줬는데도 왜 제게 연락하지 않으셨습니까?"

"그럴 필요가 없어져서요. 연극 소재를 다른 것으로 바꿨거든요. 그뿐이에요. 그래서 검도 교실에서 마주쳤을 때는 솔직히 놀랐어요. 이런 우연이 있나 하고요."

가가가 날카로운 눈으로 그녀를 응시했다.

"그 일이 우연이었다고요?"

히로미는 가가의 눈길을 피하지 않고 마주 보며 희미하게 미소를 지었다.

"네, 그래요."

"그런데 왜 제게는 단 한 번도 그런 말씀을 하지 않으셨습니까?"

"말하지 않는 편이 낫겠다고 생각했어요. 누가 자신도 모르

343

게 자기 주소를 조사했다는 걸 알면 불쾌할 수도 있으니까요."

가가는 심호흡을 한 번 한 후 검도 잡지를 집어 들었다.

"그런데 왜 하필 저였죠?"

"방금 말씀드리지 않았나요, 이왕이면 실력 있는 선수에게 얘기를 듣고 싶었다고요? 가가 씨는 대회에서 우승하신 경력도 있잖아요. 그래서 안성맞춤이라고 생각한 거죠."

"실력 있는 선수라면 저 말고도 얼마든지 있습니다. 이 잡지만 해도 여러 명이 소개되어 있고요."

"직감이에요. 우리 일은 이치를 따져서 하는 게 아니에요. 배우를 캐스팅할 때도 느낌을 중시하죠. 왜 그 배역에 그 배우를 선택했느냐고 누가 물으면 직감이라고밖에는 대답할 수 없어요."

"그럼 왜 하필 이 잡지였습니까?"

히로미가 두 손을 살짝 들어 보였다.

"검도 잡지라는 게 종류가 그리 많지 않잖아요. 서점에 갔는데 그 잡지가 눈에 띄었을 뿐이에요."

"이상하군요."

"뭐가요?"

"발행 일자를 보시죠. 히로미 씨가 요네오카 씨에게 부탁한 날로부터 3년이나 전에 발행된 잡지입니다. 그렇게 오래된 잡지가 어떻게 서점에 있었을까요?"

히로미의 가슴에서 잔물결이 일었다. 그랬다. 그 잡지는 옛날 잡지였다. 히로미도 까맣게 잊고 있었다. 그러나 그녀는 낭패한 기색을 순식간에 거두었다.

"아, 맞다. 깜박했네요. 서점이 아니고 정확하게 말하면 헌책방이에요."

"헌책방이라고요. 왜 구태여 그런 곳에서 잡지를 사셨습니까?"

"어쩌다 들어간 헌책방에 그 책이 있기에 마침 잘됐다 싶어서 산 거죠. 새 잡지는 비싸잖아요."

"어느 헌책방이었는지 가르쳐 주실 수 있습니까?"

가가가 안주머니에 손을 넣었다.

"잊어버렸어요. 간다에 있었던 것 같은데……."

가가가 손을 도로 꺼냈다.

"그것참, 유감이군요."

"여러모로 저를 의심스러워하시는 것 같은데, 제가 가가 씨의 주소를 알려고 한 데에 깊은 의미는 없어요. 솔직히 말씀드리면 저는 가가 씨에게 관심이 별로, 아니 전혀 없어요. 옛날이나 지금이나요. 자의식 과잉이신 것 같네요."

그리고 히로미는 형사에게 쌩긋 웃어 보였다.

"그런가요? 잘 알겠습니다."

가가도 싱긋 웃었다. 그러나 납득하는 눈빛은 아니었다.

그가 검도 잡지를 가방에 도로 집어넣으려 할 때였다. 그때까지 옆에서 잠자코 얘기를 듣고 있던 가나모리라는 여자가 아아, 하고 얼굴을 찡그리더니 한쪽 눈을 깜박거렸다.

"왜 그러시죠?"

"콘택트렌즈가……. 저, 죄송하지만 화장실 좀 사용해도 될까요?"

"네, 그러세요. 복도로 나가면 왼쪽에 있어요."

실례하겠습니다, 하고 그녀가 일어섰다. 거실에 앉은 채 그녀의 뒷모습을 지켜보던 히로미가 가가에게 눈길을 되돌렸다.

"참 예쁜 분이네요. 같은 형사세요?"

"아니요, 업무가 다릅니다."

"네에……. 그런데 아직 할 얘기가 더 있으신가요?"

"네. 며칠 전 본청 수사관이 히로미 씨 고향에 다녀왔습니다. 거기서 히로미 씨 동창생을 몇 명 만났다고 하더군요. 중2 때 동창을요."

이번에는 다른 방향에서 치고 들어올 모양이었다. 히로미는 부드러운 표정을 유지한 채 속으로 경계 태세를 다시 취했다.

"아아……, 그러셨군요. 그래서요?"

"담당 수사관이 고개를 갸웃거리더군요. 왜냐하면 동창생들이 하나같이 히로미 씨를 잘 기억하지 못하더라는 겁니다."

히로미는 천천히 고개를 끄덕였다.

346

"그럴지도 모르죠. 존재감이 별로 없는 학생이었으니까요."

"하지만 히로미 씨가 집단 괴롭힘을 당했다는 사실을 기억하는 친구는 있었나 봅니다. 그런데 말이죠, 히로미 씨가 전학한 일에 대해서는 다들 놀라울 정도로 기억이 애매했다는 거예요. 갑자기 없어졌다, 그런 인상이었다고 했답니다."

"어쩔 수 없는 일이죠. 아버지가 돌아가신 후 이곳저곳을 전전한 끝에 결국은 보호 시설에 들어갔으니까요. 헤어질 때 작별 인사조차 변변히 못했어요."

"얼마나 힘드셨을지 알 만합니다. 아버지가 돌아가셨다고 하셨는데, 사인이 뭐였나요?"

히로미는 뺨이 굳어지는 것을 느꼈다.

"그런 건 이미 다 조사하지 않으셨나요?"

가가가 안주머니에서 수첩을 꺼냈다.

"네, 특별 수사본부에서 히로미 씨의 경력을 조사했습니다. 아버지의 사인은 자살. 집 근처 건물에서 뛰어내렸다고 되어 있더군요."

"네, 말씀하신 대로예요."

"어떤 건물이었습니까? 아파트나 백화점, 아니면⋯⋯?"

히로미가 고개를 크게 저었다.

"빌딩이었던 것 같은데 잘은 모르겠어요. 저는 그저 연락을 받고 허겁지겁 병원으로 달려갔고, 투신했다는 사실은 나중에 들었으니까요."

"그랬군요. 하지만 이상하네요. 자세히는 모르지만 그리 큰 동네가 아닌 것 같던데, 그렇게 큰일이 벌어지면 온 동네가 발칵 뒤집히는 게 보통 아닙니까? 수사관 얘기로도, 동창생들이 당시 일어난 사건이나 사고를 다들 잘 기억하더랍니다. 그런데 같은 반 친구의 아버지가 투신한 사건을 모르다니, 이상하지 않습니까?"

"글쎄요, 그걸 제가 어떻게 설명해야 할지……. 다만 아버지의 죽음이 공공연히 알려지지 않도록 애써 주신 분은 있어요."

"그게 누구죠?"

"당시 담임선생님요."

수첩을 들여다보고 있던 가가가 고개를 들었다.

"나에무라 선생님 말씀입니까?"

"네."

가가가 수첩을 탁 덮더니 그대로 팔짱을 끼었다.

"있잖습니까, 아무리 애를 써도 숨길 수 있는 일이 있고 숨길 수 없는 일이 있습니다. 저는 직업상 투신자살이나 추락사고 현장에 출동하는 일이 종종 있는데, 엄청난 소동이 벌어지거든요."

"아무튼 알려지지 않은 게 사실이니 그렇게밖에 말씀드릴 수 없네요. 대체 저한테 무슨 말씀이 하고 싶으신 건가요?"

그때 화장실에 갔던 가나모리가 돌아왔다. 괜찮아요, 하고 가가가 물었다. 네, 죄송합니다, 라며 그녀는 아까처럼 가가 옆자리에 앉았다.

히로미가 벽시계를 올려다봤다.

"이제 그만……."

"특별 수사본부에 있는 히로미 씨 프로필은,"

가가가 히로미의 말을 잘랐다.

"주로 '비와 학원'에 남아 있는 자료를 기초로 한 것이라고 합니다. 히로미 씨 아버지가 집 근처 건물에서 뛰어내려 자살 했다는 기록도 마찬가지인데, 그 기록 자체가 공식적인 서류 를 참고한 것이 아니라 히로미 씨나 나에무라 선생의 얘기에 근거한 것이 아닐까 싶습니다. 요컨대 제 얘기는 히로미 씨 아버지가 기록된 것과는 다른 장소에서 다른 방법으로 사망 한 것이 아닐까 의심된다는 겁니다."

히로미는 가가 옆에 앉아 있던 가나모리의 표정이 굳어지는 것을 느꼈다. 이 사람은 가가에게 얘기를 어디까지 듣고 왔을 까. 엉뚱한 생각이나 하고 있을 때가 아닌데도 히로미 머릿속 에는 그런 의문이 떠올랐다.

"동창생들은 히로미 씨의 아버지가 자살했다는 사실을 몰랐 습니다. 히로미 씨는 아버지의 자살 때문에 학교에 가지 못하게 되었는데 친구들은 그 경위조차 파악하지 못했다는 말입니다. 그게 너무 부자연스럽게 느껴져요. 그런데 만일 그 반대의 경우라면 이해가 갑니다."

"반대의 경우라니, 무슨 뜻이죠?"

"아버지의 자살보다 히로미 씨가 학교에 가지 않게 된 일이 먼저였다는 말입니다. 그랬을 경우 동급생들이 그 사실을 눈치채기는 하겠지만, 담임교사가 그럴듯하게 이유를 설명하면 학생들은 납득하겠죠. 물론 그 설명은 사실이 아닐 겁니다. 나에무라 선생이 학생들에게 거짓말을 했다는 거죠. 그는 히로미 씨가 등교하지 않는 진짜 이유를 알고 있었을 겁니다. 그게 과연 뭘까. 가능성은 두 가지입니다. 하나는 히로미 씨 본인의 의사로 등교하지 않는다, 또 하나는 뭔가 사정이 있어서 등교할 수 없다. 저는 후자로 추측합니다. 히로미 씨는 학교에 가고 싶어도 갈 수 없었을 거예요. 왜냐하면 그 무렵 히로미 씨는 아버지와 함께 먼 곳에 가 있었으니까요. 도피 중이었던 겁니다. 그래요, 당신들은 이른바 야반도주를 했습니다."

가가는 쩌렁쩌렁한 목소리로 단숨에 거기까지 말한 후 히로미의 얼굴을 똑바로 바라보았다. 당신이 아무리 교묘한 연기를 펼쳐도 절대 속아 넘어가지 않을 거라고 스스로 다짐하는 듯한 표정이었다.

"마치 타임머신을 타고 가서 제 과거를 보고 오신 것처럼 말씀하시는군요. 그 자신감의 근거가 뭔지 알고 싶네요."

"그렇게 생각하면 앞뒤가 딱 들어맞거든요. 아버지가 사망한 곳은 아마도 멀리 떨어진 고장이었을 겁니다. 사망 신고서도 그곳 관공서에 제출하고 시신 또한 그곳에서 화장했겠지요. 그래서 동급생들이 몰랐던 겁니다. 나에무라 선생은 당신들이 야반도주한 사실을 알고 있었지만 사람들에게 알려지지 않도록 지켜보기만 했고요. 아마 당신을 동정해서였을 겁니다. 마침내 아버지가 사망한 사실이 학교에 알려졌지만 나에무라 선생은 학생들에게 자세한 사정을 알리지 않았습니다. 사실을 밝혀야 했을 때는 다른 지방에 가서 자살한 것이 아니라 살던 동네에서 자살한 것으로 말합니다. 사람들에게 히로미 씨 일가가 야반도주했다는 나쁜 인상을 심어 주지 않으려고요. 아니, 어쩌면 히로미 씨 본인이 나에무라 선생에게 부탁했는지도 모릅니다. 그렇게 말해 달라고 말입니다."

히로미가 가가를 쏘아보며 박수를 쳤다.

"대단한 상상력이군요. 형사는 다들 그런 식인가요?"

"법무국의 사망 신고서 보존 기한은 지났지만, 히로미 씨 아버지가 어디서 어떻게 사망했는지는 조사하면 금방 알 수 있습니다."

"그래요? 그럼 좋을 대로 하시죠."

"아까 하신 말씀을 정정할 생각은 없습니까? 지금 이 자리에서 사실을 털어놓는 편이 서로에게 좋을 것 같은데요."

"누구나 사정은 있는 법이에요. 살기 위해 필요하다면 약간
의 거짓말을 할 수도 있죠. 하지만 만일 가가 씨 추리대로 아
버지가 다른 고장에서 죽었다 한들 제게 무슨 죄가 있다는 거
죠? 경력 사기인가요?"

가가가 눈썹을 찡그리며 손가락으로 코 밑을 문질렀다.

"그런 경우 딱히 죄가 된다고 할 수는 없습니다."

"그럼 뭐가 문제죠? 그저 제 과거를 파헤쳐 보고 싶었을 뿐
인가요?"

아무 대꾸가 없자 히로미는 의자에서 벌떡 일어났다.

"10분만 뵙기로 약속했는데 시간이 꽤 지났군요. 이쯤 해도
될까요?"

가가가 자리에 앉은 채 그녀를 올려다보았다.

"얼마 전에 아는 간호사 분에게 이런 얘기를 들었습니다. 죽
음을 눈앞에 둔 사람이 그랬답니다. 저세상에서 자식들이 살
아가는 모습을 바라볼 수 있다고 생각하니 즐거워서 어쩔 줄
모르겠다, 그럴 수만 있다면 육체 따위는 없어져도 좋다고요.
부모란 자식을 위해서라면 자신의 존재를 소멸시켜도 좋은가
봅니다. 히로미 씨는 어떻게 생각하시죠?"

히로미는 순간 현기증이 일었지만 겨우 참아 냈다.

"멋진 말이군요."

"그래요?"

가가가 고개를 끄덕거리며 자리에서 일어섰다.

"잘 알겠습니다. 협조해 주셔서 감사합니다."

돌아가는 두 사람을 히로미는 현관까지 배웅했다. 그런데 문을 열고 나가려던 가가가 갑자기 그녀를 향해 돌아섰다.

"드디어 내일이 마지막 공연이군요."

"네."

"끝까지 잘되기를 진심으로 빕니다."

"감사합니다."

"저, '이설 소네자키 동반 자살'과 관련해서 하나만 물어도 되겠습니까?"

"네, 뭐죠?"

"그런 소재를 선택한 것에 대해 어떻게 생각하세요, 만족하십니까?"

질문하는 가가의 얼굴을 보고 히로미는 움찔했다. 그의 눈에 뭐라고 형언할 수 없는 연민의 빛이 어려 있었다.

"네, 물론이죠. 최고의 소재라고 생각해요."

그녀는 가슴을 펴고 대답했다.

"그렇다면 다행이군요. 엉뚱한 질문을 해서 죄송합니다."

그럼 이만, 하며 가가는 히로미의 집을 나섰다. 가나모리라는 여자도 인사를 한 후 가가의 뒤를 따랐다.

히로미는 문을 잠근 후 곧바로 화장실로 향했다. 그리고 세면대 앞에 서서 시선을 거울로 향했다. 그곳에 창백하게 변한 자신의 얼굴이 있었다.

서랍을 열고 헤어브러시를 꺼냈다.

엉겨 붙은 머리카락이 아침에 봤을 때보다 줄어든 듯한 느낌이었다.

21

메구로역에서 도큐메구로선 히요시행을 타고 아홉 번째 역인 신마루코역에 도착한 것은 오후 1시가 넘어서였다. 서쪽 출구를 나서니 좁다란 상점 골목이 나왔다. 커피숍과 약국, 꽃 가게, 치과, 미용실 등 실로 다양한 가게가 줄지어 있었다. 왠지 모르게 옛 정취에 사로잡힌 이유는 마쓰미야 자신이 대형 쇼핑센터에 익숙해져 있었기 때문인지도 모른다.

그러나 그렇게 북적거리던 분위기가 10분쯤 걸어가니 딴판으로 변했다. 도로를 끼고 크고 작은 갖가지 집합 주택이 늘어서 있었다.

모퉁이를 몇 번 돌자 도로 폭이 갑자기 좁아졌고 그 도로에 면해 낡은 연립 주택이 하나 있었다. 연립 주택 이름이 보이지 않아 마쓰미야는 스마트폰으로 위치를 확인했다. 찾는 장소가 맞는 듯했다.

오늘, 요코야마 가즈토시에 관해 새로운 정보가 들어왔다. 하마오카 원전 정기 점검 당시 그와 같은 회사에 고용되어 일했고, 오나가와 원전에 있었던 시기도 거의 겹치는 인물을 몇 명 찾은 것이다. 그중에서 현주소가 판명된 사람을 지금 마쓰미야가 찾아가고 있었다. 이름은 노자와 사다요시. 미리 연락하고 싶었지만 전화번호를 찾을 수 없었다.

2층 건물인 연립 주택에서 노자와의 집은 1층인 듯했다. 통로에 면해 나란히 늘어선 다섯 집 중 문패가 달린 집은 두 군데였고 그중 하나가 노자와의 집이었다.

소리가 날까 의심스러울 정도로 낡은 도어 벨을 눌렀다. 그런데 의외로 명료한 벨 소리가 울렸다. 안에 사람이 있다면 들릴 것이 분명했다.

그러나 기다려도 아무 반응이 없었다. 마쓰미야는 다시 한 번 벨을 누르고 시계를 보았다. 30초를 기다려도 반응이 없으면 일단 돌아갔다가 다시 오기로 마음먹었다.

30초가 지나자 마쓰미야는 돌아서며 어떻게 해야 할지 생각해 봤다. 정보에 따르면 노자와는 일흔한 살로 아직은 충분히 돌아다닐 수 있는 나이였다. 그러니 잠깐 외출을 했는지도 몰랐다. 어디 가서 커피라도 마시다가 한 시간쯤 후에 다시 와야

셌나고 생각하며 걸음을 내딛는 참에 뒤에서 소리가 들렸다.

마쓰미야는 걸음을 멈추고 뒤를 돌아보았다. 노자와의 집 문이 빠끔히 열리더니 그 틈새로 자그마한 노인이 바깥을 내다봤다.

"노자와 씨?"

마쓰미야가 급히 다가가자 노인이 겁을 먹었는지 문을 쾅 닫았다.

"잠깐만요! 수상한 사람이 아닙니다. 노자와 씨, 문 좀 열어 보세요. 여쭤보고 싶은 게 있어서 찾아왔습니다."

마쓰미야는 문을 두드리며 소리쳤다. 이웃에 들릴지 몰라 경찰이라는 말은 함부로 할 수 없었다.

잠시 후 천천히 문이 열렸다. 그 안으로 주름이 자글자글하고 검버섯이 잔뜩 핀 얼굴이 보였다. 노인은 의심 가득한 눈으로 마쓰미야를 올려다보았다.

"경시청에서 나왔습니다."

마쓰미야가 배지를 보여 주었다.

순간 노인의 눈이 휘둥그레졌다.

"나는 아무것도 훔치지 않았어요."

"아니요, 그런 일이 아닙니다. 수사에 협조를 부탁드리러 왔습니다. 듣고 싶은 말씀이 있어서요. 노자와 씨가 하마오카 원전과 오나가와 원전에서 일하셨을 당시의 일입니다."

그러자 노인이 노골적으로 귀찮은 표정을 지었다.

"그런 얘기라면 됐어요. 아주 귀찮아. 탈원전이니 뭐니, 이젠 아주 신물이 납니다."

노인이 문을 도로 닫으려고 하자 마쓰미야는 힘껏 문을 잡고 버텼다.

"그런 말씀을 드리려는 게 아닙니다. 어떤 사람에 대해 여쭤보고 싶은 게 있어요. 노자와 씨와 같이 일했던 사람입니다."

"그런 건 이제 기억도 안 나요."

노인이 컹, 기침을 했다.

"기억나시는 것만 말씀해 주시면 됩니다. 30분, 아니 15분이라도……."

"싫단 말이오. 돌아가요."

노인이 또 콜록거렸다.

"귀찮게 하고 싶진 않지만 수사상 꼭 필요한 일이라서요."

"아, 글쎄, 필요하든 말든 나랑은……."

말을 하던 노인이 갑자기 얼굴을 일그러뜨리더니 기침을 심하게 하면서 그 자리에 주저앉았다.

"아니, 왜 그러십니까. 괜찮으세요?"

그러나 노인은 대답할 만한 상태가 아닌 듯했다. 마쓰미야가 문을 열어젖히니 현관에 웅크리고 앉은 노인의 입에서 히익, 히익, 고통스러운 숨소리가 새어 나오고 있었다.

일단 눕혀야겠다고 생각한 마쓰미야는 신발을 벗은 후 노인을 들쳐 업고 집 안으로 들어갔다. 노인의 몸이 놀랄 만치 가벼웠다.

실내는 살풍경했다. 다다미 위에 이부자리가 깔려 있기에 거기다 노인을 눕혔다. 기침은 다소 잦아들었지만 숨 쉬기는 여전히 힘들어 보였다.

"괜찮으세요? 의사를 부를까요?"

노인의 귀에 대고 소리쳤다.

노인이 맥없이 손을 젓더니 뭔가를 가리키는 듯한 동작을 취했다. 그 방향을 따라가 보니 서랍이 여러 개 달린 낡은 찬장이 있었다.

"……야……약……."

노인의 입에서 그런 소리가 흘러나왔다.

"약 말이에요?"

노인이 기침을 계속하면서 고개를 위아래로 움직였다.

마쓰미야는 찬장 서랍을 열었다. 맨 위 칸에 하얀 약봉지가 들어 있었다.

"이겁니까?"

노인이 다시 고개를 위아래로 움직이더니 이번에는 싱크대를 가리켰다.

"물 말씀이죠?"

노인은 마치 서두르라고 재촉하는 것처럼 손을 휘저었다.

마쓰미야는 싱크대 안에 있던 찻잔을 재빨리 씻어 물을 받은 후 약봉지와 함께 노인에게 가져갔다. 노인은 괴로워하면서도 익숙한 손놀림으로 약을 꺼내 입에 넣고 찻잔의 물을 마신 다음 마쓰미야에게 등을 기대듯이 축 늘어지며 바닥에 몸을 뉘었다. 쌕쌕거리는 소리가 목 안쪽에서 흘러나왔다.

마쓰미야는 어째야 좋을지 몰라 일단 노인 옆에 무릎을 꿇고 앉아 상태를 지켜보기로 했다. 이런 상태로는 얘기를 듣기가 어려울 것 같았다. 돌아가라고 하면 오늘은 얌전히 물러나리라고 마음먹었다.

크게 들썩거리던 어깨의 움직임이 조금씩 잦아들기 시작했다. 숨소리도 조용해지는 것 같았다.

"좀 어떠세요?"

노인이 몸을 빙그르 돌려 천장을 보았다. 가슴께가 어렴풋이 오르락내리락했다. 그는 입을 벌린 채 고개를 주억거렸다.

"……어. 조금 편해졌어."

"다니시는 병원이 있으면 연락할까요?"

노인이 마른 나뭇가지 같은 손을 저었다.

"됐어. 늘 있는 일인걸. 이제는 그저 가만히 있으면 돼. 미안하게 됐군."

"아닙니다. 저는 상관없는데, 정말 괜찮으시겠어요?"

"응. 그보다, 부탁이 있는데……."

"뭔데요? 말씀해 보세요."

"차를 좀 사다 줄 수 있겠나? 차가운 거 말고 따뜻한 걸로. 호지차면 더 좋고 말이야. 요 앞 편의점에서 팔 거야."

"호지차로요? 알겠습니다."

마쓰미야는 연립 주택에서 나와 편의점으로 향했다. 일의 전개가 좀 묘했지만 저대로 내버려 둘 수는 없었다.

편의점에서 페트병에 든 따뜻한 호지차를 두 병 사 들고 돌아갔다. 노인은 이부자리 위에서 상반신을 일으킨 채 벽을 바라보고 있었다.

"오오, 고마워."

그는 페트병 뚜껑을 열고 호지차를 달게 마셨다.

"덕분에 살았네."

"지병이 있으신가요?"

"그렇지, 뭐. 폐가 망가진 모양이야. 의사는 나이 탓이라고 하지만, 나는 젊었을 때부터 담배라고는 입에 댄 적도 없거든. 게다가 폐만 망가진 게 아니라 성한 데가 하나도 없는 것 같아. 움직이기 힘들어서 늘 이렇게 누워 있네. 아까 자네가 벨을 눌렀을 때도 몸을 움직이기 귀찮아서 못 들은 척하고 있었던 거야. 그런데 자꾸 눌러 대니 어찌나 신경이 쓰이던지, 하는 수 없이 문을 열었지."

360

마쓰미야는 실내를 둘러보았다. 전부 세 평 정도 되어 보이는 다다미 구조의 집이었다. 사는 데 필요한 최소한의 가재도구가 벽 쪽에 놓여 있었다. 햇빛이 잘 들지 않아 어두컴컴하고, 환기도 자주 하지 않는지 다다미가 눅눅했다.

"지금은 무슨 일을 하세요?"

마쓰미야의 질문에 노인이 흥, 콧방귀를 뀌었다.

"이런 몸으로 하긴 뭘 하겠어? 화장실도 가까스로 가는데."

"그럼 수입은요?"

"생활 보호 대상자야. 일을 하고 싶어도 할 수가 없으니 어쩔 수 없잖나. 이런 몸으로 일을 하라는 건가?"

"아니요, 절대 그런 뜻이 아닙니다. 가족은 없으세요?"

"그런 거 없네. 형이 야쿠자가 된 뒤로 뿔뿔이 흩어졌어."

노인은 화가 난다는 듯이 말했다가 이내 차분한 표정으로 돌아갔다.

"뭐, 다 옛날 얘기지."

필시 남에게 말하지 못할 우여곡절을 겪었나 보다고 마쓰미야는 짐작했다.

"다시 묻겠습니다만, 노자와 사다요시 씨 맞으시죠?"

노인이 페트병을 두 손으로 쥔 채 응, 하고 대답했다.

"몇 가지 더 여쭤봐도 괜찮겠습니까?"

노자와가 한숨을 내쉬었다.

"대체 뭐가 알고 싶은가?"

"예전에 하마오카 원전에서 일하신 적이 있죠?"

"아아, 있어. 아주 오래전이지만 말이야."

"그때 그곳에 요코야마라는 사람이 있지 않았습니까? 요코야마 가즈토시요."

"요코야마……."

노자와가 먼 곳을 응시하는 듯한 눈빛으로 페트병의 차를 천천히 머금은 후 고개를 끄덕거리면서 삼켰다.

"그래…… 있었어, 요코야마라는 성. 맞아, 있었어. 이름이 가즈토시였는지는 모르겠지만."

"얼굴은 기억하세요?"

"응, 기억하지. 숙소가 같아서 얼굴을 자주 마주쳤어."

마쓰미야는 가방에서 사진을 한 장 꺼내 노자와에게 보였다.

"이 사람 맞습니까?"

노자와가 이불 옆에 놓여 있던 돋보기를 끼고 사진을 봤다.

"아니야, 달라. 이런 얼굴이 아니었어."

예상했던 대답이었다. 사진은 나에무라 세이조의 것이었다.

"그럼 이 그림은 어떤가요? 최근에 그린 거라서 노자와 씨가 만났을 때와는 인상이 조금 다를지도 모르겠습니다만."

마쓰미야는 예의 몽타주를 노인에게 보였다.

그림을 지그시 바라보던 노자와가 고개를 천천히 끄덕였다.

"그래, 이 얼굴이야. 아주 비슷하군. 늘 표정이 어두웠어. 웃는 모습을 본 적이 거의 없을 정도였다니까."

마쓰미야의 가슴속에서 무언가가 터져 나오는 듯한 느낌이 들었다. 소리라도 지르고 싶은 것을 간신히 참았다. 물론 노자와 노인의 증언만으로 결론을 내릴 수는 없겠지만 마쓰미야는 확신이 들었다. 노자와 노인과 미야모토 야스요의 진술이 일치했기 때문이다.

"노자와 씨는 오나가와 원전에서도 자주 일하셨죠? 거기서도 요코야마 씨와 같은 회사 소속이었습니까?"

"아니야, 오나가와에서는 달랐어. 나는 전기 관련 하청 업체에 고용되어 있었고, 요코야마가 소속된 곳은 아마 와타베였을 거야."

"와타베라니, 그게 뭡니까?"

"하청 업체 이름이야. 하긴 말이 하청 업체지 실상은 재하청 업체에 불과한 말단 사무실이었지만 말이야. 제일 위험한 일을 하는 곳이 거기였어."

마쓰미야는 맥박이 빨라지는 것을 느꼈다. 일하던 직장 이름이 '와타베', 본명은 '요코야마 가즈토시(橫山一俊)'. 그래서 '와타베 슌이치(綿部俊一)'라는 가명을 생각해 낸 것 아닐까.

"왜, 그 요코야마가 무슨 일을 저질렀어?"

노자와가 물었다.

"아니요, 그런 건 아닙니다. 저, 요코야마 씨는 어떤 사람이었습니까?"

"한마디로 말해서, 성실하지만 요령이 없는 사람이었어. 요령이 없다 보니 걸핏하면 알람이 울렸지."

"알람이라니요?"

"오늘은 방사선을 더 쐬면 안 된다, 하고 기계가 알려 주는 거야. 하지만 거기에 맞추다 보면 일을 할 수 없거든. 그래서 다들 이런저런 술수를 썼지. 하지만 나중에 생각해 보니 참 바보 같은 짓을 했더군. 요코야마 그 사람, 지금은 어디서 뭘 하고 있나?"

"모릅니다. 지금 그걸 조사하고 있어요."

"건강하게 살고 있으면 좋으련만, 쉽지 않을 거야."

"어째서요?"

"우린 말하자면 다 짜내고 남은 찌꺼기니까."

"짜내다니, 뭘요?"

"원전은 연료만으로 움직이는 게 아니라네. 그 녀석은 우라늄과 인간을 먹고 움직여. 인신 공양이 필요하지. 한마디로 우리 작업원들의 목숨을 쥐어짜야 움직인다 이 말이야. 내 몸만 봐도 알 수 있어. 이게 바로 목숨을 짜내고 남은 찌꺼기일세."

노자와가 양팔을 벌렸다. 벌어진 셔츠 사이로 갈비뼈가 앙상한 가슴이 드러났다.

특별 수사본부로 돌아온 마쓰미야는 이시가키에게 수사한 내용을 보고했다. 옆에서 함께 듣고 있던 고바야시가 먼저 반응을 보였다.

"계장님, 찾은 것 같은데요."

그러나 이시가키는 의자에 앉아 팔짱을 낀 채 고개를 숙이고 뭔가를 한참 생각했다.

마침내 그가 입을 열었다.

"직장 이름이 와타베였다 이거지. 우연이라고 보기는 어렵겠군."

고바야시가 조금 떨어진 곳에서 작업 중이던 오쓰키를 불렀다. 그리고 마쓰미야에게 보고받은 내용을 설명한 후 '와타베'라는 이름의 재하청 업체를 찾아보라고 지시했다.

"알겠습니다."

오쓰키가 자리를 뜬 후 이시가키가 "그런데 말이야," 하고 천천히 말을 꺼냈다.

"만일 고시카와 무쓰오, 즉 와타베 슌이치의 정체가 요코야마 가즈토시라면 살해당한 이유가 과연 뭘까? 그게 또 의문이란 말이야. 요코야마에 관한 정보 수집은 어떻게 돼 가고 있어?"

"사카가미를 위시한 수사관 몇 명이 아이치 현경의 협조를 얻어 조사하고 있습니다. 오늘내일 중으로 정보를 정리해서 보고드릴 겁니다."

고바야시가 대답했다.

"그래? 그 가운데 사건과 관련된 정보가 있으면 좋을 텐데……."

"특히 오시타니 미치코나 아사이 히로미와의 연관성을 뒷받침하는 정보가 절실합니다."

"관리관도 걱정이 이만저만이 아니더군. 제발 이쯤에서 가닥이 잡혔으면 좋겠어."

"동감입니다."

상사 둘의 대화가 시작되는 것을 보고 마쓰미야는 돌아서 자기 자리로 갔다.

바로 그때 등 뒤쪽에서 전화벨이 울렸다.

"네, 고바야시입니다. ……응, ……뭐라고? ……알았어. 계속 미행해. 그것 말고 이상한 점은? ……뭐야, 그 친구가?"

고바야시가 수화기를 귀에 댄 채 무슨 영문인지 마쓰미야를 노려봤다.

"……그것뿐이야? ……알았어. 다시 연락하겠네."

전화를 끊은 고바야시가 이시가키 쪽으로 돌아섰다.

"아사이 히로미의 움직임에 변화가 있는 모양입니다."

"무슨 변화?"

이시가키의 표정에 긴장감이 돌았다.

"평소 같으면 자택을 나와서 롯폰기에 있는 사무실이나 메이지 극장으로 향했을 텐데 오늘은 전혀 다른 방향으로 택시를 타고 갔다고 합니다."

"어디로 갔는데?"

"미행한 결과 도쿄역에 도착했다는군요."

"도쿄역? 거기서 뭘 하는 거지?"

"도카이도 신칸센 표를 샀지만 행선지는 모르겠답니다. 미행을 계속하라고 했습니다."

이시가키가 책상에 턱을 괴더니 미간을 잔뜩 찌푸렸다.

"도카이도 신칸센이라, 대체 어디로 가려는 거지……."

"그리고 또 한 가지,"

고바야시가 이시가키에게 다가가 뭔가를 속삭였다. 얘기를 듣던 이시가키가 험상궂은 표정으로 마쓰미야를 바라봤다.

잠시 후 고바야시가 마쓰미야를 손짓해 부르더니 먼저 방을 나갔다.

마쓰미야가 복도로 나가니 고바야시가 주위를 두리번거린 후 얼굴을 마쓰미야에게 바짝 들이댔다.

"가가에게 무슨 소리 들은 거 없어?"

"네?"

"아사이 히로미를 감시하는 형사가 그러는데 오늘 오전에 가가가 아사이의 집을 찾아갔다는 거야. 그것도 여자 하나를 데리고 말이지. 짚이는 거 없어?"

"여자를 데려갔어요? 전 아무 말도 못 들었는데요."

"그 친구가 개인적으로 아사이 히로미와 친분이 있다는 건 알지만, 수사에 관한 한 멋대로 움직이면 안 되지."

"그건 저도 압니다."

"아사이 히로미가 행동에 변화를 보인 이유가 가가와 관련이 있을 가능성이 높아. 지금 당장 그 친구한테 연락해, 와서 설명하라고."

"알겠습니다."

마쓰미야는 그 자리에서 스마트폰을 꺼냈다.

그러나 전화가 연결되지 않았다. 가가의 휴대 전화 전원이 꺼져 있는 것 같았다. 사실대로 말하자 고바야시는 혀를 찼다.

"이 친구 대체 뭐 하고 있는 거야?"

"어떻게든 연락을 취해 보겠습니다."

"그렇게 해. 이건 다른 수사관들에게도 기강이 안 서는 일이야."

그렇게 말하고 고바야시는 방으로 들어갔다.

마쓰미야는 니혼바시 서로 전화를 걸어 보았다. 그러나 가가의 행방을 알 수 없다고 했다.

'교이치로 씨, 대체 어디서 뭘 하는 겁니까.'

그는 가가가 자신의 집에 왔던 날 했던 얘기를 떠올렸다. 그

것은 실로 의미심장한 내용이었다. 어쩌면 우리가 아주 중요한 걸 놓쳤는지도 모르겠어. 그는 지금 그 놓친 것을 찾고 있을까.

이후로도 마쓰미야는 틈이 날 때마다 가가에게 전화를 걸었다. 약 한 시간 후, 드디어 가가와 전화가 연결되었다.

"도대체 어디서 뭘 하고 있기에 근무 시간인데도 연락이 안 됩니까?"

짐짓 화난 목소리로 가가에게 물었다.

"미안해. 도서관에 있었어. 금방 끝날 줄 알았는데 의외로 시간이 걸렸어."

도서관에는 왜 갔는지 궁금했지만 그걸 묻기 전에 전해야 할 말이 있었다. 마쓰미야는 이쪽 상황을 설명하고 윗사람들이 가가의 행동을 수상히 여긴다고 말했다.

"그래? 역시 나를 본 모양이군. 아파트에는 사람이 많이 드나드니까 눈치채지 못할 줄 알았는데……. 내 생각이 짧았어."

"지금 그런 태평한 소리나 하고 있을 때가 아니란 말입니다. 제대로 해명하지 않으면 큰코다쳐요."

"해명할 거야. 그러려고 도서관에 갔으니까."

"아무튼 당장 오세요. 안 그러면 아무리 사촌 형이라도 더는 감싸 줄 수 없어요."

"걱정 마, 너한테 기댈 생각은 추호도 없으니까. 어떤 처분이튿날게 받을 작정이야. 그럼 나중에 다시 연락하자."

가가는 일방적으로 전화를 끊었다.

마쓰미야는 가가와 통화한 내용을 상사들에게 보고했다.

"그렇다면 가가도 생각이 있을 거야. 일단 얘기를 들어 보고 판단해야겠군."

이시가키가 신중한 태도를 보였다.

그러고서 얼마 지나지 않아 히로미를 미행하던 수사관에게서 연락이 왔다. 그녀가 도카이도 신칸센 노조미호를 타고 나고야역에서 내려 다시 고다마호를 탔다는 것이었다. 마쓰미야도 똑같은 방식으로 환승했던 기억이 났다.

"마이바라역에서 내릴 겁니다. 그런 다음에 도카이도 본선으로 갈아탈 것 같은데……"

"그럼 목적지가 히로미 본인의 고향이라는 얘긴데, 하필 왜 지금 거기에 가는 거지?"

고개를 갸웃거리던 고바야시가 갑자기 마쓰미야의 어깨 너머를 바라보며 눈을 크게 떴다. 돌아보니 가가가 손에 커다란 갈색 봉투를 든 채 서 있었다.

"소란을 일으켜서 죄송합니다."

가가가 이시가키와 고바야시 앞에서 고개를 숙였다.

"자네답지 않군."

이시가키가 입을 열었다.

"평소에는 그 누구보다 예의와 의리를 중시하는 사람이잖아."

"물의를 일으켰다는 건 저도 압니다."

"적어도 마쓰미야에게는 말을 했어야지. 다른 여자랑 함께 갔다고 하던데?"

"그녀는 사건과 무관한 일반인입니다. 그리고 개인적인 질문을 하러 간 것이어서 마쓰미야 형사를 데리고 갈 수 없었습니다."

"그럼 이번 사건과 관계가 없는 일이라는 말인가?"

고바야시가 물었다. 그러자 가가는 갈색 봉투에서 종이 한 장을 꺼내 이시가키 앞에 놓았다.

"이걸 좀 보셨으면 합니다."

이시가키가 종이를 집어서 펼쳤다. 옆에서 바라보던 고바야시가 "이건……." 하고 중얼거렸다.

"호쿠리쿠 마이초 신문 기사를 복사했습니다. 보면 아시겠지만, 날짜는 30년 전 10월입니다."

"호쿠리쿠 마이초 신문이라고요? 이런 건 왜……."

의아해하는 마쓰미야에게 이시가키가 복사지를 건넸다. 마쓰미야가 읽어 보니 한 남성이 노토반도의 절벽에서 떨어져 사망했다는 기사였다. 사망한 사람의 이름을 본 마쓰미야의 눈이 휘둥그레졌다.

"아사이 다다오라면……"

"아사이 히로미의 아버지일 거야."

가가는 상사들을 바라보았다.

"아사이 히로미의 아버지가 빚에 몰려 도피, 즉 야반도주를 한 것이 아닐까 싶습니다."

"그러다가 자살했다는 말이군."

고바야시가 말했다.

"한데 아사이 히로미는 왜 그 사실을 숨겼을까, 딱히 숨길 필요는 없잖아?"

글쎄 말이야, 라며 옆에서 이시가키가 고개를 갸웃했다.

"문제는 바로 그 점입니다. 아사이 히로미는 사람들이 아버지의 죽음을 캐고 드는 걸 원치 않았던 것 같습니다. 그래서 거짓말을 하지 않았나 싶습니다."

"왜지? 야반도주했다는 사실을 알리고 싶지 않아서?"

"나에무라 선생에게는 그런 식으로 거짓말을 했겠죠. 그러나 실은 다른 이유가 있었을 겁니다."

"무슨 이유가 있었다는 거지?"

그러자 가가가 안주머니에서 비닐봉지를 꺼냈다. 그 속에는 머리카락으로 보이는 물건이 들어 있었다.

"부탁드릴 것이 있습니다. DNA 검사로 친자 관계를 확인해 주십시오."

22

잠시 후면 열차가 히코네역에 도착할 것이다. 히로미는 핸드백에서 거울을 꺼내 자신의 얼굴을 비춰 보았다. 핼쑥한 얼굴로 그녀를 만날 수는 없었다. 어디까지나 당당하게 마주해야 한다. 이날까지 다부지고 씩씩하게 살아왔다는 걸 보여 줄 것이다.

거울을 집어넣고 이번에는 팸플릿을 꺼냈다. '유락원'이라는 노인 요양원 안내 팸플릿으로, 오시타니 미치코가 놓고 간 것이다. 어쩌다 보니 버리지 못했는데, 자신도 모르게 이런 일을 예감했던 것일까. 팸플릿 뒷면에 주소가 적혀 있었다. 가는 길은 모르지만 택시 운전사에게 보이면 데려다줄 것이다.

차창 밖으로 눈을 돌렸다. 한가로운 전원 풍경이 펼쳐졌다. 옛날과 조금도 다르지 않다. 마치 시간이 멈춘 것처럼.

30년 전 기억이 생생하게 되살아났다.

그날 밤, 자고 있던 히로미를 누군가 마구 흔들어 깨웠다. 눈을 떠 보니 아버지의 절박한 얼굴이 코앞에 있었다.

당장 떠날 준비를 해라. 다다오가 말했다. 영문을 모르는 히로미가 당황해하자 그는 숨을 크게 한 번 들이쉬었다가 내쉰 다음 히로미 어깨에 손을 얹었다.

"도망가야 한다. 그 방법밖에 없어."

아버지의 눈에 벌겋게 핏발이 서 있었다.

"어디로 도망가는데?"

"갈 데는 있으니 걱정 마라. 여기 있다가는 너까지 위험해질지 모른다. 일단 가자. 나중 일은 나중에 생각하고."

히로미는 고개를 끄덕였다. 학교, 앞날……, 온갖 생각이 머리를 스쳤지만 덮어 두기로 했다. 이 집에 있어 봐야 좋을일이 하나도 없다는 것만은 히로미도 알았다.

제일 큰 여행 가방에 옷가지와 소지품을 있는 대로 쑤셔 넣었다. 추운 계절이 아니라서 다행이었다. 만약 겨울이었다면옷만으로도 가방이 가득 찰 터였다.

두 사람은 새벽 2시쯤 집을 나섰다. 현관은 누군가 지켜볼지도 모르니 2층 창문으로 빠져나갔다.

큰 가방을 손에 든 채 이웃집들의 지붕을 타고 이동했다. 히로미의 머릿속에 초등학교 때 남자 동급생이 비슷한 짓을 했던 기억이 떠올랐다.

길바닥에 내려선 후 집 근처 역 말고 그다음 역을 향해 종종걸음을 쳤다. 집에서 제일 가까운 역은 아는 사람과 마주칠우려가 있었다. 그렇게 해서 약 5킬로미터 거리를 한 시간 반에 걸쳐 이동했다.

역에 도착한 다음 역 앞 공원에서 날이 밝기를 기다렸다가호쿠리쿠 방면 첫차를 탔다. 다다오가 그쪽에 아는 사람이 있다고 했다.

"옛날에 그 사람이 돈이 없어서 곤란을 겪을 때 내가 도와준 적이 있다. 지금은 후쿠이에서 운송업으로 크게 성공했다더라. 언제든지 놀러 오라고 했으니 사정을 얘기하면 도와줄 거다."

"학교는 어떻게 해?"

그러자 다다오는 괴로운 듯 미간을 찡그렸다.

"당분간은 가기 힘들겠지. 전입신고를 했다가는 어디 있는지 탄로 날 테니까 말이야. 하지만 너무 걱정할 거 없다. 아빠가 무슨 수를 쓰든 해결하마."

말은 그렇게 했지만 과연 무슨 방법이 있을지 히로미는 상상이 가지 않았다. 하지만 불안을 가슴에 묻어 둔 채 아버지에게 고개를 끄덕여 보였다. 지금 여기서 다그쳐 봐야 아버지를 고통스럽게 할 뿐이라고 생각했기 때문이었다.

그런데 열차 벽에 엔랴쿠 절의 포스터가 붙어 있는 것을 본 다다오가 묘한 말을 했다.

"히로미 너, 아니? 옛날에 엔랴쿠 절의 스님 하나가 당시 장군이었던 아시카가 요시노리에게 항의하는 뜻으로 자신이 있던 본당에 불을 질러 자결한 일이 있다는구나. 어떻게 그럴 수 있는지…… 죽더라도 다른 방법을 선택할 것이지, 불에 타 죽는 건 생각만 해도 끔찍하다."

왜 뜬금없이 그런 말을 하는지 히로미는 의아했다. 그리고 나중에 가서야 알게 되었다. 그때 이미 아버지는 최후의 수단으로 죽음을 염두에 두었던 것이다.

자신을 딸로 두어 아버지는 과연 행복했을까. 영원히 답을 들을 수 없다는 걸 알면서도 히로미는 생각해 보지 않을 수 없었다.

열차가 히코네역에 도착했다. 역 앞 승차장에서 택시를 탄 후 운전사에게 팸플릿을 보여 줬다. 대략의 위치를 파악했는지 운전사는 "일단 가 보죠."라며 차를 출발시켰다.

시계를 보니 오후 5시가 넘어 있었다. 공연이 시작됐을 시간이었다. 마지막 일주일은 하루도 빠짐없이 감사실에서 공연을 지켜보려고 했지만 하는 수 없었다. 메이지 극장 프로듀서에게 오늘은 못 갈 거라고 하자 그는 깜짝 놀라면서 "어디 안 좋은 데라도 있으세요?" 하고 물었다.

"아니요, 갑작스럽게 볼일이 생겨서요. 다른 분들께도 그렇게 전해 주세요."

"알겠습니다. 내일은 오시는 거죠?"

"그럼요. 뒤풀이를 얼마나 기대하고 있는데요."

"그래요, 성대하게 합시다."

프로듀서의 목소리가 활기찼다. 공연이 성황을 이루고 있기 때문이기도 하지만 그로서는 무사히 공연을 마치게 된 것이 무엇보다 기쁠 것이다.

택시가 속도를 늦췄다.

"이 부근인 것 같은데…… 아아, 저기 있네요."

4층짜리 건물이 눈에 들어왔다. 팸플릿에 나와 있는 것보다 한참 낡아 보이긴 했지만 그곳이 맞는 것 같았다.

택시에서 내려 심호흡을 몇 번 한 다음 건물을 향해 걸음을 옮겼다.

정면 현관을 지나자 조그만 로비가 있고 그 왼쪽에 안내 데스크 같은 것이 있었다. 지키는 사람은 없고 벨이 놓여 있어 그것을 눌렀다.

네, 하는 대답이 들리더니 안에서 하얀 블라우스에 파란 조끼를 걸친, 마흔 살 정도의 여자가 나왔다.

"말씀 좀 묻겠습니다."

히로미는 명함을 꺼냈다. 여자는 명함을 받아 들고서도 별다른 반응을 보이지 않았다. '가도쿠라 히로미'라는 이름이 기억에 없는 듯했다. 명함에는 연출가라고도 배우라고도 적혀 있지 않았다.

"신원을 알 수 없는 여자 한 분이 이곳에 계신다고 들었는데요."

그러자 그녀가 눈을 동그랗게 떴다.

"네, 그런데요?"

"괜찮으시다면 한번 만나 볼 수 있을까요? 제가 아는 사람일지도 몰라서요."

"아, 그러세요. 어떻게 아는 사이인가요?"

"어머니 친구 분 같아요."

"아아……."

"만나게 해 주실 수 있을까요?"

"네, 아마 가능할 거예요. 잠깐만 기다리세요."

여자가 안쪽 방으로 사라졌다. 그리고 누군가와 애기를 나누는 소리가 들렸다.

잠시 후 여자가 다시 나타났다.

"제가 안내할게요."

그녀가 안내한 곳은 2층 구석방이었다. '201'이라고 적힌 팻말이 붙어 있었다.

여자가 문을 노크했다.

"201씨, 들어가겠습니다."

그리고 문손잡이를 돌리려는 것을 히로미가 제지했다.

"데려다주셔서 감사합니다."

여자가 눈을 깜박거렸다.

"혼자서, 괜찮으시겠어요?"

"네, 둘만 있게 해 주세요."

여자가 멀어지는 것을 확인한 히로미는 문을 열었다.

좁은 방이었다. 나이가 들어 보이는 여자 하나가 침대 위에서 뭔가를 먹고 있었다. 잘 보니 앙금이 든 과자였다. 텔레비전에서는 코미디언 목소리가 흘러나오고 있었다.

멍한 표정으로 입을 우물거리던 여자가 히로미의 얼굴을 몇 초 동안 응시하다가 눈을 화들짝 떴다. 동시에 조그만 비명 같은 소리가 입에서 새어 나왔다. 그리고 손에 있는 과자를 떨어뜨렸다.

"오랜만이야."

히로미가 말했다. 말에 이토록 증오를 가득 담아 내뱉은 적은 지금까지 한 번도 없었다.

23

"……그래? 그럼 도쿄역에 몇 명 대기시켜. 노인 요양원은 탐문 조사를 했어? ……그렇게 된 거였군. 본인은 만났고? ……흠, 그래. 알겠어. 그 어머니한테서 눈을 떼지 않도록 해. 지역 경찰에는 이쪽에서 연락하지. ……그래, 알았어. 계속 잘 부탁해."

고바야시가 전화를 끊고 고개를 돌려 이시가키를 봤다.

"아사이 히로미가 히코네에서 도카이도 본선을 탄 모양입니다. 마이바라에서 신칸센으로 살아타고 노쿄로 놀아오려는 거겠죠."

"모친을 만났대?"

이시가키가 물었다.

"그런 것 같습니다. 자신이 아는 사람 같다면서 만나게 해 달라고 했답니다."

"그래서?"

고바야시가 고개를 가로저었다.

"두 사람 사이에 무슨 말이 오갔는지는 모른답니다. 15분 정도 함께 있었나 본데, 아사이는 결국 자신이 잘못 알았다면 서 요양원을 떠났답니다."

"잘못 알았다……. 어머니 쪽은 뭐라고 하더래?"

"마찬가지입니다. 아사이를 본 적도 없는 여자라고 한 모양 입니다. 무슨 얘기를 나눴느냐고 물었지만 별 얘기 없었다고 하면서 입을 다물었고요. 다만……."

"다만 뭐?"

"어머니를 만나 본 수사관 말이, 몹시 실망한 것 같기도 하 고 겁을 먹은 것 같기도 하답니다."

"겁을 먹은 것 같다고……?"

이시가키가 시선을 가가에게로 옮겼다.

"대체 무슨 말이 오갔을까, 두 사람 사이에?"

가가가 고개를 들었다.

"죄다 털어놓았을지도 모르죠."

"아버지가 위장 자살을 한 후 30년 동안 숨어 살았다고 말인가?"

"네. 그리고 그 때문에 무슨 일을 벌였는지까지 전부 이야기하지 않았을까 싶습니다."

"왜 이제 와서 어머니에게 털어놓은 거지?"

"각오를 굳힌 것 아닐까요?"

"각오라니?"

"진상이 폭로될 것을 각오한 거죠. 저는 그녀에게 아버지가 다른 장소에서 죽었을 가능성만 암시했지만 그녀는 죽은 사람의 신원도 언젠가는 밝혀질 거라고 판단했을 겁니다. 머리가 좋은 여자니까요."

이시가키가 고개를 끄덕이더니 옆에 서 있는 고바야시를 올려다보았다.

"어떻게 생각해?"

"뭐라 말씀드리기 어렵습니다. 가가 경부보의 추리도 저는 아직 반신반의합니다."

"나도 좀 황당하기는 해. 하지만 신문 기사가 사실을 뒷받침하잖아. 게다가 가가의 추리가 옳다고 가정하면 여러 가지 수수께끼가 풀린단 말이지."

"그건 저도 압니다. 아사이 히로미가 어머니를 만나러 간 이유 역시 가가 경부보의 추리가 옳을지 모릅니다. 다만, 믿기가 쉽지 않아요. 사람이 30년 넘도록 그런 식으로 살 수 있나요? 저도 딸이 있지만 그렇게는 도저히 못할 것 같습니다."

"글쎄. 사느냐 죽느냐, 아니 딸을 살리느냐 죽이느냐 하는 상황이 닥치면 그렇게도 마음먹을 수 있지 않을까? 다른 길이 없으니."

이시가키의 물음에 고바야시는 신음 같은 소리를 낼 뿐 대답하지 않았다.

옆에서 듣고 있던 마쓰미야도 솔직히 고바야시와 같은 의견이었다. 그만큼 가가의 추리는 충격적이었다.

다양한 상황 증거로 보건대 아사이 히로미와 와타베 슌이치 사이에 연관성이 있는 것만은 의심할 여지가 없었다. 그렇다면 와타베는 대체 누구인가. 아사이 히로미와 오시타니 미치코가 공통으로 아는 사람 가운데 현재 행방이 묘연한 인물을 찾은 끝에 수사관들은 나에무라 세이조라는 인물에 주목했다. 그러나 미야모토 야스요의 증언으로 나에무라는 와타베가 아니라는 사실이 판명됐다.

그 얘기를 하자 가가는 '사건을 단순하게 생각해 봤다'고 말했다. 그는 이렇게 설명했다.

"아사이 히로미와 와타베 슌이치의 관계는 제가 볼 때 적어도 십수 년 이상 계속됐고, 누구와도 거의 교류가 없었던 와타베의 생활을 뒷받침한 사람도 아사이 히로미였다고 봅니다. 그렇게 특수한 관계를 지속할 만한 상대란 한정적이죠. 자신에게 지극히 소중한 사람일 겁니다. 깊이 사랑했던 연인 아니면 피붙이겠죠. 와타베의 추정 연령, 현재 행방이 묘연하다는 점, 오시타니 미치코와 아는 사이라는 점 등으로 미루어 볼 때 적합한 인물은 한 사람밖에 없습니다."

즉 아사이 히로미의 아버지인 다다오가 아니겠느냐는 말이었다.

사실 아사이 다다오는 자택 부근에서 투신자살한 것으로 되어 있지만 그것은 '비와 학원'의 자료에 기초했을 뿐 정식 기록으로 확인된 것이 아니었다. 동창생들이 전혀 기억하지 못하는 것도 부자연스러운 일이니 실제로는 다른 장소에서 죽지 않았을까 하는 것이 가가의 추리였다. 게다가 죽은 사람도 아사이 다다오 본인이 아니고 다른 사람의 죽음을 이용해 아사이 다다오의 존재를 이 세상에서 말소했다고 생각하면 앞뒤가 맞는다는 것이다.

이런 가설을 염두에 두고 가가는 아사이 히로미 본인에게 몇 가지 의문점을 추궁했고, 그 결과 자신의 추리가 틀리지 않았다고 확신했다고 한다. 그래서 찾아본 것이 바로 그 신문 기사였다. 아니나 다를까, 아사이 다다오는 자택에서 멀리 떨어진 장소에서 사망한 것으로 되어 있었다. 기사에 따르면 남아 있는 소지품에서 채취한 지문과 사체의 지문이 일치했으며, 함께 여행하던 딸이 시신을 확인함으로써 사망한 사람의 신원이 밝혀졌다는 것이다. 30년 전이라는 시대를 감안할 때, 사건성이 분명하게 인정되지 않으면 당시 경찰로서는 그 이상 조사하지 않았을 것이다.

그렇다면 노토반도의 절벽에서 떨어져 죽은 사람은 과연 누구일까. 가가도 거기까지는 알지 못했다고 한다. 그러나 만약 그의 생각대로라면 아사이 부녀는 중대한 비밀을 품고 살아왔을 것이다. 결코 그 누구에게도 알려져서는 안 되는 비밀을 말이다.

고시카와 무쓰오, 즉 와타베 슌이치와 아사이 히로미가 부녀 관계인지 아닌지 확신하는 방법으로는 DNA 감정이 있었다. 그래서 가가는 아사이 히로미의 머리카락을 입수해 감정을 의뢰해 놓았으며 이르면 내일 저녁때 결과가 나온다고 했다.

스스로 목숨을 끊은 것으로 위장하고 그 후의 인생을 전혀 다른 사람으로 살아간다……, 믿기지 않는 얘기였지만, 그렇게 생각하면 예의 몽타주에 그려진 암울한 표정도 납득할 수 있었다.

마쓰미야가 그런 생각에 잠겨 있는데 탁, 탁, 탁, 탁, 발소리가 들리는가 싶더니 누군가 방으로 뛰어 들어왔다. 오쓰키었다.

"알아냈습니다. 전에 오나가와초에 '와타베 배관'이라는 회사가 있었답니다. 주로 원전의 배관을 점검하는 하청 업체였던 것 같습니다."

"고용 기록은?"

고바야시가 물었다.

"아쉽게도 그건 찾기 어려울 것 같습니다. 애초에 관리가 제대로 이루어졌을지도 의심스러울 만큼 소규모 업체였습니다. 그리고 또 한 가지."

오쓰키가 들고 있던 서류를 책상에 놓았다.

"요코야마 가즈토시와 관련해 중대한 사실이 밝혀졌습니다. 30년 전 10월에 방사선 관리 수첩을 분실했다며 재발행을 신청한 일이 있답니다."

24

집에 돌아오니 밤 11시가 다 되어 있었다. 핸드백을 내던지고 소파에 몸을 누인 후 스마트폰 메시지를 확인했다. 문자가 몇 개 와 있었고, 그중 하나는 메이지 극장 프로듀서가 보낸 것이었다. 오늘 공연도 무사히 끝났다는 보고였다. 공연이 몹시 신경 쓰였던 히로미는 그제야 안도했다.

그녀는 한숨을 내쉰 후 오늘 있었던 일을 돌아보았다. 맨 먼저 떠오른 것이 헤어브러시였다. 아마도 가가가 그 여자에게 헤어브러시에서 히로미의 머리카락을 채취하라고 지시했을 것이다. 그런 지시를 내릴 만한 이유는 한 가지뿐이었다. DNA 감정이다. 결국 절대 알려져서는 안 되는 비밀을 그가 알아챘다는 뜻이다. 그것도 하필이면 가가가. 하지만 그것이야말로 운명일지도 몰랐다.

다음으로 아쓰코 얼굴이 떠올랐다. 30년 만에 만난 어머니는 초라하고 가여운 여자였다. 그런 주제에 몸에 밴 교활함은 예나 지금이나 다를 것이 없었다. 그녀와 마주하면서 그 추악함을 자신이 고스란히 물려받았다는 사실을 깨닫고 히로미는 몸서리를 쳤다. 그 자리에서 덤벼들어 목을 조르고 싶은 충동을 억제하느라 얼마나 애를 먹었는지 모른다.

그 여자가 오늘까지 어떤 식으로 살아왔는지는 관심 밖이었다. 들을 가치조차도 없는 인생이었을 게 뻔했다. 여러 남자와 관계하면서 몸을 망쳐 가는 나날이었으리라. 그리고 그 결말이 지금 그 모습일 것이다.

아쓰코가 어떻게 살았는지는 알고 싶지 않았지만, 히로미와 아버지의 인생이 어땠는지는 그녀에게 알리고 싶었다. 본인의 어리석은 행위가 얼마나 큰 비극을 낳았는지 이제부터 죽을 때까지 잊지 못하도록 해 주고 싶었다. 그럴 기회가 앞으로 또 있을지 알 수 없어 마지막 공연을 하루 앞둔 중요한 때임에도 굳이 오늘 만나러 갔던 것이다.

히로미는 눈을 감았다. 아쓰코에게 얘기함으로써 30년 전의 기억이 한층 선명해진 듯한 느낌이었다. 그 악몽 같은 기억이.

야반도주를 결행한 지 일주일이 지났다. 히로미와 다다오는 이시카와현에 있었다. 처음에는 싸구려나마 여관에 묵었지만 지난 이틀은 역 구내나 공원 벤치에서 밤을 지새웠다.

기대가 빗나갔다는 것을 알기까지 그리 오랜 시간이 걸리지 않았다. 다다오가 말했던 '옛날에 도와준 적이 있고 지금은 후쿠이에서 운송업을 하는 지인'에게 연락을 취하려 했지만 그런 회사는 있지도 않았다. 다다오가 건네받은 명함이 가짜였던 것이다. 사람들에게 신용을 얻으려고 만든 것에 다다오가 감쪽같이 속은 것이다.

"걱정 마라. 이 사람이 아니어도 아는 사람은 많다."

다다오는 여기저기 연락을 취해 보았지만 부녀를 거둬 줄 만한 사람을 찾을 수 없었다.

이제 어떻게 되는 것일까. 히로미는 불안감에 사로잡혔다. 아쓰코가 돈을 몽땅 들고 나갔으니 오래 버틸 만한 돈이 다다오에게 있을 것 같지 않았다. 여관에 묵지 않는 이유도 돈을 아껴야 하기 때문일 것이다.

그런데 그날은 다다오가 "오늘은 여관에서 묵을까?" 하고 제안하는 것이었다. 가나자와 시내에 있는 공원에서 빵을 먹고 난 다음이었다.

"어느 여관?"

히로미가 의아해하며 물었다.

"아빠가 좋은 데를 안다. 옛날에 갔던 적이 있거든."

그러고서 다다오는 벤치에서 일어나 서점으로 걸음을 옮겼다. 여행 가이드북 한 권을 산 그는 공중전화 부스로 들어가더니 잠시 후 밝은 얼굴로 나왔다.

"다행이구나. 예약이 됐다."

"어디 있는 여관인데?"

여기, 하면서 다다오는 여행 가이드북을 펼쳐 보였다. 거기에는 노토반도의 지도가 그려져 있었다.

"그럴 돈이 있어? 나는 공원 벤치에서 자도 괜찮아."

"돈 걱정은 말아라. 이제 걱정하지 않아도 된다."

"어떻게?"

"넌 알 거 없어. 아무튼 빨리 가자."

다다오는 이상할 정도로 표정이 밝고 목소리도 명랑했다. 이 고난을 벗어날 묘안이라도 떠오른 것일까.

저녁 무렵 여관에 도착했다. 두 사람은 방에 짐을 놔두고 곧장 저녁을 먹으러 나갔다. 그들이 들어간 곳은 테이블이 두 개밖에 없는 조그만 식당이었다. 테이블 하나에서 중년 남자가 생선회를 안주 삼아 맥주를 마시고 있었다.

어서 오세요, 라며 안경을 낀 여자 종업원이 두 사람을 맞았다.

자리에 앉은 그들은 메뉴 중에서 생선구이 정식을 먹기로 했다. 제대로 된 밥을 먹는 것이 하도 오랜만이어서인지 눈물이 날 정도로 맛있었다.

밥을 절반쯤 먹었을 때였다. 옆 테이블 남자가 "아버지와 딸, 둘이서 여행 중이신가?"라고 물었다.

다다오가 "네, 뭐……."라고 대답하자 남자는 싱글거리며 "부럽구려. 딸과 온천 여행이라니. 하기야 이런 곳에는 혼자 오는 법이 아니지요."라고 말했다.

"혼자 오셨습니까?"

"그렇소이다. 물론 여행 온 건 아니지만요."

그리고 남자는 일어나서 선반에 놓인 유리컵을 집어 다다오 앞에 놓더니 맥주를 따라 주려고 했다.

"아니, 저는……."

"뭐 어떻습니까. 마실 줄은 알죠? 옷깃만 스쳐도 인연이잖소."

남자가 다다오의 잔에 맥주를 따랐다.

감사합니다, 라며 다다오는 목을 움츠리듯 고개를 꾸벅하고
나고 맥주를 들이켰다.

남자가 남은 맥주를 자기 컵에 따른 후 새로 한 병을 주문했
다.

"여행이 아니면 일 때문에 오셨나요?"

"뭐, 그런 셈이지요. 다음 일터로 가던 도중에 잠시 들렀소
이다."

"다음 일터가 어딘데요?"

"후쿠시마에 있는 원자력 발전소요."

"아, 원자력……."

"그 전에는 와카사에 있었어요. 미하마 원전 정기 점검 일로
말이오. 그 일이 끝나서 후쿠시마로 옮겨 가는 중이올시다.
원전 철새라고나 할까."

남자가 걸걸한 목소리로 하하하, 웃었다.

원자력 발전소라는 것이 있다는 사실은 히로미도 알았지만,
거기서 일하는 사람에 대해서는 생각해 본 적이 없었다. 호기
심에 차서 새삼스럽게 남자를 바라보았다.

남자는 긴소매 폴로셔츠에 청바지 차림으로, 그 위에 걸쳤
던 것으로 보이는 검은 점퍼는 의자 등받이에 걸쳐 있었다.
나이는 다다오와 비슷해 보였다.

눈길이 마주치자 남자가 히로미에게 히죽 웃어 보였다. 히

로미는 얼른 눈을 내리깔았다.

"그럼 댁에는 자주 안 가십니까?"

다다오가 물었다.

"집이라는 게 있을 턱이 있겠소, 세상천지에 고독한 몸인데. 나고야에 전입신고를 한 적이 있긴 한데 하도 오래돼서 남아 있을지나 모르겠소."

남자가 태평한 표정으로 말했다.

"그런데도 채용이 됩니까?"

"되고말고요. 원전 작업원이란 일용직 노동자나 다름없으니까요. 그래서 사연 있는 사람 천지예요. 전력 회사의 하청, 아니지, 재하청의 재하청 사무소에서 그런 사람들을 끌어모으는데, 가기만 하면 먹고 잘 수 있는 숙소를 마련해 줘요. 그럼 그곳이 당분간 내 거처가 되는 거라오. 몇 달 그렇게 있다가 일이 끝나면 다른 원전으로 옮겨 갑니다. 계속 그런 식으로 사는 거예요. 난 그럭저럭 4년이나 됐소."

남자는 등받이에 걸쳐 둔 점퍼 주머니에서 수첩 같은 것을 꺼내 다다오에게 보여 주었다.

"이것만 있으면 일할 수 있어요."

다다오가 수첩을 받아 들었다. 히로미도 옆에서 들여다봤다. '방사선 관리 수첩'이라고 인쇄된 글자 밑에 남자의 얼굴 사진이 있고 이름난에는 요코야마 가즈토시라고 적혀 있었다.

"이건 누구든지 받을 수 있나요?"

"받을 수 있지요, 주민표만 있으면 말이오. 나도 이걸 신청할 때 전입신고를 했거든. 그러니까 이걸 잃어버리면 낭패예요. 아까도 말했지만 지금은 그 주소지에 내 이름이 남아 있는지 어떤지도 알 수 없으니까요."

남자가 잔에 남은 맥주를 들이켠 후 새 병에서 맥주를 따르더니 엉거주춤 일어서서 다다오의 잔에도 맥주를 채웠다.

"원전 일이 어렵습니까?"

수첩을 돌려주며 다다오가 물었다.

남자가 흥, 콧방귀를 뀌었다.

"어려울 거 하나도 없어요. 그저 시키는 대로만 하면 그만인걸. 미하마에서는 청소만 했어요."

"청소요?"

"예. 원전 정기 점검이라는 게 말하자면 방사능과의 전쟁이거든. 방사능으로 가득한 물이 흘러가는 곳을 점검해야 하니까요. 그래서 우선은 그 방사능을 제거해야 하는데, 그게 바로 우리 일이었다오. 그럼 그걸 어떤 식으로 제거하느냐, 한마디로 걸레질이랄까. 걸레나 솔로 박박 문지른다 이 말입니다. 그게 다예요. 웃기지 않아요? 최신 기술이란 기술은 다 모였을 원전에서 기껏 걸레질이라니 말이오."

남자가 쓴웃음을 지으며 생선회를 입에 던지듯이 넣고 맥주를 마셨다.

"그럼 누구나 할 수 있겠네요?"

"그럼요, 아무나 할 수 있어요. 물론 방호복을 입어서 덥기도 하고 몸도 고되지만 하는 일이라고는 단순 작업뿐이니까요. 돈을 워낙 많이 주니까 소개료를 좀 뜯긴다 해도 손에 남는 게 많단 말이지."

단, 하고 남자가 목소리를 낮췄다.

"무슨 일에든 반대급부는 있는 법, 피폭이 그 대가라오."

"피폭……."

"방사선을 뒤집어쓰는 거지. 방호복을 입어도 완전히 막아주지는 못하니까. 방사선량 측정계를 부착하고 작업하는데, 아주 시끄러울 정도로 삐, 삐, 삐, 삐, 울려 댈 때도 있어요."

"그래도 괜찮나요?"

"글쎄요, 좋지야 않겠지만 그런 걸 신경 쓰다 보면 이 일을 못 해요."

다다오가 남자 쪽으로 몸을 기울였다.

"그 일, 제게도 소개해 주시면 안 되겠습니까? 실은 일을 찾고 있거든요."

남자가 허를 찔리기라도 한 듯 몸을 뒤로 젖혔다.

"……아니, 이러면 곤란해요. 당신을 데려갔다가 대신 내가 잘리면 본전도 못 찾으라고? 거기다 후쿠시마는 나도 처음이라 일자리가 결정된 것도 아니란 말이오. 미안하지만 거절하겠소."

다다오는 한숨을 쉬고는 "그렇군요……"라고 힘없이 대답했다.

분위기가 갑자기 어색해지고 침묵이 흘렀다. 그때 다다오가 자리에서 일어나 화장실에 갔다.

히로미는 양손을 무릎에 얹은 채 말없이 앉아 있었다. 음식이 아직 남아 있었지만 왠지 더 먹고 싶은 마음이 없었다.

"아가씨, 몇 살이야?"

"열넷이에요."

호오, 하면서 남자가 눈을 번쩍 떴다.

"그보다는 더 먹었을 줄 알았더니만……. 그런 말 많이 듣지?"

글쎄요, 하고 히로미는 고개를 갸웃해 보였다. 실제로는 몇 번 들은 적이 있었다.

남자가 식당 안쪽에서 TV를 보고 있는 종업원을 힐끔 보고나서 히로미에게 얼굴을 바짝 들이댔다.

"너 말이야, 아르바이트 하나 할래?"

"네?"

"이 가게 건너편에 주차장이 있는데, 내가 차를 거기 세워뒀어. 하얀 왜건이니까 금방 알아볼 수 있을 거야. 이따 놀러

와. 용돈 줄 테니까."

말투가 끈적거렸다. 그 목소리가 온몸에 휘감겨 붙는 것 같아 히로미는 꼼짝도 할 수 없었다.

화장실에 갔던 다다오가 돌아왔다. 남자는 이미 원래 자세로 돌아가 있었지만 히로미는 여전히 몸이 움직여지지 않았다. 표정도 굳어 있었나 보다. 그녀를 본 다다오가 왜 그러느냐고 물었다.

그녀는 아무것도 아니라고 대답했다.

밥값을 치르고 두 사람이 식당에서 나가는데 남자가 "그럼 아가씨, 또 봐." 하고 인사했다.

히로미는 대답하지 않았다.

그런데 식당을 나온 다다오가 여관과는 반대 방향으로 걸음을 내디뎠다. 히로미가 이쪽은 여관 방향이 아니라고 하자 그는 "나도 안다."라고 대답했다.

"모처럼 이런 곳에 왔으니 산책이나 할까 해서 말이다."

히로미는 잠자코 따라 걷기로 했다. 다다오의 걸음걸이에 망설이는 기색은 없었다. 전에 온 적이 있다고 했으니 웬만큼은 길을 알고 있을 터였다.

이윽고 두 사람은 막다른 곳에 다다랐다. 울타리가 쳐져 있어 더는 갈 수 없었다. 가로등이 하나 덩그러니 있을 뿐 주위가 캄캄했다. 멀리서 파도 소리가 들려왔다.

"여기가 끝인가……."

다다오가 중얼거렸다.

"아빠, 왜 이런 데로 왔어?"

"아니, 그냥……. 어쩌다 보니 여기까지 왔구나. 그만 돌아
갈까."

다다오는 방금 왔던 길을 되돌아 걷기 시작했다.

'혹시……'

불길한 생각이 히로미의 뇌리를 스쳤다.

아버지가 죽기로 마음먹은 건 아닐까. 어쩌면 히로미를 데
리고 죽을 작정인지도 모른다. 울타리 너머에 있는 절벽에서
뛰어내리려는 것 아닐까. 그러자 아버지가 느닷없이 이런 곳
으로 오자고 한 이유를 알 것 같았다.

앞장서서 말없이 걷는 아버지의 뒷모습을 바라보던 히로미
는 몸이 떨렸다. 아버지 마음속에서는 자살이나 동반 자살이
구체적인 계획으로 굳어져 있는지도 몰랐다. 그렇게 생각하
니 한없는 절망감이 밀려들었다. 그러지 마, 아빠. 아빠의 등
에 대고 외치고 싶었다. 그러나 그런 말을 입 밖에 낼 수는 없
었다. 히로미가 눈치챘다는 사실을 알면 다다오가 충동적으
로 일을 저지를지도 모르기 때문이었다.

부녀는 앞서 들렀던 식당 앞에 이르렀다. 길 건너 주차장에
흰색 왜건이 서 있었다. 그 남자는 차 안에 있을까. 그러나 지

금은 그런 일 따위 아무래도 좋았다.

여관에 들어서자 다다오는 온천장에 다녀오겠노라고 했다.

"어제도 그제도 목욕을 못했구나. 히로미 너도 느긋하게 몸이라도 담그고 오렴."

그리고서 그는 수건을 들고 방을 나갔다.

히로미는 다다오의 웃옷을 뒤져 지갑을 꺼냈다. 돈이 얼마나 남았는지 확인하려는 것이었다. 식당에서 밥값을 낼 때 얼핏 보니 가슴이 덜컥할 만큼 돈이 없는 것 같았다.

아니나 다를까, 지갑 속에는 천 엔짜리가 몇 장 들어 있을 뿐이었다. 그 돈으로는 숙박비조차 해결할 수 없었다.

역시 그랬구나, 하고 확신했다. 아버지는 죽을 작정인 것이다. 죽어 버리면 숙박비 따위는 내지 않아도 된다. 온천장에 간 것도 마지막으로 몸을 깨끗이 하려는 뜻으로 여겨졌다.

어떻게든 막아야 한다. 마음을 바꾸도록 해야 한다. 그러나 어떻게 해야 마음을 바꿀 수 있단 말인가.

돈이 조금만 더 있어도, 하고 생각했다. 돈이 있으면 일단 며칠이라도 버틸 수 있다. 그사이에 다다오의 마음을 돌려놓을 수 있을지도 몰랐다.

히로미는 여관을 빠져나왔다. 식당에서 만났던 남자를 찾아가기로 한 것이다. 남자가 말한 '아르바이트'가 뭘 의미하는지는 짐작하고 있었다. 싫지만 어쩔 수 없다고 생각했다. 사느냐 죽느냐의 갈림길이었다.

바깥은 한층 어두워져 있었다. 가게들도 대부분 문을 닫았고 지나가는 사람도 보이지 않았다.

아까 들렀던 식당 앞까지 왔다. 영업이 끝난 식당은 내부가 깜깜했다.

길 건너 주차장에 하얀 왜건이 서 있었다. 주뼛거리며 그 차로 다가갔다.

히로미가 차 안을 들여다보려고 얼굴을 가까이 가져갔을 때였다. 슬라이드 도어가 벌컥 열리고, 뒷자리에 앉아 있는 남자가 보였다. 그는 차 안에서 바깥을 내다보다가 그녀가 오는 모습을 본 듯했다. 차내등의 희미한 불빛 아래서 남자는 야비하게 웃고 있었다.

"역시. 올 줄 알았다."

"⋯⋯어떻게요?"

히로미가 잠긴 목소리로 물었다.

"보면 알 수 있지. 느긋하게 여행이나 할 부녀가 아니었어. 사연 있는 사람들을 여럿 봐 왔는데 그들과 비슷한 냄새가 났거든. 빚쟁이들을 피해 다니고 있는 거 아니냐?"

그가 너무도 정확히 짚어 내자 히로미는 놀라서 입을 다물었다.

남자가 쿡쿡거리며 웃었다.

"정곡을 찌른 모양이군. 그럼 분발해야지. 이 차의 주인도 빚 때문에 목을 매어 죽었어. 그렇다면 나라도 마르고 닳도록 타 주자고 생각했지. 사람이란 죽으면 그만이야. 자, 어서 들어 와."

남자가 손짓했다.

뒷자리는 사람이 누울 수 있도록 등받이가 젖혀져 있었다. 차에서 먹고 자면서 이동하는 듯했다. 한구석에 빈 도시락 그릇이 놓여 있고 그 옆에는 젓가락이 내팽개쳐져 있었다.

히로미가 주저하자 남자가 팔을 뻗어 히로미의 손목을 잡았다.

"자, 어서. 기왕 마음먹었는데 어물거릴 필요 없잖아."

남자가 억센 힘으로 잡아당기는 바람에 히로미의 몸이 차 뒷자리에 내동댕이쳐졌다. 그녀가 고개를 들었을 때는 이미 슬라이드 도어가 닫히고 차내등도 꺼져 있었다.

남자가 히로미의 몸을 덮쳤다. 그는 히로미를 부둥켜안고 입술로 그녀의 입을 막았다. 까끌까끌한 수염의 감촉이 느껴지는가 하는 순간 남자의 혀가 입안으로 들어왔다. 담배 냄새와 술 냄새가 섞인 침이 너무도 불쾌해 구역질이 났다.

남자가 잠시 움직임을 멈추고 몸을 일으켜 바지 지퍼를 내린 후 바지와 팬티를 모두 끌어 내렸다. 어둠 속에서 남자의 검고 거대한 성기가 어렴풋이 드러났다. 히로미는 고개를 돌렸다.

"먼서 입으로 해 줬으면 좋겠어."

남자가 낮은 음성으로 말했다.

"해 본 적 있나?"

히로미는 말없이 고개를 저었다.

남자가 목구멍 속에서 나오는 불쾌한 소리를 내며 웃었다.

"그래? 처음이란 말이지. 하긴 그렇겠지. 이제 겨우 열네 살이니까. 그럼 내가 가르쳐 줘야겠군. 일단 신발을 벗고 납작 엎드려."

겁을 먹은 히로미가 꼼짝 않고 있자 "빨리 해!"라고 남자가 소리를 질렀다.

"꾸물거리지 말고 시키는 대로 하란 말이야. 돈이 필요하지 않나? 아버지랑 바다로 뛰어들 작정이야?"

그 말에 히로미가 부들부들 떨면서 몸을 움직였다. 동시에 머리 한구석으로 생각했다. 차라리 바다로 뛰어드는 게 편하게 죽는 길일까.

엎드린 히로미 앞에 남자가 책상다리를 하고 앉았다. 남자의 성기가 눈앞에 있었다. 그녀는 눈을 감았다. 금방이라도 남자가 손으로 머리를 짓누를 것만 같았다.

"이거 너무 어두워서 재미가 없는걸."

남자가 중얼거리더니 손을 차내등 스위치로 뻗었다. 그 순간 남자의 샅에서 나는 냄새가 히로미의 코에 훅 끼쳐 왔다.

한계였다. 히로미는 남자를 밀치고 슬라이드 도어를 연 후 차에서 뛰어내리려고 했다. 그러나 뛰어내리기 직전에 남자에게 손목을 잡히고 말았다.

"뭐 하는 짓이야. 얌전히 굴어!"

남자가 짜증스러운 목소리로 말했다.

"싫어. 안 할래."

"이제 와서 그러면 쓰나. 허튼소리 말고 시키는 대로 해."

남자가 히로미를 다시 뒷자리에 쓰러뜨리고 청바지를 벗기기 시작했다. 엄청난 힘이었다. 히로미가 있는 힘을 다해 저항하려 했지만 그를 당할 수는 없었다.

마침내 남자의 손이 히로미의 팬티 속으로 들어왔다. 더는 안 되겠다고 생각하면서 그녀는 정신없이 주위에 있는 것을 더듬었다. 젓가락이 손에 잡혔다. 이런 것이 무기가 될 수 있을까 반신반의하면서도 그녀는 젓가락을 쥔 손에 힘을 주어 자신의 팬티를 벗기려 하는 남자의 얼굴을 향해 힘껏 찔러 넣었다.

남자가 커억, 하는 기묘한 소리를 지르더니 히로미의 몸 위로 쓰러졌다. 그는 뭔가를 하려는 게 아니라 그저 팔다리를 버둥거릴 뿐이었다.

히로미가 남자의 몸을 밀쳐 냈다. 눈을 희번덕거리는 남자의 입에 젓가락이 깊이 꽂혀 있었다.

무슨 일이 일어난 것인지 도무지 알 수 없었다. 하지만 심각한 상황이라는 것만은 분명했다. 이대로 두면 남자는 죽을 수도 있었다. 그러면 자신은 살인자가 되는 것이다.

청바지와 신발을 손에 들고 차에서 빠져나온 후 차림새를 가다듬고 여관을 향해 달렸다. 한참 달리다 보니 반대 방향에서 걸어오는 다다오의 모습이 보였다.

"히로미, 너 어디 갔다 오니?"

아버지 얼굴을 보자 온몸에서 힘이 빠져나갔다. 히로미의 무릎이 꺾이는데 다다오가 그녀의 몸을 붙들었다.

"아니, 왜 이래? 무슨 일이 있었어?"

"아빠, 나, 나……."

말을 하려는데 몸이 떨려 이가 딱딱 부딪치는 소리가 났다.

"나, 사람을 죽인 것 같아."

다다오가 눈을 휘둥그렇게 떴다.

"뭐라고, 그게 무슨 소리냐?"

"식당에서 만났던 남자가 아르바이트를 하지 않겠느냐고 해서, 그래서 차에 갔는데, 아무래도 싫어서……, 그래서 젓가락으로…… 젓가락으로……."

"아르바이트라니, 대체 무슨 말이야. 젓가락으로 뭘 어쨌다고? 제대로 설명해 봐."

"찔러 버렸어. 그 남자…… 저녁 먹을 때 만났던 사람."

"뭐?"

다다오의 얼굴이 일그러졌다.

"왜 그런 짓을……, 그 차, 어디 있지?"

"식당 건너편 주차장에."

"……."

잠시 말이 없던 다다오가 히로미의 손을 놓으며 어딘가로 가려고 했다.

"어디 가려고?"

"어떻게 됐는지 가서 봐야지. 이대로 둘 수는 없잖니."

"싫어, 무서워."

히로미가 울먹이며 말했다.

"다시 가고 싶지 않아."

"너는 안 와도 된다. 먼저 여관에 가 있거라."

그리고 다다오는 걸음을 옮겼다.

아무래도 그냥 돌아갈 수는 없어 히로미도 아버지를 따라나섰다.

길은 어두웠지만 멀리서도 차를 볼 수 있었다. 불빛이 새어 나오고 있었기 때문이다. 깜빡하고 차내등을 끄지 않은 것이다.

다다오가 차 안을 들여다보았다. 다가가기가 두려웠던 히로미는 멀찍이서 그 모습을 지켜보았다.

잠시 후 나다오가 치내등을 *끄고* 슬라이드 도어를 닫은 뒤 돌아왔다. 표정이 매우 굳어 있었다. 그는 히로미를 주차장 구석에 있는 조그만 가건물 옆으로 데리고 갔다. 두 사람은 그곳에 웅크리고 앉았다.

　"죽은 것 같다. 젓가락이 위턱을 뚫고 들어가 뇌를 찔렀나 보더라. 전에 누가 사고로 그렇게 죽었다는 얘기를 들은 적이 있다만, 실제로 보니 참 끔찍하더구나."

　다다오의 말투가 의외로 담담했다.

　"자수해야겠지?"

　히로미가 묻자 다다오는 팔짱을 끼었다.

　"그게 맞는 거겠지. 우리가 그 남자랑 얘기하는 걸 식당 사람도 봤을 테니까. 이런 곳에서 그렇게 끔찍하게 죽었으니 우리가 맨 먼저 의심을 받을 거다. 도망쳐 봐야 소용없겠지."

　히로미는 양손으로 얼굴을 감쌌다. 자업자득이라지만 이토록 어이없이 범죄자가 되다니. 이제 자신의 인생은 완전히 끝났다 싶었다.

　"여기서 잠깐 기다려라. 금방 돌아오마."

　히로미가 얼굴에서 손을 뗐다. 어둠 속에서도 아버지의 눈빛이 지금까지 본 적 없을 만큼 진지하다는 것을 느낄 수 있었다.

　"어디 가려고. 경찰서?"

"아니. 자세한 건 나중에 설명할 테니 조금만 기다려라."

"어쩔 건데? 경찰에 신고해야 하는 거 아니야?"

"신고하지 않을 거야. 히로미 너도 경찰서에 가지 않아도 된다. 그러니 잠자코 기다려. 알겠지?"

"알긴 알겠는데……."

그럼, 하고 일어선 다다오는 잰걸음으로 멀어져 갔다. 히로미는 아버지의 의도를 알 수 없어 불안했다. 공기는 뜨뜻미지근한데 소름이 돋았다. 사람을 죽였는데 경찰서에 가지 않아도 된다니, 대체 무슨 생각일까.

다다오는 한참이 지나서야 돌아왔다. 그는 손에 가방을 들고 있었다.

"차에 가까이 온 사람 없었지?"

"응, 아무도 안 지나갔어."

"그래."

다다오는 가방을 든 채 차에 다가가 슬라이드 도어를 열고 안으로 들어갔다. 뭘 하려는 건지 히로미는 짐작조차 할 수 없었다.

잠시 후 다다오가 나왔다. 손에는 여전히 가방을 들고 있었다. 그는 슬라이드 도어를 닫은 후 히로미 곁으로 다가와서 가방을 내려놓더니 바닥에 털썩 주저앉았다. 손수건이 감긴 가방 손잡이가 히로미 눈에 들어왔다.

"히로미, 아빠 말 잘 들어라."

다다오가 무거운 음성으로 말했다.

"지금 당장 이 가방을 들고 여관으로 돌아가거라. 손잡이에 손수건이 감겨 있는 그대로 말이야. 손수건은 여관에 도착하면 풀어 버리렴. 그리고 날이 밝으면 여관 주인에게 아빠가 밤사이에 사라졌다고 말해라."

"아빠는 어떻게 하려고?"

"우선 시체를 처리해야겠지. 그런 다음 그 사람 차를 타고 어딘가로 멀리 떠날 작정이야. 어쩌면 후쿠시마로 가게 될지도 모르겠다."

"후쿠시마라면……."

다다오가 히로미 어깨 위에 양손을 얹었다.

"중요한 건 그다음이야. 좀 있으면 저 앞쪽 낭떠러지 밑에서 시체가 발견됐다며 소동이 벌어질 거다. 그리고 경찰에서 너를 부를 거야. 그들이 시체를 보여 주면서 아버지가 맞느냐고 물으면 틀림없다고 대답하거라."

히로미가 눈을 번쩍 떴다.

"그럼 혹시……."

"그래, 맞아."

다다오가 고개를 깊이 끄덕였다.

"아빠는 죽은 사람이 되는 거야. 이 가방 속에 있는 물건에 그 남자 지문을 묻혀 놓았다. 가방 손잡이도 쥐었다 놓게 했고. 그놈이 아빠 대신이란 말이지. 히로미 너도 눈치챘겠지만, 사실 아빠는 오늘 밤 죽을 작정이었다. 네가 자는 사이에 여관을 빠져나가 절벽에서 뛰어내릴 생각이었어. 그런데 네 덕분에 그럴 필요가 없어졌다. 그놈이 아빠 대신 죽어 줬으니까. 아빠가 죽었다고 알려지면 더는 빚쟁이에게 쫓기는 일도 없을 거야. 그리고 히로미 너는 경찰에서 어디로든 보내 줄 거다. 그래도 시설에 들어가는 게 도망 다니는 것보다는 낫지 않겠니?"

"그다음에는? 아빠는 어떻게 할 건데?"

다다오가 고개를 살래살래 저었다.

"아직 몰라. 어쩌면 그놈 이름을 사용할지도 모르지."

'아!' 하고 히로미의 머릿속을 스치는 것이 있었다. 그래서 후쿠시마였구나. 남자가 후쿠시마 원전에서 일할 거라고 했던 기억을 떠올렸다.

"그렇게 하면 아무 일 없을까?"

"모르겠다. 해 보지 않고서야 알 수 없지. 하지만 걱정 마라. 설령 시체가 다른 사람 것으로 판명이 나더라도 너는 모르는 일이라고 잡아떼면 그만이니까. 무서워서 시체를 제대로 못 봤고 그저 아빠인 줄만 알았다고 하면 된다. 경찰도 덩치가 산만한 남자를 히로미 네가 죽였다고는 생각하지 않을 거다. 도망친 아빠가 범인이라고 생각할 거야."

"그렇게 되면 아빠가 체포될 거 아냐."

"그래도 괜찮다, 아빠는."

히로미가 고개를 세차게 저었다.

"그건 말도 안 돼."

"안 될 거 없다. 아빠 말 똑똑히 들어."

다다오가 히로미의 어깨를 잡고 흔들었다.

"아빠가 바라는 건 네가 행복해지는 것뿐이야. 다른 건 어찌되든 상관없다. 그러니 아빠 말대로 해. 네가 행복해지는 게 내 일생의 소원이다."

그 말에 히로미는 마음이 흔들렸다. 그런 소원이라도 들어주고 싶었다.

"하지만……, 만일 계획대로 잘된다 해도 그다음에는 어떻게 되는 건데? 앞으로 영원히 아빠를 못 만나는 거야?"

다다오는 말문이 막혔다. 누구보다도 다다오 자신이 괴로운 심정일 터였다.

"최악의 경우에는 그럴 수도 있지."

그는 목소리를 쥐어 짜내듯이 대답했다.

"그건 싫어. 그런 식으로는 행복해질 수 없어."

다다오는 입술을 깨물었다. 눈 밑이 젖어서 번들거렸다.

"나중 일은 앞으로 생각해 볼게. 일이 잘 풀리면 어떻게든 연락하마. 아마 그때는 편지를 보내야 할 테니 히로미 너는 사는 곳이 바뀔 때마다 우체국에 가서 신고하거라. 그럼 그 사람들이 다 알아서 해 줄 거야. 다만, 아빠 이름으로 편지를 보낼 수는 없으니 다른 이름을 사용해야겠지. 어떤 이름이 좋겠니?"

하지만 히로미는 적당한 이름이 떠오르지 않아 잠자코 있었다.

"아무 이름이라도 좋다. 좋아하는 연예인이 있으면 이름을 말해 보거라."

"고이즈미 교코랑 곤도 마사히코……."

"그럼 곤도 교코로 하자. 여자 이름으로 보내는 편이 의심을 덜 받을 거야. 초등학교 시절부터 편지를 주고받던 친구라고 해라. 만일 누가 읽더라도 수상하게 여기지 않도록 쓰마."

히로미는 알았다고 대답했지만, 여기서 이대로 아버지와 헤어져야 한다는 사실이 조금도 현실로 느껴지지 않았다.

다다오는 히로미의 어깨에서 손을 내렸다. 그는 딸의 얼굴을 똑바로 바라보았다.

"히로미, 마음 단단히 먹어야 해. 부디 힘을 내서 살아가렴. 이런 일을 당하게 해서 정말 미안하구나. 아빠는 부모로서 실격이야."

히로미는 세차게 고개를 저었다.

"그렇지 않아. 아빠 잘못이 아니라는 건 내가 제일 잘 알아.

아빠 딸로 태어나서 행복해."

다다오의 얼굴이 일그러졌다. 그는 두 팔로 히로미를 감쌌다. 아빠 품에서 체온을 느끼며 히로미는 눈을 감았다. 눈물이 끝없이 흘렀다. 참으려고 했지만 결국 흐느껴 울고 말았다.

이윽고 다다오가 히로미에게서 떨어졌다. 그는 심호흡을 한 번 한 다음 "자, 이제 가거라. 몸조심하고, 힘내라, 히로미."라고 말했다.

"아빠도 건강하게 지내야 해."

그래, 하고 다다오는 힘주어 고개를 끄덕였다. 그리고 두 사람은 일어섰다.

히로미는 가방을 들고 돌아서서 천천히 걸음을 옮겼다. 길로 나선 그녀는 몇 걸음 걷다가 발길을 멈추고 뒤돌아봤다. 그 순간 탁, 하고 차 문 닫히는 소리가 났다. 다다오가 왜건에 올라탄 것이다.

잘 가. 고마워, 아빠. 마음속으로 중얼거리며 히로미는 앞을 향해 걸었다.

25

사카가미 일행이 나고야에서 돌아왔을 때는 자정이 가까워

져 있었다. 마쓰미야와 고바야시, 가가가 특별 수사본부에서
그들이 도착하기를 기다리고 있었다.

"요코야마 가즈토시의 사진을 입수했습니다. 도요하시에 사
는 누나가 가지고 있더군요. 하나같이 아주 젊었을 때 사진이
지만 얼굴이 선명하게 나와 있어서 확인하는 데는 문제가 없
을 듯합니다."

사카가미가 책상 위에 사진 다섯 장을 늘어놓았다.

그중 한 장을 마쓰미야가 집어 들었다. 결혼식 피로연에서
찍은 것으로 짐작되는 사진이었다. 원탁 앞에 다섯 남녀가 죽
서 있었다.

"거기서 왼쪽 맨 끝에 서 있는 사람이 요코야마야."

사카가미가 알려 주었다.

중키에 살이 알맞게 찐 서른 정도의 남자였다. 짧은 머리에
얼굴이 갸름하고 이목구비에 큰 특징은 없었다.

"사진을 미야모토 야스요 씨에게 보일 겁니까?"

마쓰미야가 고바야시에게 물었다.

"그럴 생각이긴 하지만 자네가 또 갈 필요는 없어. 미야기
현경에 도움을 청할 거야. 이 사진을 보내서 내일 아침에 미
야모토 씨에게 확인해 달라고 하면 돼. 만약 가가 군의 추리
가 맞는다면 오나가와 원전에서 요코야마 가즈토시라는 이름
으로 일했던 작업원은 와타베 슌이치일 테고, 미야모토 씨는

411

이 사진들을 보고 와타베 슌이치가 아니라고 증언할 거야. 안 그런가, 가가 군?"

방 한구석에 서 있던 가가가 네, 하고 고개를 끄덕했다.

"요코야마의 누나는 동생의 근황을 알고 있던가?"

고바야시의 물음에 사카가미는 고개를 저었다.

"만나지 못한 지 벌써 수십 년이랍니다. 주위 사람들에게 폐만 끼치다가 어느 날 행방불명되었다네요. 어디선가 객사하지 않았겠느냐, 자신은 죽은 사람으로 생각한다고 그러더군요."

"요코야마의 전처는 만나 봤어?"

네, 하고 대답한 사람은 다른 수사원이었다.

"전화로 보고드린 것처럼, 첫 번째 아내는 3년 전에 암으로 세상을 떠났습니다. 그리고 결혼 기간이 2년도 채 안 되었기 때문에 설령 살아 있었다 해도 별다른 얘기를 듣지 못했을 겁니다. 두 번째 아내는 현재 사카에에서 술집을 하고 있습니다. 그녀 역시 결혼 기간이 4년 남짓으로 그리 길지 않았고, 이혼 후에는 요코야마와 연락한 적이 전혀 없다고 했습니다. 그런 남자와는 두번 다시 엮이고 싶지 않다더군요."

"결혼 생활이 그다지 좋지는 않았던 모양이군."

"술에, 도박에, 여자에……, 한마디로 최악이었다네요. 특히 여자관계가 복잡해서 여기저기서 문제를 일으켰다고 합니다. 여중생에게 임신을 시킨 적도 있고요."

고바야시가 얼굴을 찡그렸다.

"거, 형편없는 놈일세."

"도박으로도 골치를 썩였던 모양입니다. 도박 빚을 져 놓고는 주위에 손을 벌리는 일이 다반사였답니다. 부모가 물려준 얼마 안 되는 재산도 결국 도박으로 날려 버렸고요."

"그 여자도 그렇지, 어떻게 그런 남자와 결혼을 하나?"

"여자에게는 친절하고 돈도 잘 썼답니다. 그 바람에 홀랑 속아 넘어가서 결혼했다고 하더군요. 그래도 그런 경험을 한 덕분에 지금까지 물장사를 해 올 수 있었다면서 자랑 아닌 자랑을 하던데요."

그 말에 모두가 실소를 터뜨렸다.

"그래, 수고했어. 다음 수사 회의 때까지 지금 한 얘기들을 정리해 두도록."

그러고서 고바야시는 손목시계를 보았다.

"자, 오늘은 여기까지. 해산."

마쓰미야가 퇴근할 준비를 하고 있는데 고바야시가 다가오더니 "가가 그 친구한테 내일도 이리 오라고 해. 단독으로 행동하지 못하도록 말이야."라고 소곤거렸다.

알겠습니다, 하고 마쓰미야는 대답했다.

그때 방을 나서는 가가의 모습이 눈에 들어왔다. 마쓰미야는 얼른 그를 뒤쫓았다. 그리고 복도에서 불러 세워 고바야시의 말을 전했다.

"그러잖아도 이제 손을 놓을 생각이야. 뒷일은 이쪽 팀에 맡기고 말이지."

그리고 가가는 다시 걷기 시작했다.

"손을 놓겠다, 다시 말해서 아무 일도 할 필요가 없다, ……그러니까 그만큼 선배의 추리에 자신이 있다는 말인가요?"

"얘기가 그렇게 되나?"

"제가 요코야마 가즈토시와 함께 원전에서 일했다는 사람을 오늘 만나고 왔거든요. 그 사람이 얘기한 요코야마라는 인물은 아까 사카가미 선배가 얘기한 사람과는 전혀 달랐어요. 방사선 관리 수첩이 30년 전에 재발급 신청된 것만 봐도 그 시점에 누군가가 요코야마인 양 행세했을 가능성이 높습니다."

"그건 그래."

"그런데 그 사람이 아사이 다다오라니……. 노토에서 죽은 남자가 진짜 요코야마 가즈토시란 말인가요? 아사이 부녀가 신분 세탁을 위해서 요코야마를 살해했다고요?"

가가가 걸음을 멈추고 손목시계를 들여다보더니 마쓰미야를 향해 돌아섰다.

"근처에 맛있는 라면 가게가 있던데, 같이 가겠어?"

좋죠, 하고 마쓰미야가 대답했다.

가가가 데리고 간 곳은 아주 조그만 가게였다. 손님들이 모

414

두 카운터 자리에 앉아 있고 테이블 두 개는 비어 있었다.

"신분 세탁을 미리 계획하지는 않았을 거야."

군만두를 주문한 후 가가가 소리를 낮춰 말했다.

"어쩌다 보니 그렇게 됐다는 말입니까?"

"아마 그럴 거야. 빚쟁이들 손아귀에서 벗어나려는 의도라면 위장 자살로 충분해. 아버지가 바다로 뛰어내렸다고 하면 그만이지. 그 근처 바다는 사체가 발견되지 않는 일도 흔히 있으니까. 그런데 사람을 죽이고 그 시체를 자기 자신으로 위장하다니, 위험 부담이 너무 크지 않아? 그런 바보짓을 할 이유가 있을까?"

"듣고 보니 그렇기는 하네요."

"문제가 발생해서 요코야마라는 남자가 죽는다, 아사이 다다오가 그 사실을 알고 죽은 사람 행세를 하기로 한다, 그렇게 생각하는 편이 자연스럽지 않아?"

종업원이 주문한 맥주를 가져왔다. 가가가 병을 들어 마쓰미야의 잔에 맥주를 따랐다.

"요즘 걸핏하면 너랑 맥주를 마시는 것 같아."

"그러면 어때서요. 그보다, 자신의 이름을 버리고 살아가면 어떤 기분이 들까요? 모든 것이 리셋되어 후련할까요? 아니야, 그렇게 간단한 일이 아닐 거예요."

"정체를 드러내지 않으려면 인간관계가 넓어지는 걸 극구 피해야겠지. 힘들고 고독한 인생이었을 거야. 그 몽타주의 표정이 모든 걸 말해 주잖아."

"딸이 자신의 버팀목이었으니 그녀의 성장과 성공을 지켜보는 게 유일한 삶의 보람이었겠죠."

"한편으로 그 딸이 성장하고 성공하면 할수록 자신의 운명을 저주했겠지. 자신의 존재가 세상에 알려지면 딸은 파멸하고 말 테니까. 말하자면 그 자신이 판도라의 상자였던 셈이야."

주문한 군만두가 나오자 가가는 작은 접시에 만두를 찍어 먹을 간장을 따랐다.

"판도라의 상자라……."

마쓰미야가 중얼거렸다.

"그런데 오시타니 미치코 씨가 그 상자를 열어 버린 거군요. 그래서 살해한 건가요. 30년 동안 아무도 열지 않았던 상자를 열어서요?"

젓가락으로 군만두를 집으려던 가가가 동작을 멈췄다.

"과연 그럴까?"

"네?"

"정말 아무도 연 적이 없을까?"

"그럼 상자를 연 사람이 또 있었다는 말이에요?"

"아사이 다다오야 사람들과의 교류를 되도록 피했겠지. 하지만 아사이 히로미는 그럴 수 없었을 거야. 아직 어려서 사람들의 도움 없이는 살아가기 힘들었을 테니까. 그리고 도움을 받은 사람들 중에는 특별한 관계로 발전한 상대도 있어."

마쓰미야가 "아!" 하고 소리쳤다.

"나에무라 세이조 말이죠? 그 사람도 아사이 부녀의 비밀을 눈치챘고, 그래서……."

가가는 아무 말 없이 군만두를 천천히 입에 넣었다.

그때 마쓰미야의 웃옷에서 휴대 전화 착신음이 흘러나왔다. 꺼내어 확인해 보니 사카가미였다.

"예의 노인 요양원을 감시하던 형사에게서 연락이 왔어. 아사이 히로미의 어머니로 추정되는 여자가 목을 맸나 봐."

"아니, 뭐라고요? 그래서, 죽었습니까?"

"아니, 죽기 직전에 요양원 직원이 발견했어. 죽게 내버려 두라면서 난동을 부렸다는군. 자네가 그 여자를 만난 일이 있어서 일단 알려 주는 거야."

"그 여자, 지금 어디 있습니까?"

"요양원 의무실에 누워 있대. 직원들과 형사가 감시하고 있다는군."

"자살하려고 했던 동기는요?"

"말을 안 하는 모양이야. 너무 흥분해서 제대로 얘기하기도 힘든가 봐."

"충격이 컸던 걸까요?"

"만약 가가의 추리가 옳고, 아사이 히로미에게서 그 모든 사실을 들었다면 충격을 크게 받았대도 이상할 게 없지. 양심이 털끝만큼이라도 남아 있다면 말이야."

26

유리잔에 버번을 따르자 카랑, 소리를 내며 얼음이 무너졌다. 막대로 휘저은 다음 한 모금 입에 넣어 삼켰다. 짜르르한 자극이 목구멍을 타고 온몸으로 퍼지는 느낌이었다.

잠자리에 든 것은 30분쯤 전이었다. 어떻게든 잠을 청하려 했지만, 흥분한 뇌세포가 쉬이 진정될 것 같지 않았다. 포기하고 일어나 거실 장식장에서 '와일드 터키' 병을 꺼냈다. 이대로 아침을 맞을지도 몰랐다. 그래도 별 상관은 없지만, 마지막 공연 도중 꾸벅꾸벅 조는 일만은 없어야 했다.

그러다가 히로미는 쓴웃음을 지었다. 설마 그런 일이야 있겠나 싶었다. 목숨을 걸고 올린 무대. 지나치게 흥분해서 기절하는 일은 있을지언정 조는 일은 없을 것이다.

그 순간 테이블 위에 있는 음료 젓는 막대가 젓가락으로 보여 가슴이 철렁했다. 젓가락으로 남자의 목숨을 끊었다. 그때의 감촉은 아마 평생 잊지 못할 것이다. 그 일이 없었다면 자신과 다다오의 인생은 어찌 되었을까. 하나 분명한 점은 오늘이라는 날이 오지 않았을 거라는 사실이다. 살아 있었을지 어땠을지, 그 자체가 의문이었다.

다다오와 헤어진 다음 날 아침, 히로미는 그가 시킨 대로 여관 주인에게 아버지가 없어졌다고 말했다. 그 즉시 경찰차 몇 대가 달려왔다. 경찰들이 부근을 수색하고 히로미에게 몇 가지 질문을 하기도 했다. 그녀는 아침까지 잤기 때문에 아버지가 언제 나갔는지 모르겠다고 대답했다. 그리고 자신들이 그곳까지 오게 된 경위를 설명하자 형사들의 얼굴에 긴장의 빛이 감돌았다.

결국 근처 절벽에서 시신이 발견되었다. 경찰이 히로미를 경찰차에 태워 현장으로 데리고 갔고, 그녀는 거기서 파란 천막 위에 눕혀진 남자의 시신과 대면했다.

그것을 본 순간 히로미는 비명을 질렀다. 연기가 아니었다. 시신의 손상이 심했던 탓도 있지만, 무엇보다 그녀가 충격을 받은 이유는 시신이 다다오의 옷을 입고 있었기 때문이었다. 그래서 순간적으로 정말 다다오의 시신이 아닐까 생각했던 것이다.

그러나 주저주저하며 얼굴을 확인해 보니 역시 다다오가 아니었다. 머리가 깨어지고 피투성이였지만 그 점만은 분명했다. 히로미와 헤어진 후 다다오는 시신의 옷을 자신의 옷으로 갈아입히고 사신은 시신에 입혀져 있던 옷을 입었을 것이다. 그 일이 간단치 않았으리라는 것은 히로미도 능히 짐작할 수 있었다. 육체적으로나 정신적으로 여간 힘든 일이 아니었을 것이다. 그런 일을 해낸 아버지의 결의를 생각하니 이제 와서 일을 그르칠 수는 없다는 생각이 들었다. 그래서 히로미는 스스로 마음을 다잡았다.

아버지가 틀림없다는 그녀의 말을 경찰은 조금도 의심하지 않았다. 여관에 있던 가방 속에서도 시신과 똑같은 지문이 묻은 물건이 여럿 나왔기 때문이었다. 경찰은 칼에 찔린 상처나 목을 졸린 흔적도 없으니 사건성이 없다고 판단했는지 부검조차 하지 않았다. 다다오의 운전면허증이 발견되지 않은 점도 의심을 사지는 않았다.

히로미는 일단 아동 상담소에 맡겨졌다. 그리고 얼마 후 나에무라가 면회를 오자 아버지의 죽음을 되도록 알리지 말라고 부탁했다.

"우리가 야반도주한 사실을 친구들이 몰랐으면 좋겠어요. 그러니까 아빠가 돌아가셨다는 말을 하지 않으셨으면 해요. 만에 하나 얘기를 하더라도 그런 식으로 죽었다고는 말씀하지 마세요."

나에무라는 그러마고 했다. 학교 측에도 비밀에 부쳐 달라고 부탁할 테니 아무 걱정 말라고 했다.

그렇게 해서 아사이 부녀가 벌인 일생일대의 도박은 성공을 거두었다. 물론 그렇다고 해서 두 사람의 괴로운 나날이 막을 내린 건 아니었다. 그날로부터 또 다른 종류의 고난이 두 사람에게 닥쳐왔다.

　다다오의 예상대로 히로미는 보호 시설에 맡겨졌다. 그리고 그곳 생활은 결코 만만하지 않았다. 수용된 인원이 워낙 많다 보니 늘 직원의 손길이 부족해 아이들은 마치 한 덩어리처럼 취급되었다. 프라이버시가 지켜지기 어려웠고, 가정적인 분위기도 느끼기 힘들었다. 게다가 히로미는 중간에 들어온 타지 사람이라는 이유로 또래 아이들로부터 몰래 괴롭힘을 당하기도 했다. 그래도 견딜 수 있었던 것은 자신을 이해해 주는 나에무라와 요시노 모토코가 있었기 때문이다. 그리고 무엇보다, 지금 자신이 이렇게 살아갈 수 있는 것은 아버지 덕분이라는 생각이 들었다. 이불 속에서 눈물을 흘린 적도 많았지만 아버지는 이보다 더 힘들 거라고 생각하면 무슨 일이든 참아 낼 수 있었다.

　다다오에게서 처음 편지가 온 것은 그곳에 들어간 지 약 한 달이 지났을 무렵이었다. 미리 말을 맞춘 대로 발신인은 '곤도 교코'로 되어 있었고 주소는 후쿠시마현 내의 어느 곳이었다.

　'히로미, 오랜만이야. 나는 아빠 일 때문에 이사를 해서 지금은 후쿠시마현에 와 있어. 아빠는 원전에서 작업원으로 일한단다. 주로 방사능을 제거하는 작업을 하는데, 익숙하지 않은 일이라 힘들긴 하지만 그럭저럭 해 나가고 계신 것 같아. 그러니 안심하렴. 나도 아빠도 건강하게 잘 지내니까.

히로미 너는 어떠니? 새로운 환경에는 좀 익숙해졌니? 가능하면 답장을 보내 줬으면 좋겠다. 우리는 직원 기숙사 같은 곳에서 지내는데, 여기도 편지는 배달이 되거든. 단, 수신인을 우리 아빠 이름인 요코야마 가즈토시로 해 줘. 부탁할게.'

편지를 읽은 히로미는 가슴을 쓸어내렸다. 다다오가 별 탈 없이 잘 지내고 있는 것 같아서였다. 다만 요코야마 가즈토시로 행세하고 있는 점은 마음에 걸렸다. 그는 히로미가 죽인 사람이다. 소름 끼치는 일이지만 다다오로서는 어쩔 수 없는 선택이었을 것이다.

히로미는 즉각 답장을 보냈다. 잘 지내고 있고 빨리 만나고 싶다는 내용이었다.

그 이후로 한 달에 한 번꼴로 편지를 주고받았다. 그러나 두 사람이 만날 기회는 좀처럼 찾아오지 않았다. 두 사람이 있는 곳의 거리가 먼 데다 다다오가 하는 일의 형편상 시간을 맞추기가 힘들었던 것이다. 게다가 만나는 장소도 두 사람을 아는 사람과 절대 마주치지 않을 만한 곳이라야 했다.

다다오가 시설로 전화를 거는 일은 없었다. 설사 가명을 사용한다 해도 히로미에게 정체불명의 남자가 전화를 하면 직원들이 수상하게 여길 우려가 있기 때문이었다.

그럭저럭 세월이 흘러 히로미가 열일곱이 되던 해 여름, 그녀는 연극과 조우했다. 그 전까지는 자신의 장래에 관해 깊이 생각해 본 적이 없었지만, 연극을 하게 되면서부터 자신이 앞으로 어떻게 살고 싶은지 그 길이 분명하게 보였다.

당연히 다다오에게도 그 사실을 알렸다. 연극의 길을 걷고 싶다고 편지에 쓰자 대찬성이라는 대답이 돌아왔다.

'히로미 너라면 멋진 배우가 될 거야. 열심히 하기 바란다. 언젠가는 나도 히로미가 무대에 선 모습을 보고 싶어. 곤도 교코가.'

그 무렵 다다오는 오이 원전에서 정기 점검 작업을 하고 있었다. 히로미가 생활하는 시설에서 그리 멀지 않은 곳이었다. 그럼에도 두 사람이 만나는 일은 없었다.

다다오에게조차 털어놓을 수 없는 비밀이 생긴 것은 그로부터 얼마 후의 일이었다. 그것은 나에무라 세이조와의 불륜 관계였다. 그녀는 아버지에게 걱정을 끼치고 싶지 않았다.

그리고 히로미가 본격적으로 연극에 몰두하기 시작할 무렵, 마침내 부녀 상봉이 이루어졌다. 약속 장소는 도쿄 우에노 동물원 원숭이산 앞. 일요일이라 그곳은 사람들로 북적거렸다.

미리 약속한 대로 분홍색 모자를 쓴 히로미가 주위를 의식하면서 원숭이를 구경하는 척하고 있자니 누군가 그녀의 오른쪽으로 다가와 섰다.

"깜짝 놀랐다. 어엿한 숙녀가 되었구나."

목소리는 작았지만 아버지가 틀림없었다. 히로미는 눈물이
차오르는 것을 있는 힘을 다해 참았다.

힐끔 옆쪽을 보니 다다오는 수수한 색깔의 점퍼 주머니에
양손을 찔러 넣은 모습으로, 얼굴을 원숭이산으로 향한 채 이
쪽을 돌아보지 않았다. 뺨이 홀쭉하고 턱도 뾰족했지만 안색
은 별로 나빠 보이지 않았다.

무슨 말을 해야 할지 몰라 잠자코 있는데 다다오가 훌쩍 그
자리를 떠났다. 그리고 근처 빈 벤치에 가서 앉더니 뒷주머니
에 꽂혀 있던 신문지를 옆 자리에 펼쳤다.

아버지의 의도를 눈치챈 히로미는 시계를 보는 척하며 걸음
을 옮겨 아버지 곁에 가서 앉았다.

"잘 지냈어?"

마침내 히로미가 입을 열었다.

"그럼, 잘 지냈지. 히로미 너도 잘 지낸 것 같아 안심이구나."

"아빠는 그동안 어떻게 살았어?"

"편지에 다 썼잖냐. 그 남자가 말했던 대로야. 원전 철새. 하
지만 의외로 나쁘지 않더라."

"그 이름을 지금도 쓰고 있어?"

"응. 방사선 관리 수첩을 잃어버렸다고 했더니 회사에서 주

민표도 떼어 주고 수첩도 재발급받을 수 있도록 수속을 해 주더구나. 그 녀석 주민표가 살아 있어서 다행이었지."

다다오의 얘기를 듣고 있던 히로미가 키득 웃었다.

"아빠, 말투가 이상해. 억양이 꼭 사투리를 흉내 내는 사람 같아."

흥흥, 하며 다다오가 코웃음을 웃었다.

"평소에는 좀 더 제대로 된 표준어로 말하고 있다. 너랑 얘기하다 보니 어떤 식으로 말해야 할지 좀 헷갈리는구나."

"아빠, 표준어를 사용해?"

"그럼. 그 사람으로 행세해야 하니까. 처음에는 과묵한 사람인 척하면서 버텼다."

"그래? 상상이 안 되네."

"너야말로 표준어로 말을 할 수 있나?"

"그야 당연하지. 내가 아빠랑 같은 줄 알아?"

오랜만에 만났는데 두 사람 입에서 나오는 얘기는 그저 해도 그만 안 해도 그만인 것들뿐이었다. 더 긴요한 이야기, 꼭 해야 할 이야기가 많을 텐데 도무지 떠오르질 않았다.

다다오는 대체 어떤 표정을 짓고 있을까 궁금했던 히로미는 고개를 옆으로 돌렸다. 다다오는 신문을 펼쳐 들고 있었다. 그 옆얼굴에 시선이 닿은 순간 그녀는 화들짝 놀라고 말았다.

다다오의 뺨에 눈물 자국이 여러 군데 나 있었다. 여태 울면서 애기했던 것이다.

가슴에서 불현듯 뜨거운 것이 솟구쳐 올랐다. 히로미는 고개를 숙인 채 손을 꽉 쥐었다. 나는 절대 여기서 울지 말자, 그렇게 다짐했다.

그리고 무슨 말이 오가든 아무 상관이 없다는 것을 깨달았다. 함께 있는 것만으로 충분했다.

그날 이래 두 사람은 몇 달에 한 번씩 만났다. 장소는 늘 우에노 동물원 원숭이산 앞이었다. 하지만 때로는 서로 사정이 여의치 않거나 다다오가 일 때문에 멀리 가 있어서 1년 넘게 만나지 못하기도 했다.

그러는 사이 히로미는 배우로 무대에 설 기회가 점점 늘어났다. 텔레비전 드라마의 단역이나 광고 출연 제의가 들어올 때도 있었다.

우에노 동물원에서 낯선 여자가 말을 걸어온 것은 히로미가 스물두 살 때 일이었다.

"시모조 히토미 씨 아닌가요?"

그 이름은 당시 그녀의 예명이었다. 히로미가 당황한 나머지 시치미를 떼지 못하고 고개를 끄덕이자 상대는 "늘 응원하고 있어요."라고 말하며 악수를 청했다. 그게 전부였는데도 옆에서 그 광경을 지켜보고 있던 다다오는 위기감을 느낀 듯했다. 더는 함부로 만나지 말자고 했다.

"어느덧 네 얼굴이 알려진 모양이구나. 세상에는 연극을 좋아하는 사람도 많으니 그럴 만도 하지. 만나더라도 우에노 동물원은 이제 적당치 않을 것 같구나. 앞으로는 사람이 없는 장소에서 만나도록 하자."

히로미로서는 얼른 와닿지 않는 말이었다. 일이 많아지기는 했지만 아직 배우 노릇만으로는 먹고살 형편도 못 되었다. 그래서 낮에는 어느 회사 안내 데스크에서 아르바이트를 하고 있었다. 그런데도 방문객이 그녀를 알아본 적은 한 번도 없었다.

그러나 한편으로 다다오 말이 맞을지도 모른다고 생각했다. 사람이 많이 모이는 곳에는 그녀를 알아보는 사람이 있을 가능성도 있었다.

두 사람은 도쿄에 있는 시티 호텔을 이용하기로 했다. 다다오가 먼저 체크인을 하고 방에 들어가면 뒤에 히로미가 찾아가는 식이었다. 돈이 좀 들기는 하지만 무엇보다 느긋하게 함께 있을 수 있어서 기뻤다. 부녀가 오붓한 시간을 보내는 게 몇 년 만인지 몰랐다.

그러는 사이에 나에무라와의 관계에는 커다란 변화가 있었다. 그가 이혼을 결심하고 도쿄로 올라온 것이다. 무사히 이혼을 하게 되면 히로미와 결혼하고 싶다고 했다.

그는 하루도 빼놓지 않고 히로미를 만나려고 했다. 느닷없이 히로미의 집에 찾아오거나 걸핏하면 자신이 세 들어 사는 단기 임대 아파트로 그녀를 불러내곤 했다. 연극 연습 때문에 바쁘다고 거절하면 언짢아하기도 했다.

"좋겠구나, 너는. 열중할 수 있는 일도 있고 말이야."

그런 식으로 비아냥거리는 것이었다.

나에무라는 좀처럼 일자리를 찾지 못했다. 채용하겠다던 학원에서도 당장은 힘들다며 거절당한 듯했다. 그도 그럴 만한 것이, 그가 도쿄로 올라온 때는 4월로, 학원 강사 자리가 이미 차 있을 시기였다.

히로미는 그가 너무 경솔한 짓을 했다고 생각했다. 물론 자신이 먼저 유혹했으니 불만을 가질 자격이 없다는 사실을 모르지는 않았지만 그의 애정이 부담으로 여겨지는 것은 어쩔 수 없었다.

그날도 나에무라가 갑자기 전화를 걸어 만나자고 했다. 하지만 히로미는 도저히 양보할 수 없는 약속이 있었다. 다다오와 만나기로 한 것이다.

"연습이 없는 날 아니야? 아르바이트도 쉬는 날이고."

나에무라의 부루퉁한 표정이 눈에 선했다.

"약속이 있어. 연극 관계자와 만나기로 했거든. 미안해."

"관계자 누구?"

"말해도 선생님은 모를 거야."

"그래도 말해 봐. 남자야, 여자야?"

나에무라가 히로미의 인간관계를 시시콜콜 알고 싶어 한 지는 오래되었지만 그가 도쿄로 온 이후 그 정도가 한층 심해졌다.

히로미는 적당히 떠오르는 여자 이름을 댔다. 그러자 이번에는 몇 시쯤 돌아오느냐고 묻는 것이었다. 다다오를 만날 때면 대개 밤늦게까지 얘기를 나누다가 아침에야 돌아오곤 했다. 그것이 아버지 삶의 유일한 보람이라는 것을 히로미는 모르지 않았다.

"상대방 사정도 있고 해서 언제 돌아올지는 잘 모르겠어. 나중에 만나기로 하고 오늘은 양해해 줘."

나에무라는 잠시 말이 없더니 "흠, 알았어." 하고서 전화를 끊었다.

외출 준비를 마치고 아파트를 나선 히로미는 공중전화 부스에 들어가 호텔로 전화를 걸었다. 그때는 아직 휴대 전화를 갖기 전이었다. 교환원에게 와타베 슌이치라는 사람이 묵고 있을 테니 전화를 연결해 달라고 부탁했다. 잠시 후 "여보세요." 하는 다다오의 목소리가 들렸다.

"아빠, 나야."

"그래. 1506호실이다."

"알았어."

선화를 끊고 호텔로 향했다. 이제는 익숙해진 수순이었다.

그날 밤 히로미는 다다오에게서 뜻하지 않은 얘기를 들었다. 다지마 유리코라는 여자에 대해서였다. 센다이에서 알게 된 사람으로, 오나가와 원전에서 일하는 동안 거의 매주 그녀 집에 드나들고 있다는 것이었다.

"정말 잘됐네."

히로미는 진심으로 말했다.

"아빠가 행복해졌으면 좋겠어. 그분이랑 다시 시작해 보면 어때?"

그러나 다다오는 그럴 생각이 없다고 했다.

"이제 와서 사람들 눈에 띌 만한 짓은 하고 싶지 않구나. 게다가 저쪽도 사정이 있다."

"그렇구나. 아무튼 아빠에게 그런 사람이 있다는 걸 알게 돼서 기뻐."

다다오는 멋쩍은 듯 머리를 긁적거렸지만 싫지 않은 표정이었다.

다음 날, 히로미는 체크아웃을 다다오에게 맡기고 먼저 호텔을 빠져나왔다.

집으로 돌아와 연극 대본을 읽고 있는데 전화벨이 울렸다. 보나 마나 오늘은 꼭 만나자는 나에무라의 전화일 거라고 짐작했다.

그런데 막상 받아 보니 전화를 건 사람은 다다오였다. 어쩐
일이냐고 묻자 그는 뜬금없는 소리를 했다.

"너, 전에 운전면허를 땄다고 했지?"

"그랬지. 그건 왜?"

"으응……, 실은 차를 좀 빌렸으면 해서 말이다."

"차는 왜?"

"그럴 일이 생겼다. 렌터카를 빌려 줄 수 있겠니?"

"빌리는 건 문제없는데, 아빠가 운전하려고?"

"그래야겠지. 운반할 물건이 있거든. 오래 사용하지는 않을
테니 걱정 말고."

다다오의 말투가 어쩐지 석연치 않았지만 더 따져 묻기도
뭐했다. 다른 사람을 사칭하며 살아가는 만큼 딸에게도 말하
지 못할 복잡한 사정이 있을 것이다.

히로미는 알겠다고 하고 몇 가지 구체적인 사항을 의논한
후 전화를 끊었다. 그리고 집을 나서 근처 렌터카 대리점으로
향했다.

눈에 띄지 않는 평범한 차를 빌린 그녀는 차를 몰고 전날 묵
었던 호텔 지하 주차장으로 갔다. 차에서 내린 후 주위를 두
리번거리다가 담배 자판기 옆에 서 있는 다다오를 발견했다.
그도 히로미를 알아본 것 같았다.

차에 키를 꽂아 둔 채 얼른 그 자리를 떴다. 주차장을 벗어

나기 직진에 뒤돌아보니 다다오가 차에 올라타고 있었다.

대체 무슨 물건을 어디로 옮기려는 것일까. 모르는 편이 낫다고 생각하면서도 신경이 쓰였다.

밤이 되어서야 다다오에게서 전화가 걸려 왔다. 차를 호텔 주차장에 가져다 놓았다고 했다. 다음 날 히로미는 차를 렌터카 대리점에 반납했다. 구석구석 살펴보았지만 차에는 별다른 이상이 없었다.

그 후로도 비슷한 나날이 계속되었다. 밤낮없이 연극 연습을 했고, 틈틈이 아르바이트로 생활비를 벌었다. 다만 한 가지 큰 변화는 나에무라로부터 연락이 끊긴 것이었다.

처음에는 토라졌나 보다고 생각했다. 만나고 싶다는데 히로미가 거절하자 언짢아서 연락을 안 하는 줄 알았던 것이다. 만일 그게 사실이라면 의외로 정신 연령이 낮을지도 모르겠다 싶어 조금 실망스럽기도 했다.

그런데 일주일이 지나도 그에게서 아무런 연락이 없자 신경이 쓰이기 시작했다. 하지만 그에게 전화가 없으니 연락할 방법이 없었다.

이주일이 지날 무렵, 마침내 히로미는 그를 찾아가 보기로 했다.

그런데.

그가 사는 단기 임대 아파트의 벨을 누르자 모르는 젊은 남자가 문을 열었다. 그는 사흘 전에 그곳에 이사를 왔다면서 이렇게 말했다.

"전에 살던 사람이 아무 말도 없이 사라졌다던데요. 관리 회사 사람 말로는 짐이 적었으니 망정이지 안 그랬으면 굉장히 귀찮을 뻔했대요."

집으로 돌아오는 동안 갖가지 상상이 히로미의 머릿속을 오갔다. 하나같이 이렇다 할 근거도 없이 그녀의 불안과 의심에서 비롯된 상상에 지나지 않았지만, 나에무라가 자취를 감춘 사실을 너무 깊이 파고들지 않는 편이 자기네 부녀에게 이롭다는 것만은 본능적으로 알 수 있었다. 동시에 그를 향한 애정이 이미 사그라지고 없다는 사실을 깨달았다. 당연히 경찰에 실종 신고도 하지 않았다.

그리고 그다음에 다다오를 만났을 때 그는 이제 호텔에서 만나지 말자고 했다.

"너도 이제 얼굴이 많이 알려졌으니 누가 어디서 알아볼지 알 수 없다. 호텔에 드나드는 건 위험할 것 같구나. 나 또한 프런트에 얼굴을 내밀기가 조심스러우니까 다른 방법을 찾아보자꾸나."

다다오의 말을 듣고 히로미는 아무래도 지난번에 무슨 일이 있었나 보다고 짐작했다. 렌터카를 빌려 달라고 한 것도 그 일과 관계가 있지 않을까 생각했다. 그러나 아버지 입에서 무

433

슨 말이 나올지 두려워 아무것도 묻지 못했다.

"하지만 또 무슨 방법이 있을까?"

히로미의 물음에 다다오는 생각해 둔 것이 있다고 했다.

"저렴한 휴대 전화가 많이 나온다고 하더라. 그런 게 있으면 웬만큼 떨어져서도 얘기를 나눌 수 있지 않겠니. 아빠는 히로미 네 얼굴만 볼 수 있다면 그렇게 가까이 있지 않아도 괜찮다. 가령 강 하나를 사이에 두고 마주 서서 얘기를 나누면 어떨까. 그럼 누가 본다 해도 우리가 남몰래 만나는 줄은 모르지 않겠니?"

그저 강이라고만 하면 장소를 특정하기 어려우니 다리로 하기로 했다. 하지만 늘 똑같은 다리에서 만나면 언젠가는 누가 알아차릴지도 모른다는 생각이 들었다.

그래서 생각해 낸 것이 니혼바시 주변의 열두 개 다리였다. 니혼바시라면 히로미가 처음으로 무대에 섰던 메이지 극장도 있었다. 특별한 추억이 있는 동네였다.

히로미는 당장 휴대 전화를 두 대 구해서 그중 하나를 다다오에게 보냈다. 그리고 그다음에 만날 때 두 사람은 에도 다리 양쪽에 마주 섰다. 8월이었다.

"아빠, 잘 지내?"

히로미가 다리 건너편을 바라보며 휴대 전화에 대고 말했다.

"그럼, 잘 지내고 있지."

다다오가 살짝 손을 들어 보였다.

이제는 아빠 손을 잡아 볼 수 없을지도 몰라, 하고 히로미는 생각했다.

나에무라에게서는 여전히 연락이 없었다.

27

평소처럼 알람 소리에 잠을 깼다. 화장실에 가서 볼일을 보고 거실로 나오니 식탁에 아침이 차려져 있었다. 잘 잤니? 하며 가쓰코가 상큼하게 미소를 지었다.

네, 잘 주무셨어요, 하고 마쓰미야는 의자에 앉았다.

"드디어 오늘이구나."

가쓰코가 말했다.

"뭐가요?"

가쓰코가 못마땅하다는 듯이 아들을 내려다보았다.

"어젯밤에 네가 그랬잖니, 드디어 내일이 승부의 날이라고. 모든 게 밝혀지는 날이라고 말이야. 기억 안 나니?"

마쓰미야가 머리를 긁적거렸다.

"내가 그런 말을 했나……."

"아니, 얘가. ……하기야 많이 졸리긴 한 것 같더라만."

그러고서 가쓰코는 부엌으로 사라졌다.

마쓰미야는 어젯밤 일을 떠올려 보았다. 가가와 둘이서 라면 가게에 들어가 맥주를 마셨다. 가가와 깊은 얘기는 나누지 않았지만, 결말을 향해 확실하게 한 걸음 한 걸음 다가가고 있다는 느낌을 받았다. 그래서 귀가 후 어머니에게 그런 말을 한 모양이었다.

아니나 다를까, 출근해 보니 특별 수사본부의 분위기가 어제보다 한결 팽팽해져 있었다. 다들 오늘이 특별한 하루라는 사실을 아는 듯했다.

관리관 도미이의 모습도 보였다. 이시가키와 고바야시가 그에게 자료를 보이면서 심각한 표정으로 뭔가를 설명하고 있다.

마쓰미야는 사카가미에게 다가가 어젯밤 퇴근 후의 일을 물었다.

"노인 요양원 여자 말이야? 여전히 입을 안 여나 봐. 어젯밤에는 직원들이 번갈아 가며 감시했다지 뭐야. 딱한 일이지."

마쓰미야는 '유락원'에서 만났던 여자의 얼굴을 떠올렸다. 그녀는 자신이 아사이 히로미의 엄마라는 사실을 결코 인정하려 하지 않았다. 어쩌면 그것이 그녀 나름의 참회일지도 몰랐다.

그런 생각을 하고 있는 참에 가가가 나타났다. 그는 사람들을 향해 묵례한 후 벽 쪽에 붙은 의자에 가서 앉았다.

전화벨이 울린 것은 그 직후였다. 전화를 받은 고바야시가 통화를 끝내고 도미이와 이시가키 쪽으로 돌아서서 말했다.

"미야기 현경에서 온 연락입니다. 요코야마 가즈토시의 사진을 미야모토 야스요 씨에게 보였답니다."

"결과는?"

이시가키가 물었다.

"전혀 다른 사람이라고요. 와타베 슌이치 씨가 아니라고 단언했답니다."

그 대답에 이시가키는 의견을 청하듯이 후쿠이를 돌아보았다.

"DNA 감정 결과가 오늘 나온다고 했지?"

후쿠이가 물었다.

"저녁때까지는 나올 겁니다."

고바야시가 대답했다.

"시간이 부족해서 약간 변칙적인 방법으로 감정한다는데, 정확도에는 지장이 없다고 합니다."

도미이는 고개를 끄덕이고 나서 이시가키에게 뭐라고 귀엣말을 했다. 그러자 이시가키가 고바야시를 손짓으로 불렀고, 셋은 잠시 소곤거리며 이야기를 나눴다.

잠시 후 고바야시가 가가를 불렀다.

"이쪽으로 좀 오게."

가가가 천천히 일어나 세 사람 앞으로 갔다.

"며칠 전에 니혼바시 서 서장과 통화를 했는데 말이야."

도미이가 가가를 올려다보면서 싱글거렸다.

"이쯤에서 자네를 이쪽에서 데려갔으면 하는 뜻을 은근히
비치더군. 실적은 충분하지만, 경부보씩이나 되면서도 부하
를 거느리려고 하지 않는 자네를 어떻게 다뤄야 할지 난감해
하는 눈치였어."

뭐라고 대답하면 좋을지 모르겠다는 듯 가가는 말없이 고개
를 숙였다.

"아, 그건 그렇고,"

도미이는 진지한 표정으로 돌아가 얘기를 계속했다.

"이번 사건 수사에서 자네가 대담한 추리를 전개했다는 얘
기를 들었어. 30년 전에 사망한 것으로 되어 있던 사람이 다
른 사람을 사칭해서 살아왔을지 모른다는 가설에 나도 자못
놀라기는 했지만 그 가설을 뒷받침하는 증거가 여럿 나왔더
군. 한데 문제는 그것이 사건의 진상과 어떤 연관이 있느냐
하는 거야."

"거기에 대해서라면 제 생각을 이시가키 계장님 등에게 이
미 설명했는데요."

"자네 입으로 직접 듣고 싶어서 그래. 다시 한번 설명해 보
게. 아사이 히로미가 이 사건과 어떤 관련이 있다는 건가?"

관리관의 목소리가 크게 울리자 실내에 정적이 감돌았다. 수사관 전원이 가가를 주목했다. 마쓰미야 역시 그중 한 명이었다.

가가가 고개를 들었다.

"오늘, 아사이 히로미가 연출한 연극의 마지막 공연이 있습니다. 메이지 극장에서는 흔치 않은 50일 연속 공연으로, 3월 10일이 그 시작이었습니다."

도미이가 미간을 찡그렸다. 이미 다들 아는 사실이 아니냐고 묻는 표정이었다.

"아사이 부녀는 최대한 다른 사람들과의 접촉을 피하며 살아왔을 겁니다. 그러나 미야모토 야스요 씨에 따르면 와타베 슌이치라는 인물은 때때로 도쿄에, 특히 니혼바시에 왔던 것 같습니다. 그 목적이 무엇이었을까. 저는 딸을 만나러 온 것이 아닐까 추측합니다. 단, 부녀가 함께 있는 모습이 절대 다른 사람들 눈에 띄지 않도록 세심한 주의를 기울여야 했겠죠."

예의 열두 개 다리는 만남의 장소가 아니었을까 하는 것이 가가의 가설이었다. 매달 만났는지 어땠는지는 분명치 않지만, 만날 때마다 장소를 달리함으로써 만에 하나라도 제삼자가 알아차리는 일이 없도록 한 게 아닐까 싶다는 것이었다.

"흥미로운 가설이군. 그래서?"

노미이가 다음 말을 재촉했다.

"저는 두 사람이 왜 그렇게 니혼바시에 연연했는지 궁금했습니다. 그러다가 떠오른 생각이, 역시 메이지 극장이었습니다. 아사이 히로미가 처음으로 무대에 올랐던 그 극장은 그들 부녀에게 아주 특별한 장소가 아니었을까요. 그렇다면 이번 공연도 두 사람에게는 특별했을 것입니다. 지금까지 아사이 다다오가 딸의 무대를 단 한 번이라도 관람했는지 어떤지는 알 수 없습니다만, 극장이라는 한정된 공간에 들어갔다가 만약 그 부녀를 아는 사람과 마주치기라도 하면 낭패라는 생각에 자제했을 가능성이 높습니다. 하지만 이번만큼은 마침내 이루어진 딸의 꿈을 자신의 눈에 새기고 싶은 마음이 컸을 겁니다. 또한 아사이 히로미도 어떻게 해서든 아버지에게 자신의 공연을 보여 주고 싶었을 겁니다. 저는 아사이 다다오가 첫날 공연을 관람했을 거라고 생각합니다."

이와 같은 가가의 추리를 마쓰미야를 비롯한 몇몇은 어제 이미 들은 바 있었다. 그때도 느꼈지만 이 가설은 설득력이 충분했다. 쓰라린 과거를 안고 살아온 부녀인 만큼, 성공의 순간을 함께 나누고 싶어 하는 것은 당연했다.

"한편으로, 특별한 마음을 품고 메이지 극장을 찾은 인물이 또 하나 있었을 가능성도 있습니다."

가가는 담담하게 설명을 이어 나갔다.

"바로 오시타니 미치코 씨입니다. 공연이 막을 올리기 전날인 토요일, 오시타니 씨는 시가현으로 돌아가지 않고 가야바초에 있는 비즈니스호텔에 묵었습니다. 메이지 극장 공연을 관람하려고 그런 것이 아닐까요? 전날까지는 오시타니 씨 수중에 관람권이 없었던 것 같습니다만, 조사 결과 당일권은 살수 있는 상황이었습니다. 오시타니 씨는 당일권을 사서 극장에 들어갔을 겁니다. 그리고 연극이 시작되기 전인지 막간인지 아니면 끝난 후인지는 모르지만 한 인물을 알아봤습니다. 아사이 다다오 말입니다. 아사이 히로미와 친하게 지냈던 그녀가 아사이 다다오의 얼굴을 기억하고 있었대도 이상할 게 없습니다."

"오시타니 씨는 아사이 히로미의 아버지가 사망했다는 사실을 몰랐나?"

도미이가 수사관들을 향해 질문을 던졌다.

"아닙니다. 알았을 겁니다."

마쓰미야가 한 걸음 나서며 대답했다.

"그 전날 아사이 히로미에게 아버지가 자살했다는 얘기를 들었을 것으로 추정합니다."

"그렇습니다."

가가가 말했다.

"아사이 히로미의 아버지가 죽었다고 들었기 때문에 아사이

나다오를 봤을 때 이상하다고 여길 겁니다. 전날 히로미의 아버지가 자살했다는 얘기를 들은 오시타니 씨로서는 의아할 수밖에 없었습니다. 아버지가 저렇게 멀쩡히 살아 있는데 왜 자살했다고 했을까. 그래서 오시타니 씨는 본인에게, 그러니까 아사이 다다오에게 직접 사정을 들어 보려고 했습니다."

"만일 그게 사실이라면 아사이 다다오로서는 여간 당황스럽지 않았겠군. 봐서는 안 될 사람이 자신을 보고 말았으니 말이야. 사람을 잘못 봤다고 잡아떼어 봐야 오시타니 씨가 믿지도 않을 테고."

도미이의 말에 가가는 고개를 끄덕였다.

"그러니 그대로 오시타니 씨를 시가현으로 돌려보낼 수는 없었을 겁니다. 어쩔 수 없이 그녀를 자신의 아파트로 유인한 거죠. 친구의 아버지이니 오시타니 씨도 그리 경계하지는 않았을 겁니다. 어쩌면 그에게 아사이 히로미를 설득해 달라고 부탁할 작정이었는지도 모릅니다."

"아파트로 데려간 후에는 다른 방도가 없었다. 틈을 보아 오시타니 씨의 목을 졸라 죽이기에 이른다……, 그런 건가?"

"부자연스러운 점이 있습니까?"

"아니, 없어. 논리 정연한 추리야. 오시타니 씨를 살해한 과정은 그렇게 설명이 되는군. 아사이 다다오가 범인이었던 걸로 말이야. 그럼 아사이 다다오는 누가 죽였지? 아사이 히로미인가?"

가가가 괴로운 표정으로 관리관을 바라보았다.

"그녀 외에는 생각하기 힘듭니다."

"딸이 아버지를 죽였다고? 아무리 가족 간의 살인이 드물지 않은 세상이라지만, 자네가 지금까지 말한 내용이 사실이라면 그 부녀야말로 쇠사슬마냥 꽁꽁 엮인 관계인데……."

"그건 사실입니다."

"그런데도 죽였다 이 말이야?"

"달리 방법이 없었을 겁니다."

"그게 무슨 뜻이지? 이해할 수 있도록 설명해 보게."

"설명하기가 매우 어렵습니다. 이해하려면 보시는 게 제일 좋은 방법입니다."

"보다니, 뭘?"

"'이설 소네자키 동반 자살' 말입니다."

가가가 대답했다.

"모든 대답은 그 연극 속에 있습니다."

28

무대는 절정을 향해 치닫고 있었다. 히로미는 펜라이트를 겨서 시간을 확인했다. 모든 일이 예정대로 진행되고 있었다. 마지막 공연도 무사히 마칠 수 있을 듯했다.

지난 50일 동안에도 배우들은 발전에 발전을 거듭해 모두가 자신의 배역을 완벽히 자기 것으로 만들었다. 그들은 완전히 무르익은 연기를 서로 주고받음으로써 무대 위에 진짜 인생을 구축했다. 도쿠베와 오하쓰의 그 가혹한 인생을.

이토록 완성도 높은 무대를 만들어 낸 이상 이제는 아무 미련이 없다고 히로미는 생각했다.

돌이켜 보건대 자신은 모든 것을 연극에 바쳤다. 그럴 만한 가치가 있는 세계라고 믿었기 때문이다. 그러나 한편으로 어떻게든 성공하지 않으면 아빠에게 미안하다, 성공해서 기쁘게 해 드리고 싶다는 마음이 히로미를 자극했던 것도 사실이었다.

스와 다케오의 청혼을 받아들인 이유도 연극인으로서의 그의 재능을 동경했고 그 재능을 조금이라도 흡수하고 싶었기 때문이다. 일반적인 의미의 부부나 가족이 될 생각은 털끝만큼도 없었다. 그는 스승이고 파트너이며 동시에 언젠가는 넘어서야 할 경쟁자였다.

그러므로 임신했을 때는 낭패감이 컸다. 자신이 엄마가 된다는 생각은 단 한 번도 해 본 적이 없었다.

아이를 낳고 싶지 않았다고 하면 거짓말이다. 사실은 낳고 싶었다. 그러나 히로미의 내면에 자리 잡은 온갖 생각이 그녀가 아이 낳는 것을 가로막았다.

　네게 그런 자격이 있다고 생각해? 아버지의 인생을 희생시키며 살아온 주제에 남들처럼 따스한 가정을 꾸리겠다는 거야? 설령 아이를 낳는다 치자. 그 아이의 앞날을 지켜 줄 자신이 있어? 언젠가 과거가 폭로된다면 그 아이는 어떻게 될까. 사람을 죽이고 세상을 속인 범죄자의 자식으로 살아가야 할 텐데, 그런 삶을 어떻게 보상하겠어. 애당초 아이를 키울 수나 있을까? 네게 모성애 따위가 있기나 해? 어차피 넌 그 여자의 딸이잖아.

　번민 끝에 내린 결론이 자신은 평생 가족애를 추구하지 않겠다는 것이었다. 아버지로부터 이미 최고의 사랑을 받았다. 그 이상을 원하는 건 죄악이라고 생각했다.

　낙태는 고통스러운 경험이었다. 그러나 그 고통이 면죄부가 될 수는 없었다. 언젠가는 천벌을 받는 날이 오리라는 생각이 그녀의 머릿속을 떠나지 않았다.

　경찰이 들이닥치는 건 시간문제일 것이다. 신코이와에서 죽은 남자와 부녀 관계라는 사실이 드러나면 더는 발뺌할 수 없다.

　모든 일은 하나의 사소한 호기심에서 비롯되었다. 5년 전, 검도 교실을 조사하다가 우연히 가가 교이치로라는 이름을 빌견했디. 그 이후 히로미는 그를 한번 만나 보고 싶다는 충동에 시달렸다. 그의 어머니가 다다오에게 소중한 사람이었다는 사실을 알고 있었기 때문이다.

그의 어머니는 센다이에서 살았던 다지마 유리코라는 여자였다. 다다오가 히로미 외에 유일하게 마음을 허락한 사람……

그러나 아버지의 그 소박한 행복은 오래가지 못했다. 어느 날 느닷없이 그녀가 사망했다는 전화가 걸려 왔다고 한다. 다다오가 하마오카 원전에 있을 때였다. 자택에서 죽은 채 발견되어 변사로 처리되었다는 것이다. 그래서 그는 센다이로 돌아갈 수 없었다. 참고인 조사차 경찰에 불려 갈 우려가 있었기 때문이다.

"하지만 그러면 그분이 너무 불쌍하지 않아? 유골을 인계할 사람이 없다니……"

전화로 다다오에게 자초지종을 들은 히로미는 가슴이 아팠다.

"내 생각도 마찬가지다. 그래서 네게 부탁이 있는데, 실은 유리코 씨에게 아들이 하나 있다. 그 사람 연락처를 알아봐 줬으면 좋겠구나."

"아들이 있어?"

"응, 전남편과의 사이에서 낳은 아들이 있다."

아들의 이름은 가가 교이치로이고 경찰이라고 했다. 큰 검도 대회에서 여러 번 우승했고 전문지에 소개된 적도 있으니 그쪽으로 알아보면 될 거라며 가가의 기사가 실린 잡지를 가르쳐 주었다.

"알았어. 내가 알아볼게."

히로미는 친한 연예부 기자인 요네오카 마치코에게 그 일을 의논했다.

"새 연극을 구상 중인데 경찰과 검도에 대해서 조사하고 싶어요. 이왕이면 톱클래스 선수가 좋을 텐데, 공개적으로 하기 힘든 뒷얘기 같은 것도 듣고 싶으니 경시청 홍보과를 통하지 않고 개인적으로 연락할 수 있었으면 해요."

히로미가 연극을 구상하기에 앞서 공들여 취재한다는 사실을 잘 알았던 요네오카 마치코는 아무 의심 없이 금방 조사 결과를 알려 주었다. 그리고 히로미는 즉시 다다오에게 전화를 걸어 그 사실을 알렸다.

"그거 잘됐다! 유리코도 저세상에서 기뻐하겠구나. 유골이 아들 품으로 가게 되었으니 말이다."

진심으로 기뻐하는 아버지의 목소리를 들으면서 히로미는 자신이 그 여성을 한 번이라도 만나 봤더라면 좋았을 거라는 생각이 들었다. 그리고 그녀를 만날 수 없게 되었다면 그 아들이라도 만나 보면 어떨까 생각하기에 이르렀다.

그때 기가를 만나지 않았다면 지금과 같이 궁지에 몰리는 일은 없었을지도 모른다. 가가로 말미암아 자신의 비밀이 폭로될 줄은 꿈에도 몰랐다. 그러나 후회는 없었다. 가가를 만나 이야기를 나눔으로써 그의 어머니, 즉 다다오에게 소중했던 여인의 성품을 헤아려 볼 수 있었기 때문이다.

분명 훌륭한 분이었을 거라고 가가를 만나고 나서 확신했다. 다다오의 인생이 절망적일 정도로 어두웠다는 것을 잘 아는 만큼 그가 행복을 느꼈다는 사실만으로 히로미는 기뻤다.

다리 씻기 행사에서 찍힌 사진을 가가가 보여 줬을 때는 까무러칠 뻔했다. 가가가 그런 사진을 찾아낼 거라고는 꿈에도 생각 못했던 것이다.

그날 그런 행사가 있을 줄은 그녀도 예상하지 못했다. 히로미 생일도 다가오고 하니 오랜만에 얼굴이나 보자는 다다오의 제안으로 만나기로 한 날이었다. 그리고 7월이니 니혼 다리 순서였다. 약속 장소에 간 히로미는 엄청난 인파에 깜짝 놀랐다. 선글라스를 끼고 가길 다행이라고 생각했다.

사람은 많았지만 다다오의 모습을 찾기까지는 오래 걸리지 않았다. 그는 다리 건너편에 있었다.

아버지에게 얼굴을 보여 주고 싶었던 히로미는 선글라스를 벗었다. 설마 그 순간에 사진이 찍혔을 줄이야.

돌이켜 보면 사소한 실수를 수도 없이 저질러 왔다. 가가는 그 하나하나를 끌어모아 진실이라는 성을 쌓아 올린 것이다. 대단한 사람이 아닐 수 없었다.

무대에서는 최후의 장면이 펼쳐지고 있었다. 도쿠베가 오하쓰를 찌르는 장면이었다. 하지만 그것은 도쿠베의 친구가 추리한 내용일 뿐이었다.

"즉 오하쓰는 죽고 싶어 했던 거지. 그래서 늘 죽을 장소를 찾아 다녔어. 그런 차에 나타난 사람이 도쿠베였어. 오하쓰는 생각했지. 어차피 죽을 거라면 마음 깊이 흠모하는 남자에게 찔려 죽고 싶다고 말이야. 그 마음을 눈치챈 도쿠베가 오하쓰를 찌른 거야. 도쿠베 또한 자신이 목숨 걸고 사랑한 여인의 꿈을 이뤄 주고 싶었던 거고."

무거운 음성으로 얘기하는 친구의 등 뒤에서, 오하쓰를 찌른 도쿠베는 주저 없이 스스로 목숨을 끊는다. 그가 오하쓰를 끌어안은 채 숨을 거두자 조용히 막이 내렸다.

다음 순간, 장내에 박수 소리가 울려 퍼졌다. 객석 뒤에 있던 히로미는 관객의 얼굴을 볼 수 없었지만 다들 더할 나위 없이 만족해하는 분위기가 충분히 전해졌다.

조금 후면 커튼콜이 이어질 것이다. 분장실에 가서 무대에서 내려오는 배우들을 맞이하고 싶었던 히로미는 자리에서 일어났다.

그러나 감사실을 나서자마자 그녀는 걸음을 멈춰야 했다.

남자 몇 명이 감사실 문 앞에 서 있었다. 그리고 그중 한 명은 마쓰미야라는 형사였다. 히로미를 기다리고 있는 것이 분명했다.

험상궂게 생긴 남자가 고개를 까딱하더니 경시청 배지를 보이면서 고바야시라고 자신을 소개했다.

"아사이 히로미 씨죠? 확인할 일이 몇 가지 있습니다. 경찰서까지 동행해 주셔야겠습니다."

히로미는 심호흡을 한 번 했다.

"지금 바로 말인가요? 배우와 스태프들에게 인사라도 하고 싶은데요."

"알겠습니다. 그럼 기다리죠. 단, 형사를 하나 붙이겠습니다."

"그러시죠."

히로미가 걸음을 옮기자 마쓰미야가 그녀를 따라나섰다.

"뭘 묻겠다는 거죠?"

"여러 가지요. 다소 길어질지도 모르겠습니다."

"오늘 귀가할 수 있을까요?"

"글쎄요, 그건 저도 뭐라고……."

"그렇군요."

"그리고 DNA 감정을 할 수 있도록 협조를 부탁드릴 겁니다."

그 말에 히로미가 걸음을 멈추고 젊은 형사의 얼굴을 바라보았다.

"그거라면 이미 하지 않았나요?"

"이번에는 정식 감정입니다."

"아……, 그렇군요."

몰래 가져간 머리카락 따위는 증거로 채택할 수 없을 것이다.

"혹시 친자 확인을 하려는 건가요?"

마쓰미야는 잠시 주저하더니 "그렇습니다."라고 대답했다.

"그래요? 그럼 제가 누군가의 친자라는 게 증명되겠군요. 그거 재밌겠네요."

다시 앞을 향해 걷는 히로미의 머릿속에 그날의 일이 선명하게 되살아났다.

3월 12일, 다다오에게서 전화가 걸려 왔다. 사흘째 공연을 무사히 마친 후였다. 급히 만나야 할 일이 있다고 했다.

"되도록 빨리 만났으면 좋겠구나. 오늘 밤은 어떻겠니?"

아버지의 목소리가 심각했다.

무슨 일이냐고 물었지만 다다오는 분명한 대답을 피했다. 그저 전해 줄 게 있다고만 했다.

그날 밤은 긴자에서 저녁 약속이 있었다. 빨라야 10시에나 움직일 수 있을 것 같다고 말하자 다다오는 11시가 어떻겠냐고 물었다. 어지간히 급한가 보다고 생각했다.

그럼 11시에 거기서, 라고 말하고 전화를 끊었다. 3월이니 '거기'란 사에몬 다리였다.

　저녁 약속 상대는 프리랜서 제작자였다. 소설 하나를 연극으로 만들어 무대에 올리고 싶은데 히로미에게 연출을 맡겼으면 한다는 것이었다. 그 소설은 히로미도 읽은 터라 평소 같았으면 크게 관심을 보였을 것이다. 하지만 마음속이 불길한 예감으로 가득했던 히로미는 그 얘기에 집중할 수 없었다. 다다오가 무슨 일로 그렇게 서두르는지 몹시 신경이 쓰였다.

　"왜 그래요, 내키지 않습니까? 히로미 씨가 좋아할 만한 소재라고 생각했는데요."

　프로듀서가 의아하다는 듯이 말했다.

　"내키지 않는다니, 그럴 리가요."

　히로미는 강하게 부인했다.

　"정말 감사한 말씀이라고 생각하며 듣고 있었어요. 다만 오늘 제가 컨디션이 좋지 않아서 반응이 미적지근했나 봐요. 죄송합니다. 물론 긍정적으로 검토해 볼게요."

　"그래요? 안 그래도 요즘 일에 쫓기시는 것 같던데, 아무쪼록 건강에 유의하세요."

　"고맙습니다."

　프로듀서와 10시 30분경에 헤어진 히로미는 다다오에게 건넬 생활비를 편의점 현금 인출기에서 뽑아 택시를 타고 사에

452

몬 다리로 향했다. 그곳에 도착한 시각은 정각 11시였다.

바람이 다소 강하게 불었다. 히로미는 코트 자락을 펄럭이며 다리로 다가갔다. 자동차가 빈번히 오가고 사람들의 통행도 적지 않았다.

사에몬 다리는 세 개 구에 걸쳐 있는 다리로, 다리 중앙선을 기준으로 서쪽이 지요다구의 히가시간다, 동쪽의 남쪽 절반은 주오구 니혼바시 바쿠로초, 북쪽 절반은 다이토구 아사쿠사바시였다. 히로미는 주오구 쪽에 있는 기둥 옆에 서서 강 건너를 바라보았다.

점퍼를 입은 다다오의 모습이 보였다. 그는 다리 난간에 양 팔꿈치를 얹고 강을 내려다보고 있었다.

히로미는 전화를 걸었다. 다다오가 고개를 들고 이쪽을 바라보더니 점퍼 주머니에 손을 넣어 휴대 전화를 꺼냈다.

"갑자기 불러내서 미안하다."

"그건 괜찮은데, 무슨 일이야?"

"응, 여러 가지로 일이 좀 있어서 말이지. 실은 나, 여행을 떠나기로 했다."

"여행이라니, 어디로? 센다이?"

그렇게 물은 이유는 센다이가 다다오에게는 가장 추억 어린 장소일 거라고 짐작했기 때문이다.

"으응…… 뭐, 거기도 가고."

어쩐지 말투가 석연치 않았다.

"이제 와서 뭐 하러 거길 가? 아는 사람도 없을 텐데."

"그렇긴 하지만, 유리코 생각도 불쑥 나고 해서⋯⋯."

"응, 그럴 수도 있겠네. 며칠이나 다녀올 건데?"

"그건 정하지 않았다. 어쩌면 여기저기 더 돌아다닐지도 몰라. 그러니 당분간 못 만날 것 같아서 보자고 한 거야."

"그럼 내일 떠나는 거야?"

"그래. 내일 아침 일찍 나설 예정이야."

"알았어. 조심해서 다녀와. 근데 전해 줄 게 있다고 하지 않았어?"

"아, 그렇지. 내 발밑에 종이봉투가 놓여 있는데, 보이니?"

히로미가 시선을 밑으로 향했다. 다다오의 말대로 발 옆에 조그만 종이봉투가 있었다.

"응, 보여. 그걸 가져가면 되는 거야?"

"그래. 기둥 뒤에 숨겨 놓을 테니 나중에 와서 가져가거라."

"알았어. 그럼 돈은 이쪽 기둥 뒤에 둘게."

"아니야, 돈은 됐다."

"내일 여행 떠난다면서. 돈이 있어야 하지 않아?"

"괜찮아. 충분히 있다. 걱정 마라."

"그래⋯⋯?"

아무래도 느낌이 이상했다. 생활비를 건넨 지 이미 몇 달이 지났다. 아무리 절약한다 해도 여유가 있을 리 없었다.

히로미, 하고 다다오가 불렀다.

"그쪽으로 조금만 가까이 가도 되겠니?"

"응."

히로미는 눈을 껌뻑거리며 아버지를 바라봤다. 아버지에게 그런 말을 듣는 건 처음이었다.

다다오가 종이봉투를 들고 천천히 걸음을 내디뎠다. 히로미도 아버지 쪽으로 다가가다가 다리 중간 부근에서 걸음을 멈췄다. 두 사람 사이의 거리는 불과 5미터 정도였다. 다다오는 마주 보기가 괴로운지 다시 난간에 몸을 기대더니 휴대 전화에 귀를 댄 채 강물을 내려다보았다.

"잘됐어, 히로미. 연출가로서 메이지 극장 같은 멋진 극장에 작품을 올리다니, 아빠는 정말 기쁘다."

"고마워, 아빠."

히로미가 당혹감 속에서 대답했다.

"힘내거라. 후회하지 않도록 최선을 다하고. 그러면 히로미 너는 틀림없이 행복해질 거다."

"아빠, 왜 그런 말을 해?"

다다오가 고개를 저었다.

"아무것도 아니다. 메이지 극장에서 네 연극을 보다니 하도 꿈만 같아서 그만 이상한 말을 하고 말았구나. 신경 쓸 필요

없다. 그럼 나는 이제 가야겠다. 건강해라, 히로미."

"응, 아빠도 여행 즐겁게 다녀와."

그러나 다다오는 대답 대신 한 손을 살짝 흔들며 전화를 끊었다. 그리고 히로미를 한 번 힐끔 돌아본 후 반대쪽으로 걸음을 옮겼다. 기둥 옆까지 걸어간 그는 주위를 둘러보다가 기둥 뒤로 몸을 숨겼다. 그리고 잠시 후 다시 모습을 드러낸 그는 어디론가 걷기 시작했다. 조금 전까지 그의 손에 들려 있던 종이봉투는 보이지 않았다.

히로미는 빠른 걸음으로 기둥까지 다가가서 그 뒤에 놓인 종이봉투를 집어 들었다. 그 안에 편지 봉투가 두 개 들어 있었다. 그중 하나를 꺼냈다. '히로미에게'라고 쓰인 그 봉투는 입구가 풀로 붙여져 있었다.

히로미의 불안감은 최고조에 이르렀다. 역시 뭔가 특별한 일, 그러나 절대 좋을 리 없는 일이 일어난 거라고 확신했다. 히로미는 종이봉투를 품에 안은 채 다다오가 걸어간 쪽으로 뛰어갔다.

그러나 그는 이미 사라진 후였다. 길 끝까지 훑어봐도 아버지 모습은 보이지 않았다. 그때 눈에 들어온 것이 아사쿠사바시역이라는 표지판이었다. 다다오의 아파트에서는 고스게역이 제일 가까웠다. 아마도 아버지가 아사쿠사바시역에서 전철을 타고 아키하바라역까지 가서 지하철로 갈아탄 후 기타

센주역을 거쳐 고스게역으로 가려는 모양이라고 짐작했다.

역으로 뛰어들다시피 해서 사방을 두리번거리다가 개찰구를 빠져나가는 다다오를 발견했다. 히로미는 허겁지겁 그의 뒤를 쫓으면서 가방에서 교통 카드를 꺼냈다.

개찰구를 지나 다시 다다오의 모습을 포착하고 계속 따라갔다. 그런데 웬일인지 다다오는 쓰다누마행 전철이 들어오는 플랫폼에 가서 섰다. 집으로 돌아갈 생각이라면 반대편에 있는 오차노미즈행 열차를 타야 했다.

잠시 후 쓰다누마행 전철이 도착했다. 다다오는 망설이는 기색도 없이 전철에 올라탔다. 히로미도 옆 차량에 올랐다. 히로미는 미행한다는 사실을 다다오가 눈치채지 못하도록 다른 승객들 뒤로 몸을 숨겼지만, 다다오는 멍하니 생각에 잠긴 채 주위를 전혀 의식하지 않았다.

대체 어디로 가려는 걸까 불안해하면서 노선도를 들여다보고 있는데 다다오가 다섯 번째 역인 신코이와에서 내렸다. 히로미는 걸음을 옮기는 그의 모습을 확인한 후 전철에서 내렸다.

신코이와역을 빠져나온 다다오는 도로를 따라 걸었다. 그 확신에 찬 걸음걸이에서 뭔가 분명한 목적이 있음을 읽을 수 있었다. 히로미는 멀찍이 떨어져서 따라가다가 도중에 조금 서둘러 거리를 20미터 정도로 좁혔다. 꾸물거리다가 그를 놓칠 것 같아서였다.

아라강이 나오자 다리를 건넌 다다오는 강가로 접어들자마자 방향을 바꿨다. 도로를 벗어나 둔치로 들어선 것이다. 히로미는 당황스러웠다. 가로등 불빛이 닿지 않아 캄캄했다.

뒷걸음치고 싶은 마음을 다잡고 계속 따라갔다. 다다오가 이런 곳에 온 이유를 반드시 알아내야 한다고 생각했다.

그러나 아차 하는 순간 그를 놓치고 말았다. 주위에는 사람 그림자 하나 없고 발밑에는 잡초가 무성했다. 느닷없이 발에 뭔가 걸릴 때도 있어 걷기조차 힘들었다.

더는 무리가 아닐까 생각하며 포기하려는 차에 그것이 눈에 들어왔다. 높이가 사람 키에도 못 미치는 조그만 건물, 아니 커다란 상자라고 하는 편이 옳을지도 몰랐다. 다가가 보니 천막에 감싸여 있는 노숙자의 오두막이 분명했다.

출입구로 보이는 곳에 천으로 된 커튼이 걸려 있고 그 틈새로 불빛이 새어 나왔다.

히로미는 그 자리에 선 채 목을 쭉 빼고 틈새를 이리저리 들여다보았다. 그러다 어느 순간 그녀의 눈이 휘둥그레졌다. 촛불 옆에 다다오가 쭈그리고 앉아 있었다.

앞뒤를 따질 겨를도 없이 달려가 커튼을 열어젖혔다.

"아빠! 여기서 뭐 하는 거야?"

다다오가 소스라치게 놀란 표정으로 돌아보았다. 그는 양손으로 빨간 플라스틱 통을 부둥켜안고 있었는데 그 열린 입구에서 석유 냄새가 풍겨 나왔다.

"히로미, 어떻게 여기까지……."

"오늘 아빠 행동이 너무 이상해서 따라왔어."

다다오가 표정을 일그러뜨리며 고개를 저었다.

"어서 돌아가렴. 누가 보기라도 하면 어쩌려고……."

"어떻게 그냥 돌아가란 말이야? 무슨 일인지 설명해 봐."

다다오가 입술을 깨물었다. 그리고 팔을 뻗어 히로미의 손을 잡아끌었다.

"들어오렴. 그리고 있다가 사람들 눈에 띄겠다."

끌려가듯 히로미는 오두막 안으로 들어갔다. 내부는 생각 외로 넓어 두 사람이 앉을 만했다. 볼품없는 식기 몇 개와 잡동사니가 든 종이 상자가 스토브 옆에 놓여 있었다. 불기가 없는 스토브 위에는 낡고 찌그러진 냄비가 놓여 있었다.

"아빠, 아파트를 놔두고 왜 이런 데 있어?"

히로미가 다그쳐 묻자 다다오는 고통스러운 표정으로 고개를 떨구었다.

"오시타니가 널 만나러 왔었지?"

뜻밖의 이름이 튀어나와서 깜짝 놀랐다. 오시타니 미치코가 히로미를 찾아온 건 사흘 전 일이다.

"아빠가 그걸 어떻게 알아?"

"······만났으니까."

심장이 빠르게 뛰기 시작했다.

"그 친구를 만났다고? 언제?"

"그저께 저녁에 메이지 극장에서 첫 공연이 끝난 후에 마주쳤어. 나는 극장을 나서 닌교초역으로 가는 길이었는데 그 아이가 말을 걸더구나. 아마 공연을 봤나 보더라."

"나한테는 시가에 곧장 내려간다고 했는데······."

"처음에는 그럴 생각이었는데 너랑 헤어진 후에 모처럼의 기회이니 연극을 보고 가기로 마음을 바꾼 모양이야. 연극을 보고 나서 다시 한번 너를 만나 설득해 볼 작정이었다고 하더라. 그런데 극장을 나오다가 나를 본 거지."

"몇십 년 만일 텐데······."

"우리 가게에 종종 왔었기 때문에 내 얼굴을 기억한 것 같아. 특히 이 사마귀가 인상에 남아서 확신이 든 모양이야."

다다오가 왼쪽 귀 밑에 있는 사마귀를 손가락으로 더듬었다.

"뒤에서 누가 '아사이 씨.' 하고 부르는데, 처음에는 나를 부르는 줄도 몰랐어. 그 이름으로 불린 게 하도 오랜만의 일이라서 말이지. 그리고 두 번째 불렸을 때는 가슴이 쿵 내려앉더라. 멈춰 서서 뒤를 돌아봤더니 오시타니가 웃으면서 달려오지 뭐냐. 역시 맞네, 아사이 히로미의 아버지시죠? 그 사마귀, 본 기억이 있거든요, 그러더라. 그 친구는 내가 죽었다는 얘기를 못 들은 것 같던걸?"

"아빠가 돌아가셨다고 분명히 말했는데……."

"나를 발견하고는 네가 거짓말을 했다고 생각했나 보지. 자기를 빨리 쫓아 보내려고 말이다. 확신에 차서 물어보는데, 사람을 잘못 봤다고 말해 봐야 납득할 것 같지도 않고……, 게다가 장소가 네 작품이 공연된 메이지 극장 아니냐. 시치미를 떼어 봤자 오히려 일만 복잡해질지 모르겠다는 생각이 들었다."

히로미는 빠른 말투로 천진난만하게 떠드는 오시타니 미치코의 표정을 떠올렸다. 보나 마나 그녀는 다다오에게 사람을 잘못 봤다고 말할 틈조차 주지 않았을 것이다.

"그래서 어떻게 됐는데?"

"그 친구가 마침 잘 만났다면서 꼭 의논하고 싶은 일이 있다고 하더구나. 그래서 우리 집으로 가자고 하고 아파트로 데려갔다."

"고스게에 있는 아파트 말이야?"

다다오가 어두운 표정으로 고개를 끄덕였다.

"가는 길에 아쓰코 얘기를 꺼내더라. 하지만 나는 아쓰코야 어떻게 되든 아무 상관이 없었어. 자업자득이라고 생각했지. 그보다 중요한 일은 오시타니를 어떻게 하느냐는 거였어. 그대로 돌려보낼 수는 없었다."

불길한 상상이 히로미의 머리를 스쳤다. 입안이 바싹 마르

461

는 느낌이었다.

"……그래서?"

촛불의 빛이 어른거리는 아버지의 옆얼굴을 바라보았다.

"집으로 들어가서 내가 차를 내오겠다고 했어. 그 친구는 아무런 의심을 하지 않더라. 그래서 기회를 보아 뒤에서 전깃줄로……."

거기까지 얘기한 다다오가 고개를 들더니 허공을 노려보며 말을 이었다.

"목을…… 졸랐다."

온몸의 피가 싸늘하게 식어 가는 것처럼 느껴졌다. 그런데도 얼굴은 화끈거렸다. 관자놀이를 타고 땀이 흘러내렸다.

"거짓말……이지?"

거짓말이 아니라는 것을 알면서도 물었다.

다다오가 한숨을 내쉬었다.

"사실이다. 내가 그 친구를 죽였어."

히로미는 눈을 질끈 감았다. 그리고 심호흡을 반복하면서 안간힘을 다해 절규하고 싶은 충동을 억눌렀다.

잠시 후 그녀는 눈을 뜨고 아버지를 바라보았다. 다다오는 또 고개를 푹 숙이고 있었다.

"시신은 어떻게 했어?"

"아파트에 그대로 뒀다. 신원이 밝혀지지 않도록 그 친구

소지품을 몽땅 챙겨 나오기는 했다만, 시신이 발견되면 언젠
가는 신원도 밝혀지겠지."

"그럼 우선 시체부터 처리해야 하는 거 아니야?"

그러나 다다오는 고개를 가로저었다.

"이제 그만하련다."

"그만하다니, 무슨 뜻이야?"

"히로미, 네게 숨긴 일이 있다. 나에무라라는 선생 말이야.
기억하지?"

"그럼, 기억하지."

"너, 그 사람과 사귀었다면서?"

고개를 수그린 채 다다오가 물었다.

"이제 와서 왜 그 얘기를……."

"그 선생도…… 내가 죽였다."

히로미는 헉, 하고 외마디 소리를 냈다. 숨이 쉬어지지 않
았다.

"내가 너를 호텔에서 만난 날이었어. 방 값을 치르고 돌아서
는데 그 사람이 말을 걸더구나. 소스라치게 놀랐다. 전에 몇
번 만나기는 했지만 나는 그 사람 얼굴을 까먹었거든. 그런데
그쪽은 나를 기억하고 있었나 보더라. 어떻게 된 일이냐고 묻
더구나."

그때로구나, 하고 히로미는 짐작했다. 나에무라와 마지막으

로 동화한 다음 날일 것이다. 그런데 그가 왜 그날 그 호텔에 나타났을까. 가능성은 하나밖에 없었다. 히로미를 미행한 것이다. 그러다가 호텔로 들어가는 히로미를 보았고, 그녀가 다른 남자를 만나러 온 것으로 지레짐작하고 아침까지 지켜보면서 상대를 알아내려고 했을 것이다. 아마도 프런트 근처에 서서 체크아웃을 하는 사람들의 얼굴을 확인했겠지.

"그래서?"

고통스러울 정도로 맥박이 빨라졌다.

"사정을 설명하겠다면서 호텔 주차장으로 데리고 갔다. 그리고 걸으면서 넥타이를 풀어 뒤에서 목을 졸랐지. 저항은 하더라만, 그 사람 힘으로는 역부족이었어. 이른 아침이라 보는 눈이 없어서 다행이었다."

다다오는 후, 하고 길게 숨을 토했다.

"그러니까 목을 졸라 죽인 사람이 오시타니까지 둘이나 되는구나."

"선생님 시신은 어떻게 했어?"

얼추 짐작이 갔지만 확인차 물어보았다.

"우선은 주차돼 있던 트럭 짐칸에 숨겼다. 하지만 아무래도 멀리 갖다 버리는 게 좋겠다 싶어서 네게 렌터카를⋯⋯."

그랬구나.

아버지가 나에무라의 실종과 관련이 있지 않을까 하고 의심하는 마음은 줄곧 있었다. 그러나 애써 생각하지 않으려 했다.

"미안하구나, 히로미. 너, 그 사람 좋아했지? 하지만 죽일 수밖에 없었다. 용서해 다오."

"이제 다 지난 일이야. 그런데 그 시신은 어디다 버렸어?"

"오쿠타마 쪽에 갖다 버렸다. 일주일쯤 후에 신원 불명의 사체가 발견되었다는 뉴스가 나오더구나."

"그런데도 아빠는 잡히지 않았잖아. 그건 성공적으로 시신을 처분했다는 뜻이야. 그러니까 이번에도……"

다다오가 진절머리 난다는 듯이 양손을 휘휘 저었다.

"그만 됐다. 그럴 필요 없어. 아빠가 하고 싶은 대로 하도록 내버려 두렴."

"아빠는 어떻게 하고 싶은데? 대체 이런 곳에는 왜 있는 거야?"

그러자 다다오가 얼굴을 들고 좁은 오두막 안을 둘러봤다.

"이 근처에는 예전부터 가끔 왔었다. 언젠가는 이런 생활을 하다가 죽는 게 좋지 않을까 싶어서."

"죽다니, 왜 그런 말을……"

"죽을 때는 신원을 알 수 없도록 해야 할 거 아니냐. 제일 좋은 방법은 불을 지르는 건데, 아파트에서 불을 지르면 다른 사람들에게 폐를 끼치게 되겠지만 여기라면 괜찮을 것 같구나. 그래서 실은 어제 이 오두막을 사들였단다. 있는 돈을 전부 내밀었더니 신이 나서 넘겨주더구나."

담담한 아버지 말에 히로미는 경악했다. 석유 통 뚜껑이 열려 있었던 이유를 그제야 깨달았다.

"안 돼, 아빠!"

그녀는 아버지를 노려보았다.

"소리를 낮춰라. 누가 들으면 어쩌려고 그래."

히로미는 고개를 저으며 다다오의 어깨를 붙잡았다.

"들어도 상관없어. 아빠가 죽는다고 뭐가 달라지는데?"

"언젠가는 오시타니의 시신이 발견될 거다. 경찰은 고시카와 무쓰오라는 남자를 찾아 나서겠지. 내가 이 나이에 달아날 수나 있을 것 같냐?"

"그야 모르는 일이지. 내가 숨겨 줄게. 절대 발견되지 않을 만한 곳을 찾아 줄게."

다다오가 희미하게 미소 지으며 "그건 무리다."라고 힘없는 소리로 말했다.

"그렇지 않아. 무슨 수를 써서라도⋯⋯."

다다오가 "히로미." 하고 그녀를 똑바로 바라봤다.

"그만 보내 다오."

"보내 달라니 그게 무슨 말이야."

"이젠 지쳤다. 몇십 년을 도망 다니면서 나 자신을 숨기고 살아왔어. 더는 그러고 싶지 않구나. 편안해지고 싶다. 그렇게 하도록 해 다오. 부탁이다."

다다오가 갑자기 무릎을 꿇더니 고개를 숙였다.

"아빠……."

고개를 든 다다오의 눈 밑이 젖어서 번들거렸다. 그 모습을 본 히로미도 더는 참을 수 없었다. 눈물이 흘러내렸다.

"오해 마라. 괴로운 일도 있었지만, 이날까지 살아온 걸 후회하지 않아. 즐거운 기억도 많았다. 모두 히로미 네 덕분이야. 고맙다, 히로미."

"아빠, 제발 죽지 마. 내가 어떻게든 해 볼 테니까."

"아니다. 만약 잡히면 모든 게 끝장이야. 세상에 얼굴이 드러나 내가 아사이 다다오라는 사실이 알려지면 지금까지 고생한 게 모두 허사가 되고 만다. 그리고 방금도 말했지만 이젠 정말 죽고 싶구나. 그러니 보내 다오."

말을 마친 다다오가 히로미를 오두막 밖으로 밀쳐 냈다. 굉장한 힘이었다.

"아빠! 어쩌려고 그래!"

다다오는 입을 다문 채 오두막 안에서 플라스틱 통을 높이 쳐들었다. 석유가 콸콸 쏟아졌다. 순식간에 그의 온몸이 석유로 젖었다.

"아빠! 안 돼!"

히로미가 소리쳤다.

그러나 다다오는 아랑곳하지 않고 점퍼 주머니에서 일회용 라이터를 꺼냈다.

"가거라. 빨리! 아무리 그래 봐야 내 마음은 변하지 않는다."

히로미는 절망적인 심정으로 아버지를 바라보았다. 아버지의 눈빛은 강렬했지만 광기 같아 보이지는 않았다. 모든 것을 내려놓고 각오를 굳힌 자의 눈이었다.

말려야 한다는 마음이 급속히 사그라졌다. 무슨 짓을 해도 아버지의 마음이 바뀔 것 같지 않았다. 어쩌면 이 방법이 아버지에게는 제일 좋을지도 모른다는 생각마저 들었다.

히로미는 다다오에게 다가갔다.

"오지 마라. 불을 붙일 거야. 화상이라도 입고 싶은 게냐."

히로미는 대답하지 않고 천천히 두 팔을 앞으로 뻗었다. 그녀의 손이 다다오의 목에 닿았다. 다다오가 당황한 표정으로 히로미를 봤다.

"히로미, 너……."

다다오가 눈을 껌벅였다.

"나를 편안하게 해 주려는 거냐?"

응, 하고 그녀가 고개를 끄덕였다.

"아빠가 전에 야반도주할 때 엔랴쿠 절의 스님 얘기를 한 적이 있잖아. 죽더라도 다른 방법을 선택할 것이지, 불에 타 죽는 건 생각만 해도 끔찍하다고 말이야."

아아, 하고 다다오가 고개를 끄덕였다.

"그랬지."

"그렇게 끔찍한 일을 당하도록 내버려 둘 수는 없어. 그러니까 내가……."

"그래."

다다오가 흐뭇한 듯이 미소를 짓더니 그대로 눈을 감았다.

"고맙다. 고맙다, 히로미."

히로미는 눈을 질끈 감고 손가락 끝에 힘을 주었다. 양손 엄지손가락이 다다오의 목을 파고드는 것이 느껴졌다.

불현듯 '이설 소네자키 동반 자살'의 마지막 장면이 떠올랐다. 다다오는 오하쓰, 자신은 도쿠베다.

얼마나 그러고 있었는지 모른다. 다다오의 몸에서 힘이 쭉 빠졌다. 그녀는 눈을 떴다. 목을 조르던 손이 이제는 그의 몸을 떠받치는 형국이었다. 그의 입에서 침이 흘러나왔다.

아빠, 하고 불러 보았지만 반응이 없었다.

히로미는 다다오의 몸을 살며시 비닐시트 위에 눕혔다. 비닐시트 위에도 석유가 흥건했다.

그대로 불을 붙이면 단박에 타오르겠지만 그렇게 되면 히로미가 도망칠 여유가 없었다. 치솟는 불길을 보고 사람들이 이내 달려올 것이 분명했다.

히로미는 초를 세워 둔 접시로 손을 내밀었다. 그리고 접시

를 소심조심 다다오 곁으로 옮겨 놓은 다음 다다오의 점퍼 자
락이 초 밑동에 닿도록 해 두었다. 점퍼에도 석유가 흠뻑 배
어 있으니 시간이 지나 초가 짧아지면 불이 붙을 것이다.

뒷마무리를 끝낸 히로미는 자신의 핸드백과 다다오에게 건
네받은 종이봉투를 품에 안고 그 자리를 떠났다. 큰길로 나서
기 전에 오두막에 불이 붙어서는 안 되는데, 라고 생각하며
걸음을 재촉했다.

마침내 큰길이 나왔다. 그러나 곧바로 택시를 잡을 수는 없
었다. 조금 더 떨어진 곳에서 차를 타야 할 것 같았다. 그녀는
도로를 따라 걸었다. 다리를 건너면서 몇 번이나 둔치 쪽을
돌아봤지만 오두막은 타오르지 않았다.

혹시 실패한 게 아닐까 하는 생각이 머리를 스쳤다. 불이 붙
지 않으면 어떻게 될까. 살해된 시신은 아사이 다다오로 밝혀
질 것인가.

히로미는 고개를 저었다. 생각해 봐야 소용없는 일이다. 자
신은 사람을 죽였다. 그것도 둘씩이나. 벌을 받는 것은 당연
한 이치다.

그제야 코트에서 석유 냄새가 난다는 걸 깨달았다. 히로미
는 코트를 벗어 손에 들었다. 바람은 차가운데 조금도 춥지
않았다.

29

도키코가 가게로 들어서자 안쪽 테이블에 있던 남자가 자리에서 일어섰다. 마쓰미야였다. 그는 도키코를 보며 가볍게 인사했다.

"오랜만입니다."

도키코도 그에게 다가가며 인사했다.

"3주기 이후 처음이죠?"

"네. 그때는 신세가 많았습니다. 이렇게 갑자기 나오시라고 해서 죄송합니다."

자리에 앉은 도키코가 음료를 주문했다.

"가가 씨에게 들었어요. 사건이 해결되었다면서요? 축하드려요."

"감사합니다. 가나모리 씨께도 여러모로 신세를 진 것 같더군요."

"아니에요. 저는 별로 한 일도 없어요."

도키코가 빠르게 손을 내저었다.

"가가 형사와는 자주 연락하십니까?"

그녀가 음, 하고 잠시 생각에 잠겼다.

"최근 들어서는 그런 편이죠."

"오늘도 만나실 예정이죠? 같이 식사하기로 약속했다던데요."

"어쩌다 보니 그렇게 되었어요. 하지만 가가 씨가 제게 마음이 있다고는 생각하지 않아요."

그때 주문한 음료가 나왔다. 찻잔에서 얼그레이 향이 피어올랐다.

"실은 가나모리 씨께 부탁이 있습니다."

마쓰미야는 옆 의자에 놓아두었던 가방에서 흰 봉투를 꺼내테이블에 올려놓았다.

"편지인가요?"

"그렇습니다. 이번 사건의 피의자가 가지고 있던 겁니다. 좀더 정확하게 말하자면 이 봉투 속에 든 건 그 편지의 복사본입니다."

"피의자라면……."

도키코의 표정이 굳어졌다.

"가도쿠라 히로미, 본명은 아사이 히로미죠. 그녀 아버지가쓴 편지인데, 가가 선배가 꼭 읽어 줬으면 한다더군요. 가나모리 씨가 전해 주셨으면 합니다."

"어려운 일은 아니지만, 왜 제가요? 마쓰미야 씨가 직접 건네는 편이 빠를 텐데요."

"아시다시피 이번 사건은 형의 인생과 관련이 깊습니다. 이편지에는 형이 오래도록 알고 싶어 했던 일이 기록되어 있어요. 그래서 가나모리 씨도 읽어 보면 좋겠다고 생각했습니다."

"제가…… 말인가요?"

"네. 형에게 직접 건네면 형은 아마도 다른 사람에게 절대 편지를 보여 주지 않을 겁니다. 그래서 먼저 가나모리 씨에게 전해 드리고 싶었어요."

"제가 읽어도 되나요, 남의 사적인 편지를?"

"읽어도 된다고 말씀드리기는 뭐합니다만, 보시다시피 봉투를 봉하지 않았으니 읽으신다고 한들 크게 문제 될 것은 없습니다. 본인만 입을 다문다면요. 단, 지금은 읽지 마십시오. 저는 커피만 마시고 자리를 뜰 테니 그 후에 천천히 읽으세요."

마쓰미야가 커피를 홀짝거리며 미소를 지었다.

"가나모리 씨니까 읽으셨으면 하는 겁니다."

도키코는 봉투로 눈을 돌렸다. 불룩한 것으로 보아 꽤 여러 장인 듯했다. 대체 무슨 내용이 쓰여 있을까. 가가 씨가 오래도록 알고 싶어 했던 일이 과연 무엇일까.

지난번에 가가가 그녀를 불러냈을 때는 좀 놀랐다. 느닷없이 자기와 같이 어딜 좀 가 달라고 하는 것이었다. 아오야마에 있는 가도쿠라 히로미의 아파트로 그녀를 데리고 간 가가는 집 안에 들어서기 전에, 자신이 신호를 보내면 화장실에 가서 헤어브러시에 붙어 있는 머리카락을 떼어 비닐봉지에 담아 오라고 부탁했다. 그 일 외에는 그저 말없이 앉아 있기만 하면 된다고 했다.

그 십에 있는 내내 긴장이 되었다. 가가와 가도쿠라 히로미 사이에 어찌나 긴박한 대화가 오가는지 시간이 갈수록 숨을 쉬기가 힘들었다. 이 사람은 늘 이런 일을 하는가 생각하며 가가의 옆얼굴을 바라보니 그가 무서워지는 동시에 감탄스럽기도 했다.

지금 생각해 보면 힘들기는 했지만 좋은 경험이었다. 무엇보다 가가가 일하는 모습을 직접 볼 수 있어서 좋았다.

그런데, 하고 마쓰미야가 말했다.

"형이 근무지를 옮긴다는 얘기는 들으셨습니까?"

"아니요. 이번에는 어디로 가나요?"

"본청으로요. 수사 1과로 돌아옵니다. 저와 부서는 다르지만요."

"그렇군요. 그럼 오늘 밤에 축하를 해야겠네요."

"그렇게 하세요. 어디서 만나기로 하셨습니까?"

"그야 물론 니혼바시죠."

"또요?"

마쓰미야가 쓴웃음을 지었다.

"하긴 그럴 만도 하겠네요. 좀 있으면 떠날 동네니까요. 그러고 보니 지금쯤 하마초 스포츠 센터에 있겠네요. 오늘 통화를 했는데, 오랜만에 땀을 흘리고 오겠다고 하더군요."

"땀을 흘리다니요?"

"이거 말입니다."

마쓰미야가 죽도 휘두르는 흉내를 냈다.

아하, 하고 도키코가 고개를 끄덕였다.

커피를 다 마신 마쓰미야가 "그럼 저는 이만." 하고 자리에서 일어서며 계산서를 집어 들었다.

"형에게 안부 전해 주세요."

"네, 차 잘 마셨어요."

도키코도 따라 일어서며 인사했다.

마쓰미야가 가게 밖으로 나가는 모습을 바라보며 도키코는 봉투로 손을 뻗었다. 마쓰미야의 말대로 봉투의 입구가 붙어 있지 않았다. 그 속에 A4 용지 다섯 장이 접힌 채 들어 있었다. 첫 장에 여성스러운 글씨로 '가가 씨에게'라고 쓰여 있고 그 밑으로 다음과 같은 내용이 이어졌다.

이번 일로 소란을 피워 면목이 없습니다. 저는 이제 제 자신의 죄와 마주하면서 어떻게 하면 이 죄를 씻을 수 있을지 매일같이 고민하고 있습니다.

동봉한 편지는 아버지가 가가 씨께 보내는 것입니다. 아버지는 제게 남긴 유서에, 언젠가 어떤 방법으로든 가가 씨에게 이 편지를 전해 달라는 부탁을 적어 놓았습니다. 이런 편지를 전해 드려 봐야 폐만 될지도 모르지만, 가가 씨께는 중요한 내용일 수도 있어 경찰에 전달을 부탁했습니다. 불쾌하셨다면 죄송합니다.

아사이 히로미

끝까지 읽고 다음 장으로 편지를 넘긴 도키코는 흠칫했다. 이번에는 힘주어 눌러쓴 조그만 글자가 편지지를 빼곡히 채우고 있었다.

가가 씨께

아주 중요한 내용을 전하고자 펜을 들었습니다.

저는 센다이에서 한때 다지마 유리코 씨와 사귀었던 와타베 슌이치라는 사람입니다. 가가 씨의 연락처를 미야모토 야스요 씨에게 알려 준 사람이라면 아실까요.

전하고 싶은 내용은, 유리코 씨가 가가 씨를 비롯한 가족을 떠난 후 어떤 심정으로 살아왔는지에 관해서입니다. 그녀가 무슨 생각을 하며 어떻게 살았는지 알려 드리고 싶었습니다.

왜 이제 와서, 라고 생각하실지 모르겠습니다. 대단히 죄송하지만 그 점에 관해서는 자세한 사정을 말씀드릴 수 없습니다. 한마디로 저는 세상으로부터 몸을 숨기고 살아온 사람이기에 남의 인생에 끼어든다는 것은 상상할 수도 없었다고 할까요. 하지만 여생이 얼마 남지 않고 보니, 인생을 통틀어 가장 소중했던 여인의 심정을 봉인한 채 가도 되는 것인지, 그녀의 아들에게 전하지 않아도 되는 것인지 새삼 고민하게 되었습니다.

유리코 씨에게 아들 얘기를 들은 것은 우리가 만난 지 1년도 더 지났을 무렵의 일입니다. 그 전까지 그녀는 절대 자신이 떠나온 가정에 대해 얘기하려 하지 않았습니다. 저한테조차 마음을 다 열지는 않았던 거죠. 그런데 그날은 심경에 무슨 변화가 일어났는지 불쑥 모든 걸 털어놓았습니다.

자신이 집을 떠난 이유는 그대로 있다가는 가족 모두가 파멸할 거라고 생각했기 때문이랍니다.

유리코 씨는 자신이 결혼 초부터 남편에게 폐만 끼쳤다고 했습니다. 친척들과 잘 지내지 못하고 다툼을 일으켜 남편을 친척들로부터 고립시켰다고 하더군요. 또한 병약한 친정어머니를 간병할 수 있도록 남편이 여러모로 배려해 주었는데도 그 어머니를 일찍 돌아가시게 만들었다며 무척 안타까워했습니다. 자신은 아무에게도 도움이 안 되는 사람인가 보다고 낙심했고, 그런 자신이 아이를 키워도 될지 고민했다고 합니다.

눈치채셨겠지만 아마도 그녀는 우울증을 앓았을 거라고 생각합니다. 그러나 당시에는 그런 병명조차 일반적이지 않았으니 그녀는 자기 자신을 그저 무능한 사람이라고 결론지은 듯합니다.

그런 상태로 몇 년을 견디다가 결국은 죽음만을 생각하게 되었답니다. 다만 잠든 외아들의 얼굴을 바라볼 때면, 자신이 없어지면 이 아이는 누가 돌보나 싶어 마음을 고쳐먹곤 했답니다.

그런데 어느 날 밤, 어처구니없는 일이 벌어진 겁니다. 남편이 일 때문에 여러 날 집에 들어오지 않았고 그날도 아들과 둘이서 자고 있었는데, 정신을 차려 보니 자신이 부엌에서 칼을 치켜들고 있더랍니다. 그것도 잠에서 깬 아들이 "엄마, 뭐 해?" 하고 부르는 소리에 겨우 정신을 차렸다네요.

얼른 칼을 치우고 그 자리를 수습하기는 했지만, 그 일은 그녀 마음에 어두운 그림자를 드리우고 말았습니다. 자신은 그 칼로 뭘 하려 했던 것일까. 자기 목숨만 끊으려 했다면 모르지만 만일 아들까지 함께 가려고 했다면……. 그런 생각이 들자 무서워서 잠을 이룰 수 없었답니다.

번민 끝에 그녀는 집을 나가기로 결심합니다. 행선지도 정하지 않은 채, 어디선가 죽을지도 모른다고 막연히 생각하면서 열차에 오릅니다.

미야모토 씨에게 들으셨겠지만 결과적으로 그녀는 죽음을 택하지 않고 센다이에서 제2의 인생을 시작했습니다. 그녀는 당시를 참회와 감사의 나날이었다고 표현했습니다. 남편과 아들을 떠난, 살아갈 자격조차 없는 자신이 낯선 고장에서 만난 낯선 사람들의 도움으로 이렇게 살아 있으니 얼마나 고마운 일인지 모른다고요. 이건 제 추측입니다만, 집을 나오고 나서 그녀의 증세가 나아진 건지도 모릅니다.

유리코 씨가 모든 것을 털어놓은 후에 제가 그녀에게 물었습니다. 남편과 아들이 있는 곳으로 돌아가고 싶지 않느냐, 두 사람을 만나고 싶지 않느냐고요. 그녀는 고개를 저었습니다. 하지만 그건 부정의 의미가 아니었습니다. 자신은 그럴 자격이 없다는 뜻이었죠. 그래서 그 녀에게 두 사람의 이름과 주소를 물었습니다. 혹시라도 도쿄에 가게 되면 두 사람이 어떻게 살고 있는지 알아보려고요. 그녀는 일단 거부했지만, 제가 집요하게 캐묻자 결국 가르쳐 주었습니다. 그녀 역시 집에 두고 온 두 사람이 내심 걱정되었던 거겠죠.

얼마 후 도쿄에 가게 된 저는 실제로 가가 다카마사라는 분의 댁을 찾아가 보기로 했습니다. 물론 유리코 씨 얘기는 언급하지 않고 뭔가 물어보는 척하면서 그들이 사는 모습을 살피려고 한 거죠.

집은 어렵지 않게 찾았지만 아쉽게도 가족은 아무도 없었습니다. 그래서 이웃집을 찾아가 넌지시 물어보았죠. 그렇게 해서 다카마사 씨가 건재하며 아들은 독립해 산다는 사실을 알아냈습니다. 그리고 유리코 씨의 아들이 최근 검도 대회에서 우승을 했다는 정보도 얻었습니다. 저는 곧장 서점으로 달려갔습니다. 그리고 가가 씨의 기사가 실린 검도 잡지를 찾아냈습니다.

센다이로 돌아간 저는 그 잡지를 유리코 씨에게 보여 주었습니다. 사진을 본 그녀는 숨도 쉬지 못하고 뚫어져라 아들 사진을 들여다봤습니다. 그리고 눈물을 흘렸습니다.

잘됐네요, 라고 하더군요. 저는 그것이 아들이 훌륭하게 자라 주어서 기쁘다는 말인 줄 알았습니다. 그런데 그게 전부가 아니었습니다. 그녀는 아들이 경찰이 된 것을 기쁘게 여겼던 겁니다.

유리코 씨가 가장 우려했던 점은 자신이 집을 나간 탓에 남편과 아들 사이가 틀어지지 않았을까 하는 것이었습니다. 심성이 착하고 늘 유리코 씨에게 마음을 쓰던 교이치로가 엄마의 가출을 아버지 탓으로 여겨 아버지를 미워하면 어쩌나 걱정했던 거죠. 만에 하나 그렇게 된다면 아들에게 엄마의 사랑뿐 아니라 아버지까지 빼앗은 꼴이 된다면서 말입니다. 그러던 차에 가가 씨가 경찰이 된 것을 알았으니 얼마나 안심했을까요. 아버지를 미워한다면 아버지와 똑같은 직업을 선택할 리 없으니까요.

이제야 마음의 짐을 덜었다면서 유리코 씨는 환하게 웃었습니다. 그녀가 그렇게 밝게 웃는 모습을 본 건 그때가 처음이자 마지막이었습니다. 이루 말할 수 없이 기뻤던 거죠.

그런데 그토록 큰 기쁨을 준 잡지를 그녀는 받으려고 하지 않았습니다. 자신은 엄마이기를 포기한 사람이니 가질 자격이 없다는 것이었습니다. 그리고 이렇게 덧붙였습니다.

"교이치로는 앞으로도 더 훌륭한 사람이 될 거예요. 이 사진을 가지고 있으면 제 마음속에서 그 아이의 성장이 멈추고 말아요. 그건 분명 그 아이가 바라지 않는 일일 거예요."

그때 유리코 씨의 눈은 아들에 대한 기대와 애정으로 빛났습니다.

이상이 제가 가가 씨에게 전하고 싶은 내용입니다. 이제 와서 이런 사실을 알아 봐야 가가 씨에게 아무런 보탬이 되지 않을지도 모릅니다. 자신이 믿는 길을 굳건히 걸어가는 가가 씨같이 훌륭한 분께는 불필요한 얘기일 수도 있겠죠. 그러나 앞에서도 밝혔듯, 살 날이 얼마 남지 않은 지금, 유일하게 마음에 걸리는 일을 떨쳐 내고 싶었습니다. 아무쪼록 늙은이의 노욕을 헤아려 주십시오.

끝으로, 유리코 씨가 자기 나름대로 열심히 살았다는 말을 덧붙이고 싶습니다. 일 때문에 센다이를 떠나면서 마지막으로 그녀를 만났을 때 갖고 싶은 게 있느냐고 물었더니 그녀는 아무것도 없다고 대답했습니다. 지금 이대로 충분하며 더 필요한 건 없다고 웃는 얼굴로 말하더군요. 그 말에 거짓은 없었다고 생각합니다. 그렇게 생각하고 싶을 뿐인지도 모르겠습니다만.

직접 뵙고 말씀드리는 것이 도리이겠으나 사정이 있어서 이런 식으로밖에 전할 수 없음을 부디 양해하시기 바랍니다.

가가 씨의 행복과 큰 활약을 기원합니다.

와타베 치 드림

하마초 공원에 들어서자 나무 내음이 짙게 풍겼다. 이미 해가 기울었지만, 녹음이 풍성하다는 사실은 잘 알 수 있었다. 개를 데리고 산책하는 사람도 여럿 있었는데 그들은 서로 아는 사이인 듯 즐겁게 담소하기도 했다. 개들도 신이 난 듯했다.

종합 스포츠 센터는 건물이 멋졌다. 정면 현관 유리가 부챗살 모양으로 디자인되어 있어 참신한 인상을 받았다.

실내는 넓고 잘 정돈되어 있었다. 검도복 차림에 죽도를 든 초등학생 정도의 아이가 있기에 물어봤더니 니혼바시 서에서 주최하는 검도 교실 수업이 방금 끝났다고 한다.

장소가 지하 1층이라기에 도키코는 계단을 내려갔다. 도장으로 보이는 방 입구에도 아이들이 몇 명 서 있었다.

도키코는 그 방으로 다가가 안을 들여다봤다. 검도복 차림을 한 사람들이 아직 몇 명 남아 있었다. 그중에 가가의 모습도 보였다. 도장 한구석에서 묵묵히 죽도를 휘두르고 있는 그의 얼굴에는 한 치의 망설임이 없고 그 눈은 한 점을 응시하고 있었다. 지금 그에게는 그 어떤 소리도 들리지 않을 듯했다.

그의 마음을 수면에 비유한다면 늘 거울처럼 고요할 거라고 도키코는 생각했다. 아무리 강한 바람이 몰아쳐도 쉬이 물결치지 않을 것이다. 그런 강한 마음이 있기에 수많은 시련을 이겨 낼 수 있었던 것 아닐까.

하지만.

지금 자신이 가지고 온 편지를 읽은 후에는 어떻게 될까. 그래도 조그만 파문조차 일지 않을까.

그 답이 궁금해서 도키코는 가가에게 다가갔다.